Caryl Férey

Écrivain, voyageur et scénariste, Caryl Férey s'est imposé comme l'un des meilleurs auteurs de thrillers français en 2008 avec *Zulu* (Gallimard, 2008 ; Grand Prix de littérature policière 2008 et Grand Prix des lectrices de *ELLE* Policier 2009) et en 2012 avec *Mapuche* (Gallimard, 2012 ; Prix Landerneau Polar 2012 et Meilleur Polar français 2012 du magazine *LiRE*). Breton de cœur vivant à Paris, il écrit aussi pour le cinéma, le théâtre, la radio, la jeunesse, et participe à des revues de voyage.

LËD

ÉGALEMENT CHEZ POCKET

Raclée de Verts

Lëd

CARYL FÉREY

LËD

EQUINOX

les arènes

Pour plus d'information :
www.lisez.com
Imprimé sur du papier issu de forêts gérées durablement.

ISBN : 978-2-266-32005-4
Dépôt légal : juin 2022

« L'homme rouge » n'a pas été capable d'accéder à ce royaume de la liberté dont il rêvait dans sa cuisine. On s'est partagé la Russie sans lui, et il est resté les mains vides. Humilié et dépouillé. Agressif et dangereux.

SVETLANA ALEXIEVITCH, *La Fin de l'homme rouge*

Aux jeunes Sibérien.nes de Norilsk – mon cœur

PREMIÈRE PARTIE

Le monstre

1

Taureaux furieux dévalant le cirque de la péninsule de Taïmyr, des vents de deux cents kilomètres/heure interdisaient tout mouvement depuis trois jours, figeant le Titanic industriel de Norilsk dans la glace. Un ouragan qui teintait la nuit polaire d'une couleur pourpre presque irréelle. Gleb Berensky observait le monstre sibérien derrière le triple vitrage de l'appartement, entre fascination et effroi. – 64 °C affichait le thermomètre de la mairie.

Gleb l'apercevait par intermittence à travers les tourbillons de neige, se demandant comment les éléments même déchaînés pouvaient ainsi colorer l'hiver. Une teinte violette, comme toutes les fleurs qu'il n'offrirait pas. Il ne poussait rien ou presque jusqu'à l'horizon, mille kilomètres à la ronde où ne survivaient que quelques arbustes rabougris accrochés au vide, balayés comme le reste par un dieu féroce qui tenait les humains terrés chez eux.

Gleb n'était pas le seul à manquer de nature. La moitié des habitants de Norilsk faisaient pousser des plantes derrière leurs fenêtres, serres tropicales miniatures élevées à la lumière artificielle, cactus ou répliques modifiées, plus sûrement jardinières en plastique importées qu'on trouvait à l'Arena, le supermarché du coin, nature disponible au rayon bricolage. Gleb, lui, rêvait de violettes, de figures impressionnistes peinturlurées dans le ciel, de fées dégringolées qu'on retrouverait le matin glacées dans les cadavres des flocons, ces choses inventées faute de présent sensible.

Gleb Berensky n'avait jamais vu d'abeilles, elles n'existaient pas en Sibérie du Nord, ni vu aucun oiseau survivre à l'été. L'hiver ici durait huit mois, que la crise climatique exacerbait jusqu'à des températures qui n'avaient plus de sens.

Les jours de tempête, les bus circulaient en convois pour évacuer les passagers en cas de panne. En ville, un piéton pris dans une bourrasque pouvait atteindre le deuxième étage d'un bâtiment en *volant*. Pour éviter ce désagrément, il fallait s'accrocher aux murs, aux feux, aux panneaux de signalisation, s'associer à d'autres pour former une chaîne humaine sous peine d'être plaqué au sol et traîné sur des dizaines de mètres. Les vieux en faisaient des attaques, les ados depuis leur chambre filmaient avec leur portable en se marrant.

Grimpé sur la tablette fixée à hauteur de la fenêtre – son « perchoir », comme il l'appelait –, Gleb observait sa ville, Norilsk, une épopée devenue tragédie à grande échelle dont les habitants d'aujourd'hui n'étaient que les derniers rejetons. Des survivants de tout. Car si le goulag de Norilsk avait disparu dans les poubelles de l'Histoire, eux restaient des prisonniers…

La voix d'un prince noir sortit Gleb de sa rêverie :

— Putain, ça s'arrange pas, la télé, maugréa Nikita.

Gleb se tourna vers son ami avachi sur le canapé-lit déplié, torse nu – surchauffer les appartements, vieille habitude soviétique. L'écran de télévision était, de fait, brouillé de neige.

— L'antenne satellite a dû être arrachée par la tempête, avança Gleb. De toute façon, pour ce qu'ils racontent…

— Je sais, râla Nikita en actionnant la zappette, c'est une blague.

D'autres images apparurent sur l'écran, celles des *Paras*, une série baston/roustons/vive-la-patrie-en-danger au succès non démenti, qui attisa de nouveaux jurons acerbes. Gleb n'écoutait pas les commentaires pourtant pleins d'imagination de son compagnon poète, hypnotisé par la lumière pourpre qui, dehors, chargeait les cieux de maelströms fabuleux ; Norilsk était une cage à ciel ouvert, mais combien d'humains avaient jamais vu pareil spectacle ? Il songea au blog écolo de son ex, Valentina, et, une idée en tête, descendit de son perchoir.

— Tu as faim ?

— Il est quelle heure ?

— On s'en fiche, il fait nuit tout le temps.

— Envoie. Je m'occupe des verres.

À 700 roubles (10 euros) le kilo de tomates venues par avion, Gleb se rabattait d'ordinaire sur le surgelé et Nikita n'était pas un fin gourmet – pour ça, il aurait fallu pouvoir goûter quelque chose de bon, comme il disait avec la mesure qui le caractérisait. Enfin, il restait dans le frigo des concombres conservés dans la saumure et du hareng, que les mineurs arrosèrent de vodka. Un repas pris comme d'habitude sur le pouce, de la musique pour couvrir leurs voix et brouiller les soupçons des miradors avoisinants – découverts, ils seraient châtiés, bannis, raillés, tricards jusqu'à Vladivostok.

Les bourrasques cognaient toujours à la fenêtre, par vagues successives qui faisaient tanguer l'immeuble. Pure vue de l'esprit pour Gleb, aventurier pragmatique. Le repas achevé, il recouvrit son tee-shirt orange d'un pull en laine tandis que son ami expédiait la vaisselle.

— Vivement qu'on remette les pieds dehors, grogna Nikita en jetant les fourchettes propres comme des carillons à sécher.

L'air revigoré qui traversait le visage de Gleb ne disait rien qui vaille ; il enfila son pantalon molletonné.

— Tu vas où, là ?

— Faire un tour sur le toit.

— Quoi, avec ce temps ? Tu es sérieux ?!

— Le vent est plein nord, et l'ouverture sur le toit donne plein sud : je l'aurai dans le dos.

— Bon Dieu, Gleb, c'est la nuit polaire !

— La nuit pourpre, corrigea son ami en zippant sa parka en plumes.

— Tu vas te faire emporter, oui ! protesta Nikita en tordant le robinet. Tu as vu ce qui souffle : sortir en plein ouragan, tu es taré ou quoi ?!

— T'en fais pas, je serai prudent.

— Un suicide prudent, ça existe, ça ?

— Ne t'en fais pas, répéta Gleb, j'ai l'habitude de grimper là-haut. Je resterai à l'abri.

— À l'abri de quoi ?

— De toi, si tu continues.

Nikita abdiqua devant son sourire et tant d'imprudence. C'était aussi pour ça qu'il aimait Gleb, « l'homme à la démarche de roi sans couronne » – son homme, doux avec tout mais assez extrême pour risquer sa peau pour une photo sur les toits.

— Je ne serai pas long…

— Pas long à t'envoler.

— Je te ferai coucou à la fenêtre.

— Aah.

Le Canon attendait sur un coin de la bibliothèque, fidèle au poste, entre ses rares livres de photos et le portrait d'une jeune Nenets. Le modèle numérique datait un peu mais il tiendrait le choc thermique – enfin, peut-être.

— À tout à l'heure, fit Gleb en empoignant l'appareil.

— C'est ça, conclut Nikita. Et crache à la gueule de Spiderman si tu le croises.

— Compte sur moi.

Ils détestaient les super-héros – même en slip, ces connards ne racontaient rien du monde.

De l'index, Nikita lui fit quand même signe d'approcher.

— Embrasse-moi avant de mourir…

*

Gleb était déjà sorti par grand froid mais jamais sous ces températures ; chaque respiration était comme un couteau s'enfonçant dans les poumons, on peinait à recoller ses paupières, chaque centimètre de peau se voyait brûlé par le gel. Gleb s'était muni d'un masque prévu pour garder l'air étanche, d'un bonnet sous la capuche de sa parka et de trois paires de gants superposées, dont des moufles spéciales qui isolaient l'index. Il lui faudrait vite les enlever le temps du réglage, puis les remettre pour déclencher l'appareil. Dès – 15 °C, les fonctions électroniques tombaient hors service en une dizaine de minutes : à – 64 °C, et à condition de rester dans l'axe protégé du vent, Gleb avait une, peut-être deux minutes devant lui pour attraper la couleur de l'ouragan.

Gleb prit l'ascenseur sur le palier du neuvième, où ils avaient leurs chambres-studios, appuya sur le numéro 15. Il n'y avait pas d'appartements au dernier étage, juste un couloir glacé où s'entreposait du matériel de maintenance. Il parcourut le bref labyrinthe et grimpa l'échelle métallique qui donnait sur le cube de béton au-dessus, un abri fermé par une porte d'acier qui le protégeait encore. Le typhon semblait souffler dans son dos, mais en dépit de ce qu'il avait dit à son ami, Gleb n'était pas rassuré à l'idée de l'affronter. À cette hauteur et avec la violence du vent, le moindre écart le verrait se faire happer : il partirait dans les cieux furieux pour s'écraser au hasard des centaines de mètres plus bas, insecte sur le pare-brise d'un immeuble, comme le présageait Nikita. Le danger l'excitait aussi, pour le côté dérisoire de sa quête – de simples images prises sur les toits. Alimenter le blog de Valentina n'était qu'un prétexte qu'il s'était imaginé, comme les violettes dans l'ouragan. Trop tard pour reculer ; Gleb était maintenant paré, le Canon pendu au cou, à couvert du cube de béton émergeant du sommet.

Si ses calculs étaient bons, il n'aurait aucun mal à ouvrir la porte ; s'ils étaient mauvais, la puissance des éléments la maintiendrait fermée. Son cœur battit plus vite dans le réduit, secoué de part en part ; il pressa la poignée et la porte s'ouvrit comme par miracle. Le vent virevoltant fouetta son corps, ce qui le fit paniquer deux longues secondes, puis Gleb se ressaisit. Le spectacle de la nature déchaînée était encore plus impressionnant depuis les hauteurs, avec cette nuit pourpre qui illuminait le ciel et les nuages fuyant comme des troupeaux affolés jusqu'à l'autre hémisphère. Il avança sur le toit où hurlaient les structures arrimées au sol ; il n'y avait pas de parapet pour sécuriser la zone, mais des bouts de ferraille tordus disséminés, pièges connus par cœur. Non, c'étaient plutôt les rafales tourbillonnantes qui l'inquiétaient… Il fit un pas de plus, craignant d'être emporté par une lame invisible, puis un autre : Gleb tenait l'équilibre, chahuté mais debout. Encore deux mètres et il pourrait dominer la ville pour réussir sa photo. Le vent cisaillait les fers apparents du béton armé, on les entendait siffler depuis le revêtement du toit où chaque pas le rapprochait un peu plus du vide. Il distingua enfin les immeubles plus bas, en proie à tous les assauts, les avenues enneigées fouettées par les tornades : plus qu'un mètre et l'angle de vue serait parfait… Il y avait trop de vacarme pour capter les sons de la ville, emportés comme des bombes vers le Sud inconnu, mais un autre spectacle s'offrit à ses yeux, hallucinant : une des barres d'immeubles du quartier voisin était prise dans une tornade, et son toit entier commençait à s'effondrer.

*

Le sol de la Sibérie du Nord trop gelé pour y établir des fondations, les soviets avaient bâti leurs navires de béton sur des sables mouvants, qui aujourd'hui coulaient par le fond : les *gostinka*, ces foyers de travailleurs construits lors de l'expansion de la ville. Dasha habitait le dernier témoin de l'époque encore salubre, les autres se tenaient alignés pour rien, rebuts géants à l'obsolescence post-nucléaire d'une guerre perdue il y a longtemps, à l'image de Norillag, l'ensemble pénitentiaire du goulag qui avait vu naître Norilsk. Son histoire.

J'ai encore cassé du verre dans ta chambre
Ne regarde pas le tapis
J'ai dessiné quelque chose d'horrible dessus...

Sa mère l'avait prénommée Ada mais tout le monde l'appelait Dasha, diminutif propre à leur langue pour marquer l'affection. La jeune femme avait toujours vécu ici, au onzième étage du *gostinka* ; les mots de Bowie emplissaient l'appartement qui, malgré ses dimensions de cage à lapins, ne lui avait jamais paru aussi vide.

Sa grand-mère Aliona venait de mourir, laissant Dasha tout à fait orpheline. Personne ne l'attendrait plus désormais, nulle part. Plus de caresse féminine pour consoler ses peines, plus d'épaule à l'écoute où poser sa tête. Ses sanglots mêmes avaient été claquemurés la nuit de ses dix ans quand sa mère était morte la première, Irina renversée sur un trottoir par un de ces chauffards qui dépensaient leur vie au hasard de celle des autres. Une mauvaise étoile, c'est à croire, puisque Dasha n'avait pas connu son père, ouvrier reparti sur le « continent » avant sa naissance avec sa prime d'intérimaire, sans même lui donner un prénom. Peut-être que sa mère l'avait conçue seule, ou avec l'accord jamais tenu de Nikolaï Andreïvitch (c'était le nom du géniteur), ou qu'ils s'étaient aimés le temps d'une saison en enfer ; avare de sentiments ou par pudeur, sa mère Irina n'en parlait pas.

Sans modèle masculin pour parer sa nécessaire altérité, Nikolaï Andreïvitch pouvant aller se faire foutre (elle s'en moquait avec sa grand-mère, pour mieux châtrer le fantôme), Dasha s'était inventé d'autres idoles, musiciens, poètes, écrivains, acteurs, avant de tomber à quinze ans sur David Bowie, qui était tout à la fois. Aliona avait fini de l'élever, sans mari elle aussi, un mineur enseveli à trente ans qu'elle pleurait parfois le soir dans le lit, avant de caler son flanc contre sa petite-fille… Elles avaient dormi ensemble jusqu'à ses dix ans, en bas du lit superposé, lorsque Irina logeait à l'étage. Dasha aimait le contact de sa babouchka, si vieille que sa vie semblait déjà révolue, mais aussi douce qu'on pouvait l'être à son âge. Aliona non plus ne parlait pas beaucoup de son passé, de sa jeunesse à Norilsk, ça ne sert à rien de ressasser, elle disait, il n'y a que du malheur à oublier, et le présent chez les Russes prenait toute la place. C'est elle qui lui avait appris à coudre, à créer les habits qu'on ne trouvait pas en ville, un esprit ouvert, surtout pour sa génération qui avait connu la guerre.

À l'adolescence, sa grand-mère la laissait sortir tant que Dasha rentrait à l'heure, lui rappelait le caractère intéressé des garçons quand elle les retrouvait l'été au lac, s'extasiait avec emphase devant ses premières créations vestimentaires, en rajoutait au besoin pour l'encourager à sentir la liberté au bout de ses doigts de couturière en herbe. Mais le poison du temps avait ratatiné la brave Aliona, tous les hivers un peu plus, assassin en col blanc que la vieillarde ne distinguait plus de la nuit polaire. Quatre-vingt-douze ans : Aliona Svetlova avait été une force de la nature, vu les conditions de vie en Sibérie, mais sans elle à ses côtés Dasha n'avait plus pied. L'impression de couler… Elle alluma une cigarette à ses lèvres roses. Le vent frappait à la fenêtre de l'appartement mais il n'entrerait pas. Pas aujourd'hui. Il y avait déjà trop d'intrus dans sa tête d'orpheline, trop de spectres éparpillés et sans couleur.

Dix jours seulement qu'Aliona avait quitté ce monde. Ils comptaient double avant qu'elle s'habitue. Bowie aussi était mort, mais la voix du divin Thin White Duke doublait celle du typhon qui s'époumonait dehors.

Tu es une personne si merveilleuse
Mais tu as des problèmes
Jamais je ne te toucherai…

Dasha écrasa le mégot dans le cendrier plein, constata que le diamant bouchonnait en bout de course sur la plage vierge du 33-tours, remit la première face de *Low*. Près d'un demi-siècle que l'album était sorti, une éternité qui n'avait pas pris une ride. Pas comme elle… Dasha croisa son visage dans le miroir en pied de son réduit : quel âge avait-elle, vingt-trois ans ? Elle en paraissait trente, ou quarante si elle se comparait aux filles occidentales croisées sur Internet. Un vieillissement accéléré causé par la pollution du site industriel, par les écarts de températures (– 60 °C comme cet hiver et des pointes à + 30 °C l'été, une différence de quatre-vingt-dix degrés, comme si l'être humain pouvait bouillir), par les trois mois de nuit permanente puis de trois autres de jour total qui déréglaient son métabolisme, qu'en savait-elle…

Un grondement formidable secoua soudain l'édifice de l'immeuble. Il y eut un long gémissement strident, métallique, comme d'une grue qui s'apprête à rompre, la plainte des murs ballottés sous la pression du dieu béton, puis une vision d'apocalypse passa à la fenêtre, qui la pétrifia : arraché par l'ouragan, le toit du *gostinka* dégringola sous ses yeux, d'un bloc, avant de sombrer dans un fracas qui fit trembler le sol.

Une poignée de secondes restèrent en suspens, avant que Dasha se précipite. Par miracle, le vitrage de sa chambre n'avait pas volé en éclats, mais tous les locataires n'auraient pas eu cette chance ; elle se pencha vers l'amas de ferraille et de gomme fracassé, onze étages plus bas, constata qu'une partie du toit pendait encore dans le vide. Il y aurait des morts, c'est sûr. Et avec ce temps les secours n'étaient pas près d'arriver.

Dasha était folle à ses heures, c'était même aux yeux des autres sa marque de fabrique ; elle décida d'affronter le monstre.

*

Les rangées d'immeubles avaient été disposées très proches les unes des autres pour contrer les tempêtes, comme des paravents, ne laissant qu'un court interstice en guise de passage ; ces corridors faisaient office de refuge en cas de blizzard, les inscriptions des numéros, surdimensionnées, facilitant le repérage dans la tourmente.

Ils étaient deux au pied du *gostinka*, un masque sur le visage pour respirer, une torche à la main défiant la nuit, la tête inclinée pour ne pas basculer en arrière ou être emportés. On apercevait des lumières au-dessus, des gens qui criaient depuis les étages amputés, paniqués, tandis qu'ils convergeaient vers les décombres de l'immeuble. Gleb ne devinait pas qui se cachait sous la combinaison blanche.

— Tu es qui ? hurla-t-il au milieu du chaos.

— Et toi, gros malin, qu'est-ce que tu fais là ?

— Ada ?!

— Qui veux-tu que ce soit, cria-t-elle, j'habite ici !

C'était folie d'être dehors, ils le savaient tous les deux, mais ils avaient eu la même idée – lui de longer les corridors pour se glisser jusqu'au lieu du sinistre, elle de dévaler l'escalier de service pour atteindre le pied du bâtiment, heureusement protégé des vents les plus violents. Mais le temps pressait : le toit s'était en grande partie effondré, comme une langue de structures désemboîtées figée dans la lave, le reste menaçait de tomber sous la pression des rafales.

— Allez, fit Dasha d'un mouvement de tête, aide-moi à soulever cette plaque, il y a peut-être quelqu'un dessous !

Les flocons fusaient comme des balles. C'était une plaque de fer rouillée et tordue qui donnait une idée de l'état du toit ; ils parvinrent à la déplacer et, d'un coup de reins, la repoussèrent sur le côté.

— Y a rien là-dessous ! constata Dasha.

Qu'un mélange de taules, de tiges métalliques, de matières caoutchouteuses qui ne collaient plus à rien. L'armature démembrée grinçait dangereusement au-dessus d'eux, des objets non identifiés volaient jusqu'à l'esplanade, au risque de les décapiter. Ils jetèrent un regard nerveux autour d'eux en quête de blessés, quand une voix tonna dans leur dos :

— Dégagez de là, bon Dieu !

Gleb reconnut le chauffeur de taxi à sa carrure de boxeur et à son accent ouzbek.

— Allez ! gronda Shakir en levant la tête vers le toit en perdition. Faut pas rester, tout va s'écrouler !

Joignant le geste à la parole, l'homme attrapa Dasha par le bras et l'envoya dinguer vers l'esplanade. Il allait en faire de même avec le jeune imprudent mais la silhouette épaisse de Shakir un instant se figea : une forme humaine venait d'apparaître dans le faisceau de sa torche, à demi ensevelie… Gleb enjamba les débris amoncelés, croyant à la découverte d'un locataire accidenté, inclina à son tour sa lampe et frémit. Le tronc d'un homme vêtu d'un manteau à poils de rennes gisait là, dans une position si rigide qu'il semblait congelé depuis des lustres – la tête, âgée et burinée comme celles des autochtones, reposait à ses côtés, détachée sans doute après sa chute vertigineuse… Ce fut sa dernière vision : Shakir empoigna sa parka et le tira brusquement en arrière.

— Recule, bon Dieu !

Un ultime craquement les fit détaler.

Pont suspendu au vide, le reste du toit s'écroula au pied du *gostinka*, ensevelissant le cadavre du malheureux sous des tonnes de structures disloquées.

2

Boris et Anya s'étaient rencontrés au Collège des Arts lors d'une remise de médailles de la police, elle juchée en vain sur ses platform boots, lui engoncé dans un costard beige qu'il ne portait plus depuis Irkoutsk, touchant de maladresse au milieu du décorum.

Andreï Voronine les avait présentés parmi d'autres convives ; Boris n'avait pas grandi ici, il ne connaissait personne. Ils n'avaient échangé qu'une poignée de mots entre deux coupes de faux champagne – « Ah, tu es la petite sœur d'Andreï ! » – mais les jeux étaient faits pour Anya : elle n'avait jamais ressenti autant d'attention dans le regard d'un homme, cette tendresse compassée que ses mots timides peinaient à cacher. Une nuque large, des cheveux gris épais comme ses épaules de lutteur à la retraite, deux petits yeux rapprochés rappelant l'ours emblème de la ville : tant pis si Boris Ivanov n'était pas beau, il était sincère, et dévoué si elle consentait à lui accorder sa main.

Anya avait consenti.

Boris avait le double de son âge. Ils formaient un couple disparate à tous points de vue mais sous ses airs de bête mal léchée il l'appelait « ma petite fée », pour qu'elle n'ait honte de rien. Anya mesurait un mètre trente-sept – dix de plus avec ses bottes à talons compensés –, soit autant de complexes empilés depuis l'enfance. Anya Voronine ne portait pourtant aucun des stigmates du nanisme ; elle avait un visage de brune pâle aux grands yeux de manga, de jolis seins sur un buste rétréci et des jambes très courtes qui, les vilaines, la mettaient plus bas que terre. Des jambes qui n'avaient pas poussé à son goût, ou pas assez, ou trop feignantes, des traîtres à la patrie féminine qui la réduisaient de moitié. Boris Ivanov s'en fichait. Disait aimer les petites femmes, sa porcelaine, qu'allongés on ne remarquait rien, que le bleu de ses iris lui suffisait tant qu'ils pétillaient pour lui.

Boris se trouvait laid, balourd, avec son ventre rebondi, ses bajoues à poils de sanglier impossibles à raser correctement, sa tête ronde et ses yeux courts d'un brun tiède qui, très tôt, lui avaient valu des variations plantigrades. Un putain d'ours même pas blanc, comme le pauvre *michka*, qui se les gelait depuis douze ans dans sa cage sur le parking de l'héliport local, capturé par errance et devenu coqueluche oubliée de Norilsk ; Boris se considérait comme un type d'aucune espèce particulière, tout juste assez futé pour intégrer un poste de flic, d'une banalité polaire, sans savoir que les vrais trésors ne brillent pas.

Il venait d'Irkoutsk, perle de la Sibérie centrale, et l'arrivée à Norilsk avait été rude. Une fois sorti du centre-ville et de ses immeubles colorés, tout n'était que barres de béton et dédales de tuyaux surélevés sur fond de cheminées crachant leurs nuages létaux depuis les hauts-fourneaux. Les bâtiments plus récents avaient été construits directement sur le permafrost, mais le mauvais état des conduites d'eau chaude qui alimentaient le chauffage urbain provoquait des fuites et la fonte progressive du sol, entraînant un affaissement de nombreuses constructions et une libération nocive de méthane.

C'est dans un de ces bâtiments flageolants que les jeunes mariés avaient élu domicile, il y avait deux ans maintenant, un immeuble semblable à tous les autres : austère, vétuste, avec des boîtes aux lettres arrachées, une odeur de cave humide et son entrée bâtie sur pilotis pour éviter d'être bloquée par la neige. L'appartement, un préfabriqué de vingt mètres carrés, avait été construit en série pendant les années 1970 et 1980, du provisoire qui durait toujours. Le couple avait emménagé dans ce titan de béton rongé par le froid, au large de la patinoire à ciel ouvert qu'on apercevait depuis le hublot de la kitchenette.

En 2005, Norilsk s'était officiellement agrandie en annexant les trois villes-satellites autour de la cité minière, Kaïerkan, Snejnogorsk et Talnakh, faisant bondir le chiffre de la population à plus de deux cent mille. Un subterfuge pour oublier que la région lentement se vidait. Un quart de la population avait quitté la ville dans les années 1990, l'inflation avait englouti les économies de la plupart des ménages restés sur place, qui n'arrivaient plus à partir, les autres vivaient dans l'incertitude du lendemain. Des estimations tablaient sur une cinquantaine d'années d'activité, d'autres sources ne donnaient à Norilsk pas plus de dix à quinze ans de vie, d'autres encore disaient que les sous-sols de la presqu'île n'avaient été explorés qu'à trois pour cent de son étendue alors qu'ils renfermaient plus de la moitié des réserves de diamant industriel du monde. Dans tous les cas, ceux qui ne travaillaient pas devaient partir. Norilsk était en perte de vitesse malgré les richesses produites, le conglomérat embauchait même des travailleurs saisonniers ou à durée déterminée pour ne pas avoir à payer logements et retraites. Les familles nombreuses, les invalides et les retraités étaient prioritaires pour bénéficier de l'aide au retour sur « le continent » – comme les habitants de la péninsule appelaient le reste de la Russie. La municipalité affrontant des coûts exorbitants pour l'entretien de logements qu'il fallait chauffer trois cent quarante jours par an, une nouvelle vague de départs devait libérer trois mille appartements.

Qui voulait vivre ici ? Il neigeait deux cent soixante jours par an – soit l'équivalent de dix tonnes de neige par habitant –, dont cent trente de tempête, quand le pourga devenait bourane, ce vent arctique qui filait du trente mètres à la seconde. Dès – 30 °C, rester dehors présentait un risque mortel. Les jours de blizzard, les ferrailles volaient des toits, les enseignes, des magasins – des dangers constants dont on faisait peu de cas.

Prise dans la glace tels les vaisseaux partis explorer les mers du pôle Nord, Norilsk ne pouvait être atteinte que par avion si le temps le permettait, et l'été par cargo, quand la fonte libérait le port de Doudinka. En dehors de cette période, personne ou presque ne s'aventurait sur le fleuve Ienisseï, lui aussi gelé : Norilsk et la péninsule de Taïmyr étaient trop isolées pour le commerce, le tourisme, l'idée même de voisinage. Pour vivre ici, il fallait y être né. Ou être fou.

Norilsk était une ville vortex, un poison psychique qui aspirait le cerveau des hommes échoués là, vous ramenait larves dans l'œuf, en fusion au cœur d'un noyau perdu. Une impression lunaire annulait les reliefs et les parois, écrasait, pulvérisait les sens. Barres d'immeubles comme des trompe-l'œil, cours battues par des vents méchants, les âmes s'engourdissaient, en proie à une hypothermie cosmique qui réduisait les êtres à des choses. Dépressions, pertes de sens, suicides : le manque de vitamines lié aux nuits polaires n'expliquait pas tout.

Le géologue Nikolaï Ourvantsev avait découvert des sources de métaux au nord du plateau de Poutorana dans les années 1910, trois cents kilomètres au-dessus du cercle polaire. Un siècle plus tard, le gisement de nickel-cuivre-palladium de Norilsk-Talnakh était le plus grand au monde. Quinze millions de tonnes étaient extraites chaque année, réparties en six mines qu'exploitait Norilsk Nickel, le consortium. Rejetant à elle seule autant de gaz que la France, la pollution locale dépassait celle de Tchernobyl.

Cent mille hectares de toundra avaient disparu, brûlés par les pluies acides autour de la ville, dans les rues les gens se cachaient le visage ou se ruaient dans les entrées d'immeubles lorsqu'un nuage toxique surgissait on ne savait d'où. Ceux qui partaient se ressourcer l'été près du lac Lama, un ancien site d'essais nucléaires, qualifiaient l'eau de « minérale » – pleine de métaux lourds. De l'humour russe, pour oublier qu'à quarante ans on avait perdu une bonne partie de ses dents.

L'herbe poussait peu, les arbres qui s'y aventuraient desséchaient, baies sauvages et champignons étaient chargés de poisons, les animaux fuyaient. Un pour cent du dioxyde de soufre présent dans l'atmosphère était produit à Norilsk, en plus de l'oxyde d'azote, de carbone et de phénols, expliquant les affections respiratoires dont souffraient les habitants dès l'enfance, et l'espérance de vie se voyait réduite à soixante-cinq ans pour les femmes, cinquante-trois pour les hommes – dix de moins que dans le reste du pays.

Anya Voronine Ivanova n'était plus une enfant malgré sa petite taille, mais à vingt-quatre ans la coiffeuse n'était pas sûre de survivre à sa décennie. Bronches et poumons lui arrachaient des toux récurrentes, douloureuses et chroniques, justifiant des visites régulières chez un pneumologue.

Boris et Anya avaient attendu la fin de l'ouragan pour son check-up semestriel, que tous les deux appréhendaient.

Le docteur Valenko portait sa blouse blanche par-dessus un jean informe, une paire de tennis ridée, des cernes mauves comme deux besaces abandonnées sur le bord de la route.

Boris assistait à la visite, vissé sur une chaise de plastique que son poids fissurait ; redoutant chaque mot du médecin, il peluchait son vieux pull marron avec l'anxiété due à une mauvaise nouvelle qu'on sait inéluctable.

— Vous vous sentez comment depuis la dernière fois ? s'enquit le spécialiste.

— Pas très bien, répondit Anya.

— C'est-à-dire ?

— Les irritations toujours, dans la gorge. Mais c'est surtout les bronches qui me font mal.

— Toussez.

— Je ne fais que ça, fit la jeune femme comme si elle s'excusait de quelque chose.

— Encore.

Boris Ivanov était proche du malaise, comme les parents devant leur enfant hospitalisé ou gravement malade ; il souffrait par intraveineuse, au double de la peine endurée, finissant de ruiner son pull en laine.

— En effet, commenta Valenko en retirant son stéthoscope. Pas d'amélioration notable depuis la dernière visite. Enfin, le traitement semble stabiliser le souffle au cœur.

— Mais les poumons et la gorge, c'est de pire en pire, remarqua Anya.

— Hum. Votre taille n'arrange rien.

La brute.

— Vous n'allez pas reprocher à ma femme d'être petite ?! aboya Boris comme à la vue d'un bâton.

— Non, bien sûr, mais les organes sont ainsi faits qu'ils encaissent mieux s'ils sont sains et forts.

Le pneumologue cherchait à les embrouiller, ou à se dédouaner pour son incompétence. Boris rougit malgré lui ; il n'était pas non plus l'homme le plus intelligent du monde, mais il ne fallait pas le pousser dans les congères.

— Il n'y a pas d'autre traitement ? demanda-t-il tandis qu'Anya enfilait son pull à motifs – des petits rennes.

— Pas d'autres médicaments que ceux que je vous donne, non, fit Valenko. Mais si vous vous plaignez des bronches, ça n'augure pas de meilleurs lendemains, ajouta-t-il en se tournant vers Anya. On pourra stabiliser la maladie, au mieux. Il va falloir apprendre à vivre avec.

Ou à mourir.

— Il y a bien une solution ? retenta Boris.

— Oui, un sanatorium, confirma le médecin. Mais ça implique d'aller sur le continent et de s'y installer pour une durée assez longue ; trois, cinq ans, minimum. Ils font de très bonnes cures à Saint-Pétersbourg, et à Moscou dans une moindre mesure, précisa-t-il avec un flegme qui frôlait l'indifférence. Mais j'imagine que vous n'en avez pas les moyens…

Anya baissa la tête comme si c'était de sa faute. Son mari enrageait, impuissant. Les adieux avec Valenko furent brefs.

Il attendit d'être dans le couloir pour prendre la main d'Anya. L'hiver sifflait toujours derrière le sas du cabinet médical, comme ses poumons nécrosés qu'il sentait vibrer contre sa paume trop moite. Boris serra sa femme entre ses pattes pour qu'elle ne voie pas ses yeux embués, diffusa sa chaleur contre son corps d'enfant malade.

— On va s'en sortir, dit-il. Je te le jure.

*

La tempête qui s'était abattue sur la ville n'avait pas seulement arraché le toit d'une barre d'immeubles vouée à disparaître : les faubourgs et ses environs avaient été dévastés. Sept personnes étaient mortes, imprudents ou automobilistes piégés dans leur véhicule, surpris par la violence du vent malgré les alertes météo. On avait retrouvé des camions couchés au milieu de la route, des pylônes électriques renversés comme des escabeaux, une grue réduite en bouillie, des dizaines de voitures sur leur toit ou poussées, poussières de rien, contre les murs, les fossés. Les dégâts se comptaient en dizaines de millions de roubles et n'arrangeaient les affaires de personne.

Boris gambergeait, les mains sur le volant en moumoute de sa Toyota de fonction. La maladie d'Anya bouchait toute idée d'avenir, à l'instar de leur langue qui répugnait à employer le futur, et le pneumologue avait été clair : seul un sanatorium pouvait la sauver, une clinique sur le continent où on la cajolerait de sérums oxygénés inconnus des habitants de Norilsk. La médecine, comme le reste, se révélait à plusieurs vitesses ; la moitié de la population russe subsistait grâce à l'économie informelle – potager, entraide familiale, travail non déclaré. Anya était coiffeuse à domicile, un complément aléatoire à leur couple fauché, et ce n'était pas son salaire de flic qui la tirerait de là... Ça le rendait malade, lui aussi.

L'essuie-glace balayait les flocons qui se jetaient en chœur sur le pare-brise, découvrant les élèves emmitouflés qui chahutaient sur les marches du musée de la ville, excités par leur première sortie scolaire depuis la tempête.

Staline, qui avait voulu Norilsk aussi belle que Leningrad, avait envoyé ses meilleurs architectes pour rendre la Sibérie attractive aux futurs mineurs : les vieux immeubles de style saint-pétersbourgeois du centre restaient magnifiques malgré leur délabrement, avec leurs fenêtres et leurs balcons Art déco, cet air d'Europe qu'ils se donnaient le long de Leninski prospekt, l'artère principale, cette avenue Lénine où la statue du commandeur défiait encore l'apesanteur d'une Histoire révolue. Boris Ivanov dépassa la première isba de la ville, cabane anachronique au milieu du béton désarmé, et engagea la Toyota sur l'avenue qui menait au commissariat central.

Chargé d'aider à se repérer dans le jour perpétuel de l'été ou dans la longue nuit polaire, un cadran solaire unique au monde affichait non pas douze mais vingt-quatre chiffres. Boris subissait les périodes hivernales de plein fouet, avec l'impression de vivre en continu sans différence entre le dehors et le dedans, et c'était presque pire l'été, quand le jour permanent troublait le sommeil à s'en creuser les joues.

Le commissariat se situait trois cents mètres plus loin, face à la rutilante église orthodoxe, toute de bleu et d'or, bâtie récemment en l'honneur de la police. Une lubie de Poutine qui, tout en considérant la chute du communisme comme « la plus grande catastrophe du vingtième siècle », s'appuyait sur l'Église pour asseoir son pouvoir. Boris croyait en Dieu dans la marge de ses espérances, sans attendre grand-chose ici-bas – « Oblige un ignorant à prier, il se brisera le front en courbettes », comme on disait.

Il extirpa ses quatre-vingt-cinq kilos de l'habitacle, la chapka vissée sur sa grosse tête poivre et sel. La température avait grimpé à l'approche du printemps, – 33 °C, loin des records atteints quinze jours plus tôt. Boris passa le sas vitré du bâtiment sans saluer l'agent à l'accueil, fit couiner les semelles de ses bottes fourrées sur le revêtement plastique et grimpa au premier étage avec une lenteur étudiée. Les affaires qu'on lui laissait n'intéressaient personne. Son étage était celui des affaires courantes, violences domestiques, suicides, accidents… Un réduit de deux mètres carrés isolé par un plexiglas plus très net faisait office de prison temporaire, avec un banc de béton où pouvaient s'asseoir jusqu'à deux suspects, sans recul ni autre perspective qu'un surveillant à casquette derrière son comptoir. Le bureau de Boris Ivanov se situait au fond du couloir, deux chaises valant pour salle d'attente, mais le type en uniforme l'intercepta.

— Illitch veut te voir ! lui lança-t-il sans préambule.

Adrian Illitch, le chef des homicides. La dernière fois qu'il avait eu affaire à lui, c'était pour qu'il se coltine la tombola.

— Qu'est-ce qu'il veut ? renvoya Boris.

— Si je le savais, je serais pas derrière ce comptoir.

Le lieutenant Ivanov grimpa à l'étage du dessus sans se formaliser de l'indifférence qu'il inspirait à ses collègues. Ses illusions étaient restées dans sa ville natale, la plus belle qu'il connaissait.

Les ordinateurs bruissaient dans l'open space des huiles locales ; le bureau d'Illitch trônait au bout du couloir avec vue imprenable sur le dôme doré de l'église. L'odeur de confinement était moins prégnante dans le repaire de son patron, la chaleur trop intense pour garder sa parka. Boris eut un peu honte de son pull marron peluchant aux coudes, la manche décousue au poignet laissait pendre un fil rebelle qu'il n'osa arracher, même si Illitch le regardait à peine, dans la belle chemise blanche de son costard à cravate. Quinqua moins empâté que lui, visage amène à nez d'aigle affûté par un regard bleu pâle tout aussi tranchant, Illitch parlait d'une voix monocorde tout en surveillant son portable, comme si le monde allait trop vite.

Le cadavre d'un homme avait été découvert dans les décombres d'un toit arraché lors de la tempête, un Nenets visiblement, qui gelait là-haut depuis on ne savait quand. Un voisin avait signalé sa présence parmi les débris du *gostinka*, mais il avait fallu attendre la fin du blizzard et l'arrivée des bulldozers pour extirper la dépouille et la ranger dans un tiroir de la morgue, à peu près reconstituée après sa chute. Le temps était passé avant qu'on s'inquiète ; l'homme n'avait aucun papier sur lui, personne n'avait signalé sa disparition ni réclamé de ses nouvelles.

Illitch chargea le lieutenant Ivanov d'identifier la victime, un fantôme jusqu'à présent.

— Et ses empreintes digitales ? releva Boris.

— Elles ne sont pas répertoriées par nos services. Enfin, je n'ai fait que survoler le dossier, et le type était en plusieurs morceaux quand on l'a ramassé dans les décombres. Tiens, ajouta son patron en faisant glisser une pochette sur la table du bureau. Jettes-y un œil et trouve d'où sort cet homme, s'il a une famille ou quelqu'un qui pourrait s'inquiéter.

L'âge et le statut social créaient naturellement une dissymétrie entre le tutoiement et le vouvoiement, Boris marinait dans ses bottines humides quand Illitch déambulait dans des mocassins luisants enfilés en arrivant.

— Et s'il s'agit d'un meurtre ?

— Tu verras ça avec l'assistante du chef légiste, abrégea Illitch. C'est elle qui garde le cadavre au frais. Commence par m'identifier ce type, on avisera en conséquence.

Boris avait d'autres questions, mais un appel sur le portable du chef des homicides finit de le congédier.

3

Le vent se tait, enfin. Il couve sur le sol, tambour au repos qui bientôt reprendra les armes. Car rien ne dure. Le passé n'existe pas. L'instinct fait tout et modèle la mémoire. La sienne est monolithe, pierre coupante, sans états d'âme, ou celle d'un rôdeur perpétuel fondu dans la nuit des temps. Il sent le chlore, le soufre, le pus des hommes jusque dans le ciel améthyste dont il ne connaît pas la couleur ni les mots savants.

On ne s'habitue pas à cette odeur de cadavre, de corps dépecé vivant comme ils le font par ici, leurs deux pattes dressées pour tuer, extraire, épuiser, construire des cités dures et froides qu'ils rêvent de caresser ou de casser. Leurs mains sont des foreuses, des dents d'acier, rien de vivant – la nature qu'on leur a donnée et qu'ils font payer cher. Il ne sait pas ce qui l'a mené là. Ses pas sont des traces invisibles sur la glace, fragments des temps anciens où la toundra n'avait pas de nom.

On l'appelle pourtant, un cri lointain qui le renvoie peut-être à l'écho de ce qui fut en premier. Il sent les couches de sédiments sous lui, vestiges de l'éruption survenue des millions d'années plus tôt, s'étalant sur autant de kilomètres cubes de lave, percée forcenée jusqu'à la solidification du magma. Ressenti immémorial dispersé dans son univers spectral – la survie, ou quelques enchantements éternellement recommencés sous peine de mort capitale.

Il n'y songe pas. Il ne songe pas. Il rêve pourtant, ses ennemis s'en souviennent, des rêves de chien dont sa peau ne veut plus. Son armure maternelle. Pas de mots pour expliquer des raisonnements, ses pensées s'empilent à mesure qu'il foule le sol gelé. Il n'est pas de ces tueurs mais d'une autre race, mû par d'autres instincts, d'autres apprentissages. Il a vécu choyé par les siens, sécurisé par le sang, mais il les a perdus. Il ne s'en souvient pas, trop de briques opposées au blizzard, trop de raisons d'oublier ce qui a été. La maison de sa pensée est dans l'errance, sa mort au hasard.

Il marche à pas de velours dans le temps mauvais, pas à pas il s'efface. Méfiant, c'est dans ses gènes, à cran c'est maintenant, même si la nuit le protège. Fini de jouer, il n'est plus que solitude, et la lune pour boussole. En cadence – en cadence... Au-dessus, les fumées hautes se jettent au ciel comme des bouées d'acide, grossissant les nuages que l'hiver a figés. L'envie d'en découdre est là.

On l'a rejeté il y a longtemps, mauvaise graine, sous prétexte qu'il emportait parfois des enfants. On est le bandit, le maraudeur, le criminel potentiel. Ils voudraient le briser, biffer son existence du souvenir qu'ils ont d'eux-mêmes. Sa présence est un obstacle à leur chute à venir, ils ne le savent pas et lui non plus : il avance au portant, car le vent s'est relevé. Le calme n'était qu'une escarmouche, relatif et mordant le blanc nocturne qui luit sous ses yeux. Pas de suspension sur ce nid de tonnerres, de repos en ces moments décharnés, les proies sont rares et les abris peu sûrs. Des blocs. Des blocs de pierre qui sentent la pisse froide et leur humeur domestique.

Ses pas dans la neige se recouvrent d'eux-mêmes, toujours. Sans domicile fixe, il erre dans la ville à l'heure où les âmes sont couchées, bravant incognito le monde défiguré et toujours prêt à s'en venger. Il le sent là au fond des tripes, ce cri qui lui remonte à la gorge ; non, impossible de le retenir, de contenir cet instinct... Il cherche quelqu'un à tuer.

4

Au motif de punir la Russie pour l'annexion de la Crimée et son soutien à Assad, les sanctions économiques de l'Occident avaient uni le pays autour de Vladimir Poutine ; mieux – ou pire –, la rétention de marchandises étrangères avait propulsé les produits russes, d'ordinaire risée du peuple, sur le marché intérieur, tout en justifiant auprès des électeurs le manque de moyens et de biens mis à leur disposition. Si la revanche du Kremlin en matière de politique extérieure ne faisait pas de doutes, renforçant le sentiment patriotique après tant d'humiliations, la donne restait la même pour la population.

L'hôpital Ogoner de Norilsk, sous-financé, ne dérogeait pas à la règle : les employés qualifiés, sous-payés, devaient acheter leur propre équipement, les fournitures de base, remplacer les ampoules qui en grillant à tout bout de champ plongeaient parfois la moitié des salles dans le noir, les tuyaux de ventilation arrachés ou qui, branlants, ne fonctionnaient plus ou à peine, alimentant les nids à microbes ; l'hôpital interdistrict numéro un de Norilsk tournait comme un carré avec un maximum de mauvaise volonté – « Déjà qu'on se fait enculer, on va pas en plus se casser le cul ! » raillaient les intéressés.

L'hiver, on y soignait les ivrognes ramassés dans la rue, ceux à qui on devait couper le nez, les orteils, les doigts ou les pieds gelés, le reste du temps on recevait les accidentés de la route, les désencastrés dont il fallait tamponner les poumons, les types qui te remerciaient en t'insultant, les petits vieux qui s'excusaient du dérangement, les babouchkas aux lèvres ridées qui te baisaient les mains. Réservé à la morgue, le sous-sol du bâtiment n'échappait pas à l'approximatif, avec les trois barreaux manquants dans la rambarde d'escalier remplacés par du scotch, avec ses brancards grinçants et ses outils à moitié rouillés, du balai-brosse au scalpel, qui faisaient le quotidien de Lena Bokine.

Lena était la seule femme légiste en exercice à Norilsk, la meilleure, comme elle aimait plaisanter. Sa spécialisation en médecine légale achevée huit mois plus tôt, l'année de ses trente ans, on l'avait bombardée troisième assistante du chef légiste, Grisha Ostenko, qui répartissait les missions selon ses humeurs – et ce que ça pouvait lui rapporter en pots-de-vin, selon les mauvaises langues. Consignée aux travaux de laborantine, s'usant les yeux sur des germes sans assister à aucune opération, Lena ne connaissait que les cadavres de la fac et n'en gardait pas un très bon souvenir – son prof de dissection s'amusait à faire des selfies devant les macchabées en compagnie des plus jolies étudiantes (catégorie où on pouvait l'inclure), une potacherie irrespectueuse qu'il valait mieux prendre pour de l'humour.

Lena trouvait le temps long, pressée d'en découdre avec les morts et de montrer ses compétences aux machos de service, qui ne voyaient en elle qu'une belle tige auburn aux yeux émeraude malheureusement mariée et peu disposée à se faire culbuter dans un placard.

Le meilleur, elle le gardait pour Sacha, son homme.

Lena considérait son métier avec curiosité (la biologie la fascinait, comment les êtres se constituaient ou se détruisaient) et détachement (un crâne ouvert n'était pas plus répugnant qu'une huître, qu'elle n'avait Dieu merci jamais goûtée), ce qui ne la dispensait pas d'ambition. On l'avait chargée de reconstituer le cadavre du Nenets qui avait explosé dans la chute et de le maintenir au frais avant que la famille se manifeste, mais les semaines passaient et personne ne venait reconnaître le malheureux.

Si les morts ne sont morts que lorsqu'on les oublie, celui-là avait eu droit à la double peine. Lena avait profité du désintérêt patent pour prendre quelques libertés, par curiosité et pour se faire la main, dans l'attente d'une première enquête digne de ce nom.

L'arrivée de Boris Ivanov au sous-sol de l'hôpital fit souffler un premier vent d'espoir – au moins quelqu'un s'intéressait au puzzle humain qu'elle avait si patiemment raccommodé.

Lena connaissait le flic de nom comme étant le mari de la petite Anya, la coiffeuse à domicile qui traînait parfois au bar du Szaboy, un vieux gars venu d'Irkoutsk qui, d'après les rumeurs, ne brillait pas au firmament de la police. De fait, le lieutenant faisait presque pitié avec sa tête de panda vieilli et son pull ventru sous sa parka de flic. Pas de saluts ostentatoires ni de formules de politesse. Il était là pour identifier le cadavre, et tenter de démêler les circonstances pour le moins suspectes de sa mort.

— Le corps était en plusieurs morceaux quand on me l'a amené, commença la légiste, ramassés dans un périmètre restreint au milieu des structures effondrées. Le tronc était d'un bloc jusqu'au bassin, mais la tête et les membres s'étaient détachés. J'ai dû les rafistoler pour rendre le cadavre présentable.

Lena le guida jusqu'aux tiroirs coulissants de l'institut médico-légal, tira le casier numéro 12.

Boris Ivanov n'avait vu que les photos peu ragoûtantes prises à la morgue, qui figuraient dans le maigre dossier. Un voisin imprudent avait signalé la présence du cadavre alors qu'il cherchait d'éventuels blessés dans les décombres du toit. La victime était un homme âgé d'une soixantaine d'années selon l'évaluation de l'assistante, un Nenets à en croire son teint buriné et ses mains calleuses dont, Boris l'avait vérifié, les empreintes ne figuraient dans aucun dossier de la police.

Il se pencha vers le corps dénudé sur le tiroir en inox. Bien amoché, le pauvre, la tête, les jambes et les bras recollés avec des fils qui tenaient plus de la pêche que de la broderie.

— Le froid intense qui a précédé la tempête a permis de conserver le cadavre, commenta Lena sous sa charlotte. Le corps a souffert durant la chute, mais il était dur comme du bois à son arrivée ici. Enfin, ça aurait pu être pire puisque j'ai pu le reconstituer à peu près en entier. Il ne manque que quelques doigts, des orteils et une oreille, comme vous pouvez le voir, qui doivent toujours se trouver parmi les gravats.

— Vous êtes sûre qu'il s'agit d'un Nenets ?

La jeune femme apprécia le vouvoiement, qui les mettait à égalité.

— Il portait des vêtements en peaux de rennes, dit-elle, comme les éleveurs autochtones, et les traits du visage sont caractéristiques.

Boris se pencha sur le cadavre suturé, inspecta les doigts grossièrement rattachés aux mains.

— C'est vous qui avez pris les empreintes digitales ?

— Oui.

— Elles étaient en bon état ? Aucune chance qu'elles aient pu être abîmées ou détériorées par la chute ?

— Non. Pourquoi ?

— Personne ne l'a identifié, dit le flic, elliptique. Et je vois mal ce que ce Nenets faisait sur un toit d'immeuble en pleine tempête. On peut dater la mort ?

— Non. À – 60 °C et avec le vent qui soufflait, un corps humain gèle en quelques heures ; un jour, un mois, impossible à déterminer… En tout cas, aucun organe n'était en état de putréfaction quand on me l'a apporté. Cet homme est donc mort sous des températures très basses, alors qu'il se tenait sur le toit ou peu de temps avant. Cet hiver, c'est la seule certitude, résuma-t-elle.

Lena Bokine était plus grande que lui, longiligne, presque maigre dans sa blouse blanche.

— Un arrêt du cœur ? hasarda Boris.

— Tout le monde fait un arrêt du cœur en mourant. Mais si vous pensez à une crise cardiaque survenue sur le toit, il devait avoir une sacrée bonne raison pour y grimper.

C'est aussi ce qu'il pensait.

— Où sont ses vêtements ?

— Conservés dans un plastique, au cas où la famille voudrait les récupérer.

La jeune femme tira l'épais sac du bac prévu à cet effet, au fond du tiroir coulissant. Tunique, manteau, pantalon, chaussures, les habits étaient de confection artisanale, et les poches désespérément vides.

— Bizarre, fit Boris en réfléchissant tout haut. Tout le monde a quelque chose dans les poches en hiver, ne serait-ce qu'un portable en cas de coup dur.

— Je suis d'accord.

Suçotant son bonbon mentholé, Boris dévisageait la thanatophile avec un intérêt croissant.

— Les blessures, elles disent quoi ?

— Toutes ces marques ont été provoquées par la chute du toit, répondit Lena en désignant les impacts sur la peau et les os, comme des coups de burin dans un bloc de béton glacé. Les jambes et les bras sont brisés en plusieurs morceaux, ajouta-t-elle en désignant les sutures, mais là, à l'arrière du crâne, on devine une bosse : vous la voyez ? Une fracture, à vue de nez, ou un traumatisme, dû à un coup qui a eu le temps de déformer le crâne avant que le corps gèle.

— Un coup qui aurait pu provoquer la mort ?

— Possible, oui. S'il y a un hématome, on pourrait le confirmer avec des analyses plus poussées, mais là, en l'état…

Lena Bokine laissa sa phrase en suspens, tandis qu'il la dévisageait. Un joli brin de fille, songea le suranné Boris, avec un petit nez pointu et des éclats de soleil dans ses yeux verts : intelligence, ambition, cette fille ne resterait pas longtemps troisième assistante. En tout cas, le Nenets n'était pas mort de manière naturelle.

— Je vais demander une autopsie à mon chef, déclara-t-il. On aura alors la confirmation du meurtre, à cent pour cent.

— Ah.

Il sentit une légère tension chez la jeune femme.

— Ça vous pose un problème ?

— Non, c'est juste que je n'ai jamais mené d'autopsie. Seule, je veux dire.

— Vous avez fait des études pour ça, non ?

— Oui.

— Bon.

Boris Ivanov quitta la légiste sans un mot de plus, visiblement pressé de quitter la chambre froide.

T'excite pas, ma vieille, pensa Lena en suivant sa masse du regard, tu ne l'as pas encore, ta première autopsie.

Mais elle en avait presque les larmes aux yeux.

*

On comptait à peine quinze pour cent de Dolganes et de Nenets dans la péninsule de Taïmyr, dont un tiers nomadisait encore. Éleveurs et chasseurs ayant donné leur nom au district, leurs territoires constituaient la deuxième réserve naturelle du pays, où quatre cent mille rennes sauvages s'ébattaient sur treize mille kilomètres carrés de toundra vierges d'habitations. Les Nenets répugnaient à fréquenter l'école, ne savaient pas ce qu'était un pays avant l'arrivée des soviets, ne possédaient pas d'alphabet et continuaient de s'en méfier, transhumant avec leurs troupeaux selon les saisons, toujours loin des villes : si la victime était un de ces éleveurs, que faisait ce sexagénaire à Norilsk, dans une ville qu'en général ils fuyaient ? Et comment s'y était-il rendu ? Boris n'avait trouvé ni clés ni véhicule abandonné dans le secteur du *gostinka*.

Il n'y avait pas de parcs à Norilsk, on prenait l'air sur les toits des immeubles, généralement interdits d'accès. Ceux des *gostinka* en particulier. Le quartier était séparé du centre-ville par une série d'esplanades où aucun enfant ne jouait plus et, sur son flanc opposé, par un terrain vague probablement surpollué qui donnait sur des barres d'immeubles guère mieux loties, qu'on appelait « banlieue ». Boris ne venait jamais par ici, se contentant de longer l'avenue en déshérence. De fait, les anciens foyers de travailleurs gardaient un aspect lugubre, avec leurs fenêtres condamnées et les panneaux à tête de mort interdisant l'entrée.

Il gara la Toyota devant l'immeuble endommagé par la tempête, le dernier encore habité, peint d'un dérisoire vert pâle. Boris serra sa chapka avant d'ouvrir la portière. Les premiers étages avaient souffert lors la chute du toit, des vitres avaient été pulvérisées par les éclats et, vu l'état de la façade, c'était un miracle qu'il n'y ait pas eu de victimes. Sauf ce vieux Nenets…

Les bulldozers avaient repoussé les débris du toit effondré, entassés pêle-mêle dans un coin d'esplanade où régnait un vent piquant. Boris pensait que le Nenets ne s'était pas retrouvé là-haut par hasard, qu'on avait dû le tuer sous des températures déjà très basses, probablement au sommet de l'immeuble. Il fouilla un moment parmi les gravats accumulés, s'écorcha les gants sur des structures coupantes qu'il soulevait comme pour y débusquer des crabes, buta contre des obstacles, renonça bientôt devant l'ampleur de la tâche. Si l'arme du crime avait été abandonnée près du cadavre, autant chercher une anguille dans une rivière de serpents. Le lieutenant rebroussa chemin en trottinant pour se réchauffer, grimpa les marches du bâtiment sur pilotis et entreprit de se coltiner l'enquête de voisinage.

C'était un lundi, le *gostinka* semblait à moitié vide – la plupart des boîtes aux lettres n'avaient pas vu de courrier depuis Andropov – et il n'y avait aucun concierge pour le renseigner. Un silence glacé l'accompagna dans les couloirs, à cette heure les ouvriers s'échinaient à la mine ou dans les usines. Boris hésita à prendre l'ascenseur, croisa les doigts avant d'appuyer sur le bouton du vingt-quatrième et dernier étage, crut entendre de la musique à mi-chemin, hoqueta avec la cabine qui arrivait enfin à bon port, et grommela : des rubans barraient l'accès au toit provisoire. Les employés de la mairie avaient entreposé des chutes de bois près de la machinerie de l'ascenseur, des revêtements plastiques et autres rouleaux entamés… Si quelqu'un avait squatté le dernier étage, ses traces avaient disparu.

Boris redescendit par où il était venu, repéra le palier où résonnait toujours de la musique, attendit d'atteindre le rez-de-chaussée pour appuyer sur le numéro 11.

*

Bleu, bleu
Bleu électrique
C'est la couleur de la chambre

Où je vivrai
Bleu, bleu…

Dasha chantait en repeignant les murs lézardés de sa chambre, pour se donner du cœur à l'ouvrage. Bowie était mort, comme sa grand-mère, elle ne s'en remettrait jamais, mais sa voix l'aidait à pousser le rouleau sur les surfaces, bientôt bleues/bleues. Elle ne pourrait pas aérer la pièce avec le froid qu'il faisait, vivrait confinée avec les émanations toxiques, qu'importe. Un mois était passé depuis la mort d'Aliona, le temps du deuil, et elle avait suivi les conseils de sa copine Lena : tout changer dans son antre plein de fantômes. Brader le vieux lit superposé pour un matelas, entasser les affaires de sa babouchka dans des cartons, donner celles qui serviraient à d'autres, jeter le superflu, inventer du neuf. Une cape de plastique sur le dos, Dasha avait pris soin d'arracher le papier peint vieillot avant d'attaquer les murs à la peinture, dernière retouche à son œuvre de ravalement.

Bleu, bleu
Des stores pâles
Tirés toute la journée
Rien à faire, rien à dire
Bleu, bleu…

Dasha travaillait comme costumière au théâtre Maïakovski du Collège des Arts, mais c'est dans sa chambre qu'elle confectionnait ses habits, une antique Singer posée sur la table à tout faire. Elle y avait entreposé les patrons des vêtements en cours, veste, manteau, pantalon, bottines, ses créations n'avaient pas de prix : elles n'étaient pas à vendre, ce qui les rendait plus précieuses. La bâche qui les protégeait, mouchetée d'une fine pluie bleue, tenait plus de Rothko que de Pollock, la machine à coudre comme une bête prise dans la nasse, mais Dasha avait une idée précise de la ligne finale, du jour d'anniversaire où elle exhiberait sa nouvelle tenue.

Le plus difficile était de trouver les matériaux. Il n'existait que deux malls à Norilsk, le premier regroupant les boutiques les plus ringardes du système solaire, un panaché de mauvais goût aux couleurs criardes qui faisait rire ou pleurer, aussi des casemates en toc où on trouvait des panoplies en peaux de rennes, des fourrures de renards ou de loups, mais point d'étoffes, ni le moindre tissu de qualité qui exciterait ses neurones d'esthète brutale. Le second mall concentrait les grandes marques occidentales sous des vitrines mondialisées d'un ennui tapageur, pleines de cette fausse convivialité consumériste et hors de prix pour les trois quarts de la population.

Dasha gagnait mal sa vie ; les prix à Norilsk étaient ceux de Moscou, Paris ou Londres, vu le trajet que les marchandises devaient emprunter pour venir jusqu'ici, les fournitures, les denrées et le gros des réserves annuelles arrivaient en bateau par le port de Doudinka, libéré de la glace deux mois par an, le reste du temps par avion avec des coûts conséquents. La créatrice commandait textiles, étoffes, polyesters, cuirs et autres accessoires via Internet, depuis un grossiste de Saint-Pétersbourg, des achats calculés au décimètre près. Son salaire de costumière lui permettait de se loger, se nourrir, boire quelques verres au Szaboy avec les amis, et c'était à peu près tout. Heureusement il y avait la pole dance et les exhibitions qu'elle donnait deux à trois fois par mois au Lexx, le club érotique de la ville…

Les murs de la chambre désormais uniformes, Dasha prit un sac de courses fourré sous l'évier, découpa deux trous aux ciseaux et enfila la cagoule de plastique sur sa tête. Elle n'avait pas les yeux en face des trous, mais presque ; grimpée sur la chaise-escabeau, les poignets douloureux à force de manier le rouleau, elle attaqua le plafond.

Je vais m'asseoir juste ici
En attendant le don
Du son et de la vision
Et je chanterai
En attendant le don
Du son et de la vision
Dérivant dans ma solitude
Au-dessus de ma tête…

La peinture gouttait – de la mauvaise came, comme tous les produits russes. La tête lui tournait, chevaux de bois. Enfin, quand tout fut achevé, le bleu du ciel bien électrique, Dasha retira sa cagoule de protection plastique, s'assit sur le lit bâché en prenant garde aux taches de peinture fraîche et tira à grandes bouffées sur sa cigarette, au risque de tout faire exploser : la couleur de sa chambre exposée aux émanations chimiques, la voix de Bowie qui grésillait du vinyle, chaque jour assassiné par le précédent, comme la femme qui l'avait élevée et avait fini par succomber… Aliona, petite mère des glaces.

Ne te demandes-tu pas parfois
Ce qu'est le son
Et la vision ?

Dasha écrasa le mégot dans le bac à rouleaux, croisa son visage vieilli trop vite dans le miroir en pied, nettoya ses mains phosphorescentes et sortit de la salle d'eau sous pilote automatique. La costumière rêvait de découvrir le monde, de sauter à pieds joints sur les continents et pourquoi pas de s'y plaire, loin de la Mère Patrie dont on la soûlait depuis petite à l'école, comme si tous les jeunes Russes ne rêvaient que de se sacrifier, poitrine offerte aux balles d'un ennemi fatalement fasciste. Elle rêvait de quitter cette tombe glacée où elle avait eu le malheur de naître, comme les amants désespérés de « Heroes » défiant le mur de Berlin, bien visible, lui… Dasha Svetlova songeait aux barreaux de glace qui emprisonnaient son amour et bien d'autres choses encore, lorsque la sonnette perturba les ondes.

Elle baissa la musique pour aller ouvrir, surprise – personne ne venait jamais chez elle. Un quinqua aux joues molles se tenait sur le pas de la porte, plutôt petit pour un Sibérien, enceint de six mois sous sa parka à l'effigie de la police (un ours blanc dressé, comme l'écusson de Norilsk), le nez épais entre deux joues piquées de poils et des yeux rapprochés d'un obscur marron qui rappelaient le plantigrade.

— Lieutenant Ivanov, dit-il en montrant sa plaque. Je mène une enquête de voisinage.

Une forte odeur chimique flottait dans l'entrée de l'appartement, qui attira son attention.

— Je viens de repeindre, dit la locataire. Je ne vous fais pas entrer, vous allez coller de partout.

Boris dévisagea la fille aux cheveux blond vénitien, spectaculaire malgré sa cape de plastique mouchetée de bleu vif, sans se douter qu'elle était la meilleure amie de la jeune légiste. Dasha non plus ne fit pas le rapprochement avec la petite coiffeuse, Anya, dont elle ne connaissait que le prénom.

— Il n'y a pas grand monde dans cet immeuble, observa-t-il. La chute du toit a dû chasser les habitants ? Heureusement que j'ai entendu la musique.

— Les gens travaillent, à cette heure ; j'en profite pour monter le son.

— Tu vis là depuis longtemps ?

— Depuis toujours, oui.

— C'est quoi, ton nom ?

— Ada Svetlova : Dasha pour ceux qui ont la chaaance de me connaître.

Boris Ivanov ne se laissa pas impressionner par la déesse en plastique.

— Tu fais quoi de si particulier ?

— Rien.

Bizarre.

— Je cherche à identifier le corps retrouvé dans les décombres pendant la tempête, embraya l'enquêteur. Un Nenets : tu es au courant, j'imagine.

— J'ai vu l'appel à témoins hier dans le journal.

— Tu l'as déjà croisé quelque part ?

— Non.

— Comment tu le sais, il n'y avait pas de photo dans le journal, juste un appel à témoins ?

— Si un Nenets habitait l'immeuble, ça se saurait.

Dasha le toisa sans mépris. Ce flic n'avait pas l'air bien méchant malgré son regard oblique. Mais le diable couvait partout, et se fichait des apparences.

— Tu as le cœur bien accroché, Ada Svetlova ?

— Pourquoi ?

Boris sortit la photo qu'il tenait dans sa poche.

— Voilà la victime, dit-il.

Dasha grimaça devant le visage écorché du vieil homme, ses yeux clos, sa bouche pendante sur son lit de mort et les affreuses sutures au cou qui le rattachaient au tronc.

— Brrr.

— Alors ?

— Non, jamais vu.

Le gros homme se dandina sur le palier, soupir et mine grave.

— Comment on accède au toit en temps normal ?

— Il y a une échelle sur le palier du dernier étage, où se trouve la mécanique des ascenseurs. Mais personne n'y met jamais les pieds, ajouta-t-elle. C'est tout pourri, là-haut.

— Le Nenets a pu y emménager sans qu'on le remarque… avança le policier.

— Un squat, grimaça-t-elle, sans chauffage ?

— Ces gars n'en ont pas dans la toundra, ça ne les empêche pas d'y vivre depuis des siècles.

— Il n'y a pas d'isolation là-haut, autant dormir dans son freezer.

Boris acquiesça – c'est aussi ce qu'il pensait.

— Tu en as parlé avec tes voisins, quelqu'un qui aurait pu le croiser ?

— Non.

— Tu sais qui pourrait me renseigner ?

— Non plus.

— Réfléchis deux secondes avant de répondre.

— D'accord : pourquoi vous me posez ces questions ?

— C'est mon métier, grogna-t-il.

— Le Nenets gelait là-haut depuis un moment, non ? rebondit Dasha.

— Probable.

— Vous croyez que quelqu'un l'a tué ?

— Si on te pose la question, tu diras que c'est toi.

— Promis.

Il lui rappelait l'ours de l'héliport, une pauvre bête qui, comme elle, tournait en rond dans sa cage.

Dasha le laissa poursuivre son enquête de voisinage sans lui dire qu'elle était avec Gleb et Shakir quand ils avaient trouvé le cadavre. Elle avait été éjectée des décombres avant de voir le corps décapité, et personne ne voulait avoir affaire aux flics ni à n'importe quel type de la sécurité intérieure : on ne savait jamais ce qui traversait l'esprit de ces gars-là, et les filles comme elle, sous prétexte qu'elles rêvaient de se tirer d'ici, se voyaient vite taxées d'agents de l'étranger, d'espionnes, de danger potentiel à on ne sait quoi – leur gamme de conneries dépassait l'imagination. Et Dasha, c'est sûr, en avait trop.

5

Boris avait eu tellement honte quand son père l'avait surpris en train de voler quelques roubles dans le porte-monnaie de sa mère qu'il s'était juré d'être honnête toute sa vie.

Il n'avait que huit ans à l'époque, mais le sermon de son père, Vitaly, avait perforé son cœur de petit garçon – ils n'étaient pas riches mais dignes, et sa mère se tuait à la tâche pour les élever, lui et ses trois frères. Vitaly était militaire de carrière, fils d'Evgueni Ivanov, qui s'était illustré pendant la Grande Guerre patriotique comme officier artilleur lors du siège de Moscou, rendu sourd par les orgues de Staline et médaillé pour son courage au feu. Ce sang-là coulait dans les veines de la famille Ivanov, celui de ces hommes et ces femmes toujours prêts à défendre leur patrie au péril de leur vie, même si la patrie les trahissait.

Boris avait choisi de devenir policier comme d'autres pompiers après avoir vu leur maison brûler, une vocation voilée de culpabilité, comme si la poignée de roubles dérobée petit pesait toujours au fond de ses poches. Enfin, pour son entrée dans la police, Boris avait reçu de son père le Stechkin qui avait appartenu au héros de guerre, le seul pistolet fabriqué en URSS, une arme magnifique et très chère dotée d'un chargeur de vingt cartouches qu'elle pouvait tirer en rafale. Une arme symbolique, dont Boris avait hérité avec une fierté de jeune homme. Il le gardait depuis dans son étui comme on chérit un trésor, sûr de la confiance et du pardon de son père, loin de se douter que l'URSS et ses valeurs s'effondreraient dans la foulée, comme un château de cartes…

Le temps capitaliste venu, caricaturant les campagnes de planification aux objectifs irréalistes de Staline, un système de quotas contraignait désormais les policiers, mal payés, à déclarer toujours plus d'arrestations – trois par jour, s'ils voulaient toucher leur prime. Un marché lucratif selon la ville où l'on opérait : à Moscou, un poste de *silovik* (fonctionnaire lié à l'application de la loi) exigeait un droit d'entrée allant jusqu'à 100 000 dollars. Dès lors, tout était bon pour récupérer sa mise : permis de séjour, de conduire, de construire, diplômes, faux papiers, armes, meurtres commandités, tout s'achetait et se vendait.

Les officiers gagnaient des fortunes sur le dos de leurs subalternes, les envoyant protéger hommes d'affaires véreux et prostituées de luxe collées à leurs basques, les cargaisons illégales et tout ce qui se trafiquait ; les défaillances policières étaient si criantes que les chauffeurs routiers avaient constitué une milice chargée d'escorter les poids lourds pour éviter d'être pillés à l'entrée ou à la sortie des villes par des brigades criminelles de mèche avec les autorités locales, moyennant une cotisation qui assurait leur « tranquillité ».

Depuis les premiers tsars déjà, la rapine et le vol institutionnel étaient la règle ; alors que le pouvoir de Saint-Pétersbourg ne savait pas où s'arrêtait la Russie, vingt-cinq taxes avaient été inventées pour dépouiller les Cosaques et les chasseurs de zibeline partis à l'assaut de l'Oural, puis de la Sibérie inconnue. Cette rapacité avait traversé les générations, l'ADN du pays-continent, et si le communisme avait promis une société égalitaire, la réalité prêtait à rire, comme la fille de Brejnev, Galina, qui avait organisé un trafic de diamants pour passer les frontières en les cachant dans les cages des tigres du cirque de son mari. Le folklore de l'époque, où les magasins étaient vides mais le reste gratuit – crèches, éducation, chauffage, loisirs, logement, goulag. Les protégés du Parti se réservaient les produits occidentaux avec un goût prononcé pour le luxe, mais ces apparatchiks n'étaient en moyenne que six fois plus riches qu'un ouvrier, contre trois cent mille fois aujourd'hui.

Boris Ivanov avait considéré l'avènement de Poutine comme un moindre mal au vu des années Eltsine, où la mafia régnait dans l'appel d'air créé par la chute du communisme, et puis il opérait à Irkoutsk, loin de la capitale où se concentraient l'argent, le pouvoir et les emmerdes. Boris n'avait pas acheté son diplôme d'officier, même s'il avait bénéficié de piston pour intégrer le service criminel (Riskin, le fils d'un ami de son grand-père, venait d'y être nommé commandant), il exerçait son métier au mieux, fermant les yeux sur les dérives de certains collègues tant qu'elles ne l'éclaboussaient pas, jusqu'à l'affaire de l'usine de cellulose…

Le droit à la propriété n'étant pas garanti par la loi russe, on pouvait être dessaisi de son logement, de son compte en banque, de son bureau ou de son usine. Le *raiding*, comme on l'appelait, exigeait la complicité d'un procureur, qui inculpait le propriétaire d'une entreprise pour un délit imaginaire – un *kompromat*, héritage des procès staliniens. Une fois la victime condamnée, on lui demandait de céder son affaire gratuitement ou pour un prix dérisoire à un mafieux de mèche, les policiers tabassant si nécessaire l'obstiné jusqu'à le tuer. Un bon *raider* bénéficiait de complicités payantes à tous les niveaux, les haut gradés du FSB (le service de renseignements qui avait remplacé le KGB de l'époque soviétique) se chargeant de protéger les barons du crime qu'ils étaient censés traquer. Le prix de la corruption représentait un quart des coûts opérationnels des entreprises russes, qui se pillaient les unes les autres avec le concours de voyous et/ou de policiers soudoyés, puis de fonctionnaires de justice. Dégoûtés, de nombreux cadres et employés pillaient leur entreprise en acceptant des pots-de-vin, avant que le propriétaire n'écrème lui-même les fonds de son business.

Deux millions et demi d'hommes relevaient des différentes structures de sécurité, auxquels il fallait ajouter les troupes « industrielles » de Gazprom et Transneft chargées de protéger les gazoducs et les oléoducs. Cent quarante mille policiers et fonctionnaires avaient été poursuivis pour faits de corruption ces vingt dernières années, menus fretins du deuxième ou troisième échelon jetés en pâture à l'opinion quand leurs supérieurs n'écopaient en général d'aucune peine.

Boris Ivanov ne savait rien de la guerre qui faisait rage en sous-main pour le contrôle de l'usine de cellulose, sur les rives du lac Baïkal. Le propriétaire visé demandant une protection policière face aux menaces dont il faisait l'objet, Boris avait mené une enquête avec le concours d'un juge, et remonté le fil des maîtres chanteurs… jusqu'au juge en question. Le zélé lieutenant avait eu la malheureuse idée d'en parler au désormais colonel Riskin, lui aussi impliqué dans l'organisation du vol avec des membres des services de renseignements locaux…

Probablement Boris Ivanov avait-il dû la vie au passé héroïque de son défunt grand-père ; plutôt qu'un accident de la route, l'incendie de sa maison durant son sommeil ou une suicidaire balle dans la tête, on lui avait offert une mutation trois cents kilomètres au-dessus du cercle polaire.

Le minerai alimentant l'industrie de guerre, Norilsk était passée du statut de ville secrète sous Staline à celui de ville fermée : aujourd'hui encore, on n'y parvenait qu'avec l'assentiment du FSB, lequel délivrait les tampons au compte-gouttes. Il n'était pas question que le lieutenant Ivanov en revienne : une prison en liberté, voilà le sort qu'on lui avait réservé… Les adieux à l'aéroport d'Irkoutsk avaient été terribles, avec son père surtout.

Enfin Boris s'était fait à ses chaînes.

L'âme russe était née pour ça.

Il s'était fait à l'odeur de pollution que plus personne ne remarquait mais qui tuait les habitants à petit feu, à ses collègues qui ne posaient pas de questions sur les raisons de son exil mais comprenaient qu'elles valaient pour sanction, aux histoires qui couraient sur son compte d'ours taciturne venu du Baïkal pour faire profil bas, aux affaires qu'on lui refilait comme une patate froide, à l'étage inférieur du commissariat où se traitaient les accidents de la route et les bagarres de chiens, au froid, à la solitude de ceux qui n'étaient pas nés ici.

Il avait fallu attendre cinq années avant que sa vie bascule, ce fameux soir au Collège des Arts, où l'on remettait les médailles aux policiers méritants. Boris Ivanov ne faisait pas partie des décorés mais un collègue de la douane si, Andreï Voronine, qui avait eu l'obligeance de l'inviter. La cérémonie suivie d'un petit bal, le nouveau chef de service aux douanes de l'aéroport lui avait présenté sa sœur Anya, « la petite », comme il l'appelait affectueusement. Et la petite foudre était tombée sur eux, qui n'y croyaient plus, ou pas… Boris ne connaissait pas assez son beau-frère pour partir avec lui à la chasse, quand l'été libérait les lacs et les animaux alentour, mais il lui vouait une reconnaissance éternelle et l'avait naturellement choisi comme témoin de mariage.

Vingt-six : le jeune couple en était encore à compter les mois depuis qu'ils s'étaient juré fidélité devant Dieu. L'honnêteté perdue, ou l'honnêteté qui l'avait perdu, Boris la retrouvait dans la noblesse des sentiments éprouvés pour sa femme, à l'instar du serment professé petit quand son père l'avait surpris à chaparder.

Anya Ivanova n'avait couché qu'avec trois garçons avant Boris, de jeunes impétueux qui ne lui avaient pas laissé un souvenir inoubliable. Trop pressés, à l'écoute de rien, fourrant leur queue dans sa bouche en prenant sa tête pour donner le rythme comme si elle ne savait pas dans quel sens il fallait aller, se précipitant sur son sexe jusqu'à ce que, tout heureux de trouver son clitoris, ils le massacrent à coups de langue (tu parles d'une toilette, ils lui faisaient presque mal, ces dindons-là !), quand ils ne prenaient pas des poses de films porno pour se donner de l'importance, ou des photos sexy qu'elle n'osait refuser de peur de passer pour une coincée… Dès la première fois avec Boris, Anya avait versé une larme après le cunnilingus inaugurant leur étreinte. Le pauvre homme s'était inquiété – qu'avait-il fait ?! – mais sa jeune maîtresse l'avait rassuré. « Je savais que ça arriverait », avait-elle dit sur son lit de bonheur. Qu'elle pouvait avoir du plaisir, enfin. Boris n'était pas beau mais il était délicat à sa manière. La preuve, découvrant que sa femme « était du matin », ils ne sortaient pas du lit avant midi le week-end.

Ils venaient de faire l'amour avec une patience de vieux couple derrière les rideaux tirés, la masse de Boris maintenant échouée comme un phoque sur la grève tiède du petit soleil qui réchauffait sa vie. Anya aimait aussi ce moment-là, quand le corps s'abandonne et ne répond plus qu'aux caresses. Qu'importe la grâce de la main si elle palpite sur la peau.

La chasse d'eau des voisins s'écoula dans la conduite au-dessus du canapé-lit, mornes cordes d'un concerto pour chiottes qui les ramena à une réalité oubliée sous la douceur des épidermes.

— Tu penses à quoi ? souffla Anya à ses côtés.

— À toi.

— Menteur.

— Je ne pense qu'à toi, certifia Boris avec une bonhomie complice. Après l'amour, c'est pire.

— Ah oui ? s'amusa sa femme en tirant le drap sur sa poitrine. Et tu penses quoi de moi, là ?

— Que si j'avais vingt ans je recommencerais bien.

Anya rit doucement.

— Ce serait moins bien, dit-elle pour réconforter son quinquagénaire. Les garçons de mon âge avaient fini leur affaire bien avant que mon petit avion commence à décoller !

Boris passa la main sur ses longs cheveux bruns – quelle chance il avait d'avoir une telle fée de poche, lui, le banni d'Irkoutsk. Anya cependant ne plaisantait qu'à moitié : les quelques types qu'elle avait connus, champions autoproclamés d'eux-mêmes, semblaient prendre pour une performance de s'envoyer une naine. Elle avait entendu des commentaires dans son dos, des ricanements, de ceux qui font regretter d'avoir ouvert les cuisses. Aucun de ces prétendus mâles ne valait Boris Ivanov, l'officier le moins ambitieux de la ville.

Anya se pencha vers son portable : midi.

— C'est l'heure, dit-elle en se redressant.

— Quelle heure ?

— De te faire la fête, nigaud !

Sortant brusquement des draps, Anya enfila le peignoir posé là et, à quatre pattes, se mit à farfouiller sous le canapé-lit.

— Qu'est-ce que tu fais ?

Elle extirpa bientôt un paquet de sa cachette, mou visiblement.

— Qu'est-ce que c'est ?

— Ta fête, évidemment ! se réjouit Anya en tendant l'offrande. La Saint-Boris !

Elle souriait aux étoiles comme les fissures au plafond.

— Fais pas attention au papier cadeau, c'est tout ce que j'ai trouvé.

— C'est pas ce qui compte, fit-il en déchirant le papier kraft.

Il renfermait un pull en laine, vert anglais, neuf.

— Il te plaît ? demanda-t-elle avec une pointe d'inquiétude. Ton vieux marron peluche de partout.

Boris déplia le pull sous son regard d'enfant.

— Bien sûr qu'il me plaît. J'ai aucun goût, comme tu sais, mais celui-là est beau. Oui, très beau.

— Comme toi ! s'exclama Anya.

La menteuse.

Il était moche, presque laid.

Sa mauvaise foi lui déchirait le cœur.

L'amour.

*

Trois jours étaient passés et l'identité du Nenets restait un mystère. Boris avait épluché les registres des hôtels de Norilsk et des alentours, enquêté en banlieue, où les autochtones sédentarisés se regroupaient, et il n'avait trouvé que des ivrognes et des chômeurs chroniques : personne n'avait vu ni ne connaissait le vieil homme au visage buriné.

La criminalité dans la région se concentrait sur le trafic de drogues (des centaines d'ouvriers, surtout les hommes seuls, s'envoyaient des pilules pour tenir le coup), la contrebande et le vol de minerai – évalué à dix pour cent de la production du combinat, une évaporation dont personne ne donnait d'explications malgré les sommes faramineuses en jeu. Boris imaginait mal un éleveur de rennes participer à ce genre de trafics, ni côtoyer ce type de délinquants. Le Nenets était venu en ville pour une raison précise, qui lui avait coûté la vie, d'une manière ou d'une autre. C'est la thèse qu'il avait défendue auprès de son patron, lequel avait consenti à autoriser une autopsie « succincte » du cadavre. L'assistante du chef légiste (manifestement folle de joie quand il l'avait jointe au téléphone) promettait des résultats rapides. Même si Lena Bokine sortait de l'école et qu'elle n'avait jamais opéré d'autopsie seule, Boris avait confiance – au pire, elle se ferait la main…

La température remontait un peu (– 28 °C) au thermomètre électronique de la mairie. Les pneus-neige de la Toyota crissèrent sur le parking du commissariat avant que le lieutenant se réfugie à l'intérieur, son nouveau pull sur les épaules. Il passa la matinée dans son bureau surchauffé à chercher la trace du Nenets sur Internet, parcourut différents sites ou articles dédiés aux autochtones de la région, la photo de la victime sous les yeux, puis un blog attira son attention : une galerie de portraits, des Nenets de tous les âges, dont une majorité d'enfants. Un plan serré représentait un homme au visage ridé, une capuche de fourrure le protégeant du vent qui soufflait… Boris compara la photo du blog avec les clichés à sa disposition, et ses derniers doutes se dissipèrent : il s'agissait bien du Nenets qui avait gelé sur le toit.

Nom du photographe : Gleb Berensky… Ce patronyme ne lui était pas inconnu.

De fait, il retrouva le nom dans son carnet d'enquête : Gleb Berensky, l'homme qui avait signalé la présence du cadavre pendant la tempête.

6

Il y a des gens qui se noient dans un verre d'eau – Natacha, sa mère –, d'autres dans une vodka frappée à la benzédrine – Sergueï, son père.

Les ouvriers qu'on envoyait aujourd'hui travailler dans le Grand Nord étaient rigoureusement sélectionnés pour répondre aux exigences des entreprises qui investissaient là-bas, mais Sergueï Berensky était né à Norilsk et, mineur pour le conglomérat, concentrait avec ardeur les clichés du Russe sibérien : dur au mal, alcoolique, violent.

Toutes les heures, une femme mourait sous les coups de son compagnon – soit plus de huit mille victimes par an. L'URSS, à l'avant-garde, avait octroyé le droit au divorce et de vote aux femmes dès 1917 puis à l'avortement trois ans plus tard, avant le grand ressac stalinien exacerbé par le coût en hommes causé par la guerre. Poutine flattant son électorat conservateur, un conjoint violent se voyait aujourd'hui infliger une amende de 5 000 roubles (70 euros) si les coups n'avaient pas entraîné une hospitalisation, le même montant qu'un stationnement gênant. Les violences conjugales étaient considérées comme relevant de la sphère domestique, les policiers oscillant entre le déni et la moquerie, l'inaction et la volonté de réconciliation entre victimes et bourreaux. Inculpées de meurtre avec préméditation pour avoir tué leur père auteur d'agressions sexuelles et de viols sur elles, trois sœurs risquaient jusqu'à vingt ans de prison ; à l'approche du procès, les réseaux sociaux se voyaient inondés par des centaines d'utilisatrices se photographiant avec des hématomes et du sang sur le visage pour réclamer la fin de l'impunité, mais le Kremlin et les mentalités rechignaient. Un blanc-seing pour les hommes comme Sergueï Berensky.

Avec lui, les baffes n'étaient jamais trop fortes mais toujours justes. Sous prétexte que son propre père avait eu la main lourde, Sergueï s'en vengeait en propageant le mal enduré sur ses proches, une forme d'expiation commune au genre humain qui n'expiait rien du tout. Sa femme, Natacha, essuyait les coups comme le torchon qu'elle était, dixit Sergueï lorsqu'il avait bu ou subi une humiliation en dehors du foyer méritant compensation, puis Gleb quand il fut en âge d'en recevoir. À six ans sa mère le protégeait comme elle pouvait, à dix Natacha le consolait encore, à quatorze elle pleurait sa propre mère. Sergueï n'en avait plus, c'était son drame, lui qui comme beaucoup de garçons russes avait été materné comme un petit roi de rien.

Gleb encaissait, c'était de son âge, croyait Sergueï, un jour il deviendrait grand et fort comme lui, sans se douter que son fils aiguisait une curiosité naturelle pour les arts, se passionnait pour le dessin, puis la photographie, loin de ses valeurs de singe dominant. Sans doute Gleb cherchait-il un moyen de communication, une empreinte à laisser au monde autre que les bleus sur son corps d'adolescent. Car rien ne changeait à la maison, tornades et pleurnicheries, haleine haineuse et branlées de guerre lasse. C'est à seize ans que Gleb avait élevé la voix, puis le poing, quand, s'en prenant à sa femme pour une raison déjà oubliée, Sergueï l'avait coincée dans un coin de l'appartement ; recroquevillée à terre, protégée par ses bras trop maigres, Natacha s'apprêtait à recevoir sa correction rituelle mais, sourd ou trop soûl pour entendre l'ultimatum de son fils, Sergueï n'avait pas vu venir la claque. À pleine mécanique, magistrale, Gleb lui-même avait été surpris par la foudre de son bras. Son père avait valdingué si fort qu'il s'était cogné le crâne sur l'arête du couloir, avant de s'affaler, chiffe molle, sonné pour le compte. Gleb regardait le mineur avec un mélange de stupéfaction et d'orgueil – son père tout-puissant gisait à ses pieds, sanguinolent, et il avait défendu sa mère.

Gleb s'était imaginé qu'à partir de cet instant plus rien ne serait comme avant, qu'il s'érigerait en rempart face à sa brute de père, pas que sa mère se relèverait les yeux écarquillés à la vue du sang qui coulait abondamment sur le visage dénaturé du commandeur. « Gleb, tu es devenu fou ?! » s'était-elle écriée, sa tête entre ses mains. Le travail à la mine était dur, un des pires qui soient, le pauvre Sergueï s'échinait pour faire vivre sa famille, il avait le droit de décompresser en rentrant à la maison : frapper son propre père, il voulait le tuer ou quoi ?!

Les bras lui en étaient tombés. Défendre son bourreau n'était pas encore dans le codex de son apprentissage, mais Gleb retint la leçon. Il avait fui la maison le jour de ses dix-huit ans, abandonné ses idées d'études de graphisme au grand dam de Valentina, sa petite copine depuis le lycée, et s'était procuré un travail à Norilsk Nickel, les seuls à embaucher dans la région, où ses capacités intellectuelles n'étaient pas passées inaperçues. Les essais se révélant concluants, Gleb avait obtenu une formation de boutefeu – l'artificier des mines.

C'est là qu'il avait rencontré Nikita Korzov, l'homme qui allait changer sa vie. Solide et souple gaillard aux cheveux bruns légèrement bouclés, le visage déjà impressionnant malgré ses vingt-cinq ans, d'un humour tranchant bienvenu dans le cercle de Dante, Nikita travaillait comme mineur de fond. Une beauté singulière, avec sa tête de fouine et deux yeux noirs perçants en guise de meurtrières, si loin des billes bleues de Valentina, dont les parents bienveillants l'accueillaient parfois à la maison.

Sans qualification technique, Nikita s'échinait sous terre avec un masque à oxygène, un casque, des protections pour le corps et un marteau-piqueur à air comprimé en guise de mandibules. C'est avec ça qu'il défonçait la roche. Un des jobs les plus dangereux à la mine, la masse risquant à tout moment de s'écraser sur lui, sans compter les vingt-cinq kilos que pesait l'engin, à tenir à bout de bras en percutant la caillasse. *Tac tac tac*, les morceaux, *tac tac tac*, s'écroulaient, *tac tac tac*, par blocs plus ou moins denses au pied de ses bottes coquées. Il fallait reculer à temps pour éviter les pierres les plus lourdes, garder l'œil sur les voûtes qui pouvaient se fissurer sous les coups de boutoir, le ratatiner ragoût d'homme au creux de la terre. Intelligent et pointilleux, Gleb était devenu son frère d'armes, celui qui posait ses charges dans les nouvelles galeries, déblayant le terrain à coups de TNT assourdissants avant que Nikita n'attaque la finition au marteau-piqueur. « On fait chialer la matière », comme il disait.

Un coup de foudre amical, qui ne pouvait en rester là.

Gleb ne voulait pas croire à l'amour. Il venait de se fiancer à Valentina Oulianova, sa première femme si on excluait les flirts adolescents où l'on comptait plus de garçons que de filles ; c'est elle, plus mûre, qui avait émis les premiers doutes. Satisfaire le désir de l'autre n'était pas une fin en soi, mais leurs fiançailles semblaient le mettre face à ses contradictions ; Gleb la touchait de moins en moins et restait évasif quant à la date du mariage. Valentina insistant frontalement un soir de haute tension, le mineur avait nié en bloc son homosexualité, cherché des échappatoires pour éviter de se séparer sur ce grave malentendu, avant de baisser les armes devant celle qui n'en portait pas : elle avait raison, mieux valait simplement se séparer… Classe jusqu'au bout, Valentina n'avait jamais révélé ses penchants. Elle avait migré à Doudinka, la ville de la péninsule la plus éloignée de Norilsk, et ils n'en avaient plus parlé, comme un contrat silencieux sous le sceau d'un amour enfui.

Mais Nikita ? Comment lui avouer ce qu'il n'avait jamais osé exprimer ? Gleb n'avait pratiquement aucune expérience sexuelle des garçons, que des demi-sourires au cœur des ténèbres quand ils n'étaient plus que tous les deux et que les yeux noirs de Nikita brillaient à l'ombre des torches… Gleb n'avait pas eu besoin de parler : un baiser, au fond d'un boyau inexploré, avait suffi à mettre le feu aux poudres. Une explosion nucléaire.

C'était il y a six ans.

Hier.

Un secret bien gardé en Russie, qui, au coin d'une ruelle, pouvait vous coûter les dents, les côtes ou la mâchoire, si on ne vous laissait pas pour mort sur le champ d'une bataille sans adversaire, pas seulement à Norilsk. Seulement un Russe sur dix approuvait le mariage homosexuel. Décadence occidentale, comme disaient la télé et les journaux aux ordres du Kremlin. Poutine tenait à inscrire l'interdiction d'unions homosexuelles dans la Constitution. Personne bien sûr n'était au courant de leur relation. Des amis, croyait-on. Il avait fallu s'adapter. Mentir. Trouver de méchantes combines pour endormir les copains du Szaboy. Qui aurait pu croire que l'énigmatique Gleb, l'homme qui prenait des congés pour photographier des éleveurs de rennes dans la toundra, et Nikita, que tout le monde connaissait comme hâbleur, décolleur de grands fonds, furie aimable si on rangeait ses poings, aimant déclamer des poèmes de Pouchkine à qui voulait l'entendre, que ces deux-là pouvaient coucher ensemble ?

C'était leur force, leur ligne de fuite, leur salut surtout.

Dix-huit mètres carrés, c'était la surface réglementaire pour les appartements des mineurs ; le parc immobilier plus fluide à mesure que la ville perdait son sang, Nikita avait trouvé une chambre mitoyenne à celle de Gleb, dans un immeuble proche du centre-ville aussi fatigué que les autres. Une seule fenêtre donnant sur l'extérieur, un rideau opaque filtrant l'été diurne, des papiers peints défraîchis, une kitchenette à la ventilation capricieuse, un canapé-lit et une tablette faisant office de bureau et de salle à manger : le modèle standard à Norilsk. Comme on pouvait les surprendre sur le palier, et les voisins trouver qu'ils se rendaient un peu trop souvent l'un chez l'autre, Nikita et Gleb avaient cassé un pan de la cloison qui séparait leurs habitations. L'espace, suffisant pour s'y glisser, était caché derrière la bibliothèque de Gleb, lourde de livres de photos mais montée sur roulettes, qu'on pouvait déplacer à dessein. Nikita s'était contenté d'une tenture, pendue au mur communicant. Trompe-l'œil, passage secret ou tunnel d'amour, personne ne se doutait de leur relation. Les mineurs de toute façon recevaient peu, vivaient dans des cages à lapins et préféraient se retrouver le week-end au bar. On prenait Nikita et Gleb pour des potes au travail comme dans la vie, où l'amitié valait tout.

Mais il y a aussi de l'amitié dans l'amour. Et puis leur sensibilité surtout les avait rapprochés, cette façon de s'exprimer dans les marges, hors cadre ou entre les lignes.

Gleb était fasciné par les autochtones de la péninsule depuis l'école et sa visite au musée local avec sa classe – ou comment des êtres humains pouvaient apprivoiser une nature aussi hostile. Pour lui qui vivait dans un monde industrieux, dur et fermé, la survivance des éleveurs de rennes constituait une évasion imaginaire, comme la photo, en osmose avec un autre environnement.

Gleb avait débarqué quatre ans plus tôt avec son appareil, des blocs à dessins et des crayons de couleur pour les petits qui n'étaient pas encore scolarisés. Le chef, Prokopyé, avait d'abord vu d'un œil méfiant l'intrusion du mineur dans les pas de Poskirin, son fixeur et marchand filou, mais l'empressement de ses petits enfants à s'emparer des crayons avait eu raison des réticences du chef de clan. Après tout, les Nenets étaient un peuple accueillant, qui ne médisait jamais des autres. Gleb avait fini d'apprivoiser les nomades en tirant le portrait des gamins, des femmes les plus coquettes, puis de Prokopyé en personne, lors d'une séance mémorable.

Les Nenets n'avaient aucune image d'eux-mêmes ; chaque année, le mineur rapportait les tirages pris lors de leur transhumance précédente, ce qui amusait beaucoup le clan, peu habitué aux surprises de ce genre. Ils étaient les derniers à avoir préservé leur langue, avec leur accent nasal qui avalait les mots ; Gleb avait parfois du mal à comprendre le russe qu'ils pratiquaient, mais on l'accueillait chaque saison avec toujours moins de méfiance. Seul le chaman avait refusé de se faire photographier, pour ne pas « brouiller » son lien avec les esprits. Adopté par les éleveurs de rennes, Gleb avait eu de longues discussions avec Prokopyé, qui lui avait fait découvrir une autre façon de penser le monde. Pour les Nenets (les « Hommes »), l'individu ne comptait pas : ils faisaient partie d'un tout, le renne comme épicentre et ferment de leur présence sur terre, les nourrissant, les habillant. Ils se relayaient pour surveiller leurs troupeaux, repousser les attaques des ours ou des loups. La vie d'un renne valait plus que celle d'un proche ; on n'envoyait les femmes à l'hôpital que pour accoucher, et seulement si quelqu'un pouvait garder les bêtes, sans quoi elles enfantaient au camp, comme l'avait fait la femme de Prokopyé… Tous ces gens lui manquaient.

Enfin, il y avait Nikita. Son ami, son amant, son secret.

Les deux hommes rentrèrent de la mine, fatigués quoique assez vaillants pour profiter de la poignée d'heures qu'il leur restait avant de s'écrouler. Nikita décapsula une bière dans son frigo, en prit une pour son ami et passa par la cloison ouverte ; Gleb regardait la nuit tomber depuis son perchoir, lui avait les muscles douloureux à force de concasser la roche.

— Putain, j'en ai plein les bras, grogna Nikita en lui tendant sa bière.

— C'est la vieillerie, mon vieux.

— Échangeons nos postes une journée, grande bête, on verra si tu ne finis pas en vieille poire déconfite…

— Tu ferais sauter la mine, à ma place, insinua Gleb.

— Tu me tentes, là.

— Tu ne serais pas le seul.

— Ah oui, s'amusa Nikita, c'est qui, mon ami anarchiste ?

— Prokopyé, le chef nenets.

— Il accroche des petits drapeaux noirs aux bois de ses rennes ?

— Non, il dit qu'on écorche la terre avec nos mines, et qu'elle se vengera un jour.

— Elle a déjà commencé, non ? Et il faut être rudement con pour ne pas s'en rendre compte. Ou actionnaire du conglomérat. Ces salauds nous enterreront tous, vivants de préférence.

— Te voilà bien sombre.

— Lucide, c'est tout. *Blyat !* À trente ans, on en paraît quarante, quand eux se dorent les poils de leur grosse bedaine pleine de merde et de suffisance dans des stations balnéaires dont on ne verra jamais la paille d'un de leurs putains de cocktails ! s'enflamma le poète.

— Tu les envies ? l'asticota Gleb.

— Plutôt crever.

Nikita aimait ce qui était grand, *bolchoï*, comme le fameux théâtre : ici, on ne buvait pas un « petit coup » ou on ne fumait pas de « petite cigarette » au petit froid d'un petit jour, pas de bonjour, de merci, de formules de politesse à la noix, on préférait les *anekdoty*, les blagues, salaces plutôt que pudibondes, parler cœur à cœur plutôt que de la météo, les confidences ou pleurer avec d'autres écorchés quand on était soûl. L'excès russe fait homme. Un contraste complémentaire avec celui qu'il appelait « grande bête ». Hormis pour répondre aux *anekdoty*, Gleb n'avait jamais été très fort à l'oral. Ses sentiments viraient aphones par peur qu'un écho mauvais le trahisse, l'écrit semblait testamentaire ; la photo lui procurait des échappées, des visions, un mur entre lui et le monde hostile depuis l'enfance. Cela expliquait sa fascination pour le peuple nenets, qu'il visitait une ou deux fois l'an lors de sa transhumance, cette façon de vivre à côté. Des sauvages, comme lui.

Nikita s'allongea sur le canapé, sa bière à la main, massa ses muscles roides. La fatigue se distillait après le sauna qui ponctuait la journée à la mine, il faisait encore – 27 °C dehors et les douleurs de ses bras empiraient avec le temps. Sept ans de marteau-piqueur, de concasseur, des machines d'homme. Il ne tiendrait jamais jusqu'à la retraite, et ce n'était pas les poèmes qui le nourriraient, même de pâtée pour chien…

Gleb sauta de son perchoir.

— Fais-moi de la place.

Nikita se poussa contre le dossier du canapé, accueillit la tête de son ami contre son épaule, décrivit des cercles dans ses cheveux, l'index agile, l'œil noir – sa couleur. Gleb était son désespoir, sa chance, une bonne raison de vivre et pourquoi pas de mourir comme au bout d'un fusil. Se consoler dans le feu. Le bleu de Prusse. Dans ces yeux-là.

— Que tu es beau, chuchota Nikita.

Il posa ses lèvres sur sa joue, sa bouche, longtemps.

Gleb se laissait faire, les yeux clos, un mince sourire pour l'aider à déboutonner son jean. C'était l'heure de manger mais justement. Nikita avait déjà baisé des mecs dans des configurations plus scabreuses, dans les box des boutiques Internet quand elles existaient encore, à deux pas du patron barbu qui faisait semblant de regarder ailleurs tant qu'ils payaient, dans des *banya* pourris ou au lac, quand les buissons frémissaient sous les coups de bites heureuses, anonymes.

Nikita glissa le visage contre sa poitrine tandis que sa main le saisissait, caressa son ventre dur, son pubis, se pencha vers son entrejambe et sentit Gleb palpiter au bout de ses lèvres. Il lécha son gland par petites touches impressionnistes, enroula sa langue, déposa cent minuscules baisers mouillés sur sa tige qui, enfin, grandit. Désir fusée, il attira le ciel à lui. Nikita souffla sur les mèches qu'il venait d'allumer, suça les braises comme on s'étire, s'attarda sur la corolle de sa queue chaude, de la langue encore contourna les crêtes avant de l'avaler en entier. Gleb s'engouffra dans sa bouche avec joie – le délice, ce serait tout à l'heure –, gémit quand, les testicules serrés dans une main, Nikita le branla doucement, le pouce et l'index à l'orée de son gland dressé entre ses lèvres, se retira pour souffler sur son œuvre, petit zéphyr dans leur âme enfin à l'unisson.

Nikita aimait sa queue, son chibre, le serpent de Dieu et tout ce qui s'enfilait au paradis ; il la voulait partout dans sa bouche, son cul, sur son visage et son torse, sur chaque centimètre de peau nue. Une larme gluante coula de son membre, aussi translucide que leur envie de se ferrer. Gleb serra les cheveux de Nikita dans son poing et lui dit :

— Viens…

Leurs vêtements envoyés au diable, ils se caressèrent, le sexe de l'autre connu par cœur mais nouveau toujours, à pleines mains roulèrent leurs testicules souples, légers toujours, puis ils s'accroupirent pour immiscer la langue dans leurs sens interdits, ronronnèrent. Gleb tendait ses fesses rondes et Nikita bandait dur. « *I wanna fuck you like an animal* » dans les enceintes. Les autres ne savaient rien de leur sauvagerie. Gleb démarrait au quart de tour, Nikita lui avait tout appris. Il soupira avant de l'accueillir, frémit un instant quand un fluide refroidit son anus, se réchauffa vite sous le doigt qui s'enfonçait lentement dans son rectum, profond, plus profond. Gleb relâcha ses sphincters pour qu'il glisse mieux, les tensions de la mine vaincues par la force de cette douceur exquise, l'index en éclaireur bientôt doublé du majeur et peu de résistance à demeure : Nikita logeait ses doigts dans son cul, le masturbait de concert, les à-coups tendaient un peu plus Gleb contre le canapé, Nikita pressait ses mains contre ses fesses qu'il attirait à lui, les cuisses ouvertes comme un L renversé pour mieux le pénétrer. Gleb à point, la queue brûlante sous le jeu de sa main, Nikita s'immisça. Enduit du même gel, son gland caressa un moment l'orifice récalcitrant, le temps qu'il cède à plus puissant attaquant, força le passage d'un coup de reins tenu, les mains écartant ses fesses pour l'encourager à se laisser transpercer ; Gleb soufflait, geignait de plaisir et de douleur bénie, les yeux flous maintenant, niché sur son ventre tandis que son amant le soulevait, prenait ses cuisses entre ses coudes repliés pour le serrer encore, le presser à défaire son cul de ses dernières réticences. Nikita avait la queue longue et épaisse, rien de démesuré mais dure à avaler ; Gleb souffla quand il s'enfonça de moitié, planta ses ongles dans ses reins pour qu'il ne recule pas, l'invita à se couler plus loin, plus doux, plus fort. Baise-moi, baise-moi bien au fond, recule en douce et reviens vite, encore, lentement, plus fort. Nikita glissait en lui, sa tige de feu repoussant les parois à mesure qu'il le perforait, le faisait jouir et jouirait bientôt avec lui, il sentait sa prostate au supplice incandescent, son gland cognant à la porte et lui qui s'arc-boutait, se retournait. Ils baisaient face à face, les yeux dans les yeux et les murmures se firent suppliques. Défonce-moi, passe-moi par-dedans mais défonce-moi. Les coups se firent plus violents, ils serraient les dents pour ne pas qu'on les entende, Nikita jusqu'à la garde attaquant ses retranchements. Les fluides jaillirent dans le cul si bien malmené qu'ils s'abandonnèrent. Gleb éjacula le premier. La sève divine gicla sur son ventre musclé, finissant d'attiser la fougue du mâle entre ses bras : étouffant un cri, Nikita l'imita en six violents coups de reins qui libérèrent sa semence et les laissèrent pendants, les membres à l'étale, sans forces mais si vivants…

Ils eurent un rire étouffé en songeant aux mots crus échangés durant le coït, cet instant à part entière loin des pudeurs qu'ils n'avaient plus.

— C'était bon, synthétisa Gleb.

— Ouais… Ouais, c'est bon.

Nikita logea sa tête contre son épaule, comme on marque un but de la tête – un de leurs codes affectueux. On sonna alors à la porte.

Avec insistance.

Une alerte rouge.

*

Garants de la sécurité, les artificiers de la mine étaient soumis à une enquête de police demandant une moralité sans tache avant d'obtenir le poste de boutefeu – celui qui « boute le feu ». Gleb Berensky n'avait donc pas de casier judiciaire, Boris l'avait vérifié avant de se présenter chez le témoin, ni de plaintes à son encontre. Juste un blog de photos où figuraient des portraits de Nenets, dont la victime qu'il cherchait à identifier…

Il était presque huit heures du soir quand il sonna à l'appartement du neuvième étage, sa parka de flic sur le dos. Berensky devait être rentré de la mine mais il ne répondait pas : il y avait de la musique en sourdine, du rock ou de l'électro – il n'y connaissait rien. Le policier sonna de nouveau, avec insistance. On finit par lui ouvrir, un jeune homme aux cheveux châtains ébouriffés, comme s'il venait de se réveiller, grand, athlétique.

— Gleb Berensky ?

— Oui ?

— Lieutenant Ivanov, dit-il en montrant son insigne. J'ai quelques questions à te poser au sujet du Nenets que tu as signalé à la police le mois dernier, pendant la tempête. Celui qui gelait sur le toit.

La formule fit son effet auprès du mineur, qui le laissa entrer dans son petit capharnaüm. Regard vif d'un bleu étonnamment profond, barbe de trois jours contrastant avec des traits élégants, vaguement féminins, Gleb Berensky était vêtu d'un tee-shirt écru, d'un jean qui découvrait ses pieds nus et parlait un russe plutôt châtié pour un ouvrier. Une allure d'intello, ou d'acteur américain, qui n'empêcha pas Boris d'évaluer le studio. Le canapé-lit était plié, les livres et les photos omniprésents sur les murs et les étagères, réduisant l'espace de vie à une bibliothèque surchauffée. Il flottait une odeur étrange dans la pièce, que Boris connaissait sans pouvoir l'identifier – il crevait déjà de chaud sous sa parka.

— Tu travailles à la mine, hein ?

— Oui, je pose des charges d'explosifs dans les galeries.

— Et boum.

— C'est ça.

— Photographe aussi, insinua le flic en désignant les images figées aux murs.

— Amateur, oui.

Boris se pencha sur une photo punaisée, celle d'une jeune autochtone au visage cerclé de peaux de rennes.

— C'est qui ?

— La fille d'un chef de clan.

— Nenets.

— Oui. Je leur rends visite tous les ans, dans la toundra…

— C'est là-bas que tu as pris la photo du gars qui gelait sur le toit ? lança-t-il à brûle-pourpoint.

— Quoi ?

— Le cadavre dont tu as signalé la présence dans les décombres : lui aussi est un Nenets et j'ai retrouvé son portrait dans ton blog. Comment tu expliques ça, Gleb Berensky ?

L'apprenti photographe saisit le cliché qu'il lui tendait, incrédule.

— C'est bien toi qui as pris cette photo ? insista Boris.

— Oui…

— Pourquoi tu n'as pas dit que tu le connaissais quand tu as signalé le cadavre ?

— Parce que je ne l'ai pas reconnu, plaida Gleb. Sa tête s'était détachée du tronc, c'était en pleine tempête, on y voyait à peine et tout s'est passé très vite. Comment voulez-vous que je reconnaisse un homme que j'ai photographié des mois plus tôt ?

Le mineur semblait de bonne foi, mais quelque chose le rendait nerveux.

— Tu l'as prise quand, cette photo ?

— L'automne dernier, répondit Gleb, avant leur transhumance. Les Nenets descendent vers le sud à l'approche de l'hiver, où les pâturages moins glacés permettent aux rennes de se nourrir de lichen.

— Ce type est un éleveur de rennes ?

— Oui.

— Tu connais son nom ?

Gleb secoua la tête.

— Il était chez le chef du clan dont je vous parlais, Prokopyé, mais je ne l'avais jamais vu auparavant. C'est ma collègue Valentina qui l'a interviewé, j'ai juste pris des photos pendant qu'ils discutaient.

— Valentina ?

— Une copine de Doudinka, que j'avais embarquée avec moi dans mon périple. Elle aussi a un blog.

— Valentina connaît le vieux Nenets ?

— Non, elle voulait juste les témoignages des éleveurs de rennes sur les incidences de la crise climatique.

— Pourquoi ?

— Vous n'êtes pas au courant que la planète se barre en sucette ?

— Réponds.

— Elle a un blog consacré à l'écologie, plus actif que le mien. Autrement, elle bosse dans un hôtel pour gagner sa vie, à Doudinka.

Boris Ivanov enregistrait les informations sur son carnet d'enquête.

— Le chef du clan doit connaître notre homme, non ? On peut le joindre ?

— Prokopyé ? Ça va être difficile. Il n'aime pas les portables. Ils en ont eu à un moment, mais tout le monde passait son temps le nez collé à l'écran, si bien qu'il a décidé de les supprimer. Les Nenets s'en portent très bien, aux dernières nouvelles, commenta-t-il. Et ça fait des mois que le clan a quitté la région avec son troupeau.

— Ils rentrent quand ?

— Pas avant des semaines.

— Prokopyé, grogna le flic, c'est son nom ou son prénom ?

Gleb Berensky haussa les épaules. Aucune idée. Tu parles d'un témoin…

— Comment tu te rends chez les Nenets si tu n'as pas leur contact ?

— J'ai un fixeur, répondit Gleb, un marchand de Doudinka qui m'amène avec lui dans la toundra.

— Son nom ?

— Egor Poskirin.

Boris prit les coordonnées – il verrait ça demain… Il y eut un moment de flottement, le mineur se dandinait sur ses pieds nus, et toujours cette odeur âpre qui flottait dans l'appartement. C'est en regagnant son véhicule que Boris la reconnut : une odeur de sexe.

Bizarre… *8 h 30*, indiquait sa montre, une vieille tocante en or dont il avait hérité à la mort de son père. Le policier fila retrouver Anya. On repassait *Bouge pas, meurs, ressuscite* ce soir à la télévision. Un chef-d'œuvre.

7

Lena Bokine quittait rarement sa ville natale : pour aller où, dans la toundra ? Elle et son mari ne possédaient pas d'isba le long du Ienisseï, pas davantage de chalet pour chasser le week-end comme le faisaient les notables locaux, et tous leurs amis habitaient Norilsk. La dernière fois que Lena avait mis les pieds à Talnakh, c'était pour skier avec Dasha et Sacha, avant la naissance de leur premier enfant ; il y avait une petite station sur les hauteurs de la ville, avec quelques pistes et des remontées mécaniques pour passer la journée. Ils étaient nuls en ski bien sûr, on n'était pas en Norvège ou en Finlande, où les gamins allaient à l'école sur des planches, même les éleveurs de rennes de la région avaient abandonné les skis de leurs ancêtres pour des motoneiges, mais à défaut de slalomer sur les flancs des collines en faisant crisser la poudre sous leurs spatules, le trio avait bu du thé au sommet des pistes en saluant les téméraires qui s'aventuraient dans la pente.

« *Pochol ty v pizdou !* » criait Sacha.

« Va te faire foutre dans ta chatte. » Ça les faisait rigoler.

Il fallait bien rigoler.

Lena gagnait deux fois moins d'argent comme assistante légiste que n'importe quel bureaucrate, à peine le même salaire que son mari mineur. Lena ne se plaignait pas. Partout en Russie les médecins mettaient la clé sous la porte par manque de perspectives, laissant les patients pratiquer l'autodiagnostic via Google sans émouvoir les autorités sanitaires – le ministre concerné, se félicitant de la hausse de l'espérance de vie (au plus bas après la chute du communisme), en avait profité pour ne rien faire… Oui, il valait mieux rigoler. Et si Sacha n'était pas un intellectuel brillant capable de la subjuguer une heure durant allongée dans un canapé à l'écouter discourir sur Soljenitsyne et ses revirements réactionnaires, s'il pouvait se montrer un peu borné, comme avec sa copine Dasha, qu'il prenait pour une dévergondée, son humour décidé à voir le bon côté des choses en toutes circonstances lui donnait la force de croire, de se sentir simplement utile sur terre…

Le coup de fil du lieutenant Ivanov lui avait mis les larmes aux yeux, quand son embauche pour l'autopsie du Nenets avait été officialisée. Sacha n'était pas le moins fier de cette promotion.

— Ça avance, le charcutage ? s'enquit-il avant de partir à la mine.

— Ça remue les méninges, précisa l'assistante légiste.

— T'as découvert des trucs comme dans les films, genre la victime a mangé du poireau la veille du meurtre ?

— Personne ne parle encore de meurtre.

— Mais tu cherches, avoue, la taquina Sacha.

— Peut-être, petit curieux, mais je ne te dirai rien : secret professionnel ! lui renvoya Lena en picorant du doigt le bout du nez de son colosse.

— C'est toi la meilleure, je le sais depuis le début.

Il l'embrassa, sa parka à moitié enfilée, attrapa son bonnet dans l'entrée à cette heure maudite où les enfants dormaient encore.

— Ne m'attends pas ce soir, hein, j'irai directement au béhourd.

— Aaah.

— Ça vient de rouvrir ! plaida le sportif.

— Bonne bagarre alors, conclut Lena, faussement dépitée.

— Toi aussi avec tes neurones !

Et il partit au boulot en coup de vent. Son style.

*

Sacha n'était jamais allé à l'étranger, et comme les deux tiers de ses compatriotes, il ne possédait pas de passeport. Un Russe sur dix bénéficiait d'un visa en cours de validité : on vivait en autarcie dans le pays-continent, ce qui n'empêchait pas le Kremlin de placer l'Amérique du Nord au centre des critiques. Un pathos schizophrénique qui agaçait particulièrement le mineur.

Son arme pour y répondre s'appelait « Zipper », un groupe de rock'n'roll fifties joué à un rythme d'enfer, qu'il avait monté avec des copains du lycée. Sa contrebasse en première ligne, Sacha composait des textes aux sous-entendus politiques qu'il chantait d'un air moqueur, fatalement déconcertant pour les types du FSB.

La géographie de Norilsk n'aidant pas à se noyer dans la masse, les étrangers étaient rares en ville, les quelques reporters qui venaient les interviewer n'hésitaient pas à déformer les propos des mineurs, les grillant aux yeux du conglomérat, qui pouvait les virer sans délai, et personne n'avait envie de perdre son boulot. Sacha Bokine marchait sur des œufs avec son groupe, mais le paradoxe valant pour nature humaine, le rebelle sans cause s'était passionné pour le béhourd, un nouveau sport de combat qui, à l'instar du twerk, trouvait de nombreux adeptes. Norilsk Nickel subventionnant la plupart des activités physiques et culturelles, un club avait vu le jour l'année précédente, le premier dans la région.

Comme ces guerres de Sécession ou napoléoniennes que des figurants rejouaient à blanc, on se battait en équipe et habillés en Cosaques, avec armes et tenues d'époque revisitées pour l'occasion. L'adversaire tombé à terre se voyait éliminé, il devait alors se retirer du champ de bataille. Si les protections réglementaires amortissaient les coups, les joueurs de béhourd n'hésitaient pas à frapper de toutes leurs forces avec les épées et les haches, lesquelles, même émoussées, pouvaient causer de sérieux dégâts – bleus, hématomes, membres brisés…

Du haut de son mètre quatre-vingt-quinze, Sacha avait vite trouvé sa place parmi les combattants. Lena et les copains du Szaboy se fichaient de lui pour cet excès de virilité ; Sakin, le patron de la salle de sport, et certains adeptes prenaient la cause cosaque un peu trop au sérieux, nationalistes probablement pro-Poutine que Sacha laissait comploter sur les invasions barbares venues du Caucase ou de l'Occident décadent.

Il avait besoin d'évacuer le stress de la mine, de passer un moment avec d'autres gars bien décidés à se vider la tête.

Situé après le quartier des *gostinka*, isolé par un terrain vague, le Club cosaque avait élu domicile dans l'ancien hall du zoo, aménagé pour l'occasion avec le folklore idoine – sigles de la RNU (l'Unité nationale russe), affichettes, dessins virils à la gloire des pionniers invitant la population à se joindre au combat. La Sibérie du Grand Nord était comme un concentré de l'âme cosaque : seuls les ratés se plaignaient, les fragiles, les vulnérables, les lopettes que Sakin détestait, ces droits-de-l'hommistes financés par la CIA qui, sous couvert de démocratie, désiraient simplement piller les richesses du pays, comme ils l'avaient déjà fait sous Eltsine. Sakin n'était pas le seul : tous les Russes vomissaient le mot « démocratie », il suffisait de leur poser la question dans la rue ou ailleurs, et l'opposition à Poutine était si faiblarde qu'elle utilisait à peine ce mot vide de sens. Le béhourd s'inscrivait dans la tradition cosaque. « Notre vie à la patrie, notre foi à Dieu, notre honneur à personne », telle était leur devise.

Sacha gara son vieux 4 × 4 sur la portion de parking. Le bâtiment principal du zoo avait été transformé pour accueillir les combattants lorsque le froid était trop prégnant, les rares batailles estivales se déroulant dans la fosse aux ours, désertée depuis longtemps, comme les hangars derrière les grilles rouillées. Les cages démontées et les enclos avaient laissé place à un parking, où une dizaine de voitures stationnaient déjà. Sacha prit garde où il mettait les pieds, son sac de sport à l'épaule : des flaques suspectes s'épanchaient jusqu'à l'enseigne du Club cosaque, qui clignotait dans la brise mordante du soir. Deux lourdes portes vitrées formaient le sas thermique, avant d'accéder au hall où un culturiste en survêtement et veste molletonnée dirigeait les participants vers les vestiaires. Un par équipe, lesquelles tout à l'heure allaient se massacrer joyeusement.

Une affiche à l'effigie des Cosaques – une croix orthodoxe et deux épées entrelacées – trônait au-dessus du bureau d'accueil. Sacha croisa Sakin, puis Andreï Voronine, le frère de la petite coiffeuse, qui, ce soir, chargerait bouclier en avant parmi les ennemis.

— Ça va, les filles ? les chambra-t-il. Pas trop froid sous les jupes ?

— Tu finiras dans la sciure en petite culotte, chienne, assura le Cosaque.

Ils disaient s'amuser.

Sacha sortit du club de sport deux heures plus tard, vidé, amoché, les articulations au supplice mais heureux. Voronine lui avait donné du fil à retordre, c'était le jeu, mais sa masse rappelait Ivan le Terrible, ha ha. Une bonne nouvelle en chassant une autre, il reçut le texto de Lena en rallumant son smartphone : le Szaboy rouvrait vendredi prochain (enfin, depuis le temps que leur bar fétiche était fermé !), coïncidant avec l'anniversaire de Dasha, qui fêterait ses vingt-quatre ans là-bas (Aaah…).

*

Les orthodoxes célébraient l'Épiphanie en se baignant à minuit après la messe, sous des températures moyennes de – 35 °C. Sauf à attendre l'été pour piqueniquer le long du lac Lama, à une centaine de kilomètres et uniquement accessible par bateau, le lac Dolgoe était le seul lieu de promenade pour les habitants de la région. Les membres du club de natation s'y baignaient toute l'année, entre la ville et la zone industrielle ; les jeunes surtout s'y rendaient, lieu de rendez-vous et d'ébats pas seulement aquatiques où ils campaient parfois.

Le lac des premières fois, des sentiments monstrueux car jamais affrontés, des surprises, des peurs divines. Dasha et Gleb s'y étaient rencontrés jeunes adolescents, quand elle avait débarqué à douze ans dans la mare des grands, où le futur mineur émergeait déjà parmi les autres garçons. Quatre ans les séparaient, un gouffre à l'âge où on compte encore les mois. Déjà longue fleur aux cheveux blond vénitien, la guerre de l'adolescence déclarée, Dasha avait viré auburn à quinze ans, puis rousse décolorée, blonde platine ou corbeau, sans se déparer de son rire frondeur facilement taxé d'hystérique. Dasha, indomptée par elle-même, occasionnait naturellement du grabuge chez qui s'y aventurait. Les garçons fatalement reculaient ; même mioche elle faisait peur, malgré ses traits de plus en plus assurés, sorcière décalée pour ces messieurs mal habitués.

La *dolia*, selon les croyances russes, était à la fois le destin, une durée et une force de vie impartis par Dieu : liée à celle des autres, la *dolia* était prédéterminée, écrite, comme les événements de l'existence et le profil psychique de chacun. Peu propice au changement, la *dolia* expliquait la capacité des Russes à supporter l'insupportable, à considérer l'inégalité comme normale, la répartition des biens étant ce qu'elle était avec le devoir de s'en contenter. On n'aimait pas trop que les gens sortent la tête de l'eau : on avait plutôt alors tendance à la remettre dans le bouillon. Ainsi, les filles étaient éduquées pour être belles, à leur place, surveillées de près par les pères, avant le beau mariage qui les catapulterait gérantes de foyer. On les aimait douces, modestes et passives, les garçons corpulents, actifs, bagarreurs.

Dasha était d'une autre espèce ; elle plantait son compas dans la main de son voisin de classe, ricanant sans autre raison que de faire mal, répondait à côté, de manière provocante ou absconse, mal aimée des profs ou le faisant exprès, du sabotage organisé, et aucun téméraire déclaré pour s'arracher la peau devant ses beaux yeux gris. Sous les airs de cinglée originale qu'elle voulait bien se donner, Ada Svetlova portait un regard peu commun sur ses frères humains, mais ce n'était alors qu'une gamine aux yeux de Gleb, et son cœur allait à Valentina Oulianova… Dasha les observait dans la cour du lycée, derrière ses carnets de dessins, au lac et ailleurs. Ils formaient le couple idéal pour l'adolescente en manque de repères, magnifique et souverain sans presque s'en rendre compte, deux sourires en hiver.

Dasha ne les enviait pas, comment ce jeune dieu pourrait-il s'intéresser à elle, qui n'était qu'une mioche prometteuse, mais une chose restait gravée dans son sang rebelle : elle était et serait folle de Gleb – à jamais. Il allait avec sa particularité, son souffle, sa peau, il suffirait qu'il s'y colle le premier, et Gleb Berensky partirait avec elle : un jour, avait-elle juré au bord du lac. C'était leur *dolia* à eux…

En attendant, les soirées à Norilsk étaient longues quand on vivait seule et sans argent. Au moins avec Aliona elles jouaient aux cartes, au dourak, pas le jeu le plus passionnant au monde mais qui traînait souvent tard à force de rires – sa grand-mère adorait perdre aux cartes, pour ça aussi la petite avait tous les droits. Car pour le reste elle devait se débrouiller : ce n'était pas avec sa pension de misère que la brave babouchka pouvait lui offrir ses étoffes importées de Saint-Pétersbourg.

Dasha pensait qu'elle n'était pas de son époque. Manteau-parapluie orange, bottes blanches en vinyle à talons plats, semelles noires en plastique cranté pour tenir sur la neige, pantalon moulant bleu pétrole avec bande écrue verticale, combinaison zippée près du corps, veste à poils rose, chemise customisée, la couturière se confectionnait des vêtements d'influence sixties à ses yeux indémodables. Elle avait la silhouette élancée pour les porter, les seins assez volumineux pour enrober les bustiers les plus moulants, une chance de la nature. La pratique de la pole dance finissant de la sculpter, Dasha avait sauté sur l'occasion de monnayer ses talents au Lexx, le club érotique le moins ringard de la ville. Zverev, le patron du lieu, payait en une heure l'équivalent d'une journée au théâtre, supplément de salaire qui lui permettait d'acheter ses précieux matériaux.

Pratiquée à l'origine dans les cirques forains itinérants où, entre deux numéros, des artistes en tenue légère dansaient autour des poteaux soutenant le chapiteau, puis dans les boîtes de strip-tease en complément de la sulfureuse lap dance (une fille venait se frotter à vous), la pole dance s'était institutionnalisée au point d'aspirer à la reconnaissance olympique. La pratique demandait force et souplesse, grâce et créativité, mêlant danse et acrobaties, et si quelques ignares y voyaient une source de prostitution qui ne disait pas son nom, Dasha les laissait s'encrasser. Gainage, posture, tonus musculaire, coordination, équilibre, cardio et endurance, elle façonnait sa féminité pour qui en voudrait – au hasard, Gleb Berensky. La pole dance l'avait surtout aidée à améliorer sa confiance (déplorable) et son rapport au corps (ce diable d'inconnu) loin des clichés dont on l'affublait sitôt qu'elle sortait dans ses costumes d'éclair vrillant la nuit.

À vingt-quatre ans, les filles de Sibérie ne savaient pas grand-chose malgré Internet, les réseaux sociaux et les *dates* – du moins Dasha Svetlova se rangeait-elle dans cette catégorie, spécialisation super mioche de la cour d'école quand Gleb et Valentina déambulaient sur leurs chevaux d'argent –, mais ce que les bonnes âmes pouvaient en penser importait peu devant sa valeur ajoutée, pas seulement pécuniaire. D'autres appréciaient ses exhibitions à la barre de pole dance, certains même voulaient bien payer pour la voir s'échiner. Une aubaine en temps de disette.

Club de nuit calqué sur les bars à entraîneuses japonais, le Lexx était un des rares établissements à gâter sa clientèle. Les prix allaient en conséquence. Comme les Nippons harassés de stress venus trouver réconfort, oreille attentive et mains baladeuses moyennant champagne et plus si affinités, les noceurs de Norilsk s'y rendaient le week-end et parfois en semaine pour « changer d'air », comme le vantait finement la publicité racoleuse du lieu interlope. Des strip-teases ou de la lap dance y étaient aussi donnés à l'occasion, même s'il n'était pas question de toucher aux performeuses, rarement professionnelles. Zverev piochait dans les salles de sport de la ville pour renouveler son cheptel, proposait des contrats au coup par coup selon les disponibilités des filles qui acceptaient de se produire.

Exigeant, narcissique, le patron du Lexx avait briefé Dasha pour concocter quelques numéros originaux, et appréciait qu'elle confectionne elle-même ses costumes de scène, ainsi produits à moindre coût. Sortant du théâtre, la costumière eut le temps d'enfiler son justaucorps dans la loge avant que Zverev lui tombe dessus, dans les coulisses.

— Tu as failli être en retard, remarqua-t-il en tapotant sur l'écran de sa montre.

— C'est l'heure, non ?

— Oui, oui, bougonna-t-il.

Toujours tiré à quatre épingles dans des costards évoquant l'excentricité du lieu, Anton Zverev aimait avoir ses artistes à sa main sous prétexte qu'il les payait et, sans se montrer harceleur ou pervers, jouissait de son pouvoir sur ses ouailles. Dasha se demandait s'il ne mettait pas de la laque.

Le temps de le penser, elle grimpait à la barre érigée sur la scène, oublieuse et vivante, une lumière rose, orange ou stroboscopique accompagnant ses savantes voltiges musicales – Bowie, au hasard de la playlist. Une bulle pleine d'inventivité, de sensations, dont celle d'être observée par des hommes n'était pas la moins puissante. Elle, paradoxalement si pudique, prenait là son seul envol.

Le show durait une heure, avec deux pauses pour souffler, changer de costume et permettre à Zverev de remplir les verres. Les hommes seuls légion à Norilsk, le dimanche était une soirée plutôt animée au Lexx. Dasha quittait la scène sous les applaudissements polis lorsqu'elle aperçut Shakir parmi la trentaine de clients, fidèle au poste. Ils ne s'étaient jamais adressé la parole avant la tempête, on laissait aux lap girls ou aux entraîneuses le soin d'essorer les bourses des buveurs ; l'Ouzbek était aussi assidu aux spectacles que mauvais consommateur selon Zverev, mais la nuit au *gostinka* avait changé la donne. Il n'y avait qu'un mort au pied de son immeuble, gelé depuis longtemps, et si le chauffeur de taxi avait laissé Gleb signaler le décès aux autorités, un lien s'était créé, du moins suffisant pour s'aborder sans crainte d'être agressé – ce qui en Russie arrivait le plus souvent quand un inconnu venait vous parler.

Dasha était en sueur après ses acrobaties, Shakir à sa table en bord de scène, toujours la même.

— Tu as vu l'avis de recherche du Nenets ? fit-elle alors que la playlist du club reprenait ses droits.

— Non.

— Le type en morceaux qui gisait dans les décombres… Un flic est venu m'interroger cette semaine.

Shakir la regarda d'un air bourru qui allait bien à ses habits.

— Un flic ?

— Ivanov, un lieutenant.

— Je le connais pas, rétorqua aussitôt l'Ouzbek, sur la défensive.

— Je ne suis pas en train de t'interroger, nota Dasha. Le gars était un éleveur de rennes, d'après ce que j'ai compris. Bizarre, non ?

— J'en sais rien.

— On dirait plutôt un meurtre, tu crois pas ? Personne n'avait rien à faire là-haut, surtout en plein hiver.

— Ouais, c'est bizarre.

— Tu vois, commenta-t-elle.

Shakir ne renchérit pas. Il se réfugia dans le fond de verre qu'il gardait comme caution, ses yeux bruns convergeant sur son nez épais, plongés dans des abysses inconnus. Dasha sentit la faille mais se garda de tremper dans ces eaux troubles, pressée de rentrer chez elle.

— En tout cas, je ne te l'ai pas dit l'autre jour, avec la tempête, mais merci d'être venu te porter à mon secours.

— Bah…

— Si : j'aurais pu être dans les décombres.

L'Ouzbek leva les yeux de son verre quasi vide, fit le point sur le décolleté de son justaucorps noir pailleté, oublia ses abysses spatio-temporels.

— Tu… tu bois un verre ?

— Aucun rapport.

— Ah.

— Il faut que je rentre, de toute façon.

Sur ces entrefaites, Dasha fila vers les loges. Drôle de bonhomme.

Zverev profita du numéro suivant, qui venait de commencer, pour lui remettre son enveloppe du soir – du liquide, évidemment – tandis que la danseuse finissait de se rhabiller.

— Tu le connais, le chauffeur de taxi ? demanda le blondinet.

— À peine, pourquoi ?

— Je sais pas, il est étrange pour un Caucasien.

— Te plains pas, il boit de l'alcool.

— Oui, concéda le manager, mais il refuse qu'on le tripote, alors que tout le monde vient pour ça, comme s'il avait peur des filles.

— Tu es bien un mec pour dire ça, releva Dasha.

— Excuse-moi, gamine, mais je connais ma clientèle. Tous les hommes aiment sentir glisser une chatte sur leurs cuisses avec des obus au balcon. À se demander pourquoi il vient si souvent…

Un gros ours paranoïaque, qui lui rappelait le flic venu l'interroger : Zverev n'avait peut-être pas tort.

— Qui sait ? renvoya Dasha. Peut-être qu'il aime la beauté.

Le patron du Lexx rit à gorge déployée – c'était bien une fille, tiens…

Dasha le laissa retourner à son bar, l'esprit déjà projeté vers le Szaboy, où elle fêterait ses vingt-quatre ans, vendredi… Le jour de tous les dangers. De tous les espoirs. De tout.

Shakir Akram, lui, était déjà parti, avec d'autres rêves et surtout des cauchemars.

8

Avant, tout était *sovok*, du toc pur soviétique, mais au moins les gens savaient à quoi s'attendre. Du carton-pâte, comme la dictature du prolétariat, qui avait fini par s'écrouler sous son poids de médaillés dans leurs limousines. Personne ne regrettait la chute du Mur, à l'époque. Shakir y avait cru comme les autres, cru à la liberté de tout et n'importe quoi, aux hamburgers, aux jeans, aux slips de bain. Au final, la transition démocratique s'était réduite à des saucissons, signe d'aisance suprême, le symbole presque religieux du lien entre le pouvoir et le peuple devenu fou de saucisson.

Seulement l'Occident avait pris les Russes avec une réticence revêche, les forçant à accepter humiliations sur humiliations tout en taxant leurs contestations de « caprices de bambins ». Comme on disait à l'époque, si on n'aimait pas les épinards, on n'avait pas d'autre choix que d'en bouffer : bouffer de leurs ajustements structurels qui jetaient des millions de Russes au chômage, de leur passage au capitalisme express sans demander l'avis de la population, à bouffer de leur saucisson jusqu'en avoir des haut-le-cœur. Pas de plan Marshall pour se relever de soixante-dix ans de knout, de privations et de chuchotements dans les cuisines où l'on pouvait parler un peu librement, mais un élargissement de l'OTAN jusqu'aux frontières de l'ancien empire en guise de paix. Les Russes étaient les victimes d'une dictature, mais l'Occident les traitait en ennemis. Toujours en ennemis.

Shakir Akram non plus n'avait pas compris, incapable à l'instar des autres Russes de se débarrasser du complexe de persécution hérité de leur Histoire. Bien qu'ils aient gagné ensemble la Guerre froide, les États-Unis avaient préféré s'attribuer seuls la victoire, « par la grâce de Dieu ». Une dernière injure à la face de Shakir, croyant malgré les tours de cochon que lui jouait la vie. À Moscou, les gangsters prenaient la place des soviets. La mafia. Les gens avaient du saucisson, eux les 4 × 4 qui se pavanaient ou fonçaient en sens inverse sur les avenues s'ils étaient pressés, écrasaient des piétons sans jamais s'arrêter. L'insécurité, les meurtres en plein jour, la police achetée, les militaires qui vendaient leurs missiles au marché noir, en même temps que l'uranium, les kalachnikovs, les milliards d'aide du FMI qui s'envolaient off-shore, la curée était totale. L'espérance de vie avait chuté de sept années dans ces maudites années 1990, le nombre d'hommes alcooliques doublé, la Russie avait le plus haut taux de suicides et d'homicides en Europe, la natalité la plus faible au monde, personne ne croyait plus en rien.

Shakir n'avait pas un sou vaillant en rentrant de son cauchemar en Afghanistan, et le travail était rare dans les désormais ex-Républiques soviétiques. L'Ouzbek avait travaillé comme balayeur à Birioulovo, la banlieue-dortoir du sud-ouest de Moscou, qui abritait une majorité de Caucasiens. Shakir gagnait 30 000 roubles mais n'en touchait que 7 000 : divers chefs lui volaient le reste. Il y avait deux millions d'immigrés comme lui à Moscou, que la police estropiait de gaieté de cœur sans qu'on s'en offusque. Trop nombreux, les immigrés. Et ils n'avaient qu'eux à regarder de haut alors que l'Occident les rabaissait. Les Russes avaient besoin de basanés pour se sentir blancs, de types comme Shakir pour montrer qu'ils étaient de vrais hommes.

Il avait amené aux urgences deux jeunes Tadjiks blessés sur le chantier où ils s'échinaient, et les médecins n'avaient pas caché leur sentiment : « Qu'est-ce que vous venez faire chez nous, bande de culs-noirs ?! »

Des gens disparaissaient. Des nervis des forces spéciales surgissaient en pleine nuit, faisaient sortir les travailleurs immigrés des foyers où ils dormaient entassés, les flanquaient par terre, ou sur la neige, pour les rouer de coups avec leurs bottes cloutées. Un garçon de quinze ans était mort sous ses yeux, piétiné jusqu'à ce que les os de son dos se rompent. Les mères recevaient les corps de leurs fils sans leurs organes internes. On pouvait acheter tout ce qu'un homme possédait sur le marché noir de Moscou ; des reins, des poumons, un foie, des yeux, des valves cardiaques, de la peau même. Shakir avait peur, tous les jours. Un cul-noir comme lui ne valait rien sur le marché. Alors il avait rempilé dans les forces spéciales, direction n'importe où.

Tchétchénie, Daguestan. Les officiers du GRU (la Direction générale des renseignements de l'état-major des forces armées de la Fédération de Russie) jouaient les meneurs dans les exécutions sommaires : habits, masques, vrais-faux papiers, tenues de camouflage, laissez-passer spéciaux, les tueurs changeaient les plaques des voitures des personnes arrêtées, enlevant n'importe qui soupçonné de terrorisme, avec l'appui du VOVD, ces antennes provisoires du ministère de l'Intérieur qui disséminaient des cabinets de torture à travers les régions rebelles ; mutilations, yeux crevés, têtes scalpées, les escadrons de la mort jetaient les corps des civils ou les enterraient secrètement pour réclamer des rançons aux familles qui voulaient récupérer les dépouilles de leurs fils ou de leurs maris. « Rétablissement de la paix », disait la télévision.

Le commando où opérait Shakir enveloppait les maisons des suspects de « bandes de dragon », rubans explosifs détruisant toutes preuves en cas d'enquête ; on cachait aussi les cadavres encombrants dans des cercueils à double fond ou dans la tombe d'un autre, crimes de guerre ordinaires ou règlements de comptes selon les profits qu'on pouvait en tirer. Ceux qui refusaient de collaborer étaient mis à l'index, plus sûrement torturés et retrouvés dans les fossés, victimes d'un ennemi d'autant plus insaisissable qu'il agissait dans sa propre armée. Ni le FSB, ni le parquet, ni les tribunaux ne pouvaient rien contre le leadership des renseignements militaires. Enfin, quatre ans de ce régime avaient déclaré le caporal Akram inapte à tous types d'opérations armées ; trop de pagaille dans sa pauvre tête, de bouillie humaine comme des grumeaux dans la gorge…

Enfin, Poutine virant la chienlit au tournant du millénaire, une opportunité s'était offerte à lui : Norilsk Nickel, un conglomérat dont les usines embauchaient en Sibérie. Sa dernière échappatoire.

La première impression depuis le hublot lui avait donné une idée de ce qui l'attendait. Un océan de glace, de défilés dramatiques, de plateaux encastrés dans les entrailles d'une terre d'acier blanc où régnaient les vents maudits ; Shakir Akram s'était penché vers sa terre d'exil comme s'il survolait les restes de la 6e armée de Paulus à Stalingrad. Des images de nez gelés, de corps aux os brisés par le blizzard, de cadavres abandonnés à d'improbables corbeaux qui leur volaient les yeux.

L'aéroport de Norilsk semblait encerclé par le vide, des étendues où le froid massacrait la toundra et tout ce qui s'y trouvait. Le tableau de bord du taxi qui l'avait mené en ville affichait – 46 °C. Le trajet n'avait pas rassuré l'Ouzbek. Du blanc, une caserne désertée, des pylônes, des fils électriques, des pylônes encore, du blanc, une cité banlieusarde où s'alignaient des blocs de béton aux fenêtres vides, du blanc toujours, une autre ville fantôme prise dans les bourrasques : une atmosphère post-nucléaire s'étendait sous ces latitudes aplaties par quelque géant déprimé. Parfois, des pieux plantés dans un talus bloquaient la neige que le vent poussait vers la route. L'arrivée en ville ne lui avait pas remonté le moral. Des avenues perforaient une banlieue grise aux fils électriques tendus comme des toiles d'araignées, du béton en masse pour résister à l'hiver. Il n'y avait personne le long des trottoirs, que des barres d'immeubles aux couleurs déteintes, quelques feux grelottants aux carrefours et de rares voitures bravant l'ennui. Norilsk, un Far East sibérien avec des broussailles de glace coupantes au fil du vent. Un endroit sans vitrines, sans rien, sinon cette odeur rance, légèrement sucrée, qui agressait les narines, déjà malmenées par les gelures liées à la simple respiration ; Shakir, quarante-quatre ans à l'époque, avait senti qu'il ne referait pas sa vie si facilement…

Il avait cru au rêve du Grand Nord. On lui avait dit que les salaires étaient trois à quatre fois plus élevés qu'à Moscou, que les mineurs avaient droit à des voyages payés et à un logement, l'accès accéléré à une bonne retraite et un réseau de magasins bien approvisionnés sur place. C'était loin, bien sûr, mais Shakir comptait revenir en Ouzbékistan avec un pécule, pourquoi pas trouver une femme qui s'apitoierait sur un type cabossé comme lui : la mine, ça payait bien sur le papier. Sauf qu'on lui avait menti sur le salaire, sur les primes qui en constituaient l'essentiel et qu'on ne lui versait pas, majorées de tout et n'importe quoi. Les avantages qu'on lui avait vantés étaient caducs depuis la fin du communisme, les ouvriers coûtaient trop cher au vieux combinat soviétique devenu pure entreprise capitaliste. C'était 600 dollars ou rien.

Vu les prix pratiqués ici, où tout, excepté le poisson et le renne, était importé, Shakir avait réalisé qu'il gagnait juste de quoi survivre en s'échinant dans les galeries, que le moindre problème de santé ou dépense inopinée le mettrait dans le rouge, qu'il s'était fait avoir, une fois de plus. Enfin, le masque industriel de la laideur s'était peu à peu estompé. Un habitant sur cinq était un immigré originaire d'Asie centrale ou du Caucase, suite à la troisième vague migratoire des années 1990, et ici on ne faisait pas la chasse aux « culs-noirs » ; ils pouvaient développer leurs commerces, les marchés aux légumes et de petits restaurants, il y avait même une mosquée, pour ceux qui voulaient prier.

Enfin, après trois ans de labeur, l'Ouzbek avait préféré devenir taxi privé plutôt que de s'échiner pour le conglomérat. L'hiver était avare de clients, la nuit les lampadaires faisaient comme des potences alignées le long de la route, Shakir ne gagnait pas plus avec l'emprunt de la voiture à rembourser, mais au moins il était libre…

Un camion de la maintenance réchauffait le tarmac, un réacteur d'avion monté à l'arrière lancé à plein régime pour pulvériser la glace. Prise dans les brumes et le kérosène, la tour de contrôle semblait agiter de grands bras affolés en direction de l'appareil en phase d'atterrissage ; trente, vingt, dix mètres du sol, l'avion tanguait sous les rafales et toujours pas l'ombre d'une piste. Un dernier effort pour cabrer l'appareil, et les roues mordirent sur le bout de bitume dégagé.

Shakir attendait le vol du matin en compagnie d'une trentaine d'autres chauffeurs de taxi, déclarés ou non. Ils se connaissaient de vue sans chercher à sympathiser ; l'aéroport d'Alykel Norilsk se situant à quarante kilomètres de la ville, personne n'avait envie de faire le chemin du retour à vide, et les passagers ne prenaient pas tous un taxi. Aucune femme parmi les chauffeurs – et pour cause, le combat tout à l'heure serait rude.

L'Ouzbek fumait dehors tandis que les voyageurs passaient les contrôles de sécurité. La neige filait, drue, rapide, empêchant toute visibilité à plus de vingt mètres. La queue de l'appareil stationné s'élevait dans le brouillard, le train d'atterrissage englué sous une masse blanche, comme si l'hiver avait voulu en faire un bonhomme. Shakir jeta son mégot dans le cendrier isolé de l'entrée principale, trotta jusqu'au hall d'arrivée et se mêla à la petite foule qui attendait. Un coup d'œil aux autres chauffeurs lui suffit à prendre la température de ses concurrents, dans les starting-blocks… Les premiers passagers apparurent enfin derrière la barrière métallique, provoquant une houle humaine qui vira vite à la foire d'empoigne ; c'était à qui saisirait le premier la valise à roulettes, agripperait un bras ou le chariot pour les plus chargés, proposerait d'autorité un tarif imbattable. La bagarre entre taxis faisait rage mais l'ancien soldat savait s'imposer ; il happa une femme parmi les dizaines de mains avides qui cherchaient à s'emparer de son bagage, se noya avec elle et sa valise dans la cohue grondante, repoussant à coups d'épaule les plus récalcitrants.

Un travail d'homme.

La passagère en revanche ne semblait pas d'ici – sa parka et surtout ses bottes étaient trop chics pour ces contrées ; Shakir balança sa grosse valise à l'arrière du break, où Sneg montait une garde inutile, claqua la portière dans la foulée, mit le chauffage à bloc et quitta le parking de l'aéroport dans la foulée. Dans le stress du hall d'arrivée, ils ne s'étaient pas dit bonjour, juste la destination – Doudinka, la ville portuaire… Valentina, c'était son nom. Une jolie fille, à y regarder de plus près, la trentaine à peine, cheveux châtain foncé débordant de la chapka, qu'elle posa comme un ours en peluche sur ses genoux. Elle portait un legging moulant, parfait pyjama de voyage. Bien faite, on dirait, même si Shakir n'avait pas eu le loisir de la jauger en entier.

Il faisait – 27 °C dehors, la neige tombait toujours parmi les bourrasques et l'Ouzbek distinguait à peine les camions qui déboulaient comme des vaisseaux fantômes du brouillard.

— Dites donc, il fait un peu peur, votre chien ! lâcha Valentina en se tournant vers la grille qui les séparait.

Massif, de longs crocs acérés, l'animal bavait par litres sur sa couverture.

— C'est un alabaï, un tueur de loups.

— Ça ne court pas les rues, les loups…

— C'est pour ça !

Elle eut un petit rire rafraîchissant. La jeunesse. Et quelle beauté, maintenant qu'elle se dévoilait !

— Il est impressionnant comme ça, mais c'est un bon chien qui n'a jamais mordu personne. Heureusement, un coup de crocs et il arracherait le bras d'un enfant !

— C'est rassurant…

— Un peu.

Shakir avait cinquante-sept ans, une moustache noire et drue comme ses cheveux grisonnants, un corps compact rompu aux coups et un avenir tout tracé jusqu'à la fosse commune, avec son chien s'il tenait le coup jusque-là.

— Première fois dans la région ?

— Non, non, je reviens de Rostov, pour mes partiels, répondit la passagère sans quitter des yeux son portable. Je finis mon école en sciences de l'environnement. J'avais des modules à passer.

— C'est bien, là-bas.

— Vous connaissez Rostov ?

— Non, concéda Shakir, mais c'est mieux qu'ici, vous croyez pas ?

Valentina plia son gros vêtement sur ses cuisses, qu'elle rangea avec sa chapka.

— On rôtit dans votre voiture, observa-t-elle.

— Je peux baisser le chauffage.

— Non, non, j'aurais peur de geler.

Shakir lui sourit brièvement, dévoilant ses dents en or. Oui, un sacré brin de fille, et des yeux arctiques à se couler iceberg par le fond. Mais son air enjoué ne dura pas. Valentina plongea sur l'écran de son smartphone, fit défiler les infos du site qu'elle consultait, soupira.

— On a retrouvé un cadavre dans les décombres d'un immeuble, à Norilsk, dit-elle. Il y a eu une tempête, paraît-il.

L'Ouzbek haussa les épaules.

— Vous savez qui suit l'affaire ? poursuivit Valentina.

— Non.

— L'appel à témoins n'a été donné que cette semaine, alors que le Nenets est mort depuis un mois. Il paraît aussi qu'il n'a pas été identifié.

— C'est ce qu'on dit. Ces gars-là vivent dans la toundra, bougonna le chauffeur. Ils ont pas besoin de nous.

La réponse ne sembla pas lui suffire. Manipulant à toute vitesse les touches de son smartphone, Valentina eut un claquement de langue agacé après un bref échange de textos. Quelque chose la chagrinait dans le message qu'elle venait de recevoir mais il n'y prit pas garde. Shakir roulait à plus de cent à l'heure sur la route verglacée, doublant tout ce qui se présentait, camions, 4 × 4, caribous carrossés jaillissant des tornades. Les pneus neige avaient tendance à surfer mais il était bon pilote.

— Si vous avez besoin d'un taxi, je peux vous donner mon numéro.

— *Da, da, da, da.*

La fille avait le oui mécanique et des seins opulents sous son pull beige. Elle ne dit plus rien, fatiguée de son voyage sans doute. Ou inquiète – elle continuait de s'activer nerveusement sur son portable, la mine un peu butée des vieux adolescents. Shakir dépassa un bulldozer qui chassait la neige vers les terre-pleins, l'œil torve sous le ballet des essuie-glaces. Encore deux kilomètres avant d'atteindre Doudinka.

Sneg aboyant à la vue des premiers immeubles, la cliente baissa la tête d'instinct.

— Boucle-la ! rabroua son maître au volant. Désolé pour le boucan, ajouta-t-il, il peut pas s'en empêcher ; comme si je savais pas qu'on arrive en ville !

— *Da, da, da, da...*

Elle lui faisait penser à une elfe tombée du ciel, à Maria Morevna, la guerrière des steppes de ses contes d'enfants, une boussole pour son âme perdue. Shakir songea au petit cul posé sur le siège, à ce corps de chair tendre, à l'odeur de sa chatte qu'il humait d'ici, à celles qui l'attendaient à la nuit tombée… Ah, quel malheur…

9

Décidant d'« éduquer » les Nenets sous prétexte qu'ils vivaient dans des huttes, les soviets avaient parqué les nomades dans des villages en dur, volant leurs rennes ou les regroupant avec eux dans des kolkhozes. L'autorité des chefs de clan et le chamanisme déclarés contre-révolutionnaires, on avait emprisonné les contrevenants par centaines dans des goulags où ils ne comprenaient rien à ce qui leur arrivait. Le Tsar rouge avait décidé de créer un homme nouveau, un fer de modernité qui exigeait l'oubli total du passé et des anciennes règles, sous peine d'être accusé de sabotage, mais les Nenets n'avaient justement que le passé pour survivre : quand l'un d'eux traversait une rivière à bord de son traîneau, il enregistrait chaque pli de la terre, tous les détails de l'environnement emmagasinés dans son cerveau qui lui servait de carte, ces savoirs qui se transmettaient de génération en génération pour leur permettre de survivre dans un univers aussi hostile. On enseignait aux chasseurs comment leurs ancêtres suivaient les traces du gibier, où et comment ils devaient traquer leur proie, au pêcheur comment attraper un poisson dans telle rivière.

Même les morts ne disparaissaient jamais vraiment : un fils pouvait voir son père selon la forme du manche de pelle que ses mains rudes avaient travaillé avant lui – les objets des défunts avaient « des yeux et des oreilles », conservant pour leurs descendants « le regard et la voix »… Effacer le passé, c'était mourir.

Effacer une manière de penser le monde.

Les commissaires politiques s'en étaient donné à cœur joie. Des papiers affluaient, couverts d'empreintes-lignes qui accusaient les Nenets de maux inconnus, sans parler de cette guerre sur des terres où, s'imaginant tuer du fasciste comme on chasse l'ours, les plus jeunes avaient péri en masse. Enfin, les Tsars rouges avaient fini par disparaître à leur tour, engloutis par une Histoire dont les Nenets n'avaient que faire. Aujourd'hui encore, on volait leurs enfants pour les placer dans les pensionnats de Doudinka, les fameux *Internats*, avant de les renvoyer dans la toundra durant le bref été qu'ils passeraient avec les leurs. Déracinés, ces enfants perdaient leur culture, en grandissant devenaient des bons à rien.

Il y avait eu les élevages collectifs de rennes sous Khrouchtchev, puis leurs pâtures anéanties par les pluies acides des usines de Norilsk, les gazoducs de la péninsule que les rennes avaient peur de franchir. L'alcool décimait des familles entières, les pères vendaient leurs rennes pour boire, certains, en pleine crise de delirium tremens, égorgeaient leurs propres bêtes, de plus chanceux trouvaient un travail au port de Doudinka. Les autres attendaient dans leurs villages miséreux le passage d'un bateau et le versement de leurs allocations pour se ruer vers le vendeur de vodka et crever, une nuit glacée, dans un fossé tombé sous leurs pieds.

Sans l'animal garant de leur survie, de leur âme et de leur culture, les Nenets n'avaient que la déchéance pour horizon.

Le clan nomade de Prokopyé survivait dans la toundra, coûte que coûte, mais il ne rentrerait pas de transhumance avant fin avril. Comme aucun « Prokopyé » ne figurait dans l'annuaire électronique, Boris Ivanov avait téléphoné au fixeur de Berensky, Egor Poskirin, pour une convocation au commissariat de Norilsk.

L'arrivée du témoin ne passa pas inaperçue dans les couloirs du bâtiment ; vêtu de lourdes bottes et de peaux de bêtes, ses yeux bleus globuleux et sa barbe rousse à foison lui donnant l'air d'un roi mage sous acide, l'homme semblait du genre plus à l'aise au grand air avec un harpon qu'au chaud dans un bureau administratif.

— Vous pouvez vous asseoir… commença Boris.

— Je préfère rester debout.

Poskirin avait le visage tanné, des mains énormes rodées au froid, la quarantaine hirsute et dynamique – il lui en coûtait visiblement d'être là et son regard fuyait, comme incapable de se fixer sans horizon. L'homme se débarrassa de son manteau, posa sa chapka sur le bureau comme on jette un sac encombrant et attendit que le flic s'exprime.

— Vous avez un comptoir à Doudinka, c'est ça ? Du commerce avec les autochtones de la région ?

— Je les approvisionne deux ou trois fois par an, oui, bougonna l'autre.

Boris lui tendit une photo du Nenets rafistolé à la morgue.

— Je cherche cet homme. Gleb Berensky m'a dit que vous les avez menés, lui et sa collègue Valentina, au campement d'un certain Prokopyé l'automne dernier ; d'après son témoignage, le Nenets sur la photo était présent ce jour-là.

Le trappeur observa le cliché, le temps d'aligner une moue de circonstance.

— Plutôt moche à voir, votre type. Qu'est-ce qui lui est arrivé ?

— Vous le reconnaissez ?

— Hum… Je suis pas sûr, non.

— Pourquoi, ils se ressemblent tous ?

— Non, je côtoie surtout les éleveurs qui vendent les bois de leurs rennes. On fait du troc. Et la tête de ce type ne me dit rien. S'il était présent à l'automne comme vous dites, j'ai pas fait gaffe à lui.

Ça aurait été trop simple.

— Prokopyé, poursuivit Boris, vous le connaissez bien ?

— C'est le chef du clan.

— Vous avez un numéro ou un moyen de le contacter ?

— Il a pas de téléphone. Je passe au campement d'été quand ils reviennent de transhumance. C'est des choses qu'on apprend.

— Hum. Il y a souvent des embrouilles entre Nenets ? Des rivalités ?

— Bah, comme partout, fit Poskirin. Mais ces gars-là sont plutôt solidaires. Ils vivent à la dure.

— Comme vous.

— J'ai pas un boulot de majorette.

Le policier oublia de sourire.

— D'après vous, qu'est-ce qui pousserait un de ces Nenets à se rendre à Norilsk ?

Poskirin haussa les épaules, impressionnantes même sans manteau.

— Ils aiment pas trop la ville, dit-il. Un parent à voir peut-être, ou du matériel pour leur motoneige en cas de casse.

— Qu'ils peuvent trouver à Doudinka, non ?

— Oui. Sans compter que c'est souvent moi qui leur procure les fournitures manquantes. Ça évite de se déplacer.

Un parent, donc. Sauf que personne n'avait réclamé le corps.

— Valentina, la collègue de Berensky, vous la connaissez ? Elle aussi habite Doudinka.

— Non. Je l'ai juste trimballée sur mon *vezdyéhod* jusqu'au clan.

— C'est quoi, ça ?

— Un engin à chenilles qui date de la guerre. Idéal pour parcourir la toundra. Le seul du district, ajouta le commerçant avec fierté.

— Valentina ne vous a rien dit sur le chemin du retour ? Une allusion à un Nenets, qui pourrait être l'homme qui figure sur la photo ?

— Non… Dites, c'est pour ça que j'ai fait tout ce chemin ?

La patience non plus n'était pas son atout maître.

— Vous connaissez surtout les éleveurs qui vendent les bois de leurs rennes, poursuivit Boris ; ça induit que celui que je cherche ne le fait pas. Ça change quelque chose pour les Nenets, de vendre ou non les bois des rennes ?

— Le fric qu'ils se font sur leur dos.

— Mais certains s'en passent puisqu'ils ne coupent pas leurs bois.

— Oui. Ils préfèrent pas.

— Pourquoi ?

— Parce qu'ils aiment leurs bêtes, et que ça leur fait mal.

Un autre monde, qui n'expliquait pas le comportement de la victime…

*

Poskirin ayant confirmé que le dénommé Prokopyé ne serait pas de retour avant des semaines, Boris s'était rabattu sur la blogueuse qui avait accompagné Berensky en territoire autochtone mais, à l'heure où tous les jeunes ont leur smartphone à portée de main et malgré ses nombreuses tentatives, son numéro ne répondait pas. Même son de cloche à l'hôtel de Doudinka où travaillait Valentina Oulianova – on l'attendait même depuis la veille, en vain.

Boris consulta son blog en attendant les résultats de l'autopsie du Nenets, prévus dans la journée. Valentina Oulianova y relayait les degrés de pollution relevés à Norilsk et dans la région, ses démarches auprès du conglomérat, des administrations, de Telecanal de Russie, la chaîne locale, ses actions dans la rue pour sensibiliser la population et l'association de défense de l'environnement qu'elle avait renoncé à monter – la moindre manifestation aussitôt accusée d'être manipulée par les Américains, les ONG devaient s'enregistrer comme « agents de l'étranger ». Le blog évoquait l'impact sur la banquise, la flore, les animaux et les autochtones qui vivaient encore de manière traditionnelle. Le reportage en territoire nenets y figurait, avec la photo de Gleb en vignette, mais le contenu n'apportait rien de nouveau – ni nom ni lieu susceptibles de l'aider –, sinon qu'avec les hivers plus rudes les rennes ne parvenaient plus à briser la glace qui recouvrait le lichen, leur alimentation de base, mettant leur fragile équilibre en péril.

Un autre article évoquait la rivière Daldykan, qui passait près de la station d'épuration, et les rejets chimiques qui l'avaient rendue rouge sang sur des kilomètres. Le conglomérat avait reçu une amende pour cette fuite, 500 dollars, payée en roubles. Une honte selon la militante, d'autant qu'une pluie écarlate serait tombée l'année passée, un phénomène récurrent qui ne semblait pas interpeller ledit conglomérat, premier suspect, alors que des fuites de diesel avaient été relevées aux abords des cuves qui alimentaient les machines d'extraction. La blogueuse avait alerté les autorités des conséquences écologiques encourues si elles venaient à céder – les cuves comme le reste tenaient sur un sol rendu mouvant en raison du réchauffement planétaire –, avertissements restés lettre morte. Valentina Oulianova pourfendait Norilsk Nickel dans une diatribe enflammée où, extraction minière et crise climatique faisant mauvais ménage, elle envisageait la résurgence de maladies confinées dans le permafrost depuis des millénaires, des virus oubliés ou qu'on croyait éradiqués ; autrement plus létales que les Covid ou Ebola, ces nouvelles pandémies pourraient balayer l'humanité qui, en ayant pris soin de détruire les forêts primaires ou les habitats originels, se serait coupée des moyens de découvrir l'antidote laissé gracieusement à disposition par la nature…

La fin du monde, en définitive.

Boris convenait qu'Anya souffrait des maux dont parlait la blogueuse, mais une partie de lui continuait de penser qu'une petite fouteuse de merde du genre de Valentina s'exposait volontairement à la vindicte du pouvoir, pour avoir ainsi une bonne raison de s'en plaindre – son fond d'ours le rendait un peu bête.

Il reçut enfin l'appel de Lena Bokine, l'assistante du légiste. Elle l'attendait à l'hôpital Ogoner.

*

Quand les gens lui demandaient pourquoi elle avait choisi de découper des cadavres toute la journée, Lena répondait qu'ils passaient bien leur temps, eux, à compter des sous, à vendre des boîtes de conserve, de l'essence ou les peaux de bêtes qui ne leur avaient rien fait, que le monde serait un peu moins stupide et absurde si chacun mettait son intelligence au profit d'une simple activité bénéfique au genre humain.

Lena Bokine pouvait jouer les fiers-à-bras, la première autopsie qu'on lui avait confiée la mettait dans tous ses états. Elle guettait le lieutenant Ivanov au sous-sol de l'hôpital, anxieuse – avait-elle bien fait son boulot ?

Le policier débarqua, la mine lourde de cernes, sa parka sous le bras, qu'il posa sur la chaise du bureau de poche qu'elle partageait avec d'autres subalternes.

— Vous avez une nouvelle tenue de limier ? remarqua Lena en désignant le pull moulant sa bedaine.

— Ah ! Oui, c'est ma femme qui me l'a offert.

— Ça change de votre vieux truc marron plein de peluches.

— Merci. Bon, on n'est pas là pour parler de mon style unique au monde : vous avez les résultats de l'autopsie ?

Lena dressa un sourcil de surprise – cet homme était capable d'autodérision – et se pencha sur le dossier qu'elle avait préparé.

— Je n'ai pas pu faire tous les prélèvements que j'aurais voulu, vous savez comme moi ce qu'il en est des moyens à notre disposition, mais enfin, j'ai deux ou trois choses qui pourraient vous intéresser… Vous vous y connaissez un peu en biologie, lieutenant ?

— J'étais nul dès le collège, c'est pour ça que j'ai fait flic.

— Je suis sûre que vous mentez, mais je veux bien vous croire. J'irai donc droit au but ; la nourriture a fermenté dans l'estomac, mais les protéines laissent penser qu'il s'agit de viande de renne, consommée peu avant sa mort. Pas d'alcool ni de drogue dans le sang ou les cheveux. Je me suis plutôt concentrée sur la blessure à la tête. Vous vous souvenez de la bosse à l'arrière du crâne ? Il s'agit bien d'une fracture, un traumatisme antérieur à la chute du toit…

Le regard du flic d'Irkoutsk s'éclaira pour la première fois, tandis qu'elle exhibait les photos du labo.

— Vous en êtes certaine ?

— Oui, certaine. Et l'emplacement, ici, ajouta-t-elle en désignant l'arrière du crâne, invalide l'idée que notre homme se serait infligé cette blessure accidentellement. On dirait plutôt un coup.

Boris observait le cliché du cadavre, un gros plan au demeurant peu ragoûtant après le charcutage dont le vieil homme avait fait l'objet.

— Un choc qui a pu provoquer la mort ?

— Très probable.

— Un crime, donc.

— Au moyen d'un objet contondant, confirma l'assistante. Vous avez l'embarras du choix, mais je n'ai relevé aucune autre blessure antérieure à la chute, à part cette fracture du crâne… J'ai tout noté dans le rapport, indiqua-t-elle. Il y a une copie pour vous.

Boris opina – le meurtre n'était plus une hypothèse, justifiant les frais engagés auprès de son patron, qu'il avait dû tanner pour obtenir l'autopsie.

— Autre chose ?

— Oui, fit Lena en pivotant vers le petit frigo situé derrière le bureau. J'ai aussi trouvé ça sur les fibres de ses vêtements…

Boris loucha bientôt sur deux plaques translucides renfermant un résidu rougeâtre.

— Qu'est-ce que c'est ?

— Un composé chimique, d'où sa couleur vive, rouge comme vous pouvez le constater, à base de chlorure de nickel. Ce type de chlorure est produit par extraction à l'acide chlorhydrique du nickel issu de la matte et des résidus grillés du minerai.

— Vous pouvez me traduire ?

— Ce composé chimique s'est déposé sur le corps du Nenets avant qu'il ne gèle. C'est-à-dire au moment de sa mort ou dans la poignée d'heures qui ont suivi. Le composé s'est incrusté dans les pores de la peau et sur ses vêtements, puis le froid l'a figé. Sans quoi, il n'aurait pas ressurgi.

« Comme les maladies le feront un jour en remontant du permafrost »… Les mots de la blogueuse. Norilsk Nickel, premier extracteur du continent. Une pluie rouge sang…

*

Les Sibériens de la péninsule marquaient la fin de l'hiver – même si ici il durait encore des mois – en brûlant un mannequin, « Dame Maslenitsa » ; son cadavre ballottait au vent, pantin carbonisé, comme un pendu sur le bord de la route.

Boris longeait la voie de chemin de fer, quatre-vingts kilomètres reliant Norilsk au port de Doudinka, un œil sur la chaussée glissante, l'autre vers les tourments du ciel. La neige tombait dru, des rangées de pylônes comme des soldats géants courant à l'assaut des collines. Un vieil avion à hélices grelottait devant l'ancien aéroport, dont il ne restait que des baraquements abandonnés au blizzard, un vaillant bimoteur érigé là comme le trophée d'une autre époque – celle de la conquête sibérienne. Un mot était inscrit en lettres rouges sous le train d'atterrissage, en guise d'épitaphe : « Espoir ». L'ironie laissa Boris indifférent ; des bâtiments surgissaient au fond du brouillard, ceux de la ville portuaire.

La banlieue de Doudinka n'était qu'un champ de containers, des voitures perchées sur les toits par leurs propriétaires pour éviter les vols – tout se volait, en Russie, des tronçons de pont jusqu'aux satellites, tant et de manière si éhontée que plus personne ne s'en étonnait.

Boris atteignit le port à l'embouchure du Ienisseï, le plus grand fleuve à se jeter dans l'océan Arctique. Comme à Norilsk, les immeubles du centre étaient peints de couleurs flashy mais disposés de manière beaucoup plus anarchique, sans grandes avenues quadrillant la ville ; à Doudinka, on se montait dessus comme on pouvait jusqu'aux limites du port, fermé au public depuis sa privatisation. En attendant le bref été polaire, la mer n'était qu'une étendue de glace infinie derrière les grilles et les grues immobiles qui toisaient les amoncellements de containers.

Valentina travaillait à l'accueil d'un hôtel pour gagner sa vie, d'après Berensky, l'écologie n'étant qu'un hobby, comme pour lui la photographie. Une jolie fille elle aussi – Boris avait dégotté sa frimousse sur son blog. Le lien avec le Nenets assassiné était ténu, mais le silence de la blogueuse commençait à l'inquiéter… Il arriva enfin, sous des rafales de neige.

L'hôtel Victoria était flanqué d'une enseigne lumineuse et d'une façade jaune poussin presque gaie. Une chaleur épaisse le cueillit sitôt passé le sas ; le choc thermique dépassant les soixante degrés, Boris découvrit le hall d'un soviétisme pur jus où le beige se mariait au marron, l'orange à rien du tout. La réceptionniste, une grosse dame peu amène, n'avait plus de sourcils mais un trait de marqueur à la place, marron également. La plaque d'officier qu'il présenta n'arrangea pas la défiance de la forte femme. Valentina Oulianova n'avait pas repris le travail, la réceptionniste n'avait rien d'autre à dire, mais s'il cherchait des infos il n'avait qu'à s'adresser à Olga Balienka, une employée « du genre de

Valentina ». Boris abandonna la bufflonne à son comptoir d'accueil et suivit les indications.

À cette heure matinale, Olga Balienka travaillait à la cantine de l'hôtel, entre vapeurs et charlottes, une salle de quarante mètres carrés où s'entassaient une poignée de tables en Formica devant un self-service mal achalandé. Boris ne put éviter de se faire bousculer dans la queue qui se pressait devant les petits déjeuners, le même pour tous : pudding industriel, thé, sirop aux fruits en boîte, bouillie d'œufs, pain bourru.

— Je finis mon service dans dix minutes, l'informa la jeune Olga, après que le policier eut évoqué le but de sa visite. Vous n'avez qu'à déjeuner en attendant.

Boris s'était levé tôt et il avait toujours faim. Rodé aux aliments bas de gamme, il se croyait préservé malgré les odeurs rudimentaires qui s'échappaient des cuisines. Quelques travailleurs étrangers et russes séjournaient là, succession de mines patibulaires, poilues et renfrognées dont la ventripotence s'alliait au peu d'envie de communiquer. Réfugié sur un coin de table, Boris déplia le journal. Pour s'informer des nouvelles de la planète, en l'absence des quotidiens nationaux qui ne semblaient pas parvenir jusqu'ici, on pouvait consulter les deux feuilles de chou locales : de la pub, de la pub, de la pub, deux articles avec photos d'illustration en noir et blanc où des visages austères semblables à ceux qui l'entouraient posaient devant une machine quelconque, puis de la pub et pour finir, en dernière page, de la pub.

Les œufs reconstitués lui restaient sur l'estomac. Enfin, son service achevé, Olga rejoignit le policier à la table à l'écart.

La collègue de Valentina n'avait pas la langue dans sa poche, un brin arrogante sous sa blouse de travail, des cheveux attachés teints en rose pâle, deux billes noires sur un visage ovale et un anneau au nez qui donnait envie de l'attacher à un piquet. Boris Ivanov n'aimait pas trop les piercings, les tatouages, tout ce fourbi, ni le look d'Olga Balienka sous son uniforme, bas de laine rose vif, jupe courte et bottines militaires. Elle non plus n'arrivait pas à joindre Valentina : elle aurait dû reprendre son travail trois jours plus tôt, Olga avait appelé sur son portable pour s'inquiéter de son absence mais il était sur messagerie. Ses tentatives infructueuses l'avaient poussée à passer chez elle la veille au soir, en vain.

— Tu as le double de ses clés ?

— Le concierge l'a. Le studio était vide.

— Tu as laissé un mot pour elle ?

— Non.

— Tu as essayé les hôpitaux ?

— Oui, ce matin. Valentina n'y est pas. Et la police aurait averti s'il lui était arrivé un accident ou quelque chose de grave.

— Ses parents non plus n'ont pas de nouvelles ?

— Je ne sais pas. Ils habitent sur le continent, à Novossibirsk. À la retraite tous les deux, d'après mes souvenirs.

— Tu as un contact ?

— La direction de l'hôtel en a un, dans son dossier d'embauche, répondit la jeune femme. Un membre de la famille à appeler en cas de problème.

Boris prit des notes sur son carnet d'enquête.

— Tu dis que Valentina devait reprendre le travail lundi, relança-t-il. Elle était où ?

— À Rostov, où est basée son école. Elle étudie les sciences de l'environnement à distance, mais elle passe ses modules là-bas.

— Vous êtes collègues ou amies ?

— Un peu les deux. Valentina n'a pas beaucoup d'amis.

— Pourquoi ?

— Elle n'a pas grandi à Doudinka.

Boris opina – lui non plus n'avait plus d'amis.

— Valentina t'a appelée de Rostov ?

— Non. Elle bûchait ses exams et, comme moi, elle n'aime pas bavasser au téléphone, renvoya la fille aux cheveux colorés.

— Tu l'as vue quand, pour la dernière fois ?

Olga chercha à peine dans sa mémoire.

— Quelques jours avant son départ, à Rostov, devant le lycée. Fin janvier.

— Qu'est-ce qu'elle faisait devant le lycée ?

— Elle distribuait des tracts. Écolos, précisa Olga. Les vieux sont butés mais les jeunes réceptifs au discours.

— Pas tous.

— Tant pis pour eux.

— Tu lui connais un petit copain, recadra le policier, ou une relation qui pourrait expliquer que Valentina n'est pas rentrée chez elle ? Quelqu'un qui pourrait l'héberger ?

— En secret ? C'est n'importe quoi.

Boris rougit malgré lui.

— Valentina est réceptionniste, c'est bien ça ? reprit-il. Mal payée, j'imagine.

— Bravo.

— Elle t'a dit comment elle a financé son billet d'avion et son séjour à Rostov ?

— Il y a des chambres d'étudiants pour la durée des examens quand on est externe. Et puis c'est une débrouillarde. Elle touche des dons via son blog.

— D'écologie, oui. Des dons qui proviennent de l'étranger ?

— J'en sais rien. Je pense pas. En tout cas pas du conglomérat, ajouta Olga. Le seul organe officiel à s'occuper d'écologie appartient à Norilsk Nickel et ils sont le gros pollueur de la région : on fait mieux comme transparence, non ? Valentina les a tannés pendant des années pour qu'ils ferment leur usine la plus sale… Même si ce n'est pas que grâce à elle, ils ont fini par lui donner raison.

Boris opina.

— Elle a d'autres faits de guerre qui pourraient élargir les pistes ?

La cantinière se creusa la tête.

— Je ne sais pas si c'est un fait de guerre, dit-elle bientôt, mais Valentina a fait une demande à la mairie pour la tenue d'une gay pride.

— Elle a eu une réponse ?

— La mairie a donné son accord, oui, mais pour janvier.

— En plein hiver ?

— Ha ha, rit-elle platement.

Sûr qu'ils vont se geler les fesses, se dit Boris.

— Valentina est de ce bord ?

— Homosexuelle, vous voulez dire ?

— Oui.

— On n'est pas obligé d'être homo pour soutenir la cause LGBT.

— C'est quand même une empêcheuse de tourner en rond : ces activités doivent déplaire.

— À peu près à tout le monde, oui, confirma Olga. Les gens veulent du travail, quitte à saloper le reste, y compris l'avenir de leurs gosses. C'est humain. De courte vue, mais humain. Après moi le déluge. N'est-ce pas que vous pensez pareil, lieutenant ?

— Tu es bien remontée pour une cantinière, lâcha Boris Ivanov.

— Je finis mon cursus par correspondance à l'école de médecine de Saint-Pétersbourg, et je suis donc bien placée pour savoir de quoi je parle. Notre espèce va crever : c'est peut-être la meilleure chose qui puisse arriver à la nature, mais ce n'est pas moi qui ai bousillé l'écosystème, mais bien votre génération et celles d'avant.

L'accoutrement de l'effrontée ne plaidait pas pour une future doctoresse.

— Valentina ne s'est pas fait d'ennemis en militant ?

Olga secoua la tête, ses mèches roses sur ses joues de lait.

— C'est pas un blog en faveur de l'écologie qui doit faire peur aux oligarques, ni à ceux qui ont des intérêts ici. Valentina est une goutte d'eau dans un océan en putréfaction.

— Très jolie vision de la vie.

— Je parle du monde, précisa la jeune femme. Ça ne nous empêche pas de respirer, du moins quand un virus ne vient pas éclaircir les rangs.

On s'éloignait du sujet.

— Valentina a pu profiter de son séjour sur le continent pour nouer des contacts avec des activistes, avança Boris. Certains ont des méthodes radicales répréhensibles.

— « On a tout pour nos amis et la loi pour nos ennemis » : vous connaissez le proverbe. Il suffit de lever le petit doigt pour être taxé de terroriste. L'autre jour, un jeune a manifesté sur la place Rouge en brandissant une pancarte vide de slogan : ça a suffi pour qu'il se fasse embarquer.

Boris jaugea l'étudiante en médecine.

— Il n'y a pas beaucoup de jeunes comme vous dans la région, observa-t-il.

— Si, mais ils ont peur, ou ils se sentent isolés et impuissants.

— Valentina ressemble à quoi, aujourd'hui ? Je n'ai que cette photo, ajouta Boris en lui montrant celle trouvée sur Internet.

Elle représentait une jeune brune à la mine boudeuse mais déterminée, presque provoquante envers celui ou celle qui immortalisait son image.

— Bah, ça change tout le temps, répondit Olga, mais la dernière fois que je l'ai vue, Valentina avait les cheveux coupés à la Viktor Tsoï.

La star de rock des années 1980, dont la mort à vingt-huit ans dans un accident de voiture avait été annoncée sur toutes les radios. Boris avait seize ans ce jour-là et, comme tous les jeunes Russes, écoutait Tsoï en boucle, tel un messie. Son pire anniversaire.

— Valentina t'a déjà parlé des Nenets, des éleveurs de rennes à qui elle rend visite avec son copain Gleb Berensky ?

— Vaguement.

— L'un d'eux a été retrouvé mort, à Norilsk, après la tempête.

— Oui, je crois avoir vu ça dans le journal.

— Valentina ne t'a rien dit à ce sujet ?

— Non, elle était à Rostov, je vous dis.

*

Un bulldozer martyrisait une congère quand il gara sa voiture. Le tableau de bord derrière le volant à moumoute affichait – 24 °C ; Boris ferma sa parka, vissa sa chapka et affronta les éléments. Un « 11 » gigantesque était inscrit sur la façade de l'immeuble, repérable en cas de brouillard ou de tempête. Valentina Oulianova habitait au quatrième étage, d'après sa collègue. Boris grimpa les marches verglacées du perron, le visage enfoncé dans son blouson, poussa la lourde porte vitrée qui donnait accès au bâtiment.

Glabre sous son bonnet de laine, le regard passé à l'eau de Javel du cosmonaute jamais remis de la descente, le concierge guettait dans son réduit, un igloo où il tapait des pieds pour éviter de s'engourdir. Personne n'aimait avoir affaire aux flics et les réponses à ses questions au téléphone ne l'avaient pas avancé : le concierge n'était présent qu'une poignée d'heures par jour dans son bureau et croisait à peine les résidents de l'immeuble

– on n'était plus à l'époque des mouchards soviétiques. Il n'avait pas vu Valentina depuis des semaines, juste une de ses copines, qui s'inquiétait pour elle.

— 408, dit-il au policier.

Hall en ciment, fils à nu pendant du plafond, boîtes aux lettres éventrées où des âmes charitables avaient déposé de vieux romans à l'eau de rose pour qui en voulait : Boris appuya sur le bouton au chiffre effacé, sans un regard pour les offres de prostitution à domicile collées sur les parois de la cabine. L'ascenseur s'ébroua au quatrième étage, hoqueta comme un relent de ferraille, avant de se stabiliser. L'ouverture des portes ne changea pas grand-chose à l'effet désolant du bâtiment. Un couloir réfrigéré menait à l'appartement 408, une porte de bois stratifié que même lui aurait défoncée d'un coup d'épaule. Le double des clés suffit.

La pièce où vivait Valentina dépassait à peine les dix mètres carrés, avec un lit simple, un évier sans desserte dans l'espace cuisine, des boîtes de conserve perchées sur une étagère encastrée au mur, un minuscule coin douche et lavabo, une petite table calée sous l'unique fenêtre, où trônaient quelques babioles et un espace vide au beau milieu. La place de son ordinateur sans doute… Une affiche était punaisée au-dessus du lit, celle d'un festival de films documentaires écologiques qui s'était déroulé à Moscou l'été précédent, et une série de photos. Valentina y figurait en bonne place aux côtés de quelques personnes âgées ou d'enfants. Il y avait aussi un Polaroïd punaisé au mur, représentant Valentina et un Nenets emmitouflé dans un manteau typique… Vérification faite, c'était bien l'éleveur assassiné. Une photo récente, dont la couleur polaroïd n'avait pas encore passé. Valentina souriait, lui pas… Un simple souvenir ?

Le policier ouvrit le frigo et n'y trouva aucun aliment périssable, pas plus que d'assiettes sales ou de couverts traînant dans l'évier, mais une fine couche de poussière laissait supposer une absence prolongée. Il inspecta le placard à vêtements, tomba sur des cintres où pendaient des robes aux coupes classiques, quelques jeans et tee-shirts bon marché que portaient tous les jeunes, aussi de curieux assemblages colorés, des robes très courtes pour la plupart, à mi-chemin entre les paillettes et les têtes de mort. La mode, peut-être. Il y avait un sac à dos de taille moyenne mais pas de valise. Valentina Oulianova était pourtant partie depuis deux mois, d'après Olga. Rien d'autre : ni téléphone portable ni ordinateur. La blogueuse n'avait visiblement pas mis les pieds chez elle…

Une idée traversa son esprit tandis qu'il rebroussait chemin : et si, tout bonnement, Valentina Oulianova n'était pas revenue en Sibérie ? Si elle était toujours à Rostov, qu'elle avait perdu son portable, ou qu'elle avait trouvé là-bas le grand amour et avait tout abandonné, son job à l'hôtel, son appartement, sa vie à Doudinka, se fichant éperdument du sort des Nenets et de leurs foutus rennes ?

Boris attendit d'être au volant de la Toyota pour appeler Andreï Voronine, le frère d'Anya, qui travaillait comme chef de service à la douane de l'aéroport. Objet des recherches : Valentina Oulianova, une jeune femme partie à Rostov dont on n'avait plus de nouvelles. Voronine pourrait consulter les registres de vols, retracer l'itinéraire du témoin manquant, mais une surprise l'attendait.

— Valentina Oulianova habite à Doudinka, non ? releva le douanier.

— Oui, comment tu le sais ?

— C'est ma cousine.

*

Le temps pouvant changer très vite – on n'était jamais sûr de regagner Norilsk le jour même –, Boris avait profité d'une fenêtre météo favorable pour son périple à Doudinka. Il croisa des wagonnets sur la route du retour, chargés de minerai, perplexe après la révélation de son beau-frère. Il avait entendu parler d'une cousine plus âgée qui habitait Doudinka mais, ne l'ayant jamais rencontrée, Boris n'avait pas fait le rapprochement avec la blogueuse. Anya l'avait surtout connue petite, avant que Valentina ne migre vers la ville portuaire, et les kilomètres qui les séparaient faisaient un monde à l'échelle de leur isolement.

Les pylônes électriques montaient la garde dans le brouillard des plaines, aveuglé par un soleil blanc à l'aura persistante. La cousine d'Anya était-elle au courant du meurtre du Nenets ? Avait-elle fui à Rostov, profitant de ses partiels ? Pourquoi ce silence ?

Les cheminées de Norilsk crevaient les nuages quand Boris reçut l'appel d'Andreï Voronine sur son smartphone. D'après les registres de l'aéroport, Valentina Oulianova avait débarqué le dimanche précédent en Sibérie, soit le 20 mars, un vol depuis Rostov via Moscou. Trois jours, donc, qu'elle ne donnait plus de nouvelles.

10

Le pays affichait un taux de fécondité alarmant, même si les deux tiers des grossesses n'étaient pas menées à terme – près de deux millions d'avortements par an. Crèches et jardins d'enfants privatisés ou démantelés à la chute du communisme, les femmes perdaient leur salaire et éprouvaient les pires difficultés à trouver un poste après leur congé de maternité. Une nouvelle allocation de 750 roubles (11 euros) était versée aux mères pour un premier enfant, le double pour un second, mais même la prime conséquente consentie à partir du troisième ne changeait pas la donne.

Anya Ivanova aurait aimé avoir un, voire plusieurs enfants. Pure chimère. La faute à sa santé déficiente, à sa constitution de lilliputienne au pays des ours blancs, la faute à pas de chance d'être née dans un nid pollué. Boris disait qu'il était de toute façon trop vieux pour faire des enfants, qu'ils auraient eu des rides, des déambulateurs même après avoir appris à marcher, il disait qu'il l'aimait pour elle, pas pour les gosses qu'elle aurait pu lui donner, le pauvre aurait inventé n'importe quoi pour dédramatiser, mais Anya n'était pas dupe. Elle se demandait même parfois qui était le plus malheureux des deux.

Les rituels rythmaient leur vie, faute de mieux. Le soir en rentrant du travail, Boris accrochait sa parka près des icônes religieuses dans l'entrée, ôtait ses bottes fourrées, déposait les clés et ses gants sur le guéridon, avant que sa femme ne l'accueille d'un baiser bref sur la bouche et d'un mot gentil, domestique, comme quoi le dîner était prêt. Leur quotidien, banal et heureux malgré l'unique fenêtre du studio et les lézards muraux qui couraient au plafond.

Soupe aux légumes, boulettes à la viande, canettes de bière, Boris Ivanov fit bonne figure devant le petit plat de sa femme, alimenta la conversation, mais il ne songeait qu'à Valentina. Lui et Andreï étaient convenus au téléphone de garder l'info sous le coude pour ne pas inquiéter Anya inutilement, le temps de retrouver la cousine, mais deux jours étaient passés depuis sa visite à Doudinka et le policier se faisait du souci.

L'enquête de voisinage n'avait rien donné ; personne n'avait vu Valentina Oulianova depuis son retour, les résidents de l'immeuble ne surveillaient pas les allées et venues des locataires, se contentant d'un vague bonjour quand ils se croisaient dans les parties communes, le concierge gobait les mouches dans son igloo et il n'y avait aucune caméra de surveillance susceptible de le renseigner. Beaucoup de gens se volatilisaient sans laisser de traces, en Russie comme ailleurs, ils réapparaissaient le plus souvent après une fugue ou à l'autre bout du pays pour fuir des dettes ou une femme : pas à Norilsk. Ils vivaient sur une île de glace, un vide gelé pour seul horizon… Sa disparition était-elle liée au meurtre du Nenets ?

Boris ne croyait pas à la malfaisance d'un employé de l'hôtel où elle travaillait, ni à celle d'un voisin d'immeuble, qui l'aurait assassinée dès son arrivée le dimanche matin avant de cacher le cadavre. Valentina n'ayant pas de véhicule (elle prenait le bus ou le taxi pour se déplacer), on pouvait difficilement la pister et elle n'avait effectué aucun retrait ou opération bancaire depuis son retour à Norilsk, pas plus qu'elle n'avait séjourné dans un hôtel de la région. Avec le froid intense, il n'existait pas de squat ou de lieux inhabités où passer inaperçu ; seul un ami pouvait cacher la cousine. De qui ? Et pourquoi ? La drogue était présente en ville, venue du continent par avion ou des docks de Doudinka, mais Valentina Oulianova n'avait pas le profil d'une camée faisant la mule pour quelque obscur trafiquant local ou moscovite. La jeune militante écologique était au contraire impliquée dans une cause qui lui tenait à cœur.

Boris avait eu une longue conversation avec la mère de Valentina au téléphone. Morte d'inquiétude à quelques milliers de kilomètres, Elena Oulianova avait dressé un portrait assez précis de sa fille, enfant impulsive, caractérielle, insoumise. Valentina n'avait jamais aimé les couleurs criardes, se maquiller, se faire prendre en photo le bec en canard comme les autres filles, elle préférait faire comme les garçons quitte à se prendre des coups, forgeant son indépendance. Sasha, son père, se révélant plutôt conservateur – gardienne du foyer, une femme devait procréer et s'occuper de son mari –, le cap de l'adolescence avait été difficile, Valentina se montrant spécialement vindicative. Elle accusait son père, pompier à la mine, de participer au pourrissement de l'écosystème, oubliant que c'était avec l'argent de sa sueur qu'ils vivaient. Elle avait commencé à travailler après le lycée pour financer ses études et, ses parents prenant leur retraite anticipée sur le continent, elle s'était exilée à Doudinka, coupant le lien avec la ville où elle avait grandi. Migrés à Novossibirsk, ils entretenaient depuis des relations de plus en plus lâches, essentiellement par téléphone, sans rien connaître de sa vie intime que son job de réceptionniste à l'hôtel. À peine cette histoire de blog – l'écologie, c'était bien pour les études, pas pour militer. Leur dernier contact remontait à trois mois, Valentina avait parlé de partiels à Rostov – les étudiants du Grand Nord bénéficiaient d'une dérogation pour passer tous leurs modules sur une période étalée sur six semaines –, pas d'en profiter pour leur rendre visite à Novossibirsk. Valentina leur avait filé entre les doigts, il y avait longtemps déjà. Du sable d'enfant.

Boris comprenait ça, lui qui n'en aurait jamais…

Anya s'apprêtait à rejoindre ses amis pour la sortie du vendredi soir, sa première depuis la tempête. Il faisait encore – 20 °C dehors. Vêtue d'un jean slim et d'un pull au décolleté en forme de cœur, Anya brossait ses cheveux, la tête penchée sur le côté devant le miroir où leur brunitude allait évanescente.

— Une copine fête son anniversaire au Szaboy, répéta-t-elle, tu es sûr que tu ne veux pas venir ?

— Tu sais bien que je suis trop vieux pour t'accompagner, ma chérie. Et puis je connais personne dans ton bar.

— Ça ne risque pas d'arriver si tu ne viens jamais, remarqua-t-elle pour la forme.

— J'ai un peu de boulot, je vais en profiter pour m'avancer. Tu boiras un dé à coudre de whisky-Coca de ma part.

C'était l'alcool préféré de sa femme.

— Un dé à coudre ?!

— C'est bien ce qu'on sert aux fées ?

Elle rit, ravie qu'il la laisse sortir seule avec tant d'élégance. Il y avait parfois des bagarres au Szaboy, elle ne le savait pas mais Boris avait pris ses renseignements – a priori pas de stupéfiants dans ce bar de nuit, qu'une bière maison et des ivrognes pour la plupart mineurs travaillant pour le conglomérat.

— Tu crois qu'il lui est arrivé quoi, au Nenets ? relança Anya en posant sa brosse.

Boris survolait le journal tandis qu'elle finissait de se préparer ; il haussa les épaules.

— Je ne sais pas encore.

— Ça a quand même tout l'air d'être un meurtre : autrement, qu'est-ce qu'il fichait là-haut ?

La police n'avait pas communiqué le rapport d'autopsie à la presse. La victime demeurait un fantôme et l'appel à témoins ne donnait rien.

— Ne pense pas à ça, fit Boris d'un air paternel.

— Arrête, tu me fous les jetons ! rebondit Anya. Imagine qu'un cinglé rôde en ville pour abandonner ses victimes sur les toits des immeubles !

Elle se passa du gloss, guère effrayée.

— Reste à la maison, si tu veux, la taquina-t-il.

— Ça va aller, je prends le risque !

Anya claqua un baiser sur sa joue avant de chaudement s'emmitoufler.

— Je vais rentrer tard, ne m'attends pas, hein ? prévint-elle en grimpant dans ses platform boots.

— Jamais, tu me connais.

Son rire aigu l'accompagna dans le couloir, ses talons claquant la mesure.

Ça lui manquait encore parfois, cet état d'insouciance où l'on se vit immortel, avant le moment de bascule, entre quarante et cinquante ans, où l'on commence à décompter le temps qui nous reste. La jeunesse…

*

Cloîtrée au fond de ta chambre
Tu ne quittes jamais ta chambre
Quelque chose au fond de moi
Se languissant au fond de moi
Parle à travers les ténèbres
Que faire dans le monde
Que faire dans le monde
Je suis d'humeur amoureuse
Amoureuse de toi…

Dasha chantait à l'unisson dans son studio bleu électrique, une aiguille à l'endroit, une aiguille à l'envers, piquant les boutons de son nouveau manteau en fausse fourrure d'ours blanc : sa dernière création, qui parachèverait sa transformation. Ses doigts habiles découpaient les fils comme un vol d'hirondelles le ciel au-dessus des boutons, hop, hop… Gleb ne savait pas qu'elle avait conçu ces vêtements pour lui, pour montrer au Thin

White Duke de la péninsule de Taïmyr qu'une bientôt-femme pointait son petit nez, s'il daignait seulement pencher sa gueule d'Apollon sur son reflet tremblant.

Dasha fêtait ce soir ses vingt-quatre ans, au bar du Szaboy qui rouvrait après travaux et avis à la population. Gleb serait là, c'est sûr.

J'ai juste un peu peur de toi
Car l'amour ne te fera pas pleurer
Mais attends que la foule s'en aille
Que peux-tu faire dans le monde ?
Que peux-tu faire dans le monde ?
Que vas-tu dire ?
Oh, que vas-tu faire ?
Comment vas-tu devenir
Vraiment moi
Vraiment moi
Ahhh, ahhh, ahhh…

La musique et les étranges paroles résonnaient en elle, dont le sens mystérieux collait à son imaginaire foutraque. Son amour de Bowie. Dasha l'avait peu connu de son vivant, elle était née l'année d'*Outside*, foisonnant, magnifique, comme l'enfant agitée qu'elle deviendrait. À contre-courant, anachronique, avec lui Dasha inventait la beauté par petites touches textiles comme si, ce soir, sa vie se jouait sur une apparition… La costumière cousit le dernier bouton d'argent sur les poils blancs de son nouveau manteau. Elle l'enfila, fit un demi-tour devant le miroir en pied pour voir comment il tombait, impeccable, le serra à son cou en arborant une mine de mannequin farouche, comme si on venait de lui piquer son Vuitton.

Tu n'es qu'une petite fille aux yeux gris
On s'en fiche, dis quelque chose
Attends que la foule se mette à pleurer
Oh, attends juste que la foule se mette à pleurer
Tu n'es qu'une petite fille avec des yeux gris...

Encore une demi-heure avant de passer chez Lena, boire un verre ou trois en attendant la baby-sitter et dévoiler à son amie légiste sa tenue spéciale d'anniversaire. Dasha ne lui avait rien dit pour Gleb, mais Lena devait s'en douter depuis sa naissance. Et puis il y avait eu l'épisode de la tempête, qui les avait rapprochés. Gleb aussi avait bravé les éléments pour se porter au secours du *gostinka* : était-il venu la sauver de la mort par écrasement ? L'arracher à la ferraille, à l'ouragan, à cette ville qui ne voulait plus d'eux et leur soufflait dans les bronches ? Il faudrait lui demander, au moins qu'elle ose, plutôt que de se raconter n'importe quoi...

Sortant un peu trop vite de la salle de bains, elle buta contre les cartons entassés dans l'entrée. Ce qui lui restait de sa grand-mère et qu'elle n'avait pas encore trié, repoussant le moment de s'en débarrasser. Dasha redescendit sur terre : elle avait repeint l'appartement de fond en comble, mais comment se résoudre à jeter une vie entière à la poubelle ? Quel souvenir garder ? Trois cartons, c'était deux de trop, et elle manquait cruellement de place dans sa chambre-atelier de mode.

Prise de frénésie comme si le temps allait passer plus vite, Dasha commença à fouiller le barda histoire de s'occuper, à trier les babioles, les objets qui ne lui parlaient pas, la vaisselle type soupière dont sa génération ne se servait plus, condamna le drap brodé, les napperons. Elle trouva quelques papiers au fond du carton, des dessins d'elle surtout, que la babouchka prenait pour des trésors, puis la photo en noir et blanc d'une enfant, glissée dans un vieux porte-cartes en cuir.

Irina, 1956, indiquait la légende à l'arrière de la photo. Le visage poupin de sa mère lui fit un drôle d'effet. Dasha ne l'avait jamais vue si petite, ou elle ne s'en souvenait pas : Irina était jolie, avec sa bouille ronde et le gros manteau qui la faisait ressembler à une poupée miniature. Elle choisit de garder la photo de la *matriochka*, puis elle tiqua. Sa mère était née le 7 novembre 1955 : or, Irina n'avait pas un an sur la photo, comme l'indiquait la légende, mais au moins trois… La vieille femme avait-elle perdu la boussole du temps ?

L'encre était passée à l'arrière de la photo, presque effacée, signe qu'Aliona avait rédigé cette légende il y a longtemps… Quelque chose lui échappait. Une chape de mélancolie tomba tout à coup sur ses épaules. La mort peut-être, elle qui avait encore si peu vécu. Ou le temps du deuil, dont on ne se débarrasse pas comme ça, d'un claquement de doigts, sous prétexte qu'on a vingt-quatre ans…

Dasha cala la photo de sa mère-poupée dans l'angle du miroir de la salle de bains, souligna ses yeux gris de Rimmel.

Que puis-je faire dans le monde ?
Que puis-je faire dans le monde ?

Pour être vraiment moi,
Pour être vraiment moi
La petite fille aux yeux gris...

Elle était maintenant prête au combat, à enfiler sa peau d'ours acrylique, et advienne que pourra. Car si les hommes d'ici n'aimaient pas que les femmes prennent des initiatives, Gleb Berensky était d'une autre espèce, et deux masques valaient mieux qu'un pour affronter l'amour d'une vie.

— Bon anniversaire, ma vieille ! lança-t-elle au reflet inquiet qui la regardait.

*

Issu du vieux slave, le slavon qu'on utilisait à l'église, le russe était vécu par Nikita comme la version profane d'une langue sacrée, « la grande et puissante langue russe »... On n'était plus dans la République des soviets, où les écrivains montaient en première ligne pour défendre la révolution prolétarienne. Maïakovski, Mandelstam, la verve romantique participait de l'utopie que dadaïstes, futuristes, acméistes, adamistes, imaginistes puis surréalistes partageaient, la Révolution justifiait de renverser les tables pour festoyer au banquet nu du peuple affamé, sans savoir que Staline veillait au grain. Blok emporté par une maladie mystérieuse, Goumiliov fusillé par la Tcheka, Maïakovski suicidé/assassiné, Kliouïev, Klytchkov, Mandelstam disparus dans les camps, Harms mort en détention, Tsvetaïeva retrouvée pendue à Ielabouga, comme Essenine à

Leningrad, dans sa chambre d'hôtel : la martyrologie de la poésie russe avait peu d'équivalents.

Les purges avaient fusillé des centaines d'écrivains, contraint les autres à soutenir publiquement les exécutions de leurs camarades sous peine d'être jetés à leur tour dans la chaudière de la locomotive qui se nourrissait de ses enfants, suicidés ou déportés, ça ne faisait pas de différence, « la littérature doit être une arme dans la lutte contre les déviations de l'idéologie communiste ». Un jeu de dupes, arbitré par des incultes à l'esprit crotté autorisés à s'en venger.

Le temps capitaliste avait fait le reste. La poésie avait perdu son pouvoir d'attraction universelle, en Russie comme ailleurs, aspirée par la barbarie des chiffres, de la novlangue technocrate ou du politiquement correct qui corsetaient les mots pour qu'ils perdent leur insubordination, qu'importe les raisons de la chute : Nikita aimait l'idée que la poésie s'éteigne doucement, comme la flamme d'une bougie trop vue et qui, à l'instar de ce territoire de l'imaginaire, n'influait plus sur personne. Le poète appartenait à un monde dépassé par une vitesse qui n'avançait à rien, surtout pas au gratuit, à l'inutile, la beauté en somme.

Ce qu'ils aimaient.

Ce qui les unissait.

Ce qui faisait d'eux des hommes debout, mineurs parce qu'ils n'avaient pas le choix mais refusant de crever la tête creuse pour 600 dollars par mois indexés sur le rouble.

Enfin vendredi arrivait. Leur bar fétiche ayant profité de l'hiver pour rafraîchir sa déco, le Szaboy rouvrait ce soir après deux mois de diète et une tempête carabinée, une forme de printemps qui donnait aux jeunes travailleurs l'occasion et le prétexte de faire la fête – pour le meilleur (souvent) et pour le pire (souvent aussi).

Gleb était prêt, vêtu d'un jean noir et d'un tee-shirt aux couleurs de ses yeux qui moulait son torse. Nikita l'aperçut en sortant de la douche, grimpé sur son perchoir ; il approcha, une serviette à la taille qui mettait en valeur ses abdos. Une photo séchait à ses côtés, sur la tablette.

— C'est quoi ?

— Le cadeau d'anniversaire d'Ada, dit Gleb. Il faut que l'encre sèche, je viens juste de l'imprimer.

Sous un ciel pourpre et tourmenté, le toit du *gostinka* se fracassait à terre : un agrandissement, à la fois beau et terrifiant qui aurait pu lui coûter la vie.

— Heureusement qu'elle est réussie, commenta Nikita.

— C'est un compliment ?

— Oui.

— Je vais le noter.

— Tu ferais surtout mieux de la mettre dans ton blog. L'Occident adore voir à quel point c'est de la camelote chez nous : je suis sûr que tu en tirerais un bon prix.

— Tu sais bien que je ne fais pas ça…

— … pour de l'argent, ouais, on sait. Il n'empêche qu'elle mériterait d'être vue.

Gleb se pencha vers la photo.

— Peut-être, oui… On s'en fout.

Il était à peine vingt heures et les mineurs avaient des fourmis dans les jambes. Ils n'avaient pas dîné, se contentant d'un en-cas en rentrant du boulot mais, le vendredi soir, chaque minute comptait double avant que le temps se dilate. Gleb sauta comme un chat de son perchoir.

— Je pars en éclaireur, annonça-t-il.

— N'oublie pas de me ramener, prédit Nikita. Je rejoins Leo chez lui ; une nouvelle vodka, paraît-il, à qui on doit régler son compte avant de vous rejoindre au Szaboy.

— Essayez quand même d'arriver vivants.

— Il faut bien qu'on peaufine notre numéro : on ne peut pas débarquer comme ça, la langue dans la poche.

Leo aussi était poète, comédien en représentation permanente puisque sa vie était en jeu, un des rares à ne pas travailler pour la compagnie minière.

— J'ai hâte de voir ça, ironisa Gleb.

Lui et Nikita prenaient garde à ne jamais débarquer ensemble, nulle part. Il glissa le cadeau de Dasha dans la poche de sa parka, un rouleau tenu par un élastique pour ne pas l'abîmer.

— À tout à l'heure.

Nikita empoigna ses cheveux à l'arrière du crâne pour le retenir un instant, le dernier.

— Embrasse-moi avant la fin du monde…

11

En dehors des trois grandes artères du centre-ville, il n'y avait pas de rues à Norilsk : que des blocs d'immeubles entre lesquels les voitures slalomaient, allant d'esplanade en esplanade où se nichaient des restaurants ou des bars. Sans vitrines, parfois non signalés, ces lieux se suffisaient du bouche-à-oreille.

Le Szaboy était de ces bars de nuit, un simple chalet vu de l'extérieur. Les mineurs s'y retrouvaient le week-end, rarement en semaine, où le rythme harassant du travail les confinait chez eux. La moyenne d'âge était jeune, moins de trente ans, l'influence musicale clairement occidentale, quoique datée – ici il ne passait que du hard rock des années 1970 à 1980. Passé les portes en bois qui servaient de sas, un nouvel écriteau trônait dans le hall d'entrée, le dessin d'un chasseur regardant d'un œil sévère un joyeux renard qui se versait une grande chope de bière dans la gueule. Gleb accrocha sa parka à l'interminable patère où pendaient déjà plusieurs manteaux, avant de joindre la communauté.

Szaboy était un jeu de mots avec *zapoï*, tradition consistant à se soûler à mort pendant des jours, et *the boys*, qui rendait une petite touche anglophone un peu branchée malgré les discours nationalistes du Kremlin. Une dizaine de clients conversaient au comptoir, Sacha les dominant d'une demi-tête, sous une bande-son qui donnait le ton de la soirée – « Dirty Deeds », AC/DC époque Bon Scott. Ana tenait le bar, son mari Dimitri s'occupait des cuisines et des fûts de bière qu'ils brassaient eux-mêmes, la plantureuse Nina ramassant les verres, les assiettes et les ivrognes qui généralement baissaient pavillon devant son sourire de matriarche. Les tenanciers du Szaboy n'avaient pas un siècle à eux trois, le premier aviné venant à leur manquer de respect se retrouvait avec cent poings sous le nez, une valeur sûre chez les Sibériens.

— Ah, te voilà ! rugit Sacha en voyant Gleb.

À une chaude accolade succédèrent quelques insultes de leur cru, une forme de bienvenue tonitruante entre jeunes mineurs, avant que Gleb ne commande un premier verre – conformément à leurs usages, Sacha attendait l'arrivée de sa femme pour ouvrir les hostilités. Ana leur servit trois énormes assiettes de poisson cru en attendant, de harengs aux oignons et de viande de renne.

— Pour tenir le choc ! lança la barmaid, un tee-shirt *Motörhead* sur les épaules.

Le saumon avait goût d'Arctique, Sacha de l'appétit pour deux. Force vraie de la nature, expressif et jovial, affublé d'une banane fifties et de tatouages sudistes couvrant ses bras musculeux, Sacha Bokine jouait de la contrebasse dans un groupe de psycho-billy en dehors de la mine, Zipper, qui préparait son prochain album. Un garçon paradoxal aux yeux de Gleb, à la fois passionné par l'histoire de son pays et fasciné par l'Amérique, dévoué à sa famille et matant les filles sans vergogne, critique envers le pouvoir mais traînant avec la clique des Cosaques au club de béhourd qui s'était monté en ville. Les Russes s'adressant à l'autre dans la vie publique comme en famille (on pouvait appeler « grand-père » ou « tante » de parfaits inconnus), tout le monde l'appelait « oncle Sacha » en raison de son grand âge, trente et un ans, qui faisait de lui le doyen de la communauté du Szaboy. Coqueluche loin du cabotinage, sage en conseils ou survolté quand il avait un coup dans le nez, meilleur ami déclaré de Gleb depuis une cuite mémorable où ils avaient failli se battre, Sacha aimait railler les dégâts que pouvait provoquer le marteau-perforateur sur la santé.

« Je suis pas un pédé ! » rigolait-il.

Comme la plupart de ses congénères, Sacha était persuadé qu'il n'avait jamais parlé à un homosexuel de sa vie, comme une maladie qui s'attrape ou qui, par le seul doute du regard de l'autre, pouvait le faire passer pour ce qu'il n'était surtout pas. Étrange aversion quand on songeait aux critiques qu'il affichait pour les valeurs poutiniennes, dont l'homophobie n'était qu'un aspect d'un projet réactionnaire plus vaste. Gleb laissait Sacha prisonnier de ses certitudes, à mille lieues de se douter que son « meilleur ami » vivait secrètement avec un homme. Lui pardonnerait-il s'il l'apprenait ? Lui casserait-il la gueule, comme si Gleb avait trahi sa candeur, ou lui paierait-il une bière en lui bourrant l'épaule comme il en avait l'habitude ?

— Deux mois sans sortir ! s'exclama le mineur, les doigts luisants de graisse de poisson. *Blyat*, ça fait du bien ! Comme de reprendre le sport ! J'avais pas mis les pieds à la salle depuis la tempête. Tu pourrais venir un jour avec moi, Gleb : ça défoule, le béhourd !

— La photo aussi. Et j'aime pas trop qu'on me tape dessus déguisé en Cosaque médiéval, même avec une épée et un bouclier en plastoc.

— Les armes sont factices, pas en plastoc comme tu dis ! rit le guerrier du dimanche. C'est un vrai sport de combat, je te promets !

— Je préfère me battre avec la lumière, elle va plus vite.

— Aaah, toujours le mot qu'il faut. Y a d'autres moyens de se défouler, je suis d'accord, concéda le colosse, qui ne tenait pas forcément à avoir raison. D'ailleurs, il serait temps que tu te bouges, mon vieux. Qu'est-ce qu'elles ont, nos femmes, elles te plaisent pas ? Valentina, c'est du passé ! Six ans, tu vas avoir des toiles d'araignées dans le slip si tu continues ! Alors ?!

L'intéressé prit un air inspiré.

— J'y pense…

Sacha lui adressa un sourire mâle.

— Ah oui ? dit-il en se rapprochant. Tu es sur un coup ?

— Peut-être, lâcha Gleb d'un air bougrement sibyllin.

— Ah, ah ! D'où elle sort, cette perle rare ?

— Je te le dirai quand elle me l'aura dit.

Sacha sourit en grand.

— Jolie, au moins ?

— Si on aime les tigres de l'Amour qui se roulent dans la neige…

— T'es trop sentimental, mon vieux ! L'absolu, ça existe pas, trancha Sacha, l'haleine pleine d'oignon. Et même si ça existait, tu t'en lasserais : y a rien après.

— J'aime quand tu philosophes.

— On dirait pas parce que je suis grand, mais y en a là-dedans ! dit-il en se picorant la cervelle.

Une brève clameur féminine salua alors l'arrivée de Lena et de sa copine Dasha. Des inséparables, comme les perruches, dont la seconde ne tarda pas à imiter les cris.

— Le toit m'est tombé sur la tête ! s'écriait la costumière à qui voulait l'entendre. Le toit m'est tombé sur la tête !

Gleb esquissa un sourire en la voyant débouler pour son anniversaire, déjà ivre visiblement. Ou l'ouragan qui avait ravagé son immeuble lui avait remonté le ciboulot dans le désordre. Dasha, alias Ada Svetlova, toujours difficile à cerner, s'était littéralement métamorphosée depuis l'hiver. Trois types butinaient autour d'elle, assez spectaculaire dans ses habits faits maison, espérant sans doute profiter de son état d'ébriété pour la culbuter plus tard dans un coin… Courage.

Dasha dépassa le comptoir comme des Indiens un chariot.

— Le toit m'est tombé sur la tête ! elle répétait en faisant le tour de la salle.

Le visage de Sacha s'illumina à la vue de Lena, qui suivait l'écervelée.

— Ah, s'exclama-t-il en empoignant la taille de la jolie rousse auburn, je commençais à me demander si la neige t'avait pas ensevelie !

— Tu as si soif que ça ?

— Moins que ta copine, on dirait.

— Dasha ? Bah, tu sais comment elle est quand elle a un truc dans la tête. Et puis c'est son anniversaire, il faut bien qu'elle s'amuse.

— Ça promet. Vous avez bu quoi en attendant la baby-sitter, du pétrole ?

Sacha considérait Dasha comme une dévergondée plutôt marrante mais affectivement suicidaire – tous les week-ends ou presque, un nouvel étalon la raccompagnait chez elle.

— Les enfants sont au chaud ? s'enquit le père de famille.

— Je ne suis pas sûre qu'ils comprennent tout, mais Baboulychka leur lisait des histoires quand je suis partie.

— *Krouta !*

Super.

Les garçons avaient six et vingt mois, Lena un nez pointu et des yeux verts parsemés de jaune qui, avec ses cheveux teintés de roux, rappelaient l'animal mascotte du Szaboy. D'une solidarité sans faille pour le boulot de chien de son mari, elle formait avec Sacha le couple le plus envié dans la communauté. Son job de légiste fascinait tout le monde, sauf elle, qui n'en parlait jamais « pour ne pas casser l'ambiance ». Ce soir était particulier puisque c'était l'anniversaire de Dasha, la petite sœur qu'elle avait adoptée quelques années plus tôt.

— Ça va, Gleb ?

— Rien n'est tombé sur ma tête, dit-il en singeant sa copine ; enfin, pas encore.

— Ton binôme n'est pas là ?

— Nikita ? Bah, il ne devrait pas tarder.

— Tu veux quoi, *dorogoy* ? fit Lena en se tournant vers son mari.

— Une bière.

— Deux ! lança-t-elle à la barmaid.

Peu de mineurs buvaient de la vodka, elle faisait mauvais ménage avec le houblon et abrutissait plus vite encore que l'usine, sauf Nikita, qui mélangeait tout par principe.

— Alors, reprit Sacha au comptoir, elle est où, cette fille ?

— Quelle fille ? s'enquit Lena, qui prenait la conversation en cours.

— Gleb attend une fille qui ne vient pas.

Son air goguenard donnait envie de pincer des joues.

— C'est vrai ?

— Ton mec s'emballe vite, rétorqua l'accusé. C'est pas parce que j'attends une fille qu'elle viendra un jour.

— Toujours aussi malin.

— Un vrai renard, confirma Gleb.

— Sauf que tu ne vois pas ce que tu as devant le museau.

Elle se tourna vers Dasha, penchée vers la petite Anya comme sur un boulier.

— Ada n'a pas besoin de moi pour s'amuser, dit Gleb.

— Qui te parle de s'amuser ?

Sacha prit sa femme dans les bras.

— Viens par là, toi, au lieu de faire tourner la tête de mes potes !

Gleb gardait un appareil photo de poche dans son jean, plus pour le souvenir de leurs fêtes que par ambition esthétique – la lumière était faible au Szaboy et le flash écrasait tout. Il prit les amoureux dans sa mire.

— Pas de sourires, hein, bande de boudins !

Ça ne ratait jamais. Dasha s'immisçant au comptoir, la barmaid n'eut pas besoin de lui demander ce qu'elle voulait – Dasha ne buvait que du cognac, une sous-marque, comme tout ce qui se produisait en Russie, ou qui n'en portait que l'étiquette.

— Trop chouette, sa tenue d'anniversaire, non ? fit Lena en prenant les garçons à partie.

Combinaison moulante écrue et marine avec zip, bottines fourrées blanches à liseré noir revêtement vinyle, crinière vénitienne tombant en arabesques solides et douces, Dasha aurait bien mis son manteau en peau d'ours acrylique pour compléter sa revue, mais elle aurait crevé de chaud.

— Pas mal… estima Sacha. Surtout la braguette.

— C'est un zip, bougre d'idiot, rétorqua sa femme. Et toi, Gleb, ne me dis pas que tu es aussi obtus que ton grand pote ?

— Il attend la femme de sa vie, pas une ivrogne à la mode.

— On t'a sonné, toi ? Alors ?

— Oui, c'est original, concéda Gleb.

— C'est tout ?

— Original, c'est déjà bien, non ?

— Pas bien original, non, fit la légiste d'un air sévère qui ne prenait pas. Qui dit mieux ?

— J'ai fait le maximum, répondit Sacha.

— Bon anniversaire, renchérit son copain.

Dasha respirait à peine – le cognac avait goût de rien et Gleb semblait se moquer de ses efforts pour devenir femme *just for one day*, de ses habits achetés à prix d'or et confectionnés dans la fièvre bleue de Bowie. Lena secoua la tête, dépitée.

— Viens, dit-elle en accrochant le bras de sa jeune amie, ils sont trop sobres pour penser ce qu'ils disent.

Les filles plantèrent les garçons au comptoir comme deux clous rouillés, escortant leurs verres sous les regards mi-concupiscents, mi-envieux des clients. Si la première était intouchable, la seconde perdait pied à chaque pas. Un tabouret la sauva de la syncope – tout ça pour ça.

Mais Lena Bokine n'abandonnait pas si facilement :

— Pourquoi tu n'es pas avec lui ? fit-elle en les matant au comptoir. Vous iriez trop bien, ensemble.

— Gleb et moi ? s'étonna Dasha en mode actrice.

— Évidemment.

— Tu crois ?

— Depuis le temps qu'il est célibataire, il cache un truc.

— Oui, genre magot qu'il ne voudrait pas partager, rebondit Dasha d'un air faussement pénétré.

— Rigole. Je suis sûr qu'il t'attend. Il n'a personne depuis Valentina. Six ans sans copine, c'est pas normal, pour une fois je suis d'accord avec mon mec.

— Tu es complètement soûle, ou il te l'a dit ?

— Non, mais ça saute aux yeux. Vous êtes différents tous les deux, pas comme les trois quarts des peigne-culs qui traînent ici. Crois-moi, je sais de quoi je parle, avec ce que je vois passer à l'hôpital !

— Oh, la vieille technique pour semer le trouble ! s'amusa Dasha. Te fatigue pas, va, j'ai des bestioles plus coriaces à disposition, qui m'attendent pour de bon.

Lena n'était pas dupe de ses mensonges – Dasha non plus, on ne la voyait avec personne, sauf en fin de soirée mais c'était une autre histoire…

Dasha partit vers les toilettes, abandonnant son verre déjà vide sur le comptoir.

— Commande-moi un autre cognac, tu veux ?!

La costumière descendit d'un bond du tabouret et, féline azimutée, croisa Gleb sur sa trajectoire. Le roi lionceau s'arrêta in extremis.

— Au fait, tu as vu le flic ? lui lança-t-elle comme si elle venait d'y penser. Boris Ivanov, le mari de la petite Anya…

— Non, c'est son mari ?!

— Tu n'es vraiment au courant de rien, nota Dasha, qui n'en savait guère plus long. Il m'a interrogée à propos du Nenets tombé du toit. Je ne lui ai pas dit que j'étais avec toi et le gros Shakir pendant la tempête. Ivanov croit à un meurtre, j'en suis sûre, enchaîna-t-elle. J'ai essayé de tirer les vers du nez de Lena, mais elle n'a rien voulu me dire. Tu sais que c'est sa première autopsie ?

— Lena a autopsié le Nenets ?!

— Vous parlez de quoi, avec Sacha : de patinage artistique ? Tout le monde se fiche de ce vieux, mais s'il y a une autopsie, c'est qu'il y a meurtre, supputa-t-elle. À moins que le Nenets n'ait poussé lui-même le toit pendant la tempête pour qu'il s'écroule avec lui, mais je n'y crois pas.

Gleb la regarda une seconde, fasciné par son sérieux.

— Ça me fait penser que j'ai quelque chose pour toi, Ada, dit-il.

— Pourquoi tu m'appelles pas Dasha, comme tout le monde ?

— Pour ton ardeur générale.

Elle haussa ses fins sourcils, le cœur à cent à l'heure.

— Nabokov.

— Tu l'as lu ?

— Surtout la partie où elle baise avec son cousin dans les fourrés du jardin familial, à quatorze ans, au nez et à la barbe de leur famille de bourgeois ; épatant, drôle, subversif, bouleversant. C'est quoi, le truc que tu as pour moi ?

— Oh, rien, juste un cadeau pour ton anniversaire.

— Oh ! C'est quoi, des fleurs ?

Il regarda autour de lui.

— Bah, non.

— Dommage ; ça sert à rien, les fleurs, c'est pour ça que je les aime. Un peu comme toi.

Son sourire indéchiffrable faisait presque peur.

— Attends-moi.

Gleb disparut de la surface de la Terre, la laissant seule parmi la viande soûle qui la reluquait des pieds à la tête. Dasha se sentit soudain comme une proie, un animal farouche à apprivoiser de force, une fille à mater. L'horreur. Gleb revint heureusement vite, coupant court à sa paranoïa féminine. Il tenait un rouleau à la main, qu'il lui tendit.

— Tiens.

— Ooh ! s'extasia-t-elle en saisissant le tube.

— Attends au moins de l'ouvrir…

Elle ôta l'élastique pour dérouler le papier glacé : c'était une photo de son *gostinka* lors de l'ouragan, au moment où le toit s'envolait dans le ciel pourpre. Une pure frayeur.

— C'est toi qui l'as prise ?

— Oui, j'étais sur le toit de mon immeuble quand le tien s'est écroulé.

— Et tu as accouru pour me sauver avec ton appareil…

Un coude ivrogne la bouscula alors, répandant un jet de bière sur sa combinaison.

— Oh, tu pourrais faire gaffe !

Gleb guettait une réaction, mais Dasha semblait plus préoccupée par l'état de sa combinaison. « Highway to Hell » résonna comme un gong dans les enceintes du Szaboy, clôturant l'instant cadeau. Gleb se vit emporter par des bras de géant et disparut de ses radars comme jusqu'à la fin des temps. Plantée au milieu de l'allée, Dasha avait oublié l'ivrogne qui avait salopé sa création, Lena, les autres : la photo de Gleb était magnifique…

Elle voulut lui dire, c'était son plus beau cadeau d'anniversaire, lui dire qu'elle s'était faite belle pour lui, transformée en princesse-cognac à l'heure où les âmes se brisent et se relèvent, que, sa grand-mère aujourd'hui disparue, elle n'avait que ses yeux bleu de Prusse comme raison de vivre orpheline, une bonne raison même, mais Sacha tirait son ami Gleb comme s'il ne savait pas chanter AC/DC sans lui, et le tourbillon des retrouvailles les emporta vers d'autres tempêtes.

L'ambiance soudain monta de trois tons dans le bar de nuit. Ana s'agitait derrière les pompes assaillies, son mari Dimitri changeait les fûts, arborant un bouc à la d'Artagnan, un tee-shirt avec une tête de sorcière munie d'une hache à découper les morts-vivants à la pelle et l'embonpoint précoce des buveurs de bière.

« *Nice boys don't play rock'n'roll !* » hurlèrent les enceintes, hymne repris en chœur en hommage à la Rose tatouée. Des connaisseurs.

— Tournée générale !!! s'égosilla oncle Sacha, débordé par sa fougue.

Minuit dégringola du ciel et personne n'avait l'heure. Nikita déboula alors avec Leo, duo redoutable que tout le monde attendait pour mettre le feu aux poudres. Artistes dans l'âme, parfaits clichés du caractère excessif de leurs compatriotes, Nikita et Leo buvaient d'ordinaire jusqu'à la perte de toutes connaissances. La première fois qu'ils s'étaient rencontrés, les deux hommes s'étaient battus – « Deux Sibériens qui se croisent dans un bar finissent toujours par se battre » disait le dicton, l'affrontement scellant l'amitié indéfectible des esprits qui se percutent. Partageant tous deux l'amour de la poésie russe, Nikita et Leo déclamaient Maïakovski, Mandelstam ou Essenine, leur préféré. Un vers chacun, selon leur habitude, se relayant vaille que vaille d'une voix de stentor au-dessus du vacarme :

Horizons dorés et si flous !
La vie brûle tous ses convives !
Et j'ai fait le porc et le fou !
Pour que ma flamme soit plus vive !
Le poète griffe et caresse !
C'est son destin et son devoir !
J'ai cherché à marier sans cesse !
La rose blanche au crapaud noir !
Et qu'importe que dans les flammes !
Mes desseins roses aient péri !
Si des démons nichaient dans l'âme !
Les anges y vivaient aussi !

Les pitres furieux tenaient debout par une succession de miracles improvisés, si bien qu'on laissa les écorchés s'agripper aux uns et aux autres, s'enivrant de concert sous les riffs pour oublier la mine qui les tuait. Gleb riait des commentaires selon un scénario entre eux bien rodé, comme quoi son équipier à la mine avait « encore un sacré coup dans le nez ». Les hétéros n'y voyaient que du feu. Deux heures du matin sonnèrent, sous les larsens et les chopes de bière. Le monde avait basculé côté pile mais il n'allait pas mieux. Dasha semblait presque mélancolique dans un coin du comptoir, un énième cognac à la main, comme si quelque déconvenue avait frappé son humeur festive et débraillée. Lena profita d'une brève accalmie pour lui arracher quelques confidences alcoolisées.

— Il y a un truc qui te chiffonne, on dirait. C'est quoi, Gleb ?

— Non, pourquoi tu dis ça ?

— Vous discutiez ensemble tout à l'heure.

— Oui, enfin… non.

— Je te connais, petite sœur d'amour, on est vendredi soir et ce n'est pas souvent que je te vois tirer cette tête : dis-moi ce qui ne va pas, ça ira mieux. C'est ton anniversaire qui te fiche le bourdon ?

— Non… Non, c'est ma mère, lâcha Dasha à l'ombre des spots. J'ai retrouvé une photo d'elle petite, dans les affaires d'Aliona. Et la date à l'arrière ne correspond pas à son âge de l'époque : il y avait au moins deux ans de différence.

— Qu'est-ce que ça veut dire ?

— Qu'on m'a menti sur la date de naissance de ma mère. Je ne sais pas pourquoi.

— C'est peut-être juste une erreur ? tempéra Lena, qui connaissait l'imagination de sa copine.

— Je suis nulle en bébé, mais je peux comparer avec les tiens. Ma mère avait au moins trois ans sur la photo, alors qu'elle aurait dû avoir un an selon la légende. 1956, c'était marqué, alors qu'Irina est née en 55. Ma grand-mère n'a pas pu se tromper à ce point, pas avec des si petits. Et la photo était au fond d'un portefeuille, comme un objet précieux qu'on veut garder. Je ne vois pas pourquoi on m'aurait menti sur sa date de naissance.

— Tu devrais peut-être passer à la mairie, histoire d'en avoir le cœur net. Il y a des archives, là-bas, que tout le monde peut consulter.

— Ah, s'agaça Dasha, laisse tomber, c'est plus l'heure de parler de ça.

— C'est toujours l'heure de quelque chose.

— Je suis bourrée, assura la costumière. C'est trop tard.

Trois heures du matin.

Gleb partageait une cigarette dehors avec Anya, qu'on ne voyait plus souvent depuis son mariage. S'il devait faire – 20 °C à cette heure de la nuit, le vent polaire à l'entrée du bar poussait le ressenti à – 30 °C : tout ce qui était humide gelait sur place – les yeux, l'intérieur du nez… La petite coiffeuse souriait sous sa chapka, hobbit emmitouflé au milieu de la mêlée d'orques et d'elfes jetés pêle-mêle, son décolleté en forme de cœur à l'air libre, ingelable visiblement, réussissant à ne pas glisser avec ses platform boots sur la neige patinée par les clients.

— Je ne savais pas que ton mari était le lieutenant Ivanov, dit Gleb pour faire la conversation.

— On dirait un ours comme ça, mais il est gentil.

— J'avais plutôt le rôle du saumon…

— Il t'a interrogé pour le Nenets ? devina Anya. Boris ne me parle pas de ses enquêtes, mais tout le monde est sûr qu'il s'agit d'un meurtre.

— On t'a dit ça ?

— Dasha, oui, fit-elle en crachant la fumée aux étoiles. Ça doit faire drôle de tomber nez à nez avec un cadavre.

— Je l'ai à peine vu.

— Tant mieux.

Le froid leur mordait le visage ; Gleb se réfugia à l'intérieur, aperçut Dasha qui conversait avec la fiancée de Leo en faisant de grands gestes (Leo lui léchait la joue), et Nikita déclamant on ne sait quoi à oncle Sacha au milieu d'une allée encombrée. Ils burent encore.

Quatre heures du matin.

« Si tu veux être une rock star, deviens-le ! » intimait Lemmy, la défunte icône du whisky-Coca et du speed heavy metal, son visage velu couvrant à lui seul toute la porte des toilettes. Gleb en sortait lorsqu'il croisa Dasha à moitié titubante, qui venait en sens inverse. Leur point de rendez-vous du soir, on dirait. Chauffarde des trajectoires aléatoires, la costumière manqua de le renverser, comme elle le faisait depuis l'enfance.

— J'ai déposé Leo devant la cuvette, dit-elle pour info. Je crois que Nikita suit le mouvement.

— Ton amour pour les poètes te perdra.

— Je ne sais pas si c'est ça qui me fait cet effet, mais j'ai la tête qui tourne comme un rond en cage.

— Un lion, non ?

— J'ai une gueule de lion ?

Elle louchait presque.

— Tu me fais rire, Ada.

— Moi, c'est…

— Dasha, oui. Garde quand même ton ardeur.

Il lui lança un clin d'œil avant de filer, qui la laissa comme une vieille Anglaise chamboulée. Agrippé au comptoir, oncle Sacha expliquait la politique à un mineur aussi soûl que lui qui, comme lui demain, aurait tout oublié.

Un temps incertain se déroula, entre tournée et blagues plus salaces. Lena et Dasha discutaient avec une passion tardive, la seconde à la limite de l'adhérence après ses cognacs à la chaîne ; Gleb songeait à mettre la pédale douce, puis tout s'accéléra. Manquant de fracasser sa chope en la posant vide sur le comptoir, Leo disparut dans un coup de vent qui valait pour typhon. Il y eut une brève bagarre dans le sas d'entrée du bar, qui vida la salle de moitié. Sa fiancée Marina pleurait à une table à l'écart, son amour volcanique allait finir par trouver plus cinglé que lui. De fait, Leo titubait dans le sas de sortie, les poings écorchés insensibles.

— Je t'aime, toi ! pleura-t-il en étreignant Gleb, qui passait par là.

— Moi aussi, Leo ! assura-t-il.

Pas du tout son genre.

Dasha passa à sa hauteur comme un zombie, sa combinaison sexy mouchetée de bière, quand Nikita refit surface. On l'avait oublié, celui-là.

— Tu étais où, sac à bière ? blagua Gleb.

— Aaaahhh.

— Si tu me dis « dans ton cul », je te quitte.

Nikita rit au nez de l'homme qu'il aimait, lui bourra l'épaule au lieu de l'embrasser à pleine bouche, avant de sombrer définitivement. Cinq, six heures, sept du matin dévalèrent la piste aux étoiles sans que quiconque songe à y danser. Sacha écroulait ses épaules sur le comptoir, les tatouages de ses avant-bras luisant sous les spots, la musique assez forte pour couvrir le brouhaha aviné. Objet de concupiscences, Dasha avait bien fait son petit numéro autour du poteau qui soutenait le bar, réclamant du glam-rock pour changer du hard seventies, mais l'hystérique atomique avait depuis disparu, comme les trois types qui la convoitaient depuis son arrivée.

Le jour apparut au milieu des cris, des déclarations qu'on oublie, la musique maintenant en sourdine pour inviter les derniers clients à rentrer chez eux. Les mineurs encore valides enquillaient les selfies, les photos de groupe, les photos de mode, les photos de travers. Un type dormait avachi sur une table, même oncle Sacha s'était répandu sur le comptoir, en équilibre sur son tabouret, le front du géant baignait dans la bière.

Gleb prit une photo.

— Aide-moi plutôt à le réveiller ! s'écria Lena à ses côtés. Je ne vais pas le ramener en le traînant comme un sac de patates !

Sacha émergea après son petit coup de pompe, réclama une bière pour fêter ça. Lena se cala sous l'aisselle du colosse, parée à virer.

— Je vous accompagne à la sortie, fit Gleb en l'aidant à déplacer le tank.

— Merci, ça va aller maintenant, dit-elle tandis qu'ils atteignaient la porte du sas.

Sacha la dépassait d'une tête, goguenard dans sa tenue de fin de soirée.

— Tu es sûre ? s'enquit Gleb, la voyant presque enfouie sous son épaule.

— Oui, oui, t'en fais pas ; ouvre-moi juste la porte.

— Hey, Gleb ! Mon ami !

Se penchant pour l'embrasser, Sacha perdit l'équilibre, mais Lena était une femme russe.

— En avant, mon titan !

Quelques rires suivirent le couple sur l'esplanade enneigée, masse amoureuse dégommant les flocons en zigzag. Ils n'étaient plus qu'une demi-douzaine, poussés vers la sortie par Ana et Dimitri, enfilant parkas et manteaux chauds. Gleb vit alors ce qui traînait au milieu de l'allée, piétinée par des semelles indifférentes : son tirage photo du *gostinka* en proie à l'ouragan, en partie froissé dans le jus de bière… Pour ça, une photo de mouche lui aurait fait le même effet.

Joyeux anniversaire, Ada.

Nikita attendait dans l'entrée, survivant miraculé de lui-même.

— Hey… t'as…

— Oui, c'est bon, je te ramène, ivrogne.

Ils quittèrent le Szaboy à l'aube blanche, l'alcool pour amnésie. Nikita titubant accroché à son épaule, Gleb inclina la tête pour affronter le froid qui les ramènerait à l'appartement.

Ils n'arrivaient jamais ensemble dans un lieu public, mais en sortant dans cet état tout était permis…

Ils ne savaient pas qu'on les observait.

12

La neige tombe. Il la regarde. Impassible, c'est son état. Son instant suspendu. Pas de flocons épais, molletonnés ou rassurants comme une couverture blanche qu'on tire à soi, plutôt des fusées aiguisées, cibles mouvantes sous ses yeux humides. Tapi dans l'ombre, la lune pleine invisible, il ne guette rien. Il a trouvé un refuge, c'est l'essentiel.

Rompu à la solitude, la faim pour seule compagne, il regarde la neige qui tombe. L'éternel retour du même instant. Ça ne lui fait ni chaud ni froid. Il s'est adapté. Il n'aime pas les villes mais il ne proteste pas. Il préfère les collines mais le feu y crache et repousse les proies. Ses gencives gonflées lui font mal. Sang de scorbut. Ou l'impatience de mordre dans la chair. Ne pas y songer sous peine de s'exposer. On ne tue pas impunément. La menace suffit. Ils ont les armes qu'il n'a pas. Des êtres comme lui sont dans la mire – surtout comme lui...

Les faubourgs déglingués, les ruines sidérurgiques, les monstres de fer totems sous le froid, il a traversé un premier no man's land avant d'en trouver un second, quasi vide mais à couvert. Et la nuit veille. Pas seulement polaire. Presque aucune lumière, des géants durs figés sur son chemin, il s'est fondu dans la masse pour explorer le nouveau territoire. Il s'est glissé le long des corridors, ombre grise progressant comme si chaque pas le brûlait, avant de trouver un abri. Il ne sait pas s'il y fera long feu, mais les murs calment le vent.

Une voix lui dit de tuer, une autre d'attendre… Il reste stoïque, avec vue sur l'esplanade fouettée par les bourrasques. Il y a une sorte de chalet au milieu, surveillé par les barres d'immeubles. On dirait un jouet, une jeune oie épuisée tombée à terre. De petits hommes y vont, rares mais à intervalles réguliers. Il les observe de loin. Aucun pour le moment n'est ressorti. À force, ils pourrissent dans sa mémoire. Les flocons le distraient. Ce sifflement de tonnerre et cette odeur âcre, presque sucrée, qu'il respire. Comme tous ceux nés ici, il n'a ni passé ni avenir, juste cette parcelle de temps sous la dent. Quand la vie ne pèse rien, la mort est volubile, qui peut surgir au coin de la rue comme un feu qu'on ne voit pas venir. Hypnotisé par la poudre des cieux qui agrandit ses pupilles, il repère enfin les formes qui se meuvent tout là-bas, vers le chalet… Deux silhouettes se détachent sur l'esplanade. Des proies qui ne le savent pas.

Mais il sent l'un des deux hommes. Sa cible mouvante.

Dès lors marqué, il le suivra – où qu'il aille…

13

La colle industrielle qui empuantissait l'immeuble en réfection ne l'aida pas à se remettre. Dasha ne savait pas ce qu'ils avaient bricolé sur le toit, mais le revêtement de secours devait être en plastique fondu. Une rustine russe – on ne comptait plus les photos virales sur Internet de bâtiments administratifs fissurés maintenus par des rouleaux de scotch, de piliers de béton armé ou de façades de maisons renforcées à l'adhésif. À ce tarif, Dasha doutait que les autorités de la ville réparent le toit d'un *gostinka* appelé de toute façon à disparaître : ils allaient plutôt laisser la barre d'immeubles dans cet état, jusqu'à ce que l'ultime vestige soviétique de ce quartier fantôme s'écroule, avec eux dedans.

— Une ville au bout du rouleau, comme moi, ironisa la costumière en sortant de chez elle.

Une poignée d'heures étaient passées depuis son retour titubant du Szaboy au bras d'on ne sait qui. Dasha en éprouvait un peu de honte – malgré ses habits de lumière dont personne n'avait rien à cirer, elle s'était encore mise dans un sale état – et surtout de la colère : elle avait perdu la photo de Gleb dans le chaos. Son cadeau d'anniversaire. L'étourdie l'avait roulée dans la poche de son manteau mais la photo avait dû tomber lorsqu'elle l'avait décroché de la patère, ou une main avide l'avait arrachée par malveillance, ou elle ne s'en souvenait plus, elle était trop soûle, trop nerveuse, avec lui dans les parages et sa transformation en femme la plus ratée de la galaxie… Malheureuse par sa faute, Dasha en vomissait des putois.

Elle dévala les onze étages du *gostinka* à pied, histoire de faire un peu d'exercice, ne réussit qu'à raviver les relents de cognac qui lui martelaient le crâne. Ça sonnait creux ce matin, elle était pourtant pleine de ressentiment, de culpabilité, ces passions tristes qui démolissent les petits bonheurs qu'on se construit avec tant de peine. Les marches de l'immeuble sur pilotis étaient verglacées, comme la neige sur le trottoir ; elle crut apercevoir Gleb au volant d'une voiture blanche, ne reçut pour réponse qu'un nuage d'échappement qui se perdit dans l'écrin de son souffle. Elle frappa ses gants dans ses mains pour se réchauffer, snoba la Lada de sa grand-mère qui grelottait sous sa bâche, entre les décombres du toit repoussés vers l'esplanade et les containers à poubelles, marcha vers le centre-ville.

Le théâtre du Collège des Arts où travaillait la costumière se donnait des airs d'opéra parisien, avec ses colonnes et son grand hall marbré. Conçu à l'époque de Norillag, on y recevait les meilleurs orchestres soviétiques et les grandes voix de l'époque pour récompenser les travailleurs et le personnel du goulag qui exploitaient les *zeks*, les prisonniers. Aujourd'hui subventionné à quatre-vingt-dix pour cent par Norilsk Nickel, il n'y passait que des performances calibrées, les concerts classiques assurant l'essentiel des productions – les seuls qui intéressaient Dasha. Maria Kozmenkova, la régisseuse qui lui servait de chef, faisait de la lèche au directeur du théâtre, un proche des oligarques qui tenaient le consortium minier et venaient parader à intervalles réguliers pour surveiller leurs œufs. On s'inquiétait du déclin de la ville, des mises à la retraite sans renouvellement d'effectifs, si les réserves des sous-sols s'amenuisaient, c'était la condition de leur survie ici qui était en jeu, mais Dasha s'en fichait : elle partirait un jour, à deux parce que c'était mieux, de préférence sans gueule de bois à rallonge pour lui miner le moral.

On accueillait un nouveau spectacle en vue de l'anniversaire célébrant la victoire de la Grande Guerre patriotique, qui aurait lieu en grande pompe le mois prochain. Viktor Salenko était attendu, un des gros actionnaires du conglomérat, mais aussi son frère Dmitri, prêtre orthodoxe et membre éminent du Congrès mondial des familles, connu pour ses prêches télévisés suivis chaque semaine par des millions de personnes. Une purge qui augurait du niveau du spectacle – soixante-quinze figurants, comme le temps écoulé depuis l'écrasement du nazisme, des danseurs en costumes bouffants, une chorale de morveux et des ténors de l'Armée rouge, l'orchestre de la ville au grand complet : on allait faire dans le poil et la grosse caisse, loin de Bowie-la-lopette…

Enfin, son service démarrant à deux heures, Dasha déjeuna au petit restaurant proche du théâtre, où elle s'autorisait quelques extras.

Fine fleur d'une blondeur de paille, la serveuse avait dix-huit ans et un air d'une naïveté touchante dans son costume noir et blanc qui tentait en vain de la vieillir.

En dehors du travail, Anastesiya jouait au football dans le club local avec une passion de gamine qui la voyait faire des reprises de volée imaginaires dans son esprit d'enfant volubile.

— Trop chouette, ton manteau ! s'exclama-t-elle en voyant Dasha s'installer à sa table. C'est du vrai ours blanc ?

La serveuse gambadait dans les allées de la salle de restaurant, sa queue-de-cheval soigneusement tirée sur sa blondeur juvénile, toujours aux petits soins pour la costumière. Elle revint vite, une carafe d'eau à la main.

— Tu as vu, Dasha ? fit-elle en remplissant son verre. Le père Dmitri vient à Norilsk pour la fête du 9-Mai ! Ma mère ne rate jamais ses prêches à la télé !

— Le frère de l'oligarque, oui, qui déboule régulièrement avec le frangin et ses petits copains pour chasser le renne ou l'ours, quand d'autres connards qui leur servent de larbins les sortent de leur hibernation pour qu'ils puissent les fusiller à la kalachnikov devant leur tanière…

— Ils font ça ? grimaça la serveuse.

— Deux fois par an, il paraît.

La pauvre était dégoûtée.

— Tu prends quoi ? demanda-t-elle pour oublier la violence du monde. Une salade russe ?

— Comme d'habitude.

— J'en étais sûre ! lança Anastesiya en repartant vers les cuisines.

Un agneau au pays des loups.

Le moral de Dasha, en berne après la perte de son plus-beau-cadeau-d'anniversaire, virait à la mélancolie… Elle était née au mauvais endroit et il n'y avait pas de remède aux maux de Norilsk. Pour ça, il aurait fallu une librairie digne de ce nom, ou un moyen de se procurer d'autres livres que les manuels scolaires pour attiser l'ersatz d'un esprit critique. À désespérer. Ce peuple capable de se sacrifier sur les champs de bataille, ces milliers d'adolescentes qui, volontaires pour se battre, pestaient moins contre l'avancée de la Wehrmacht que contre l'âge légal pour mourir (dix-huit ans), ces milliers d'ouvriers et de soldats allant s'irradier à Tchernobyl sans poser de questions, ce courage fou qu'aucun autre peuple ne pouvait revendiquer : tous s'écrasaient sous la botte du premier dictateur venu, comme une calamité nécessaire. Sauf glorieux, le passé n'avait pas la cote en Russie. Beaucoup de jeunes de son âge ne savaient pas qui était Lénine, ils avaient bien entendu parler d'une révolution mais pas d'Octobre, le communisme était rangé dans les étagères d'une Histoire qui n'intéressait personne, victimes d'un Big Brother poutinien qui étanchéifiait jour après jour les parois de la ville industrielle où Dasha avait grandi.

Les informations entraient filtrées par la propagande d'État et le combinat minier qui faisaient la dictée aux pantins de Telecanal de Russie, la chaîne d'info locale, les journalistes de la « Vérité polaire » et des « Nouvelles polaires » rivalisaient d'autocensure, évitant les sujets qui fâchent. Norilsk, un mini-monde de science-fiction où toute résistance se voyait écrasée à sa source : la pensée. Comme si l'œil administratif surveillait les habitants, leur faisait croire que tout était interdit, qu'ils n'avaient pas le droit, ou qu'il ne fallait pas, sous peine de s'attirer des ennuis. Poutine et sa bande interdisaient aux opposants de se présenter aux élections, à coups de décrets ou de mensonges déblatérés à la télévision, les empoisonnaient à l'occasion, payaient des acteurs pour jouer les réfugiés russophones chassés d'Ukraine, toute cette post-vérité chargée de dépasser la réalité pour répondre à ce que voulaient, soi-disant, « les gens ». Dasha enrageait. À force de les prendre pour des abrutis, on les abrutissait.

Elle tentait de lire *Novaïa Gazeta*, le principal journal critique envers le pouvoir, dont l'édition leur parvenait avec une ou deux semaines de retard, connaissait tous les articles d'Anna Politkovskaïa, la journaliste criblée de balles devant son appartement pour avoir osé défendre la vérité. Il y avait de quoi être en colère. L'eau courante manquait dans les campagnes, les services publics avaient disparu ou avaient été vendus une bouchée de pain aux proches du pouvoir. Un tiers des Russes vivaient encore chez leurs parents, un quart des autres avaient du mal à payer leurs loyers, surtout à Moscou, où ils avaient augmenté frauduleusement de manière exponentielle. Plus de mille bâtiments avaient brûlé, dont une université, l'immense Manège près de la place Rouge, la bibliothèque scientifique Inion et ses cinq millions de volumes rares : les promoteurs immobiliers faisaient place nette pour installer de nouveaux magasins, bureaux ou immeubles de luxe qu'ils revendraient à prix d'or, obligeant la population à organiser des patrouilles pour empêcher les incendies criminels qui les expulseraient une fois le bâtiment déclaré en péril. Ces rapaces volaient aussi leurs clients, détournant tant d'argent durant la construction que même les appartements luxueux s'effritaient ou s'effondraient plus vite qu'ils n'avaient été bâtis. Les scélérats dépossédaient les personnes seules, les vieillards, les veuves ou les poivrots, jetés à la rue par des bandes organisées, même chose pour les routes, en perpétuel recommencement ; municipalités et entreprises détournaient l'essentiel des budgets, truquaient les devis, les matériaux se révélaient de si mauvaise qualité qu'il fallait rénover les revêtements des voûtes l'année suivante, pour le bénéfice des acteurs économiques locaux, sauf les automobilistes – trente-cinq mille victimes par an, un des pires taux au monde. L'axe Tchita-Khabarovsk, première autoroute traversant le pays d'est en ouest, inauguré en grande pompe par Poutine en août 2010, avait dû être réparé le mois suivant. Cette violence infusait dans le corps social russe, infectait les plus crédules, les plus lâches : les caméras de surveillance partout, on ne comptait plus les vidéos où des jeunes attaquaient un vieillard isolé pour lui faire les poches, un père et son fils, des passants qu'ils ne se contentaient pas de menacer ou de bousculer mais qu'ils massacraient littéralement à coups de poing, et quand leurs victimes tombaient à terre, dépouillées, impuissantes ou sans connaissance, ils leur shootaient encore plusieurs fois dans le visage, gratuitement, fiers encore de leur soi-disant puissance. Dix fois plus de meurtres ici qu'en Occident : on ne naît pas ultra-violent, on le devient. Dasha détestait ce programme, cette menace permanente qui, venant d'en haut, ruisselait sur leurs squelettes…

— Tu en fais une tête ! s'exclama Anastesiya en voyant qu'elle avait à peine touché à son assiette. Tu as encore trop bu, c'est ça ?

Dasha releva un œil torve. Anastesiya devait la prendre pour une vieille fille de vingt-quatre ans : elle paraissait tellement âgée à côté d'elle, sans compter les relents de cognac qui lui mettaient la rate au court-bouillon.

— Refile-moi un peu de café plutôt que de dire des bêtises, petit daim.

La serveuse sourit comme dans un dessin animé, flattée du surnom que sa cliente préférée lui donnait, rougit de joie en remplissant la tasse. Un bébé. Dasha soupira face au triple vitrage du restaurant.

Dehors, la neige fendait l'air avec constance. Elle songea aux femmes de sa lignée, à l'absence d'hommes dans sa généalogie, à ces filles uniques qui se succédaient sans connaître leur père. Traditionnellement, c'était lui le maître et le nourricier, assis sous les icônes pour partager le pain : rien de tout ça pour Dasha. Sa mère Irina l'avait eue tard, quarante ans, un défi au temps quand la plupart des Sibériennes tombaient enceintes à vingt. Ça n'expliquait pas la différence d'âge sur la photo trouvée dans les cartons de sa babouchka. *Irina, 1956*. Aliona n'avait pas pu se tromper… Lena avait raison, elle passerait à la mairie pour en avoir le cœur net, si dans son état une chose pareille était possible…

— Encore un peu de café, Dasha ? sourit Anastesiya, la thermos en lévitation au-dessus de sa tasse.

— Non, merci, je vais tomber dans les pommes.

*

Les ancêtres d'Andreï Voronine avaient débarqué en Sibérie sur le *Spartak*, le premier bateau à joindre le port de Doudinka lors de la conquête de l'Arctique dans les années 1930. Ces pionniers de l'extrême perpétuaient la grande tradition aventurière du peuple cosaque, dont

Andreï tirait plus que de la fierté. La vie ici n'était pas pour les faibles : le corps et l'esprit exposés à toutes les violences justifiaient le culte de l'homme fort et Norilsk était un défi qu'on se lançait à soi-même : « Vas-tu réussir à vivre et travailler ici comme un vrai de vrai ? »

La famille Voronine avait grandi avec les récits épiques de ses ancêtres cosaques, ferments de l'âme russe, du pionnier Dejnev, qui, le premier, trouva la limite de l'Asie en 1648 avant que Béring ne traverse le détroit, quatre-vingts ans plus tard, entérinant sur cartes l'exploit de l'explorateur dont personne n'avait eu de nouvelles, mort incognito à l'autre bout du continent, jusqu'aux batailles livrées par le baron Ungern, « le baron sanglant », qui, des années durant, avait tenu en échec l'avance des bolcheviks en Asie majeure. Les Blancs défaits au-delà de l'Oural, Ungern avait formé le projet d'unir les peuples mongols restés fidèles à leur ancienne foi et à leurs coutumes pour en faire un seul peuple asiatique, sous la souveraineté morale et législative de la Chine, patrie de la plus ancienne et plus haute civilisation : Mongols, Tibétains, Afghans, Tartares, Bouriates, Kirghiz ou Kalmouks, ils avaient rejoint l'armée du baron Ungern-Sternberg, devenu « le dieu incarné de la Guerre », semant une terreur digne de Gengis Khan chez ses ennemis mais aussi chez ses hommes, qu'il faisait fouetter à mort et pendre pour l'exemple selon les caprices de ses humeurs changeantes.

Les Cosaques avaient repoussé les frontières de l'Empire au fil des siècles, avant d'en devenir les gardiens ; premiers à partir au front lorsqu'une guerre se déclarait, ils avaient mis en déroute l'armée de Napoléon alors invincible, avant 1917 et la révolution d'Octobre.

Les milliers de Cosaques qui formaient alors la force militaire la mieux organisée et la plus redoutée du pays avaient été déclarés ennemis du peuple par les rouges, bannis ou fusillés, sans parvenir à éteindre la flamme des conquérants. Depuis la chute du communisme, l'esprit cosaque renaissait. À Salekhard, une école de cadets avait été construite, où les Cosaques élisaient leur *ataman* démocratiquement, retrouvant leur juste place dans le paysage russe avec l'assentiment du pouvoir, féru de traditions, pour asseoir son autorité. Poutine avait déclaré que l'histoire du pays ne pouvait s'écrire sans eux qui, dès lors fidèles au nouveau tsar, servaient le plus souvent dans l'armée.

Cosaque dans l'âme, fils aîné du clan, Andreï Voronine avait les atouts pour braver l'adversité ; un corps solidifié depuis ses premières joutes au hockey, où le palet volait autant que les gnons, un caractère bien trempé quand il s'agissait de résister aux injonctions paternelles qui voulaient faire de lui un ingénieur à la mine, et un esprit affûté pour un douanier. Les haltères avaient complété la panoplie du sportif portant galons et uniforme, ses cheveux blonds coupés en brosse lui donnaient l'allure d'un James Bond soviétique qui n'aurait pas perdu la face, l'inclinant à pratiquer le béhourd dans le club qui s'était monté en ville, le bien nommé Club cosaque, où les apprentis combattants s'affrontaient pour le plaisir de se défouler. La mixité sociale y était de mise, même si peu de notables se risquaient à se jeter dans la mêlée arme au poing.

Doté d'un flair bienvenu dans son métier, Andreï Voronine avait grimpé les échelons et, à trente-huit ans, exerçait comme chef de service aux douanes à l'aéroport de Norilsk. L'essentiel de son travail consistait à traquer la méthamphétamine et la cocaïne qui s'infiltraient en ville, les trafics de peaux d'animaux sauvages abattus hors quotas. Sa femme lui avait donné deux enfants sans tares, un soulagement quand on connaissait sa sœur cadette. Anya était le maillon faible du clan. Inadaptée, la pauvre, ridiculement petite, comparée aux membres de la famille, cracheuse de poumons si la médecine ne la tenait pas à bout de bras, augurant d'une espérance de vie sibérienne limitée. Andreï n'hésitait pas amener sa jeune sœur célibataire aux raouts de la police où, comme il l'espérait, Anya avait fini par trouver chaussure à son pied.

Les Voronine avaient vu d'un bon œil l'arrivée de Boris Ivanov dans la famille. Malmenée par la nature, qui s'était jouée de son évolution, Anya avait besoin d'un homme solide à ses côtés et Boris avait pour elle des yeux de père. Qu'importait la différence d'âge, que sa mutation d'Irkoutsk sente la quarantaine ou la mise à pied géographique, son mari veillait sur elle et « la petite » avait l'air amoureuse…

Les deux hommes se retrouvèrent le dimanche à midi à la patinoire, au milieu des cris d'enfants et des crissements des patins sur la glace.

— Allez, les garçons, venez ! les encouragea Anya, ses tout petits pieds lacés de cuir.

— Il faut qu'on parle, entre hommes ! répliqua son frère sur le ton de la plaisanterie.

— Allez, Andreï ! Toi qui as fait du hockey, me laisse pas tourner toute seule comme une conne !

— Demande à Boris !

— Chéri, viens avec moi ! insista-t-elle sur le bord de la patinoire.

— Je suis trop gros, je tombe !

— Oooh !

Une fumée blanche s'évaporait des patineurs.

— Vas-y, petite fée, on te regarde !

— Vous me prenez pour une gosse ou quoi ?!

Andreï et Boris trouvèrent une place sur le gradin tandis qu'Anya entamait ses tours de piste, incognito parmi les enfants hurleurs. Elle n'était toujours pas au courant de la disparition de sa cousine. Les policiers avaient trouvé la trace de Valentina à l'aéroport d'Alykel le 20 mars, jour de son retour en terres sibériennes après ses partiels, puis plus rien.

— Tu crois qu'elle cache quelque chose ?

— J'espère, fit Boris, qui avait gardé ses gants. Dans le pire des cas, quelqu'un l'attendait en bas de son immeuble et l'a enlevée. L'avion de Moscou arrivait à six heures le dimanche matin : Valentina pouvait être à Doudinka une heure plus tard. Personne ne se lève si tôt le dimanche : les locataires de l'immeuble ont pu ne rien voir ni rien entendre.

— Enlever Valentina ? s'étonna Voronine. Pourquoi ?

— Je ne sais pas, mais ta cousine tient un blog écolo où figure le Nenets retrouvé après la tempête. J'ai eu la confirmation qu'il s'agit bien d'un meurtre. Et le témoin qui m'aurait permis d'identifier l'éleveur a disparu le jour même de son retour à Norilsk : Valentina. Avoue que c'est troublant.

— Ou ta seule piste ! renvoya son beau-frère, volontiers vachard.

— Peut-être, oui.

— Valentina est arrivée il y a une semaine et le Nenets est mort depuis au moins un mois, enfonça Andreï.

— Un phénomène inaperçu depuis Rostov, avança Boris. Valentina a pu apprendre sa mort en débarquant à l'aéroport. Peut-être qu'elle a eu peur et qu'elle se cache pour cette raison.

— Où ?

— Chez un proche. Le problème, c'est qu'on ne lui connaît aucune relation amoureuse.

Boris se tut, réfléchissant.

— Elle s'est fiancée pourtant, déclara alors son cousin.

— Valentina ? Sa mère ne m'a rien dit.

— Bah, c'était il y a longtemps. Avec la différence d'âge, on ne se voyait déjà pas beaucoup, d'autant que Valentina n'a jamais été très famille, mais je me souviens de fiançailles avec son copain de lycée qui n'ont jamais abouti. Je crois d'ailleurs qu'elle a déménagé à Doudinka suite à leur rupture.

— Tu te souviens de son nom ?

— Gleb quelque-chose. Un mineur…

— Gleb Berensky ?!

— Je crois que c'est ça, oui. Tu le connais ?

— C'est lui qui a trouvé le Nenets dans les décombres !

— Tiens donc…

Hasard, coïncidence, Boris ne savait trop sur quel pied danser.

— En attendant, il te manque l'essentiel, pérora son beau-frère : le mobile.

— L'écologie, sans doute. C'est ce qui relie l'éleveur de rennes à ta cousine activiste.

— On ne tue pas des gens pour des histoires d'écologie.

— Sauf si elles dérangent des intérêts privés.

— Excuse-moi, mon vieux, mais ton histoire me semble un peu cousue de fil blanc. Et si Valentina a disparu, je crains plutôt qu'il ne faille chercher les suspects parmi les délinquants sexuels ou je ne sais quel amant violent.

Les patineurs fumaient en cadence sur la glace échaudée. Andreï suivit du regard sa jeune sœur qui, les repérant sur le gradin, leur adressa un signe de la main. Le déséquilibre manqua de la faire tomber mais elle se rattrapa au vide par une succession d'enchantements.

— Qu'est-ce qu'on fait pour Anya, on lui dit que Valentina a disparu ? Elle risque de l'apprendre par la bande, s'inquiéta son frère.

L'appel à témoins serait mis lundi en ligne et dans les journaux, si Illitch lui laissait les coudées franches, sans parler de sa grand-tante, qui, malgré ses directives pour ne pas troubler l'enquête, risquait de vendre la mèche au reste de la famille… Boris soupira.

— Je crois qu'on n'a plus le choix.

*

Il ne parlait jamais de ses enquêtes à sa femme, elles étaient ennuyeuses à souhait ou banalement sordides, et Anya avait sa dose de malheur avec la toux sifflante qui chaque matin ponctuait ses réveils, comme si elle avait passé la nuit en apnée. Enfin, Boris avait dû lui avouer la disparition de sa cousine la veille au soir. Il s'était endormi en tentant de rassurer sa femme, très attachée à la famille même si elle ne voyait plus guère Valentina, sans croire vraiment à ce qu'il disait.

Ils finissaient de prendre le petit déjeuner, le canapé-lit replié, encore lourds de mauvais sommeil. – 19 °C au thermomètre, le tumulte des flocons pour spectacle matinal derrière le vitrage. Boris Ivanov n'aimait pas les lundis, ce qui finissait de faire de lui un homme ordinaire. Anya toussait en s'affairant dans l'espace cuisine, minuscule dans ses chaussons fourrés rose délavé, si vulnérable sans ses bottes à talons compensés, d'une pâleur sibérienne mais courageuse face aux calamités.

— Merci de m'avoir tenue au courant, pour Valentina, dit-elle avant qu'il parte au travail. Je ne suis pas en sucre, tu sais, même si mon frère a dû te dire le contraire.

— Pas du tout, mentit Boris.

— Ni une poupée malade ou une petite chose incapable d'affronter les événements, renchérit-elle. Je sais que je suis jeune mais on vieillit vite ici. Et si je peux faire quelque chose pour t'aider à retrouver ma cousine…

Le policier grommela tandis qu'elle ramassait son bol vide. Il n'avait pas encore évoqué les fiançailles ratées de Valentina, laissant le temps à Anya d'encaisser la mauvaise nouvelle.

— Gleb Berensky, se risqua-t-il, tu connais ?

— Un peu oui, c'est un copain du Szaboy.

— Tu savais qu'il était le fiancé de Valentina ?

— Après le lycée, oui, je m'en souviens.

— Elle t'a parlé de leur rupture ?

Anya arrêta de butiner autour de la table du petit déjeuner.

— Non, pas spécialement. Je sais juste qu'ils se sont fiancés mais qu'il y a eu un clash entre eux, annulant le mariage. Valentina a déménagé à Doudinka par la suite, et on ne s'est plus trop vues, ajouta-t-elle avec une amertume un peu coupable. Pourquoi tu me parles de Gleb ?

— Tous les témoignages sont bons à entendre.

— Gleb est un des gars les plus sympas que je connaisse, relaya l'ingénue. Surtout qu'il n'a pas eu une vie facile, avec son père violent. Un mineur alcoolique qui lui tapait dessus quand il était petit.

— Gleb était un enfant battu ?

— D'après ce qu'on m'a dit.

Boris opina. C'était l'heure de partir au boulot ; Anya ajusta le col de sa chemise repassée par ses soins, qui bouchonnait sous son nouveau pull.

— Je t'aime.

— Je t'aime, dit-il avant d'enfiler sa parka.

La disparition de Valentina liée ou non au meurtre du Nenets, il fallait qu'il s'ôte cette épine du pied – Gleb Berensky. Boris en faisait désormais une affaire personnelle.

14

Dehors, la mine hurlait, crissait, empuantissait, les grues soulevaient, grinçaient, gelaient sur place ; à l'intérieur du monstre, camions, machines et engins de toutes sortes déboulaient des boyaux dans un bruit de tonnerre, déversaient les équipes qui pataugeraient dans la boue, les flaques, entre les parois mal éclairées où l'humidité glaçait les os mieux que la peur.

Huit cents kilomètres de galeries formaient le rhizome minier de Norilsk, d'une profondeur s'étageant de cinq cents à deux mille mètres. La plus grosse usine de nickel au monde, dont les émanations se faisaient sentir parfois jusqu'au Canada. Tout y était réglementé, contrôlé, avec défense d'approcher des installations surveillées par des maîtres-chiens. Les ouvriers aussi étaient sous surveillance. Parmi eux, seuls les mineurs-boutefeux étaient autorisés à manipuler les explosifs. Gleb Berensky assurait la sécurité du chantier, l'application des consignes, la tenue des terrains et du soutènement, supervisait les opérations de perforation et d'injection d'eau. Le nombre de trous à forer, leur profondeur et leur distance les uns par rapport aux autres étaient établis selon un plan de tir défini qui, comme disait oncle Sacha, « n'avait pas intérêt à merder ». Enfin, une fois que les bowetteurs (les mineurs chargés du creusement dans la roche) avaient terminé leur travail, il fallait curer les trous avec de l'air comprimé de façon à entrer l'explosif sans difficulté. C'était le job de Nikita et Sacha. Le plus éprouvant, tant pour les nerfs que pour les muscles.

Les mineurs déjeunaient dans une pièce étouffante lorsqu'ils travaillaient dans les abysses, gueules blafardes sous le néon du réduit, micro-ondes et confort spartiate, vécu comme une double peine ; tous préféraient remonter à l'heure de midi, respirer l'air libre même empreint de particules fines.

Gleb, Nikita et Sacha revenaient de leur matinée sous terre, affamés. Giclant des navettes qui déversaient à intervalles réguliers les ouvriers devant la cantine, un bâtiment aux allures de hangar isolé des usines, ils glissèrent leur plateau au self pour remplir généreusement leurs assiettes avant de prendre place à l'une des tables. Le réfectoire pouvait accueillir trois cents personnes par roulements avec une pause d'une heure maximum, sous les effluves de victuailles industrielles. Les ouvriers étaient plutôt silencieux le midi, mangeant souvent seuls – ils avaient encore l'après-midi à se coltiner –, mais déjeuner avec oncle Sacha se révélait moins rébarbatif, sa voix de stentor dépassant de loin le volume commun. D'autant qu'ils avaient en main une nouvelle machine à concasser, plus performante que la précédente, à entendre les ingénieurs.

— Plus lourde aussi, tempéra Nikita devant ses frites.

— C'est sûr que c'est pas pour les mauviettes.

— C’est pas non plus un concours de bites, releva Gleb.

— Pour sûr, c’est pas avec ça qu’on risque de soulever un concasseur, blagua Sacha.

— Ha ha !

— Ho ho.

— De toute façon, ça te concerne pas, toi, le boutefeu : c’est la roche que tu soulèves, avec ton engin !

— Dis donc, apprécia Nikita.

— Gleb t’a pas dit qu’il avait un crush avec une fille ?

— Allons bon ! s’écria Nikita, au diapason du géant.

— Après six ans sans exploration digne de ce nom, il va faire trois fois le tour de la galerie avant de faire sauter sa charge !

— Pas une galerie marchande quand même ?

— Vous êtes lourds, souffla l’intéressé devant sa purée.

— Il ne m’a rien dit, le bougre, se délecta Nikita. Comment se nomme l’heureuse élue ? Tu nous inviteras au mariage ?

— Pas si vous continuez.

— Quelle chochotte !

— Monsieur a des pudeurs de jouvencelle…

— Allez, renchérit Sacha, qui aimait trop les femmes pour imaginer qu’on puisse aimer les hommes, les filles sont pas là, on peut se lâcher un peu ! Remarque, je dis ça, mais à part brailler des poèmes avec Leo, on te voit pas non plus avec des filles, Nik.

— C’est parce qu’elles ne connaissent rien à la poésie, elles préfèrent les engins de destruction massive : prrrrr ! lâcha-t-il en s’aidant des mains pour mimer une explosion atomique, dont le nuage allait s'élargissant au-dessus de son sexe.

Sacha rit de plus belle. Les amants s'adressèrent un clin d'œil complice. Un repas bon enfant, qui n'incita pas Nikita à évoquer les douleurs musculaires de ses bras, au supplice avec le nouveau perforateur-concasseur. C'est en sortant de la cantine que Gleb reçut le message d'Ivanov.

*

Comme tout le monde, Gleb se méfiait des flics. Les mineurs avaient assez à faire avec la pointeuse et les petits chefs qui les fouillaient à la sortie, comme s'ils étaient responsables des dix pour cent de minerai volés chaque année. Mari ou non de la petite coiffeuse, Boris Ivanov ne lui inspirait pas plus confiance qu'un ours croisé dans la rue – non seulement on en voyait de plus en plus dans les villes de Sibérie mais ces cons-là s'attaquaient aux passants, sans raison, comme si les poubelles ne leur suffisaient plus.

Vidé par sa journée de travail, Gleb retrouva l'enquêteur dans le hall du commissariat central avant de grimper avec lui à l'étage. Paperasse empilée sur des étagères, ordinateur daté, murs déteints et fenêtre donnant sur le parking enneigé, il n'y avait bien que la photo de sa femme, tout sourire près d'un antique coupe-papier, à donner un peu de gaieté au bureau du lieutenant Ivanov.

Il ne tourna pas autour du pot.

— Tu sais que Valentina Oulianova est officiellement portée disparue ?

— Non, s'assombrit Gleb.

— Tu n'écoutes pas les nouvelles le matin ?

— Ça me déprime, balaya-t-il. Pourquoi, qu'est-ce qui lui est arrivé ?

— Si je le savais, je ne t'aurais pas convoqué.

— Alors dites-moi ce qui se passe.

— Elle ne donne plus de nouvelles depuis le dimanche de la semaine dernière, date de son arrivée à l'aéroport, alors qu'elle rentrait de ses partiels à Rostov… Pourquoi tu ne m'as pas dit que Valentina était ta fiancée ? lâcha Boris.

Gleb était troublé par la nouvelle.

— Parce que ça n'avait pas d'importance. Elle n'avait pas disparu quand on s'est vus, et puis ça ne change rien.

— Vous alliez vous marier jusqu'à preuve du contraire, mais il y a eu un clash puisque vous avez rompu vos fiançailles. Qu'est-ce qui s'est passé ? Une rupture douloureuse, d'après ce qu'on m'a dit, qui a même motivé l'exil de Valentina à Doudinka.

— Vous connaissez une rupture qui n'est pas douloureuse ? renvoya Gleb.

— Il y a celui qui quitte et celui qui est quitté.

— La victime et le bourreau, c'est ça ? Peut-être que certains préfèrent se faire quitter pour avoir une bonne raison de se plaindre, ou être dans le bon rôle ? Peut-être qu'il faut plus de courage pour quitter quelqu'un qu'on n'aime plus assez plutôt que de rester ensemble par peur de se retrouver seul, ou pour des raisons matérielles, vous ne croyez pas ?

Le sujet semblait lui tenir à cœur. Boris en profita :

— Qui a décidé d'annuler le mariage, toi ou Valentina ?

— Ça s'est passé d'un commun accord.

— Alors que vous vouliez tous les deux vous marier ?!

— Il se passe des choses dans les couples qu'on ne soupçonne pas, rosit-il légèrement. Comme par exemple se pencher sur l'avenir, et se sentir acculé face à un gouffre.

— Ça veut dire quoi ?

— On était jeunes, le mariage nous a fait peur.

— Il y a toujours un lésé, s'entêta le flic.

Gleb contenait mal son exaspération.

— On s'est séparés il y a six ans : vous enquêtez sur la fin d'un premier amour de jeunesse ou sur la disparition de Valentina ?

— On m'a dit que tu étais un enfant battu. Ceux qui ont subi des violences enfants ont tendance à les reproduire sur leurs proches, surtout dans les moments de tension. Une rupture de fiançailles, par exemple ?

— Vous êtes sérieux ?

— J'explore toutes les pistes.

— Eh bien, éliminez celle-là. On est restés en bons termes même si on se voit peu, pour son blog principalement, quand elle a besoin de photos pour illustrer ses articles. C'est moi qui lui ai proposé de venir en territoire nenets avant leur transhumance.

Le policier explora son regard, franc, passionné, blessé par ses insinuations – c'est ce qu'il cherchait à savoir. Le doute renversé, restait à déterminer ce que le mineur appelait « en bons termes ».

— On ne lui connaît pas de relation depuis la rupture de vos fiançailles, dit-il. Valentina n'est pas venue te voir ?

— Je vous l'aurais dit.

— Ça sentait le sexe, chez toi, quand je suis venu t'interroger.

— Franchement, changez de nez.

Mais il continuait de rougir imperceptiblement.

— Vous ne couchez plus ensemble ? insista Boris, sur son idée. Les ex, c'est encore la meilleure façon de se consoler.

— Je me console comme un grand. C'est quoi, votre problème ?

— Je crois qu'elle se cache depuis son retour, lâcha Boris.

— Où, dans mon lit ? Sa disparition m'inquiète, grinça Gleb, si vous voulez le fond de ma pensée. On s'aime toujours beaucoup.

La chaise où le mineur tentait de garder son calme rappelait la plante en plastique qui prenait la poussière sur le rebord de la fenêtre. Boris n'avait jamais vraiment soupçonné Berensky, mais il omettait trop de détails importants pour être blanc comme neige.

— C'est toi qui as pris le Polaroïd de Valentina et du Nenets punaisé dans sa chambre ?

— Je ne connais pas sa chambre mais oui, je me souviens avoir pris quelques Polaroïds ce jour-là. Ils sont difficiles à trouver, mais les Nenets n'en avaient jamais vu de leur vie : que leur image apparaisse ainsi au fur et à mesure était presque de la magie.

Gleb avait fait un tabac avec ses tirages instantanés.

— Vous croyez que la disparition de Valentina est liée à la mort du Nenets ? renchérit-il.

— Elle serait l'une des rares personnes à pouvoir m'en parler, elle a disparu et je me demande ce qu'un éleveur de rennes vivant dans la toundra pouvait faire en ville au milieu de l'hiver.

— Oui, convint Gleb, je l'imagine mal abandonner ses rennes pour squatter un immeuble de Norilsk, ou même se rendre en ville. Quelque chose l'a attiré. Ou quelqu'un.

— Valentina ?

— Je ne sais pas, c'est vous le policier.

Boris grogna dans sa barbe. Il n'avait pas de mobile, pas d'arme du crime, pas même l'identité de la victime : rien qu'un témoin potentiel qui avait disparu, sans aucune preuve que les deux affaires soient liées. Illitch n'allait pas le laisser longtemps au point mort.

— Tu n'as rien remarqué quand tu as trouvé le Nenets dans les décombres ? demanda-t-il. Une arme près du cadavre, un objet incongru ou un détail qui ne collerait pas avec le revêtement d'un toit d'immeuble ?

Gleb secoua la tête.

— Non… Il faudrait peut-être demander au chauffeur de taxi. C'est lui qui a découvert le corps en premier. Moi, je l'ai juste aperçu au milieu des gravats, avec le vent qui soufflait. Enfin, ça m'étonnerait qu…

— Quel chauffeur de taxi ? le coupa Boris.

— Shakir, un chauffeur privé : il était présent avec nous pendant la tempête, au pied de l'immeuble.

Boris fronça le buisson de ses sourcils.

— Qui, « nous » ?

Gleb comprit qu'il avait commis une bourde.

— Moi et Ada Svetlova, une copine. Elle habite le *gostinka* en question. Vous l'avez interrogée, non ? se rattrapa-t-il.

— Pourquoi ils ne sont pas venus témoigner avec toi à la police ?

— Parce que c'était une corvée et que personne n'aime les corvées. Sans compter qu'Ada n'a pas eu le temps de voir le cadavre ; le chauffeur de taxi l'a éjectée pour qu'elle se réfugie sur l'esplanade.

— Parce qu'elle risquait de voir le corps ?

— Non, parce que le reste du toit allait s'écrouler sur nous.

Boris ruminait.

— Ce chauffeur, qu'est-ce qu'il fichait là en pleine tempête ?

— La même chose que nous, j'imagine, il cherchait des blessés.

— Pourquoi tu n'en as pas parlé plus tôt ? Il a pu remarquer quelque chose que tu n'as pas vu.

L'artificier des mines haussa les épaules.

— Shakir, tu dis ? reprit Boris au-dessus de son carnet d'enquête. C'est quoi, son nom de famille ?

— Aucune idée.

— Tu sais où il habite ?

— Non plus. Je le croise de temps en temps, c'est tout. Je sais juste qu'il traîne souvent au Lexx.

— Le club érotique ?

— Il y a aussi des spectacles.

— Comment tu sais qu'il s'y rend souvent ?

— Parce que Ada s'y produit de temps en temps. Dasha, pour les intimes.

— Elle ne m'a pas dit qu'elle avait découvert le cadavre, quand je suis venu l'interroger lors de l'enquête de voisinage.

— Je vous l'ai dit, elle n'a rien vu.

Un microcosme soudé, songea Boris, des jeunes à qui il fallait tirer les vers du nez. Mais il avait une piste.

*

Le taux de suicides et de maladies psychiques grimpait en flèche à Norilsk, surtout chez les hommes isolés ou qui n'avaient pas grandi là ; Shakir Akram avait acquis un animal de compagnie pour vaincre la solitude sibérienne, un alabaï, chien de berger et à l'occasion tueur de loups qu'on trouvait dans la région, une superbe bête âgée de cinq ans dont le frère d'un collègue voulait se débarrasser.

Sneg (neige), c'était le nom que lui avait donné son ancien propriétaire, en référence à son pelage blanc aussi épais que les flocons du ciel. Rien d'original, qu'importe : Sneg était un mâle aux crocs impressionnants, soixante-quinze kilos de muscles et une affection sans rivale pour son nouveau maître. L'espérance de vie d'un alabaï dépassait rarement quinze ans. Shakir en avait cinquante-six, l'âge moyen où l'on meurt à Norilsk. « Avec un peu de chance, on crèvera ensemble, mon vieux ! » comme il disait en lui flattant l'encolure. Paisible, intelligent et rompu au froid, Sneg se tenait généralement tranquille dans sa cage à l'arrière du Ford break qui servait de taxi, profitait de ses pauses pour se dégourdir les pattes et marquer son territoire. Shakir n'aimait pas trop le laisser seul à l'arrière de la voiture et le Lexx, bien sûr, n'acceptait pas les animaux, même attachés à l'entrée de l'établissement. L'alabaï ferait peur aux clients malgré sa bonne nature, et on ne chassait pas les loups au Lexx Club…

Shakir Akram venait plusieurs fois par semaine au club érotique de la ville, à l'ouverture le plus souvent, quand il y avait moins de monde et qu'il pouvait admirer les numéros à sa guise.

Les lumières du Lexx étaient tamisées ou scintillantes selon ce qu'on désirait y faire, les canapés de velours contrastant avec les tabourets et le bar chromé qui attiraient les m'as-tu-vu. Les bouteilles d'alcool, mises en valeur par des miroirs sur les étagères, créaient une symbiose élégante comparée aux frous-frous rose bonbon puant le foutre avec moquette assortie qu'on croisait ailleurs. Shakir y avait ses habitudes, une table discrète sur le bord de scène, où personne ne venait jamais lui parler hormis Zverev, le patron du lieu.

Derrière le comptoir avec lumière en douche, le manager du club érotique portait ce soir-là un costume fuchsia, son casque blond soigneusement peigné ; il lui adressa un signe de la tête en guise de bienvenue, attendit que Shakir s'assoie à sa table fétiche en bord de scène pour prendre la commande.

— Vodka ?

— *Da, da !*

Ils n'étaient pas nombreux à cette heure, paumés du tout-venant s'encanaillant, connaisseurs ou non. Le Lexx venait d'ouvrir et les spots illuminaient le plateau avant l'arrivée des performeuses. Shakir aimait voir leurs petites chattes monter et descendre le long de la barre de lap dance, leurs jambes s'écarter lors de figures géométriques excitant les sens ; l'Ouzbek admirait leur force et leur tonicité, leurs formes superbes exhibées pour son plaisir. Dasha en particulier, d'autant que la fille l'avait abordé au club bien après la tempête pour lui parler du Nenets, les seins compressés dans son justaucorps noir à paillettes d'argent, encore dégoulinante de sueur. Aucune danseuse ne venait jamais lui parler… Qui, de toute façon, voudrait de lui ? Shakir n'avait eu que des amours de caserne, de pauvres filles usées par les officiers qui, au bout de la chaîne, leur refilaient leurs maladies. Il n'avait que Sneg pour frère de misère. Zverev poussait à la consommation, c'était son boulot, les entraîneuses se roulaient sur les clients, les roulaient aussi, de bonne grâce tant qu'ils alignaient les billets. Shakir gardait ses distances, il n'avait pas les moyens de leur offrir du champagne, même faux. Il préférait revenir chez lui avec des images de chatte se lovant à un poteau d'acier poli, se contentait de boire en emmagasinant ses fantasmes, parfois trop… Il avait raconté sa vie au patron un soir d'alcool triste, ce salaud-là ne lui avait même pas offert un verre, mais c'était mieux que se confier à une de ces filles, qui l'aurait sûrement pris pour un cinglé d'*afghanet* – les anciens d'Afghanistan, qui valaient moins que les pestiférés… L'Ouzbek ruminait dans son verre de vodka, la moins chère de la carte, attendant devant une table esseulée que les spots s'éteignent pour l'arrivée des danseuses de pole dance, quand une main lourde se posa sur son épaule.

— Shakir ?

Un homme lui faisait face, même morphologie et regard bourru soupçonneux, plus court, d'âge similaire mais une putain de tête de flic. Boris Ivanov, d'après la plaque qu'il rangea dans sa grosse veste à carreaux. Zverev avait fait sa balance au comptoir.

— J'ai des questions à te poser au sujet du Nenets tombé du *gostinka* le mois dernier, dit-il en s'asseyant sur le tabouret en face. Un des jeunes qui étaient avec toi au pied de l'immeuble m'a dit que tu avais découvert le corps le premier.

Le taxi se contenta de grommeler sous sa moustache.

— Comment tu as su que le toit était tombé ?

— J'habite de l'autre côté du terrain vague.

— Je vois... C'est quand même assez éloigné des *gostinka*.

— Pas à vol d'oiseau.

— Tu pouvais voir ce qu'il s'y passait malgré la tempête, en pleine nuit polaire ?

— Le ciel était violet, il faisait presque jour, grogna Shakir sous sa moustache.

— Et tu as pris le risque de braver l'ouragan pour sauver des gens ? relança Boris.

— C'est interdit ?

— Non, c'est bien, estima le flic, guère convaincant.

Shakir continuait d'éviter ses yeux inquisiteurs.

— Toi qui étais aux premières loges, tu n'as pas remarqué quelque chose près du cadavre ? demanda Boris Ivanov. Une arme par exemple, ou un objet quelconque qui aurait pu le tuer et n'avait rien à faire au milieu des gravats ?

— On voyait pas grand-chose, dans la tempête, fit l'Ouzbek avec son accent à couper au couteau. En tout cas, j'ai rien remarqué.

— Ça n'a pas l'air de te surprendre.

— Quoi ?

— Qu'on ait tué le type en question.

— Bah, il avait rien à faire là-haut.

— Une idée de comment il s'est retrouvé là ?

— Dans les gravats ?

— Non, sur le toit.

Shakir secoua sa grosse tête.

— Tu ne l'avais jamais vu auparavant ? insista Boris Ivanov.

— Pourquoi je l'aurais vu ?

— Les chauffeurs de taxi, ça rencontre plein de gens.

— Non, jamais vu ce gars.

— Comment tu peux en être sûr ? Tout à l'heure, tu m'as dit que tu l'avais à peine entrevu, lors de la tempête…

Shakir rougit malgré lui, se tourna vers Zverev au comptoir comme si cela pouvait changer quelque chose. Le flic le fixait de ses petits yeux rapprochés et il sentait monter la paranoïa, chienne fidèle.

— C'est vous qui m'embrouillez, se défendit-il. Je connais pas de Nenets.

— On n'a retrouvé aucun véhicule abandonné dans le quartier du *gostinka*, continua le lieutenant : le mort n'est pas venu à pied de la toundra.

— Ça veut pas dire que c'est moi qui l'ai trimballé dans mon taxi, renvoya Shakir, de plus en plus mal à l'aise. Pourquoi je vous mentirais ?

— C'est vrai.

Mais son regard le transperçait comme une baudruche. Il sortit une photo de sa poche revolver.

— Et cette fille, tu la connais ? Valentina Oulianova, une étudiante rentrée à Norilsk il y a dix jours et qui depuis a disparu. Tu n'as pas vu l'avis qui est passé en ville ? Je la cherche.

Shakir se pencha sur le portrait d'une jolie brunette : bien sûr qu'il la reconnaissait, il l'avait prise l'autre matin à l'aéroport... L'Ouzbek secoua sa tignasse poivre et sel.

— Non, dit-il, jamais vue non plus.

Il n'était qu'un cul-noir, un de ceux sur lesquels les flics écrasaient leurs bottes.

15

On leur avait fait croire qu'ils allaient servir la patrie sur les territoires défrichés du Kazakhstan, que le socialisme triompherait demain et jusqu'à la fin des jours, mais on leur avait menti ; sitôt l'avion-cargo atterri sur la base, on avait parqué les troufions autour de barbelés qui bordaient l'aéroport militaire. Shakir l'Ouzbek croyait qu'il ferait ses années d'armée sur les terres de ses cousins d'Asie centrale, pas qu'on l'enverrait en Afghanistan, où la guerre s'enlisait malgré les communiqués officiels.

Aucun des jeunes Russes enrôlés avec lui n'était au courant. On avait donné de la vodka aux nouvelles recrues pour mieux les charger dans l'appareil de transport de troupes, mais, ivre mort ou non, personne ne voulait aller se faire tuer en Afghanistan. La peur et la panique avaient transformé certains en bêtes, la torpeur en avait réduit d'autres au silence, une poignée de gamins s'étaient coupé les veines, pleuraient ou tentaient d'attaquer les officiers qui les avaient trompés, en vain. Les soldats les avaient refoulés à coups de crosse avant d'embarquer tout le monde dans le ventre d'un Tupolev qui sentait la graisse d'arme et la pisse froide. On leur mentait encore dans l'avion, par la voix d'un sergent instructeur aussi imbibé qu'eux, masse résignée entassée avec leur barda et un désespoir d'altitude. On leur disait qu'ils aideraient le peuple afghan à liquider le féodalisme, à construire la société socialiste radieuse à laquelle la population aspirait, mais en arrivant au camp de base les bleus s'étaient fait rosser et dépouiller de leurs maigres trésors par ceux qui étaient là avant eux, unis pour se procurer dans l'armée ce qu'ils ne pourraient jamais posséder dans le civil. Humiliés, battus jusqu'à pleurer leur mère, les bleus avaient gagné leurs baraquements, sous le choc. Un avant-goût de ce que leur réservaient les *douch*, les combattants afghans.

Bizutage, passion des cons. Shakir refusant de se mettre à quatre pattes pour lécher les bottes des anciens, les soldats avaient pris son copain Igor, aussi terrorisé que lui mais plus frêle, et l'avaient frappé à coups de bâton, s'acharnant sur les vertèbres pour l'estropier. Shakir avait léché leurs maudites bottes pour sauver le jeune bleu qui, depuis ce jour, n'avait plus remarché normalement.

« Les *douch* faisaient de toi un homme, et les nôtres faisaient de toi une merde », dirait plus tard Shakir à ceux qui acceptaient encore de l'entendre. Les soldats russes se volaient entre eux, les postes émetteurs, les chargeurs des AK47, mais aussi les couteaux et les fourchettes du réfectoire, les gamelles, ils revendaient les pièces dans les bazars afghans pour acheter de la drogue ou des cadeaux pour leurs mères, leurs copines, une trousse de maquillage qu'on ne trouvait pas en URSS. Tout le monde faisait du business sur le dos de la guerre, des rétroviseurs, des médailles, même les détritus des garnisons, les boîtes de conserve, les clous rouillés, les vieux journaux, les morceaux de contreplaqué, les sacs de cellophane, les ordures par camions entiers, on revendait tout, les pyjamas, les couvertures d'hôpital qu'on retrouverait portées en turban par les *douch* dans les *kichlak*, les villages. Les soldats revendaient même leurs armes, qui, plus tard, les tueraient : un troufion de base de l'armée soviétique mourait pour 3 roubles par mois.

Des hommes comme Shakir.

Les officiers, eux, buvaient de l'alcool. Abusaient de tout. Les femmes militaires qu'on leur envoyait étaient obligées de coucher avec eux, leur « devoir international », leur expliquaient-ils, si elles ne voulaient pas qu'il leur arrive pire. On les appelait les « wagonnettes » (« les huiles font rouler les wagons », comme on disait), des filles considérées comme des putains ou des cinglées qui surtout n'avaient pas le choix, réduites à la misère ou à la prostitution. À l'infirmerie, il n'y avait qu'une seringue pour tout le monde. On soignait les blessures à l'essence, ça cicatrisait mal, sauf au soleil, qui tuait les microbes. À la cantine, la nourriture était si infecte que les recrues attrapaient le scorbut – après six mois de ce régime, son ami Igor avait perdu ses incisives –, et puis les coups toujours, les brimades, les vexations gratuites, ceux à qui on jetait un seau d'eau glacée en plein hiver et qu'on laissait geler toute la nuit dans la cour de la caserne. Pneumonie. Engelures. Mort par hypothermie.

Shakir se demandait comment il pourrait tenir dans cet enfer, deux ans à ce régime comme il finit par l'apprendre, soit la totalité de la durée de son service en Afghanistan. Le jeune Ouzbek avait subi la violence de ses congénères, le pauvre Igor comme une âme en peine tremblant le soir dans la couchette voisine, mais ce n'était rien comparé à ce qui les attendait avec les *douch*.

Les gars revenaient bêtes sauvages. « On boit tout ce qui brûle, on baise tout ce qui bouge, et si ça bouge pas on le fait bouger et on le baise quand même »… Désincarnation forcenée.

Quand les moudjahidines faisaient des prisonniers russes, ils leur coupaient les bras, les jambes, parfois ils les châtraient, puis ils leur mettaient des garrots aux moignons pour qu'ils ne meurent pas et les abandonnaient dans des trous creusés pour eux. Les troncs d'homme qu'on retrouvait voulaient mourir, imploraient qu'on les achève d'une balle, mais on les ramenait au camp de base, où on les soignait de force. L'humanité. Si les infirmiers s'occupaient des femmes afghanes blessées lors d'opérations de nettoyage, elles leur crachaient dessus au réveil, hurlaient comme des possédées pour partir et ne cessaient qu'en y parvenant. Quand une petite fille acceptait un bonbon d'un soldat russe sur le bord de la route, son père lui coupait la main.

Ces gens n'avaient pas peur de mourir, ils pouvaient même rire avant de se faire fusiller.

Shakir n'avait pas été long à comprendre qu'ils ne gagneraient jamais cette guerre. Que si par miracle il en ressortait vivant le cauchemar le poursuivrait. Il ne se trompait pas. L'odeur des entrailles, des crânes grimaçants et brûlés dans une boue de métal fondu – un brûlé, ça n'a plus de visage, d'yeux, de corps, ça n'est plus qu'une chose rabougrie recouverte d'une croûte jaune couleur de lymphe, et sous cette croûte on n'entendait pas des cris mais des grognements d'animal. Shakir les entendait encore. Entre ses mains calleuses, il sentait toujours le sang de ceux qui sautaient sur des mines, des soldats dont il ne restait parfois qu'un demi-seau de viande ; c'est lui qui avait dû ramasser les chairs ensanglantées du pauvre Igor, après un guet-apens des *douch*. De son copain de chambrée qui appelait sa mère au secours de sa terreur, il n'avait sauvé que cette purée infâme, dans un seau en fer… La guerre.

Les oiseaux, eux, n'avaient pas peur de la mort pourtant partout : ils restaient posés sur les branches des arbres bordant les champs de bataille, regardaient les humains s'entretuer comme au spectacle. Shakir avait vu un aigle, une fois, qui observait le combat en planant dans le ciel, vigie du vide. C'était étrange, ce décalage.

Une allégorie de son retour à la vie civile. Car, traumatisé par ce qu'il avait vu en Afghanistan, Shakir n'avait reçu qu'indifférence en revenant en URSS. La guerre là-bas n'était plus à la mode, et personne ne voulait connaître la vérité sur cette histoire : la Perestroïka déliant les langues, l'invasion soviétique était devenue une agression impérialiste honteuse où la soldatesque de la glorieuse Armée rouge s'était comportée en brute épaisse, chienlit de la nation. Des petits-bourgeois qu'il n'avait jamais vus lui vomissaient dessus en le traitant de salaud, d'assassin, de pilleur à qui on donnait maintenant des avantages pas dégueulasses, surtout que la guerre avait été perdue et que le pays était en phase d'éclatement : les *afghanet* comme Shakir Akram avaient intérêt à filer doux, et qu'il s'estime heureux.

De quoi, on ne lui avait pas dit. Et puis il avait bien assez à faire avec lui-même.

Extérieurement, Shakir se sentait presque entier, mais intérieurement tout le faisait souffrir : un soleil trop vif, une chanson trop gaie, quelqu'un qui rit, la joie d'un enfant. Et quand il voyait un des salopards croisés là-bas, Shakir n'avait qu'une idée, le tuer.

La guerre l'avait contraint à se comporter à l'inverse exact de sa vie d'avant, fumier parmi les fumiers. Il lui faudrait du temps pour digérer le seau de viande d'Igor qu'on avait ramené à sa mère, les troncs d'hommes qui geignaient dans les trous, les testicules et les pénis qu'on leur fourrait dans la bouche pour qu'ils cessent de crier, mais tout le monde se fichait de sa digestion. Laissés pour compte d'une société qui ne voulait plus les voir, les *afghanet* se recyclaient au mieux comme vigiles dans le privé, hommes de main ou gardes du corps. Certains s'en sortaient, la plupart accumulaient les syndromes post-traumatiques, se détraquaient supersoniques. Comme ce gars dont la mère devait payer des prostituées pour qu'il se calme, ce malade qui un jour s'était jeté sur elle comme un fauve, menaçant de se balancer par la fenêtre, et que sa mère avait laissé la prendre comme une putain pour qu'il oublie sa furia suicidaire.

Shakir allait devenir fou à son tour, ou se faire sauter la cervelle, s'immoler sur la place Rouge, pour rien, sortir du seau de viande où croupissaient les restes d'Igor et des autres… Aujourd'hui encore… Ou ça le prenait parfois, par surprise… Toute cette odeur de viande…

Le chauffeur de taxi se concentra sur les photos des gamines sur l'écran d'ordinateur, ces pauvres filles le cul en l'air qui réclamaient leur pitance de poupées en pâture ; ce n'était pas les danseuses du Lexx, mais il agitait son membre en pensant aussi à elles, à leur chatte humide sous leur justaucorps, oubliait la menace du flic qui lui était tombé dessus, la viande de chatte l'excitait, il suffisait de secouer son sexe, mû par un désir violent, Shakir gémit comme on s'encourage ; une giclée de sperme se préparait à souiller la tablette, il la rattraperait dans le mouchoir positionné dans sa main gauche, les images morbides défilaient dans son crâne d'exilé mais c'était bon. Il déchargea dans le mouchoir, presque douloureusement, un râle contenu pour ne pas réveiller son chien assoupi, sans rien changer au sentiment de désespoir.

Shakir était malheureux. Un vieux calendrier. De la poussière délabrée, du vent non répertorié qui ne reviendrait jamais au pays, où les champs étaient si verts…

L'Ouzbek ferma les yeux comme s'il n'allait jamais les rouvrir.

16

Brume.

Brume partout.

La Toyota enjamba un pont métallique où les camions en furie jaillissaient du grand blanc. Longeant le fleuve gelé, deux locomotives à l'ancienne et une colonie de wagons remplis de minerai se traînaient vers une destination inconnue. Hormis quelques bouts d'arbustes d'un marronnasse suspect émergeant de la neige, sculptures polluées d'une toundra dévastée, le vide sibérien régnait en maître derrière le pare-brise.

Boris Ivanov acheva sa barre chocolatée, jeta l'emballage froissé sur le siège passager. Pas faim. Il avait demandé au chef des homicides la permission de consulter les fadettes de Valentina Oulianova, mais l'opération nécessitant l'autorisation d'un juge, Illitch avait rétorqué qu'aucun meurtre n'avait été commis à l'encontre de la disparue, qu'aucun élément solide ne la reliait au Nenets, et qu'on n'engorgeait pas les tribunaux pour de simples supputations. Boris avait juré à Anya qu'il ferait tout son possible mais chaque jour passé réduisait les chances de retrouver Valentina vivante…

Il avait eu quelques infos de Rostov, où la jeune femme avait passé ses examens. Une élève studieuse, d'après les gens contactés, qui s'était cantonnée à son rôle d'étudiante sans faire de vagues ni de militantisme. Rien qui l'avançait dans son enquête. Et Boris Ivanov doutait. Cinq semaines étaient passées entre le constat du décès du Nenets et le retour de la blogueuse à Norilsk : si les deux affaires étaient liées, pourquoi Valentina n'avait-elle pas réagi à la mort de l'éleveur, ou alerté des militants locaux ? Se cachait-elle chez ces mystérieux sympathisants ? Pourquoi ne se manifestaient-ils pas ? Seul indice, le composé chimique tombé sur le corps du Nenets alors qu'il venait de mourir : une substance rouge issue du nickel qui provoquait régulièrement des « pluies de sang », comme les appelait Valentina dans son blog. Norilsk Nickel dans son collimateur, Boris avait creusé la piste.

L'ancien combinat de Norillag avait été privatisé au plus fort de la désintégration soviétique ; l'entreprise endettée à hauteur de 4 milliards de dollars, son action valait alors 11 *cents*. Elle avait été vendue une bouchée de pain à un oligarque proche du pouvoir, et l'action coûtait aujourd'hui 200 dollars, soit une plus-value de deux mille pour cent. Intégré à un holding avec des ramifications dans différents pays, son siège central basé à Moscou, Norilsk Nickel avait acquis quatre-vingt-dix pour cent de la compagnie canadienne LionOre au milieu des années 2000, un achat évalué à 6,4 milliards de dollars représentant alors la plus grande acquisition d'une compagnie russe à l'étranger. Comment les oligarques d'un tel monstre industriel pouvaient-ils tolérer que dix pour cent de sa production se volatilise tous les ans, soit des dizaines de millions de dollars ? Pertes et profits, à la mode russe ? Le lieutenant Ivanov savait le terrain glissant, pas seulement depuis ses déboires d'Irkoutsk.

Le P-DG du site sibérien ayant un emploi du temps trop chargé pour une affaire aussi dérisoire, Boris s'était rabattu sur le directeur de la communication locale, Viktor Vassiliev, qui résidait à Talnakh, une des villes-satellites de Norilsk. Lui aussi très pris, Boris avait dû attendre le week-end pour obtenir un rendez-vous – « officieux », avait précisé Vassiliev, comme si la réputation de l'entreprise était en jeu –, entrevue qui n'excéderait pas une demi-heure, dans la datcha où il résidait, à la sortie de la ville.

Boris Ivanov était parti en avance, on ne savait jamais comment le temps allait tourner, il ne voulait pas s'ajouter du stress. Il roulait depuis une demi-heure, chahuté par les vents de travers qui déroulaient sur la plaine, enfin Talnakh et ses cheminées se dressèrent sous le ciel soudain bleu. Un lac artificiel reposait au bord de l'usine, fumant tout son soûl malgré les – 15 °C. Un léger redoux en ce début d'avril. Il stoppa la Toyota au sommet de la colline et prit le pouls de la bête, s'autorisant à crapoter une cigarette, adossé au capot pour admirer le spectacle.

Les grands courants sibériens s'engouffraient dans le cirque, brassant la pollution à coups de knout sans épargner les hommes que l'Histoire avait poussés là, au pied des hauts-fourneaux. Les tertres qui bordaient le bassin minier étaient des collines remplies de charbon, eldorado qu'il suffisait de creuser pour en extraire le combustible. Un paradis en enfer. Boris jeta son mégot dans la neige et, déjà frigorifié, reprit la route. Sept kilomètres, d'après son système de guidage…

La datcha de Viktor Vassiliev était un chalet de luxe bâti à l'est de la ville-usine, devant un lac gelé. Un chemin à peine visible depuis la route menait à la propriété, des centaines de mètres carrés si l'on comptait l'étage, en plus des garages et de la guérite à l'entrée ; Boris Ivanov snoba la vue post-atomique qui se perdait vers la toundra et se gara dans la cour enneigée. Un quadra au front buté sortit aussitôt de l'entrée principale, majordome guère avenant qui l'accueillit sans beaucoup d'égards. Boris frappa ses semelles sur les marches, laissa ses bottes humides au domestique qui le guidait dans la maison et, ses chaussettes en laine glissant sur le parquet, trouva Viktor Vassiliev installé dans un salon des plus cosy. La cinquantaine dégarnie, Vassiliev avait le regard clair de ceux qui regardent devant eux et les mots faciles. D'immanquables peaux de bêtes couvraient le sol de bois ciré, d'autres trophées de chasse empaillaient les murs, ours, loups, rennes surtout, laissant à Boris la désagréable impression d'être observé par des morts.

— Vous chassez ? demanda-t-il tandis que Vassiliev l'invitait à s'asseoir sur un des canapés.

— Oui, avec mes amis de préférence. Certains viennent de très loin pour une partie de chasse dans la toundra.

Boris était plutôt pêche.

Quelques flocons s'éparpillaient derrière les larges fenêtres du chalet ; l'officier entrant dans le vif du sujet, l'exposé fut bref car il avait peu de temps.

— C'est pour me parler de cette femme disparue que vous êtes venu ? s'étonna bientôt Vassiliev. Quel rapport avec la communication du consortium ?

— Valentina Oulianova est une des rares militantes écologiques de la région. Elle est également en contact avec des groupes ou associations sur le continent, et alimente un blog, disons, critique envers les grosses entreprises. Elle a notamment milité pour la fermeture d'une de vos usines, qui a effectivement dû fermer. Norilsk Nickel est une de ses cibles favorites…

— La seule possible, vous voulez dire ! s'exclama Vassiliev, presque amusé. Je connais les reproches qu'on nous fait. Toujours les mêmes ; on pollue trop, etc. C'est dans l'air du temps, lieutenant ; la logique veut que le conglomérat soit accusé de tous les maux. Quant à cette fameuse usine, on l'a fermée car elle était devenue trop polluante, pas parce qu'une militante sortie on ne sait d'où aurait œuvré en ce sens. Tout cela a un coût énorme mais nous l'assumons, autant que faire se peut. Je vous rappelle au passage que Norilsk Nickel dégage un fonds spécial dédié à l'écologie, de loin le plus important de la région.

— Des milliers d'hectares de toundra sont calcinés en raison des émanations toxiques et des pluies acides, si j'en crois son blog : vous n'avez pas peur pour votre santé et celle de votre famille ?

— Norilsk Nickel n'a pas d'âme, assura Vassiliev. Ni moi. C'est pour ça qu'on me paie. Deux cent mille personnes dépendent de l'exploitation des mines ; les gens d'ici se foutent pas mal de la pollution tant qu'ils ont un travail, et ce n'est pas une poignée de fanatiques qui changeront les choses. Le travail, insista le communicant, le reste n'existe pas en Sibérie ; c'est pourquoi je mets ma belle âme au vestiaire en attendant la retraite. Mais quand cela arrivera, comptez sur moi pour partir à l'autre bout de la terre, dans un endroit non pollué et chaud de préférence. Pour ma santé et celle de ma famille.

Viktor Vassiliev, pour une fois, avait l'air sincère.

— Valentina parle aussi d'une pluie de sang qui serait tombée l'année dernière, l'asticota Boris. Un fait récurrent, à l'entendre.

— Votre blogueuse dit tout et n'importe quoi ! s'agaça l'autre. Après enquête, la couleur sanguine de la pluie a été causée par les vents qui ont transporté de la poussière de peinture rouge accumulée durant des années sur la toiture d'un atelier. Les lieux ont été nettoyés à la suite de cet incident, précisa-t-il, et l'entreprise a présenté ses excuses aux propriétaires des véhicules recouverts par cette substance colorée.

Du baratin de communicant.

— Et les fuites dans les cuves de diesel qui alimentent l'industrie ? Valentina a prévenu les autorités des risques dus au réchauffement du permafrost supportant ces cuves, ce qui, en cas de rupture, pourrait créer une marée rouge jusqu'en Arctique.

Vassiliev perdit définitivement son sourire.

— Je ne vois pas où vous voulez en venir, Ivanov.

— La dernière pluie rouge date de quand ?

— Comment ça, « la dernière pluie rouge » ?

— On a retrouvé une pellicule de ce composé chimique sur le cadavre d'un homme, après la tempête : je préfère avoir l'info de votre bouche plutôt que de me fier aux approximations, fit Boris avec une perfidie inattendue.

— Eh bien, il y a eu une évaporation de ce genre début février, concéda Vassiliev. Rien de grave, évidemment.

— Vous connaissez la date précise, j'imagine, puisque vous êtes le premier communicant de l'entreprise.

— Le 5, grogna l'intéressé. Quel rapport avec votre enquête ?

Boris calculait dans sa tête : le 5 février, soit deux semaines avant la tempête, alors que Valentina était déjà partie à Rostov.

— Un Nenets que connaissait la blogueuse a été assassiné à Norilsk, se lança-t-il, et elle-même a disparu le jour où elle rentrait de voyage. Il n'y avait pas d'ordinateur chez elle quand je m'y suis rendu, on a donc dû le lui voler, avec ce qu'il y avait dedans. Ou alors elle se cache…

Le directeur de com' se redressa dans son siège.

— Vous croyez que votre blogueuse se trouve ici, dans ma datcha, avec son ordinateur bourré d'informations compromettantes pour Norilsk Nickel ?

— Non, bien sûr…

— Alors au revoir, lieutenant Ivanov.

*

Il faisait – 37 °C le 5 février, d'après le bulletin météo qu'il avait consulté. Une température où un corps humain gelait en quelques heures, qui plus est juché en plein vent sur un toit d'immeuble. Et d'après la légiste, le composé chimique rouge provoqué par les émanations des usines s'était déposé sur le cadavre et les vêtements du Nenets le jour même, avant qu'il ne devienne dur comme du bois. L'éleveur de rennes avait donc été assassiné le 5 février. Valentina alors à Rostov pour ses examens, ce n'était donc pas la blogueuse qui avait motivé sa venue à Norilsk. Qui, alors ? Ou quoi ?

Une idée lui était venue, absurde après deux semaines d'enquête, mais que Boris Ivanov décida d'aller vérifier : il restait un endroit où il n'avait pas cherché la cousine d'Anya, un lieu qui lui permettrait de rattacher les deux affaires…

*

Des bâtiments lépreux se succédaient en banlieue de Doudinka. Le policier conduisait la Toyota, ses pognes velues sur le volant à moumoute. Il avait déjà fait cette route les semaines passées, impression de déjà-vu tellement fréquente dans la région qu'il n'y prêtait plus garde, mais Boris était anxieux à l'idée de ce qu'il allait peut-être trouver.

Le soleil rasant avait la gaieté de lampions sur un champ de boue, et si la neige recouvrait encore l'asphalte, la misère qu'elle cachait se découvrirait bien assez tôt. Il dépassa le musée d'Histoire naturelle du centre-ville – un jeune mammouth récemment découvert, préservé dans la glace, était le clou de l'exposition permanente – et fila vers le quartier périphérique. Le 11 sur fond jaune se dressa bientôt sur la barre d'immeubles ; Boris gara la voiture à proximité et, chassé par le vent tourbillonnant, se réfugia dans le hall.

Le concierge à tête de cosmonaute n'était pas dans son igloo mais il n'avait pas besoin de lui. Il prit l'ascenseur sans croiser personne et grimpa au douzième étage – le dernier du bâtiment. Il faisait sombre là-haut, aucune veilleuse n'aidait à accéder à la lumière, qu'il débusqua dans un coin de mur, faiblarde. Boris se perdit dans le couloir humide avant de trouver l'échelle métallique qui donnait accès au toit. Au bout de sa quête, il hissa sa masse, le cœur plein d'appréhension… La neige s'était accumulée depuis le passage de l'ouragan : il dut forcer pour ouvrir la porte du cube de béton. Le vent soufflait plus fort sur les hauteurs. Boris avança à pas comptés sur le revêtement rendu glissant. Aucun garde-fou, ni barrière de sécurité ; personne n'était autorisé à errer sur les toits en général, hormis les agents de la ville qui, vu l'état de délabrement, ne semblaient pas être venus là depuis Khrouchtchev.

Il fit le tour du cube bétonné, évita les tiges de fer hérissées entre les cheminées, mais le toit de l'immeuble était désert : pas trace de Valentina, de son corps gelant sur place depuis des jours… Son intuition l'avait trompé. La jeune femme était pourtant là, quelque part.

Boris regagnait sa voiture quand il reçut l'appel sur son portable.

*

Norilsk était une ville hautement photogénique malgré sa laideur industrielle. Depuis les toits en particulier, la vue était à la fois terrible et splendide, entre les cheminées fumantes comme des paquebots et les rares collines enneigées qui s'éparpillaient dans un blanc de brume, à perte de vue. Gleb aimait l'architecture rescapée des soviets, les dragons ouvriers qui vomissaient leur gaz au ciel, les aurores boréales sur la toundra encrassée, les visages des gens quand ils se battaient avec les éléments, tous à égalité. Gleb aimait sa ville, même si on lui avait cassé la gueule, ou peut-être l'aimait-il pour ça : l'abnégation d'une victime qui, malgré les coups encaissés, cherche à se relever.

Une allégorie de son enfance, dont il avait juré de se débarrasser. Déprimant huis clos l'hiver, quand la lumière artificielle se substitue à tout, l'impression de vivre en perpétuel open space durant l'été, c'est au printemps que Norilsk s'éveillait ; les adolescents s'étonnaient alors d'avoir tant grandi, les autres se saluaient comme s'ils se redécouvraient. Les gamins couraient sur la glace en s'amusant à déraper, insensibles au froid, ils se jetaient sur les terre-pleins, sautaient par-dessus les grillages délimitant les jardins, se roulaient pêle-mêle en de folles cabrioles, grimpaient avec leurs luges sur les monticules poussés par les bulldozers. Un terrain de jeux où, la neige trop froide pour en faire des boules, les petits diables inventaient mille figures et circuits d'acrobates. À Norilsk, les graffitis le long des murs étaient les prénoms des bébés venant de naître dans la maternité qui leur faisait face, pour que les mamans puissent les contempler depuis leur fenêtre. Fraternité des maris, des mineurs, des gens comme lui qui n'avaient pas choisi d'être là, et n'envisageaient rien d'autre que cet enfer blanc.

Les Russes ne croyaient pas au paradis sur terre. Dessous, c'était pire. Gleb savait ce qui lui arriverait en restant ici : une mort prématurée. Une raison de plus pour capter la vie…

— Tu vas où ? demanda Nikita.

— Faire des photos dans les collines.

— La saison est ouverte, commenta le mineur depuis le canapé. Tu crois qu'il y aura des Nenets cachés dans les bois ?

— Y en a plus.

— Tu vas te faire chier, alors.

— Moins que toi, ironisa Gleb.

Son compagnon regardait un match de foot à la télé, comme souvent le week-end. Ils n'avaient pas bu plus que de mesure pour une fois, comme si la disparition de Valentina avait semé le trouble sur leur quotidien. Gleb bien sûr était le plus touché.

— Qui gagne ? feignit-il de s'intéresser.

— Les Noirs.

— Je ne vois que des Jaunes et des Blancs, dit Gleb, pendant que les petits bonshommes couraient.

— Les Noirs, assura Nikita, c'est eux les plus forts.

Ils se sourirent, machiavéliques.

Gleb saisit son appareil sur l'étagère de la bibliothèque.

— À tout à l'heure.

— C'est ça, va prendre l'air, grande bête.

Un mot d'amour, dans son jargon.

Gleb avait pris deux batteries d'avance et un sac hermétique pour éviter la condensation due aux écarts de température. Il marcha jusqu'à la Honda garée en bas de l'immeuble, repéra la bâche sous la neige accumulée, mit le chauffage à fond et roula jusqu'à la sortie de la ville.

Trois collines cernaient Norilsk : le mont Schmidt, gorgé de charbon, Rovdnaïa, où se situaient les mines les plus riches, et le mont Chikha, d'où l'on extrayait les matières premières pour le bâtiment. Le vent faisait des traînées de poudre blanche sur l'asphalte transi. Gleb n'était pas venu dans les parages depuis deux ou trois ans, préférant les escapades sauvages dans la toundra ; l'ascension ne laissait voir que des champs de carcasses, de tuyaux, de wagonnets abandonnés, de bidons, de tubes de pipeline défoncés, de voitures et de bus aux vitres explosées, de structures comme des bunkers éventrés. Tout était renversé, jeté cul par-dessus tête et laissé là au temps. À quoi bon démolir, transporter, recycler : il y avait des carrières partout déjà pleines de machines et de matériel usagés, des casses à ciel ouvert pourrissant, éternelles, comme les sous-marins atomiques dans la mer de Barents… Gleb conduisait à vitesse réduite, à la recherche d'un point de vue original. Les collines se faisaient terrils, fumaient par endroits, comme si de vieux relents de gaz s'échappaient encore du ventre de la bête, puits de chaleur évaporée ou poisons emprisonnés cherchant une issue. Il passa un cimetière de pylônes, de poteaux télégraphiques, doubla un camion dont la remorque elle aussi fumait abondamment, avant d'atteindre le sommet du mont.

Les vestiges d'une usine fantôme rouillaient sous d'épaisses couches de neige, avec ses bureaux sans fenêtres et ses baraquements aux murs fissurés. Le site avait fermé quatre ans plus tôt pour cause de surpollution, un lieu contaminé où plus personne n'allait : un bon endroit pour la photographie. – 22 °C à l'ordinateur de bord. Gleb empoigna le Canon dans le sac posé sur le siège, nota l'heure à sa montre pour évaluer le temps avant que les fonctions de l'appareil ralentissent, revêtit sa parka par-dessus son cuir, ajusta son bonnet et poussa la portière de la Honda.

La neige qu'il foulait était noire de particules, des congères hautes de plus de deux mètres pour escorte dans la tourmente. Le sentiment d'abandon rappelait les questions existentielles de son adolescence ; il prit quelques photos des bâtiments cassés, soigna le cadre, sûr de son œil, sans s'attarder. Les semelles de ses bottes crissaient sur le sol gelé ; Gleb grimpa un peu plus haut, coupa par l'ancienne cantine et ressentit comme une décharge qui stoppa son pas… Un frisson inconnu courut dans ses veines, la chaleur glacée de l'azote ; il observa autour de lui, soudain nerveux, crut voir une forme glisser entre les congères. Son rythme cardiaque s'accéléra. Il n'était pas seul. Et personne ne se promenait dans les environs à – 22 °C…

La bise sifflait toujours sur les hauteurs, scalpait les surfaces, le monde sembla de nouveau immobile. Avait-il rêvé ? Gleb attendit que son souffle revienne dans ses poumons, scruta la colline et l'usine en ruine que l'hiver avait figée. Rien. Rien qu'une peur inexplicable et diffuse qui avait vidé ses jambes… Le sang remonta bientôt jusqu'à son cœur, comme si le mauvais rêve était passé. Étrange. Le froid, lui, restait bien présent. Il prit quelques photos des bâtiments en déshérence, de nouveau concentré sur sa tâche, poursuivit son ascension sans s'attarder sur les frissons. Une lumière crue irradiait du ciel, d'un blanc presque aveuglant. Peu de contrastes mais une sensation d'écrasement dont, passant en mode manuel, il profita pour modifier les réglages – Gleb avait appris la photo sur des modèles argentiques, qui faisaient payer cash chaque erreur d'appréciation. Encore cinq minutes. Le toit d'un véhicule apparut alors d'une congère, rogné par le vent des collines. Une première impression curieuse, comme si cette épave n'était pas à sa place, trop loin de la route… Gleb approcha du véhicule enseveli. Son temps photographique compté, il déblaya la neige des vitres, gratta le givre avec ses gants et reçut le coup au plexus : une femme gisait sur la banquette arrière, les cheveux défaits. Ses yeux fixaient le vide d'un bleu arctique, que Gleb reconnut aussitôt : ceux de Valentina.

Stupeur. Manque d'oxygène. L'émotion, l'horreur crue. Les images défilèrent à toute vitesse dans sa tête, leur rencontre-coup de foudre à l'entrée du lycée, son rire cristallin quand ils se baignaient l'été au lac en l'enlaçant, le jour de leurs fiançailles, où il s'était senti si mal dans sa peau d'imposteur, leurs larmes au moment de se séparer, Valentina, qui l'avait serré une dernière fois en promettant de ne jamais révéler le secret de son homosexualité, leurs retrouvailles à Doudinka quatre ans plus tard, par hasard, alors qu'il prenait des photos sur le port que les brise-glaces atomiques venaient libérer l'été, le reste d'amitié qu'ils partageaient encore comme de lointaines grandes vacances passées ensemble, ses yeux arctiques, sa peau blanche, là, derrière le givre de la vitre : Gleb ne voulait pas y croire. Pas encore.

Il se réfugia dans la Honda, automate, le cœur en feu malgré le froid : Valentina, son seul amour de femme… Ses mains tremblaient encore quand Gleb saisit son smartphone.

*

La plupart des modèles importés ne supportaient pas les températures inférieures à – 40 °C : deux pare-brise sur trois se fissuraient, les réservoirs explosaient, justifiant les dizaines de voitures abandonnées un peu partout autour de la ville. Les épaves disparaissaient alors sous la neige et le blizzard, rouillaient à petit feu, avalées par les saisons. Comme tous les conducteurs locaux, Boris avait déjà eu plusieurs accidents de la route.

À en croire l'état de la carrosserie, la Renault qui abritait le corps de Valentina n'avait subi aucune collision. La couche de neige pouvait être là depuis plusieurs jours. Pas de clé sur le Neiman, de sac à main ou d'affaires de voyage visibles, juste cette jeune femme sans vie jetée sur la banquette, qu'il découvrait pour la première fois à travers la vitre embuée : la cousine d'Anya, beauté glacée qui ne devait rien aux magazines… Non loin, l'agent Potchenko, qu'on lui avait assigné selon la procédure, se tenait les mains dans les poches de son gros blouson marine, sans prendre garde où il mettait les pieds. Une scène de crime, à coup sûr. Boris l'envoya inspecter l'usine désaffectée en quête d'indices.

Gleb Berensky grelottait à deux pas de là, un bonnet noir enfoncé sur le crâne : il avait attendu dans la Honda comme on le lui avait demandé, le chauffage à fond pour ne pas finir comme la pauvre Valentina. Réfugié sous sa chapka, Boris Ivanov désigna la Renault prise dans la congère.

— Tu ne trouves pas ça bizarre de retrouver ton ex ici ?

— Pas bizarre, affreux.

Gleb Berensky avait quelque chose du phoque échoué sur la banquise.

— Aide-moi à déblayer la neige de la portière, je vais voir ça de plus près.

Il y avait deux pelles à l'arrière du 4 × 4 de la patrouille, une bâche noire, des outils et une carabine, que Boris repoussa au fond du coffre. Les deux hommes commencèrent à dégager l'amas de neige glacée accumulé contre la portière. La carcasse de la Renault émergeait de moitié mais la congère était si dure qu'ils durent s'aider du pied pour enfourner les pelletées. Enfin, presque en sueur, ils réussirent à libérer assez d'espace pour ouvrir la portière. Boris voulut planter sa pelle dans la congère mais elle s'y refusa et retomba sur son tibia. Il jeta un regard au mineur aux joues rougies par l'effort, aucun commentaire, et plia sa masse pour inspecter le corps.

Personne n'avait songé un instant que la jeune femme pouvait encore respirer – les glaçons ne respiraient pas. Valentina portait une robe en laine bleue, une veste molletonnée qui le plus souvent servait de sous-couche, mais pas de collant. Ses yeux mi-clos n'exprimaient plus rien, les cheveux bruns étaient détachés sur ses épaules et la raideur du corps n'avait rien de cadavérique. Pas de blessures ni de fractures apparentes. Difficile pourtant d'imaginer qu'elle avait pu tomber en panne, surprise par la tempête, avant de mourir gelée dans une voiture qui ne lui appartenait pas, sans parler de la distance qui les séparait de la route… Boris souleva la robe et ce qu'il craignait s'avéra : pas de petite culotte. Un viol, sans doute, avant ou après la mise à mort… Il n'y avait aucun vêtement chaud dans l'habitacle, ni de chaussures en vrac sous les sièges. Pas de sous-vêtements non plus coincés dans la banquette. Elle avait pu être tuée ailleurs, ou la vermine qui avait commis ça avait gardé sa culotte comme fétiche… Boris se glissa plus près du cadavre, repoussa les mèches entortillées sur son cou, nota une marque rouge à hauteur de l'œsophage, et deux autres à équidistance dans le cou…

Le policier s'extirpa de l'habitacle, le cœur lourd à l'idée d'annoncer la nouvelle à Anya, érafla la manche de son blouson contre l'arête de la portière. Les flocons revenus en force, Gleb sautillait sur place, frigorifié sous son bonnet.

— Quelqu'un l'a tuée, hein ?

Boris ne répondit pas : l'agent Potchenko descendait la colline, frappant ses mains gantées sous sa chapka.

— Je reviens des locaux de l'usine désaffectée, dit-il en désignant la purée de pois un peu plus haut. Rien à signaler.

Se tournant vers le véhicule pris dans la congère, Potchenko constata que le lieutenant avait réussi à ouvrir la portière. Boris ruminait au milieu des éléments, récapitulant ses premiers indices à défaut de pouvoir les noter sur son carnet. Pas de sac, pas de clés de voiture, pas de chaussures, ni sous-vêtements ni bas. La légiste dirait si le viol était avéré mais Valentina portait des marques d'étranglement. Avec le froid qui régnait ces derniers temps, la pauvre avait dû être liquidée ailleurs, avant d'être jetée dans une voiture abandonnée. Le tueur espérait peut-être que la neige la recouvrirait, que le corps se décomposerait avant l'été…

Gleb continuait de frapper ses pieds sur le sol pour activer le sang, encore sous le choc de sa découverte.

Un meurtre ; ça semblait presque irréel… Boris Ivanov le tança de ses petits yeux bruns.

— On dirait que c'est ta spécialité de découvrir des cadavres…

— Non.

— Tu vas quand même venir avec moi au commissariat.

Gleb ne parla pas de la forme entrevue plus tôt dans les congères. Son imagination lui jouait des tours, et Valentina était morte depuis longtemps. Pauvre amour…

DEUXIÈME PARTIE

L'appel

1

Il l'a suivi dans les collines, sensible à des kilomètres avec sa peau de plumes, la même odeur que l'autre nuit à la sortie du chalet. Un engin pendu au cou, il marchait le long des tunnels gelés sans savoir qu'il l'observait. Qu'il le précède désormais, où qu'il aille.

Ce n'est pas encore le moment.

Il attend.

S'imprègne de son aura.

Évalue les chances, l'erreur qui peut le trahir.

Il doute par expérience mais sûr de sa force, il profite de la nuit pour se déplacer, ravage ce qui traîne, peu de choses à vrai dire, aiguisant jour après jour sa faim de tuer. Certaines odeurs le repoussent, comme ce lac sans couleur ni poisson à la sortie de la ville, une étendue de vie morte qu'ils aiment propager, d'autres l'attirent, irrésistibles... Démon, cercueil de glace, désir sanglant et doux, il est et revient de tout. Car, porté par le vent-qui-parle, l'effluve des bêtes faméliques l'accompagne, tremblantes de peur dans leur enclos, une odeur de jus de viande qui aujourd'hui colle à chacun de ses pas.

À sa peau.
Il doit la sauver.
Le sauver.
Il ne sait pas pourquoi mais le jour viendra.
L'appel.

2

Le sol était tapissé de cheveux blond vénitien, des lianes entières recroquevillées comme des pythons engourdis, la petite coiffeuse en maître de cérémonie calant ses ciseaux façon Colt sur son épaule. Une tueuse capillaire à peine plus haute qu'une naine mais bien proportionnée, et adorable dans son genre poupée, même si les jeunes femmes avaient peu de choses en commun. Anya était manucurée pour la noce, la tignasse tarabiscotée dans un chignon à boucles brunes un peu cucul, cerclé de bijoux de princesse pour bains moussants : Dasha avait presque mal aux yeux devant tant de clinquant. L'hiver interminable, l'école et le sport se déroulant le plus souvent à l'intérieur, les filles avaient suivi les mêmes activités, enfants, et si Norilsk produisait beaucoup de champions de patinage artistique ou de gymnastique, les copines d'école n'avaient rien gagné avec une assiduité de bonze – les médailles, c'était bon pour les uniformes.

L'esprit de Dasha était parti loin dans les brumes tandis qu'Anya cisaillait sa belle tignasse devant le miroir en pied. Lena avait raison : l'erreur sur la date de naissance de sa mère laissait trop de mystères en suspens, et Aliona n'aurait pas pris la peine d'inscrire une légende à l'arrière de la photo pour se tromper aussi grossièrement. Dasha n'avait personne à qui parler de son passé familial, des bougies jamais soufflées pour cause de père fantôme, et Irina était morte trop tôt : les archives de la mairie, c'était une piste…

— Tu es sûre que tu les veux bleus ? fit Anya en fronçant le nez.

Coupée dans ses pensées, Dasha eut un bref sursaut qui fit glisser la serviette de ses épaules.

— Quoi ?

— Tes cheveux… répéta la coiffeuse à domicile. Déjà qu'il ne t'en reste plus beaucoup, tu es certaine de vouloir les teindre en bleu ?

— Bleu, oui, confirma Dasha, comme la couleur de ma chambre : électrique.

Anya fit un bref panoramique sur les murs du studio refait à neuf, puis se pencha vers sa mixture, le pinceau à la main.

— La teinture est bleu pâle, observa-t-elle, pas bleu électrique.

— Je suis une fille discrète, assura sa cliente. Teins-moi en pâle, les gens n'y verront que du bleu.

— Certainement, ironisa Anya, surtout avec ces cheveux courts : tu ressembles à une garçonne !

— Merci.

La coupe la rendait plus femme, avec sa frange courte et les petites mèches rebelles en apostrophe qui accrochaient ses joues, dégageait les traits de son visage, le pétillant de ses iris, sa bouche rose avide… Gleb se fichait de ses habits au design unique au monde, de son corps gainé qui n'était plus celui d'une gamine : sa nouvelle coiffure lui clouerait le bec. Il s'en taperait la paume sur le front, se traiterait de nul, de minable, d'aveugle total devant ce qui pourtant crevait les yeux des épouvantails, du ciel même ! Il regretterait jusqu'au tombeau une occasion pareille qui n'avait jamais servi, il fallait avoir perdu le sens de la roue ! Enfin, dans sa grande bonté, après bientôt dix ans d'attente, Dasha lui pardonnerait ses étourderies. Car elle était comme ça, pas rancunière, offerte au vent, amoureuse, on commençait à le savoir – sauf lui…

— Tu es quand même une fille bizarre, commenta Anya en entamant la couleur. Tu te rappelles au lycée, quand tu m'enfonçais ton compas dans la main ?

— Ah ! C'était toi, le compas ?

— Oui.

— Désolée, hein… Au fait, Lena m'a dit que le groupe de Sacha allait jouer au Szaboy très bientôt, pour la sortie de leur prochain album : je t'invite, si tu veux. Ton mari aussi, si ça le tente. Pour me faire pardonner le compas…

— Oh ! rit Anya. Boris ne sort pas beaucoup, mais je viendrai, oui ! J'adore les Zipper !

Anya ne parlait jamais de son vieux hibou qui la couvait comme un œuf. Dasha se demandait comment sa minuscule copine pouvait faire l'amour sous un type pareil – Je suffoquerais, elle pensait.

— Le toit de ton immeuble a été réparé ? s'enquit-elle en poursuivant sa peinture sur crâne. J'ai vu le tas en arrivant, dans un coin de l'esplanade.

— Ils ont mis un revêtement thermique en attendant, et entassé les gravats au bulldozer. Du provisoire qui risque de durer, comme d'habitude. Le bâtiment est frappé d'alignement mais personne n'a d'infos sur l'endroit où la mairie nous relogerait, si ces rigolos nous relogent un jour.

Anya se concentrait sur ses pinceaux bleus.

— Tiens, qu'est-ce que c'est que ça ?

— Quoi ?

— Ça, fit la coiffeuse en soulevant le flanc droit de sa frange.

Une rougeur était apparue au sommet de son front.

— C'est une tache de naissance ?

Dasha approcha du miroir en pied ; ce n'était pas un bouton, ni une piqûre d'insecte, plutôt une irritation. Ou une réaction aux produits chimiques… Le smartphone customisé d'Anya sonna alors dans la poche de son jean. Elle fit signe qu'elle s'excusait pour prendre la communication.

— Oui, chéri ? lança-t-elle d'un air enjoué.

Dasha n'entendit pas la conversation mais le visage de la petite femme se décomposa lentement. Elle raccrocha, livide.

— Qu'est-ce qui se passe ?

— Ma cousine est morte, murmura Anya. Valentina… On l'a tuée.

Dasha blêmit à son tour – l'amoureuse de Gleb au lycée, qu'elle admirait de loin dans son costume de super mioche…

*

Boris Ivanov ne quittait plus son nouveau pull vert anglais. Il ne savait pas s'il lui allait mais si Anya l'avait choisi… Illitch s'entretenait au téléphone lorsque le lieutenant se présenta devant son bureau. Le chef des homicides vociférait de l'autre côté de la porte, sous l'œil indifférent des agents de l'open space qui travaillaient à l'étage. Boris comprit mieux pourquoi il y avait peu de porosité entre leurs services : on s'activait ici, pas comme en dessous, où l'on roupillait sous les casquettes. Enfin, il avait vérifié la piste d'un meurtre crapuleux avant de rendre son premier rapport à son boss, sans grand succès. Les délinquants sexuels connus des services purgeaient actuellement des peines lourdes au pénitencier de la ville, et peu en ressortaient vivants – outre les maltraitances physiques et psychologiques, les détenus souffraient des maladies liées au froid, à une alimentation déplorable et surtout à un manque de soins criant qui, sans aide extérieure, les condamnaient à une mort lente.

La porte du bureau s'ouvrit en coup de vent.

— Entre, Ivanov.

Chemise ouverte sur un costard sobre et bien coupé, le commandant Illitch avait de l'adrénaline à revendre pour un matin de printemps qui ne disait pas son nom ; il n'eut pas un regard pour l'accoutrement du lieutenant, qui, comme lui, resta debout.

— Je viens de lire les premières conclusions de ton rapport, commença-t-il. Un double meurtre, c'est ça ?

— Oui. Je pense qu'on a caché le corps du Nenets sur le toit et…

— Mais toujours aucune identification, coupa son patron.

— Les éleveurs de rennes migrent plus au sud au début de l'hiver : j'ai la piste d'un témoin, un chef autochtone qui pourrait identifier la première victime, mais il faut attendre son retour de transhumance, d'ici deux ou trois semaines.

— Impressionnant.

Boris avait des sueurs désagréables sous son pull vert, trop chaud pour l'étuve du bureau.

— Le mobile reste flou, poursuivit-il, mais le rapport de la légiste confirme le meurtre du Nenets, comme vous avez pu le lire, et j'ai pu dater le jour de la mort au 5 février.

— J'ai des yeux, merci, lieutenant. Il y a des moyens plus simples de se débarrasser d'un cadavre, tu ne crois pas ?

— Personne n'était censé grimper sur le toit du *gostinka*, interdit d'accès pour cause de vétusté, ni un ouragan souffler vingt jours plus tard. Avec l'hiver, le sol est dur comme du bois, impossible d'y enterrer un cadavre. Et le larguer sur un terrain vague risquait d'attirer les soupçons de la police ; le toit d'un *gostinka*, c'était pas si bête.

— Pas très pro, en tout cas.

— Oui. Ça induit que le meurtrier est un amateur ou un abruti, comme la majorité de ceux qui commettent ce genre de délit : ils laissent des indices partout.

— On peut connaître les tiens ? renvoya Illitch. Hein, qu'est-ce qui te fait croire que les deux meurtres sont liés ? Le fait qu'ils se soient rencontrés des mois plus tôt pour une interview n'explique rien.

— Valentina pouvait identifier le Nenets assassiné, et je crois qu'ils sont restés en contact après leur première rencontre.

— D'où tu sors ça, de ta chapka ?

— Valentina a disparu le jour même de son arrivée à Norilsk, dit Boris, cramoisi sous son pull, quelqu'un pouvait l'attendre à l'aéroport, voire chez elle, une personne dont elle ne se sera pas méfiée.

— La porte de son studio n'a pas été forcée.

— Le tueur est peut-être monté avec elle.

— Pour la violer dans les collines, la tuer et l'abandonner dans une voiture… enchaîna Illitch. Pas très plausible. Et si c'est le cas, un proche devrait être dans ton collimateur. Son ancien fiancé était un enfant battu, insinua-t-il, et c'est lui qui a découvert le cadavre.

— Une fausse piste, commandant.

— Le même type qui a découvert le Nenets.

— Oui, souffla Boris, on peut dire que c'est pas de chance.

— Un peu grossier aussi, non ?

— Le hasard se joue parfois de nous.

— On joue aux échecs à cet étage, persifla Illitch, on ne s'en remet pas au hasard ni aux déductions. Ici on gagne ou on passe la main.

— J'en saurai plus avec la légiste qui suit l'affaire du Nenets, manœuvra Boris. Lena Bokine. J'ai pris la liberté de lui confier la dépouille de Valentina Oulianova.

— Le chef légiste est en vacances à Sotchi pour que tu prennes ces libertés ?

— Son assistante a fait du bon boulot avec le Nenets, plaida le lieutenant, c'est une fille compétente et motivée pour mettre les bouchées doubles.

— Dis plutôt qu'elle te permet de garder la main sur les deux affaires.

— C'est ma piste.

— Qui tient sur du vide. La justice se moque des suppositions, Ivanov, il va falloir trouver autre chose. L'enquête du Nenets est au point mort, on n'a même pas le nom de la victime et tu voudrais prendre l'affaire Valentina sous prétexte qu'on t'a prévenu le premier : c'est un peu court.

Boris opina avec ce qu'il fallait de soumission avant de se jeter à l'eau :

— J'ai justement une requête, commandant : l'autorisation d'un juge pour accéder au téléphone de Valentina. Elle a forcément passé des appels avant d'être assassinée.

— Au Nenets mort depuis des semaines ? railla son patron.

— Je pense plutôt à la personne qui l'aurait attendue à l'aéroport. Si j'ai vu juste, ils se sont forcément parlé au téléphone.

Au frémissement du regard d'aigle qui le fixait, Boris sentit qu'il avait marqué un point.

— OK, concéda Illitch, je vais voir avec la hiérarchie.

— Combien de jours ça prendra ? se risqua son subalterne.

— Tu verras bien. Je te laisse l'affaire Valentina, estime-toi heureux. Autre chose ?

— Heu, non.

— Alors trouve-moi le tueur.

Boris respira mieux, pas longtemps :

— Tu as une semaine, conclut Illitch. Après quoi, je donne l'affaire à mon équipe.

3

Le plus prestigieux bâtiment de Norilsk, à l'architecture saint-pétersbourgeoise teintée de mauve, s'était mué en hôtel de luxe, où le locataire du Kremlin avait passé une nuit quelques années plus tôt. Sur Leninski prospekt, quelques terrasses de café servaient l'été des brochettes d'esturgeon ou des blinis au miel, des femmes vendaient des bouquets de roses importées des Pays-Bas, pour se donner un bref air de fête. Épicentre de la cité minière, monument-horizon au bout de l'avenue dont la place formait un demi-cercle, l'hôtel de ville se dressait dans un style Art nouveau plutôt réussi.

Le cadran affichait – 18 °C et le printemps s'étirait encore dans les draps de l'hiver. Fermée le week-end : Dasha avait dû attendre son lundi de congé pour se rendre à la mairie. Syndrome de persécution bien ancré dans son esprit russe, volonté de discrétion face aux autorités, Dasha avait troqué son imitation ours blanc pour son vieux manteau – déjà qu'elle ne passait pas inaperçue avec ses cheveux bleus, ces empaffés étaient capables de l'arrêter pour trafic d'animaux. De fait, les visages des employés derrière les comptoirs respiraient la joie d'un pendu ; enfin, on pouvait accéder aux archives de la ville en présentant sa carte d'identité à l'accueil, après un bref entretien avec le responsable du service pour expliquer ses motivations – des recherches généalogiques sur Irina et Aliona Svetlova, les femmes de sa famille, aujourd'hui décédées.

L'archiviste de la mairie était un quadra rougeaud, plutôt dévoué si on passait sur son absence d'amabilité et sa tête de lion motivé par une sieste sous le baobab.

— Qu'est-ce que tu cherches au juste, Ada Svetlova ?

— La date de naissance de ma mère.

— Tu ne la connais pas ?

— Pas sûr.

— Tu es sa fille, non ?

— Évidemment.

— L'allée là-bas, dit-il du nez. Y a une petite pièce à côté où on peut lire les documents qui nous intéressent.

C'était une salle surchauffée puant l'encaustique et la serpillière, où trônaient une table de Formica et deux chaises au plastique fendu. Dasha consulta les papiers mis à disposition, dégottés dans une allée d'étagères remplies de dossiers poussiéreux. Bizarrement, elle ne trouva pas trace de sa mère : si l'acte de décès mentionnait bien l'année des dix ans de Dasha, l'acte de naissance n'apparaissait nulle part. Aucune Irina Svetlova n'était répertoriée le 7 novembre 1955, date officielle marquant sa naissance. La légende à l'arrière de la photo était donc probablement exacte : Irina était née deux ou trois ans plus tôt, ce que confirmait sa bouille ronde… Pourquoi lui avaient-elles menti ?

Elle interrogea l'archiviste. Ce dernier expliqua qu'une partie seulement des tables décennales et des actes d'état civil étaient numérisés : les fichiers antérieurs à 1955 étaient consultables sous forme de microfilms. Irina Svetlova y figurait forcément.

— On peut les voir ?

— Si tu as de bons yeux.

— Un vrai lynx, assura Dasha.

— Je vais t'aider quand même.

Cela prit du temps ; les microfilms reposaient dans un placard spécial et il fallut demander l'autorisation au chef de service qui, heureusement, consentit à la requête. Un sandwich au fromage sous vide acheté en express au petit supermarché du coin, Dasha posa son manteau râpé sur une des chaises qui encadraient la table dans la salle de lecture, vide, à l'exception de l'archiviste rubicond qui rôdait dans les allées. Elle pensa à Gleb et Valentina le temps d'avaler le sandwich goût d'on ne savait quoi. Le mineur avait renvoyé deux simples émoticônes suite à son texto empreint d'une compassion non feinte, une guenon qui cachait son visage en pleurs, et un cœur… Qui était la guenon ? Pour qui était le cœur ? Enfin, la jeune femme se concentra sur les bandes microfilmées, qu'elle passa sous une lampe pour s'aider à en déchiffrer le contenu.

La tâche était fastidieuse, les noms minuscules sur les registres de naissance ; les mois défilèrent sous ses yeux, puis les années, en vain… Aucune Irina Svetlova n'apparaissait sur le microfilm des archives, ni à la période correspondant à la photo, ni avant…

Impossible.

À moins que sa mère ne soit pas née à Norilsk, ce qui a priori était incohérent.

Alors qu'elle consultait en désespoir de cause le répertoire d'admission des enfants assistés, le cœur de Dasha battit plus vite : il y avait bien une Irina Svetlova dans le dossier en question. L'acte de naissance ne mentionnait pas l'année 1955 comme elle l'avait cru, mais le 7 novembre 1953… Un doute énorme l'assaillit. Si Irina était une enfant assistée, Aliona n'était donc pas sa mère. Elle avait adopté la petite, probablement en 1955, ou même 1956, quand elle avait pris la photo trouvée dans son porte-cartes… Dasha ne savait pas comment encaisser la révélation.

Ça changeait quoi ?

Rien ?

Tout ?

Elle avait toujours adoré sa grand-mère, le sang ne comptait pas devant la puissance des sentiments : pourquoi lui mentir ? Irina était-elle elle-même au courant de son adoption ? Pourquoi Aliona, si honnête et droite, ne lui avait pas révélé la vérité sur son lit de mort ? C'est tout ce qu'elle valait sur le marché de la filiation ?

Dasha tremblait de tout son corps quand une voix la fit sursauter :

— Qu'est-ce qui se passe ?

L'archiviste arrivait dans son angle mort, les lunettes perchées sur son front couperosé, le froissement de son pantalon en velours comme des orgues de Staline.

— Tu fais une tête de déterrée, observa-t-il. Mauvaise nouvelle ?

L'employé désignait le microfilm qu'elle tenait entre les doigts.

— Ma grand-mère a menti sur la naissance de sa fille, expliqua Dasha dans un rêve obscur. Ma mère est née en 53, parmi les enfants assistés… Elle a été adoptée.

— Par ta grand-mère ?

— Oui.

L'homme fronça ses sourcils épars, soudain concentré sur l'énigme.

— 1953… c'est l'année de la mort de Staline, dit-il.

— Et alors ?

— C'est aussi l'année du soulèvement du goulag. Si ta mère était une enfant assistée de cette époque, c'est qu'elle a été conçue à Norillag. Les prisonniers du goulag n'étaient pas autorisés à garder leurs enfants nés en détention : il fallait les donner à l'assistance. Tu ne le savais pas ?

À ces mots, Dasha frissonna. Le rougeaud avait raison. Si sa grand-mère avait menti sur l'année de naissance de sa fille, c'est qu'elle cherchait à brouiller les pistes : Irina n'était pas sa fille mais une enfant du goulag…

*

— Qu'est-ce que tu as fait à tes cheveux ?! s'étonna Anastesiya en voyant Dasha attablée le long de la baie vitrée. J'ai failli pas te reconnaître !

— On me prend souvent pour une autre, petit daim.

— Tu préviendras, la prochaine fois, que je ne fasse pas une attaque, hi hi ! Une salade, comme d'habitude ?

— *Da, da, da.*

La blondinette gambada vers les cuisines, sa queue-de-cheval au rythme de la cavalcade, laissant la costumière seule avec la vue sur le Collège des Arts, où elle retournerait tout à l'heure. Deux jours étaient passés depuis sa visite aux archives. Ébranlée par ses secrets de famille, Dasha avait oublié l'irritation sur son front, qu'Anya avait repérée en lui coupant les cheveux. C'est en rentrant de la mairie, le soir même, lorsqu'elle s'était démaquillée devant le miroir de la salle de bains, qu'elle s'était inquiétée : la rougeur n'avait pas disparu, stigmate corrosif lié à sa nouvelle couleur, l'irritation était au contraire plus vive, la peau de son front presque gercée. Et surtout, la tache semblait avoir *grandi*…

Eczéma du nickel, avait avancé la dermatologue consultée dans la foulée, sceptique. De fait, la pommade prescrite pour le moment n'y changeait rien. Voire pire : Dasha ne voyait plus que cette tache sur son front qui, de jour en jour, semblait grandir. Comme si elle avait doublé de taille en quarante-huit heures, larve gavée par quelque miel radioactif mais pas du tout programmée pour s'envoler comme ça… Dasha cherchait à se rassurer, à se dire qu'elle s'imaginait encore des choses pas familières, une vision biaisée du monde qui la ferait passer pour folle définitive, mais elle oubliait tout, jusqu'à son histoire avec Gleb, ses tentatives de transformations de super mioche en Bowie-girl venue d'ailleurs, le meurtre de la pauvre Valentina, qu'elle admirait tant dans la cour d'école, car la lie grossissait. Non, se dit-elle devant le miroir de poche qu'elle gardait dans son sac à main, non, ce n'était plus une simple irritation ou une piqûre laissée par un de ces connards d'insectes, mais une tache de vin qui, comme sur une nappe vierge, allait s'élargissant. Dasha la voyait triple dose. Délirait : le temps à Norilsk comptait double, sa beauté serait trop vite saccagée par les émanations de la mine et les hivers sans fin qui leur bouffaient la vitamine, soit, mais son visage ? C'est sacré, un visage, l'expression de son être selon que les commissures des lèvres et des yeux sont gaies ou sévères, on pouvait lire le visage de certaines personnes comme un livre ouvert : si la tache l'envahissait en entier ? Hein ? Combien d'années encore à rester présentable, Dasha ? Une malédiction la frappait, à terme la condamnerait à la plus cruelle des solitudes affectives, comme Irina et Aliona Svetlova, ses femmes-ancêtres qui avaient relégué les hommes dans les oubliettes de leur histoire familiale, comme si leur fonction était de disparaître, leur absence tatouée sur son front ! Elle aussi était impactée par le mauvais sort, avant même d'avoir eu un enfant – une fille, fatalement, qui perpétuerait la Malédiction…

Dasha flippait devant sa salade. Jusqu'à présent, elle se projetait au jour le jour, sans trop se soucier de ce qui arriverait. « Il faut aller de l'avant », tel était le leitmotiv qu'on leur assénait depuis l'enfance. Aujourd'hui ce n'était plus tant sa vieillesse anticipée qui l'inquiétait que cette rougeur surgie sur son front pour se répandre comme une horde barbare. Elle s'imaginait déjà monstre de foire, figure écorchée de l'amour avec ses reflets de pourriture, comme si la tache de vin bientôt déteindrait sur ses paupières, ses joues, ses lèvres, les traits de son visage en entier pour, justement, le défigurer. Avec cette incursion hideuse sur son épiderme, elle ressemblerait à de l'écorce, son humanité s'effacerait par touche, un pus psychique déborderait sur sa peau et les submergerait, elle et son identité propre, pour prix de l'adoption…

— Tu en fais une drôle de tête ! s'inquiéta Anastesiya, la voyant à demi décomposée devant son plat préféré. Tu as encore trop bu, c'est ça ?

Dasha releva la tête vers la serveuse.

— Trop bu à la fontaine des pendus, oui : là où même la corde gèle.

La blondinette la regarda avec des yeux de dauphin échoué sur la plage.

— La corde qui gèle ?

Dasha Svetlova ne renchérit pas : il fallait qu'elle parle à un adulte.

*

Lena avait entamé ses études de médecine quand l'adolescente avait débarqué un été au lac, avec ses excentricités et ses looks jamais vus, glamour de toutes époques prétendument inspiré de Bowie. « Pas de la haute mais de la petite couture », elle disait, pour épater la galerie ou s'en convaincre. Dasha était trop bizarre pour avoir des amis. Son langage aussi détonnait. L'absence de figure paternelle, supposait-on, qui avec un peu de fermeté l'aurait remise à sa place. Les garçons s'en méfiaient comme si sa jolie petite tête crachait du feu de dragon, ses yeux gris des orages dresseurs de poils qui vous renvoyaient électrocuté, les filles préféraient l'éviter.

Lena, qui s'était mariée à Sacha Bokine, la coqueluche du lycée, avait d'abord fait comme tout le monde, snobant l'orpheline qui ne faisait aucun effort pour se joindre aux groupes, plus soucieuse de sa vie affective mise sur orbite que de considérer la particularité de cette ado, et puis elles avaient six ans de différence, avant que son naturel généreux ne la rattrape : Lena n'aimait pas voir des gens mis à l'écart et se fichait de savoir pourquoi puisque *cela lui brisait le cœur*… C'est elle qui l'avait abordée au bord du lac où les jeunes se retrouvaient, alors qu'elle s'appliquait sur un de ses carnets à dessins ; Dasha, seize ans, avait relevé les yeux et lui avait montré les vêtements qu'elle crayonnait. Inventifs. Son regard surtout avait touché Lena, à la fois si pur et si vulnérable. Comme elle l'avait félicitée pour ses patrons, la jeune créatrice s'était fendue d'un « Si tu veux, je te dessine une tenue pour aller dans l'espace autour de nous » qui les faisait rire encore. Il fallait une sœur à cette géniale écervelée, une grande sœur pour veiller sur ses excès et l'aider à grandir hors du giron de sa grand-mère, déjà très âgée. Lena avait endossé le rôle d'amazone protectrice jusqu'à ce que le petit tigre vole sur ses propres griffes… Un défi à Norilsk, où les lynx filaient loups.

Enfin, en dehors des clubs de sport et du Collège des Arts où se jouaient les spectacles, les activités manquaient en ville : il y avait bien eu un zoo, mais tous les animaux étaient morts de froid. Heureusement pour les filles, il y avait le twerk. Une danse qui faisait fureur en Sibérie.

Sacha-le-rebelle allant rosser du Cosaque pour son défouloir hebdomadaire, Lena avait instauré que le mercredi serait son jour d'activité extraconjugale. Contrairement à la pole dance qu'exerçait Dasha, le twerk était uniquement réservé aux femmes. L'exercice consistait à prendre des poses provocantes en roulant puis en secouant frénétiquement son derrière sous une musique adéquate. Une façon de poser leur empreinte dans leur société patriarcale, l'occasion de rire entre filles sans prendre le sexe au sérieux, ou plutôt en le remettant à sa place. Et tant pis pour les féministes qui verraient dans l'exacerbation de leur sensualité le miroir des désirs et des diktats masculins : les jeunes Sibériennes venaient là pour s'éclater sous des airs de salsa, de reggaeton ou d'électro survitaminée, et respirer dans le long hiver machiste.

Des *battles* de twerk avaient lieu une fois par mois au gymnase de la ville, les plus sexy d'entre elles se voyant récompensées par leurs comparses d'une salve de cris hystériques loin de l'esprit de compétition. Lena y trouvait son équilibre, aux antipodes des salles stériles de l'institut médico-légal où son chef de service dictait sa loi. Les horaires de leurs cours concordant, elle et Dasha avaient surtout là un prétexte pour se voir en dehors du Szaboy.

La salle du gymnase était ce soir surchauffée, les filles, moulées dans leur justaucorps ou leur combinaison flashy, prêtes à en découdre ; Lena vit sa copine entrer dans le vestiaire, en retard ce n'était pas une surprise, cependant méconnaissable avec sa coupe de garçonne teinte en bleu.

— Tes beaux cheveux blond vénitien ! se lamenta la légiste. Qu'est-ce que tu leur as fait ?

— Ils se sont cassé la gueule, tenta de plaisanter Dasha.

— Tu restes canon. C'est les dommages collatéraux.

Mais Lena comprit vite, à son sourire forcé, que sa jeune amie n'avait pas la tête à s'amuser entre les flaques d'eau qui s'égouttaient des plafonds.

— Qu'est-ce qui se passe ?

— Pourquoi tu me dis ça ?

— Depuis le temps, je sais lire dans tes yeux. Elle te va très bien, ta coupe, je t'assure.

— Non, c'est pas ça…

— Quoi alors ?

— Je flippe, dit la jeune fille tout de go.

— Tu flippes à cause de quoi ?

— De ça, marmonna Dasha en soulevant ses mèches bleues.

Lena scruta son front.

— Quoi, le grain de beauté ?

— C'est pas un grain de beauté mais une tache de vin. Et elle grandit. Je te jure, ajouta-t-elle devant sa mine circonspecte, elle n'était pas comme ça la semaine dernière.

— Tu as vu un dermato ?

— Il y a deux jours. Eczéma du nickel, d'après elle. Elle m'a refilé une pommade : de la poudre de perlimpinpin.

— Attends un peu que ça agisse.

— La cortisone agit tout de suite, même si ça ne soigne pas. Là, rien.

Les filles piaillaient autour d'elles, moineaux colorés.

— Hum, ce ne serait pas plutôt une crise épidermique, fit la légiste en inspectant la fameuse tache, une réaction du genre psychologique ?

— J'ai perdu ma cervelle, dit Dasha, toujours mesurée.

— Tu m'as parlé de ta mère l'autre soir au bar, Irina, de cette photo d'elle enfant qui ne correspondait pas à son âge… Tu as fait des recherches ?

— Oui, à la mairie. J'ai retrouvé sa trace dans les archives. Irina faisait partie des enfants nés à Norillag, ma grand-mère l'a adoptée à la libération du goulag.

— Comment ça ? s'étonna Lena. Pourquoi on ne te l'a jamais dit ?

— C'est bien le problème : je ne comprends pas. Adoptée ou pas, Irina restait ma mère. Et si Aliona n'était pas ma grand-mère biologique, ça changeait quoi à nos sentiments ? Rien du tout… J'ai déjà un géniteur qui compte moins qu'un bout de bois, ajouta Dasha avec la plus grande franchise, Aliona savait que je me fichais de ça.

— Oui… En effet, c'est étrange, songea Lena, intriguée. Il y a forcément une raison.

Les filles en justaucorps investissaient le gymnase, la musique résonnait déjà dans la salle voisine, *boum boum*.

— Je ne sais pas si c'est un hasard mais la tache est apparue quand j'ai vu la photo de ma mère, petite, dans les cartons d'Aliona, poursuivit Dasha, qui avait visiblement réfléchi à la question. Comme si j'avais ouvert la boîte de Pandore.

La pauvre semblait troublée par ses découvertes, presque désemparée. Une nouvelle mission pour Lena Bokine.

— C'est peut-être une piste, dit-elle en remontant ses jambières. Il y a des gènes récessifs mais aussi des pathologies qu'on porte sans le savoir, de génération en génération, et qui peuvent parfois en sauter. La psychogénéalogie, comme on dit : beaucoup s'en moquent, et ils n'ont pas tort quand, par exemple, on explique à un patient souffrant de claustrophobie que sa pathologie est due à un ancêtre enfermé dans un cachot, jusqu'au jour où les mêmes détracteurs découvrent qu'un secret de famille leur pourrit la vie depuis l'enfance. J'ai lu pas mal de choses là-dessus, ajouta la médecin. Je pense notamment au témoignage d'une enfant adoptée sans qu'elle le sache, dont la mère avait accouché en prison et avait, avant d'être assassinée, donné un prénom à son bébé nouveau-né. Devenue jeune adulte, Maria, ainsi que ses parents adoptifs l'avaient appelée, souffrait de dépression chronique. Elle faisait aussi un rêve récurrent, incompréhensible et cauchemardesque : on ne l'appelait pas Maria dans ses songes, mais Victoria… Le prénom que sa véritable mère lui avait donné et chuchoté à sa naissance, dans son cachot, avant qu'on la tue.

Dasha buvait ses mots comme du miel d'or.

— Et ?

— Il a suffi que Maria apprenne la vérité sur ses origines et son identité pour que sa dépression cesse, expliqua Lena. Ce qui est fou, c'est que son inconscient avait enregistré son prénom à cet âge, alors qu'elle n'avait passé que quarante-huit heures avec sa mère biologique. Et bien sûr, Maria s'appelle désormais Victoria.

Dasha plissa les yeux.

— Fantasmée ou pas, ta crise épidermique doit avoir un sens, avança la scientifique. En lien peut-être avec le passé de ta mère, voire de ta grand-mère… Remonte le temps.

— Comment ? C'est tout ce que j'ai trouvé à la mairie : ces archives, avec l'acte de naissance d'Irina avant son adoption.

— Les gens de Memorial. Ils peuvent t'aider, assura Lena. Ce sont eux, les gardiens du passé.

Le musée du Goulag, à la sortie de la ville. Dasha opina, le regard déjà loin : elle irait. Dès que le spectacle-anniversaire de la Victoire lui laisserait un peu de répit, et si le moteur de la Lada ne s'était pas fendu sous le froid…

Les jeunes femmes sortirent du gymnase deux heures plus tard, les joues rougies par le fouet de la danse. Dasha avait rouvert ses chakras, cessé d'observer son front comme une corne poussée dans la nuit, bandé les arcs de son corps, arraché quelques flèches à son martyre. Memorial, le prince Gleb, la robe en cours qui finirait d'habiller sa nouvelle tentative-de-transformation-en-femme, Dasha reprenait vie après sa séance de pole dance.

C'est en rallumant son smartphone que Lena eut le message de Sacha : il y avait eu un accident un peu plus tôt, à la mine.

4

L'esprit des Russes était marqué par le *prostor*, espace libre et sans limites, à l'image du pays, qui imprégnait les chansons et la littérature. Ancré dans leur mental aspirant à l'infini, le *prostor* expliquait pourquoi dans la rue, le métro ou le bus les gens se bousculaient et se heurtaient sans présenter d'excuses, comme si, par manque de cet espace consubstantiel à leur être, il était admis qu'on puisse empiéter sur le territoire d'autrui.

Celui de Nikita Korzov se limitait à Gleb Berensky. Son rire. Son âme. Son cul. Ses doigts qui déchiraient le dos à la demande, ses virées sans lui en territoires autochtones, la tête illuminée qu'il avait en rentrant de là-bas ou de ses escapades photographiques sur les toits de la ville, le ravissement de son visage quand Nikita avalait son sperme jusqu'à la dernière goutte, pressant sa queue divine comme une putain de flûte enchantée, sa rhétorique à la vitesse du tac au tac malgré sa timidité contemplative, la bonté fine qui faisait sa poésie propre.

Nikita avait grandi dans l'idéal de ses parents komsomols, volontaires soviétiques venus relayer les pionniers sibériens jusqu'à la fin des années 1970. Ils étaient la deuxième vague migratoire à Norilsk après celle des prisonniers du goulag, trente mille jeunes parmi lesquels beaucoup d'ingénieurs qui développeraient la ville. Loisirs, billets d'avion pour les vacances, indemnités polaires, les privilèges accordés avaient disparu à la chute du Mur, mais la solidarité restait de mise dans l'univers rapace des années 1990. Lire, jouer de la musique, célébrer les héros de l'Armée rouge ou chanter restaient pour eux plus important que s'enrichir en vendant des casseroles, des jeans ou des cuvettes de toilettes. Ils ressassaient qu'ils n'avaient rien sous le communisme mais que tout ou presque était gratuit, que la même lueur surtout brillait dans les yeux de tous. Le désintérêt comme grandeur ordinaire, la mort, culte même de la générosité, les pauvres y croyaient si fort qu'ils n'avaient pas compris la sentence de leur fils, devenu adulte.

« On vous a bernés ! » avait-il lancé à ses parents comme s'il leur tranchait la gorge. Né après la chute du Mur, il n'y avait plus de camarade qui tienne, de mythe, de communauté de pensée, d'avenir radieux, cette soupe qu'on avait servie à des générations de serfs devenus souffre-douleur des commissaires politiques : Nikita ne voyait que des barbelés dans le communisme, des codes-barres dans le capitalisme, un patriarche de l'Église orthodoxe plein aux as dans le rêve de Dieu, qui s'était fait construire un château de la taille d'une forteresse en interdisant aux autres de se faire enculer, comme si la croupe des Russes n'était déjà pas pleine. Nikita se targuait d'anarchie, de révolution poétique à la solde de l'exploiteur, Norilsk Nickel au hasard, mais l'éducation de ses parents komsomols avait laissé des traces indélébiles dans son esprit : un goût prononcé pour le tragique et la mort.

Sa vie. Son côté russe, qui détestait la monotonie, la routine, la répétition, ces instincts pour d'autres gages de stabilité qu'il trouvait tout sauf paisibles : sans temps forts, comment s'enflammer aux mèches qu'allumait Gleb ? Supporter la mine, les chefs ? La douleur de ses bras le matin, quand ses muscles étaient froids ?

La mélodie irritante du réveil les sortit du sommeil, mais Gleb restait lové contre lui, à sentir son souffle et ses mains sur son épaule. Sa peau brûlante, le déchirement de soie quand il fallait se séparer : tous les jours de la semaine la même corvée... Enfin, un mordillement sur sa nuque le fit tressaillir. Gleb bandait, un fluide paresseux entre les jambes, mais l'horloge trottait sur l'accoudoir du canapé-lit et on les attendait à la mine.

— Réveille-toi, chuchota Nikita à son oreille, c'est l'heure d'aller en enfer...

*

Des cuves d'acier aux liquides brûlants, des bains de flammes et de métaux en fusion, mille cinq cents degrés d'exposition et des lingots de nickel crachés vingt-quatre heures sur vingt-quatre, sept jours sur sept ; un circuit court reliait les mines aux usines de Norilsk, qui produisaient à elles seules deux pour cent du PIB russe.

Un froid piquant accueillit les ouvriers sur le parking, qui arrivaient par vagues depuis les bus affrétés par le conglomérat. Gleb et Nikita pointèrent en glissant leur carte électronique nominative dans la fente qui, dans un bruit de ferraille d'un autre siècle, déclenchait le tourniquet d'accès au site industriel. Dernier salut aux nuages empoissés avant la pause de midi.

Une odeur mâle imprégnait la salle des casiers, où les mineurs s'équipaient avant de suivre le flux qui empruntait l'escalier métallique menant à l'ascenseur principal. Parmi les trognes déjà fatiguées, oncle Sacha était bien le seul à garder le sourire.

— Le prochain album des Zipper sort la semaine prochaine, rappela le musicien amateur, qui inondait la ville de stickers. On fera un concert au Szaboy pour fêter ça : vous en serez, j'espère !

— Encore un grand moment de poésie qui s'annonce, ironisa Nikita.

— Bah, tu n'as qu'à te dire que c'est de la poésie électrique. Venez en force.

— De toute façon, c'est ça ou on se fait péter la gueule.

— Tu viendras aussi, Gleb, hein ? s'enquit Sacha en posant sa grosse main sur son épaule. Ça te changera les idées.

La mort de Valentina l'avait cloué comme une chouette à la porte de leurs souvenirs de lycée. Un mauvais film d'horreur. Il fit signe que oui, ailleurs, avant de suivre le flot moutonnier. Les mineurs descendaient par groupe de quatre-vingts, vérifiant leur équipement dans la cabine d'ascenseur qui n'en finissait plus de descendre : la paroi crue défilait devant eux, entassés coude à coude avec leur barda, on aurait pu même la toucher si la descente n'allait pas si vite – à vingt-quatre kilomètres/heure, ils risquaient de se blesser et personne ne voulait jouer un doigt pour une tentation stupide.

La cabine s'immobilisa huit cents mètres plus bas dans un dernier soubresaut et, la grille s'ouvrant en grand, déversa la vague quotidienne d'ouvriers taciturnes. Telecanal de Russie tournait en boucle dans la salle d'accueil souterraine. Leur sas d'entrée vers les entrailles de la mine. Les hommes se harnachèrent, casque, lampe frontale, gants, empoignèrent les nouvelles machines à concasser et autres explosifs selon leur poste. Le trio grimpa avec les autres équipes à l'arrière des camions et ne remonterait pas déjeuner au réfectoire. L'ascenseur principal n'atteignait pas ces abysses ; il leur fallait encore descendre vers les boyaux à explorer, lire une carte sans se tromper d'embouchure sous peine de se perdre dans le delta de roches, errer dans les ténèbres de leur torche jusqu'au dernier souffle d'oxygène disponible de leur bonbonne, pas certains qu'une équipe de secours les trouverait à temps quand grésilleraient les talkies-walkies.

Plus personne ne parlait maintenant, brinquebalé sous la bâche du camion. Gleb pensait toujours à la mort tragique de Valentina. L'idée qu'on ait pu la violer et la tuer le révulsait, mais d'autres frissons le parcouraient, tout aussi détestables ; quel sort l'avait frappé pour qu'il découvre à l'arrière d'une voiture le cadavre de la seule femme qu'il ait aimée ? Et la forme furtive qui s'était glissée dans les congères un peu plus tôt ? Elle n'avait rien d'humain, elle était trop… rapide. Ou son esprit flanchait, saturé d'images morbides.

— Ça va ? s'inquiéta Nikita à ses côtés.

— Hum.

— Tu es tout pâle.

— Je dois être en hypo.

Nikita bien sûr n'en croyait rien ; il profita d'une obscurité passagère pour serrer la cuisse de son ami à l'arrière du camion – « Je suis là, grande bête... » Les ouvriers croisèrent d'autres monstres mécaniques, déboulant pleins phares au hasard des carrefours souterrains tandis qu'ils s'enfonçaient en cercles concentriques vers le cœur noir de la mine. On largua une première équipe à mille deux cents mètres, puis celle de Sacha à mille cinq cents. Masque à gaz, bouteille d'air comprimé, casque, bottes, gants et protections : lui et Nikita formaient la dernière équipe, que le camion déposa enfin. Une tape au cul du transporteur et il remontait par le tunnel, les laissant seuls dans le noir.

Ils ne connaissaient pas cette partie de la mine, mais le boutefeu avait préparé minutieusement son plan de tir. Les parois dansèrent un moment dans le faisceau de leurs lampes frontales tandis qu'ils approchaient de la cible. Ils suaient sous les combinaisons, Nikita alourdi par les vingt-cinq kilos du marteau-concasseur, Gleb par son sac à dos bourré d'explosifs. La pente n'en finissait plus de descendre, les phares des engins avaient disparu depuis longtemps entre les flaques d'eau qui provenaient des plafonds. On ne croisait plus personne à ces profondeurs, loin de la route principale où circulait la majorité des convois d'hommes et de matières premières. L'air se fit plus rare, plus opaque dans leurs poumons. Les heures ici comptaient double, sauf sur la fiche de paye. Il entendait Nikita maugréer dans son dos ; la carte et la boussole à la main, Gleb repéra enfin le boyau à explorer.

— C'est par là.

— Pas trop tôt, putain, lâcha le poète.

Deux kilomètres : il n'y avait qu'eux dans le ventre de la mine, et le talkie qui les reliait aux autres équipes ne captait rien dans les boyaux. Ils courbèrent l'échine dans le goulet de la galerie 6 du secteur sud, Nikita portant son engin comme un fusil à l'épaule tandis que Gleb menait l'exploration. Ils progressèrent au son des gouttes ruisselantes, slalomèrent entre les mares glauques et fétides qui pourrissaient là. L'espace se réduisit à mesure qu'ils avançaient, pris dans la nasse minérale.

— On y est, annonça Gleb en déposant son sac d'explosifs sur le sol.

Il vérifia si des morceaux de roche en suspens pouvaient tomber – auquel cas il devrait « purger » la zone –, mais le plafond du boyau semblait solide. Gleb mit l'amorce dans la cartouche, fit le nœud réglementaire et introduisit un bâton de dynamite au fond de chaque trou – « le bourrage » – en respectant les numéros des amorces. Nikita le regardait faire, précis, efficace. La moindre erreur et ils finiraient ensevelis. Une fin romantique, qui ne plaisait à personne. Gleb relia les fils et fit reculer son équipier hors de la zone. Selon la constitution du terrain, avec un bon plan de tir, une répartition des trous de foration et un bourrage bien dosé, chaque charge assurait une avancée moyenne d'un mètre cinquante, après quoi on déblayait les roches avant de poser le boisage provisoire. Sauf qu'à cette profondeur ils n'auraient pas de canons à brouillard pour aspirer le gros des fumées provoquées par l'explosion…

— Éloigne-toi, dit-il en calant sa charge.

La nuit les enveloppait dans la galerie souterraine ; Nikita attendit son équipier à l'entrée du goulet pour se mettre à couvert. Gleb étira le rouleau à mesure qu'il reculait en s'aidant de sa lampe frontale, dix, vingt, trente mètres... Suffisant d'après ses calculs. Enfin, Nikita aux abris, Gleb posa la main sur le détonateur.

— Mise à feu !

Et il fit « chialer la matière »...

La détonation résonna loin après eux, arc-boutés contre les flancs de la baleine, et fit trembler le sol en crachant sa fumée. Ses volutes dansèrent longtemps dans le feu de leurs torches avant de lentement s'évaporer. Leur respiration était régulière sous le masque à oxygène. Les fumées créées par l'explosion se dissipant peu à peu, Nikita prit les choses en main.

Après sept ans d'excavation, le mineur avait développé une musculature propre au matériel embarqué, de longiligne il était devenu d'airain pour encaisser les secousses du marteau-piqueur. Une armure de paille... Nikita perforait depuis dix minutes, sa nouvelle machine percutant la roche au-dessus de lui, quand il ressentit une terrible décharge dans ses bras : une déchirure si violente qu'il lâcha le concasseur. Un cri de douleur étouffé, l'engin qui roule à terre, un juron et pas le temps de reculer : la roche qui avait commencé à se détacher de la paroi s'affala d'un bloc sur lui et son genou, qui encaissa l'essentiel de la charge.

Nikita jura tous les diables sous son masque, mâchoires soudées. Une attaque minérale pour une fracture laide à voir : l'os était à nu, sa chair rouge sang à la lumière de la frontale. La douleur le fit vaciller. Incapable de se mouvoir parmi les gravats fumants, il revint en rampant vers Gleb, qui se précipitait dans le boyau.

— Nik ! Ça va ? Montre ta blessure, montre !

Le mineur se tenait la jambe, déjà pâle. Effaré par l'état de son genou, Gleb comprit qu'ils étaient dans de sales draps. L'air au fond de la mine était vicié, on y respirait avec peine en s'amochant les poumons et ils n'avaient pas de contact radio, aucun moyen de communiquer avec la surface pour qu'on vienne les sortir de là. Il faudrait du temps avant qu'on s'inquiète de leur absence. Impossible de marcher, même en soutenant Nikita par l'épaule ; la pente pour atteindre les secours était raide et, à cloche-pied, heurts et vibrations finiraient de l'envoyer dans les limbes. Il n'avait pas d'autre choix que de prendre Nikita sur son dos.

Ils abandonnèrent leur matériel, trop lourd, à commencer par les bonbonnes d'air.

— Accroche-toi et serre les dents, on va y arriver, dit Gleb en hissant le blessé. T'évanouis pas, hein ?!

5

Boris gara la Toyota sur le parking visiteur de l'hôpital Ogoner. Un sachet de bonbons à la menthe dans la poche, il suivit le parcours fléché qui menait au sous-sol.

Trois jours étaient passés depuis l'ultimatum du chef des homicides et les pistes étaient maigres. Le véhicule où on avait retrouvé Valentina, une Renault datant de 2007, appartenait à un certain Ivan Ichounev, un ouvrier de l'usine fermée quatre ans plus tôt. Célibataire sans enfants, décédé deux ans auparavant d'un cancer du poumon avant de fêter sa cinquième décennie, Ichounev avait probablement abandonné sa voiture, comme tant de gens le faisaient quand elles tombaient en panne et étaient trop vieilles pour être réparées. Le tueur avait dû repérer la Renault avant le meurtre, ou il avait improvisé une fois son forfait commis. Les prédateurs sexuels connus morts ou en prison, il restait la piste du rôdeur, du type sous l'emprise de la drogue qui aurait forcé Valentina à le suivre… Boris poussa la porte battante du réduit aseptisé où il avait rendez-vous avec la légiste, appréhendant de retrouver la cousine d'Anya en morceaux. Il n'avait pas remarqué les carrelages blancs sur les murs et le sol plastifié, seule l'odeur d'antiseptique lui remontait.

Lena Bokine lui serra la main, une blouse la recouvrant des pieds à la tête, aligna quelques mots de bienvenue pour le dérider. Elle n'était pas la moins tendue dans la chambre froide. Avec une population locale n'excédant pas deux cent mille personnes, Lena se doutait qu'elle recevrait un jour la dépouille d'une connaissance voire d'un de ses proches. Valentina Oulianova en l'occurrence, l'ex-fiancée de Gleb. Les moyens qu'on lui donnait pour aider à lui rendre justice étaient limités, on manquait de tout, à commencer par les salles d'autopsie et les appareils d'analyse propres aux prélèvements, mais Lena ne serait pas une simple laborantine sur l'affaire : un double meurtre, le coup d'essai était un coup de maître, raison supplémentaire pour ne pas se rater.

— Vous n'avez plus votre pull, lieutenant ? dit-elle pour chasser sa nervosité.

— Il est au sale.

— Votre femme pense à tout.

Boris opina mollement.

— Vous croyez qu'on peut se tutoyer, Lena Bokine ?

— Lena Bokine est flattée qu'un officier de votre âge demande la permission, on a plutôt tendance à me prendre pour une stagiaire sous prétexte que je viens d'obtenir mes diplômes.

— Je ne suis pas si vieux, tenta-t-il de plaisanter.

Car le corps nu allongé sur l'inox le mettait mal à l'aise. Valentina n'était pas de sa famille, mais la découvrir ainsi sur le linceul d'acier avec son beau visage pâle, sa peau juvénile recousue après les premiers prélèvements, les cotons sur ses yeux comme s'il valait mieux ne pas les voir, son pubis rasé, tout cela le retournait comme un matelas dans le grenier. Boris ravala sa salive mentholée, partagé entre la désolation et la syncope.

— Qu'est-ce que tu peux me dire sur elle ?

— À part qu'avec un physique pareil c'est vraiment du gâchis ? Eh bien, d'après l'enfoncement de la glotte, je peux confirmer que Valentina est morte suite à une strangulation. Les mains d'un homme, ou d'une ogresse. Plus grandes que les tiennes en tout cas, se sentit-elle obligée de préciser.

Boris avait de petites mains boudinées.

— Des traces de peau sous ses ongles ?

— Non, aucune.

— Elle a pourtant dû se défendre.

— Pas si elle était attachée ; il y a des marques rouges sur ses poignets, qui semblent renforcer l'hypothèse.

— Hum. La mort remonte à quand ?

Lena tapota un de ses instruments de torture post mortem sur le rebord métallique, ses cheveux auburn entassés sous la charlotte.

— Avec ce froid, difficile à dire : deux jours, une semaine… Le corps n'a jamais commencé son processus de décomposition. La victime a donc été tuée en dehors des habitations, ou quelques heures à peine avant qu'on abandonne son corps à l'arrière du véhicule.

— Comme le Nenets sur le toit.

— On peut dire ça.

— Ça induit que le tueur s'est débarrassé du corps sitôt le meurtre commis. Il n'a pas pu la tuer sur place, dans une voiture abandonnée, à – 30 °C. Et puis on n'a pas retrouvé ses sous-vêtements. Valentina a subi un viol, ou des violences sexuelles ?

— Il y a de légères lésions, répondit Lena en désignant l'entrejambe. Viol, oui, peut-être. À moins que Valentina n'ait eu un rapport, disons, vigoureux, peu avant sa mort. En tout cas, j'ai retrouvé des fluides corporels sur sa robe.

Lena Bokine ménageait ses effets.

— Des fluides ? De quel genre ?

— Mucus, suif, sperme, sueur, salive, je n'ai pas les moyens techniques de le préciser, mais on peut en tirer de l'ADN.

Boris reprit des couleurs : ils pourraient comparer l'identité génétique des suspects, s'il en trouvait…

— Tu as un scénario à me proposer ?

— Eh bien… Je dirais que le tueur a agi de manière impulsive. Qu'il faut cinq minutes pour étrangler quelqu'un, qu'avec un froid pareil il valait mieux être à l'abri, y compris des regards. Que, viol ou pas, il a pu abandonner des fluides biologiques sur sa robe, soit en retirant un préservatif, soit en ahanant pour porter le corps jusqu'à la voiture abandonnée, en éternuant ou encore en essuyant sa morve sur un gant qui aura touché sa robe avant de se cristalliser avec le froid…

— La route était assez loin des congères.

— Il a bien fallu amener Valentina jusque-là.

— Un amateur, qui a agi dans l'urgence, pensa Boris tout haut. Mais qui avait des préservatifs sur lui. Un obsédé sexuel.

— Le sperme n'est qu'une hypothèse. Et les préservatifs sont des outils préventifs, pas agressifs.

— Sauf si on veut violer quelqu'un sans laisser de traces.

— Il en a laissé une pleine pelletée.

Le lieutenant opina.

— Tu peux analyser ces fluides ?

— Seulement pour l'ADN, répondit l'assistante, si le chef légiste me donne accès au protocole avant que la famille vienne récupérer le corps.

— Ils sont attendus dimanche, par le vol du matin, répondit Boris, au courant.

— Ça nous laisse un peu de temps.

— Bien. Je m'en occupe en sortant.

Lena Bokine avait fait du bon boulot. Mais lui hésitait. Il lui manquait toujours un lien entre les deux crimes, et le viol présumé l'éloignait du Nenets : devait-il se concentrer sur Valentina, plutôt que de perdre son temps à vouloir recoller les morceaux d'un mauvais puzzle ? Illitch ne lui ferait pas de cadeaux, ce n'était pas son rôle, et chaque jour comptait avant qu'on lui retire l'affaire.

— Tu as toujours le Nenets en stock ? demanda-t-il.

Lena secoua la tête sous sa charlotte.

— Pourquoi, tu ne l'as plus ?

— On n'allait pas le garder en vitrine dans un musée de cire, comme Staline, dit-elle. Tu pensais à quoi ?

— On aurait peut-être retrouvé les mêmes fluides corporels sur le cadavre de l'éleveur. Ceux que tu as trouvés sur la robe.

— Si le Nenets s'était battu avec le tueur avant d'être assassiné, oui, peut-être… Mais ça, on ne le saura jamais.

Le bonbon finissant de se dissiper, l'odeur d'antiseptique se fit plus prégnante dans la salle d'autopsie. Lena sentit qu'il allait partir.

— En tout cas, merci pour ta confiance, Boris Ivanov. Le chef légiste m'a dit bonjour ce matin. Une première.

— Pourvu que ça dure… Rien d'autre ?

— Des fluides biologiques sur la robe de la victime, il te faut quoi de plus ?

Cent millions de roubles, pour envoyer Anya dans un sanatorium, songea-t-il en vidant les lieux.

*

Il n'y avait pas un jour où Boris ne pensait pas à Irkoutsk, que les pionniers cosaques avaient bâtie à la force du poignet et quelques beignes aux autochtones.

Les tsars avaient pris l'habitude d'y envoyer leurs dissidents politiques en exil, mais comme il fallait *trois années* de traîneau pour effectuer l'aller-retour depuis Saint-Pétersbourg, les conjurés, une fois leur peine de travaux forcés effectuée, n'en faisaient qu'à leur tête. Les fameux décembristes inspirés des Lumières avaient ainsi fait d'Irkoutsk la ville la plus libérale de Russie, au nez et à la barbe d'un pouvoir qui longtemps n'en avait rien su. La cité avait brûlé presque entièrement en 1879 mais on l'avait reconstruite, plus dure, plus belle, jusqu'à devenir la capitale culturelle de la Sibérie. Boris aimait ses bâtiments colorés et ses fenêtres en bois, les dizaines d'églises restaurées et les musées à la gloire des pionniers, ses parcs et ses sculptures, le fleuve au courant violent qui clouait les barques des pêcheurs avant de se jeter tête baissée dans le Baïkal.

Boris Ivanov n'était pas le descendant d'une noblesse déshéritée mais de simples charpentiers partis à l'aventure à la suite des chasseurs de zibeline. De l'or en fourrures qui, des siècles durant et au prix de l'extermination presque définitive du petit animal, avait permis l'expansion des villes et des hameaux. Le Baïkal par-dessus tout manquait à Boris. Féru de pêche, il passait ses dimanches au bord du lac, « la perle de la Sibérie », qui battait tous les records : le plus profond au monde (sept cents mètres de moyenne), le plus long (plus de six cents kilomètres pour deux mille de rives), le plus clair (visibilité parfaite jusqu'à quarante mètres), le Baïkal était aussi la plus grande réserve d'eau douce de la planète – un cinquième à lui seul.

Boris se rendait souvent sur l'île d'Olkhon le week-end ; les eaux étaient riches en crevettes endémiques, en *omouls*, poissons appréciés par les phoques et les gastronomes, que Boris écumait à bord d'un petit bateau à moteur surpuissant. Car si l'eau était froide en toutes saisons, les tempêtes du Baïkal se révélaient aussi soudaines que dévastatrices, quand le vent dévalait les vallées transversales et débouchait sur la Petite Mer. Les plus violents, dont la sarma, se déchaînaient à plus de cent cinquante kilomètres/heure et soulevaient des vagues de six mètres, provoquant des naufrages aussi vieux que la mémoire des hommes. Certaines zones du lac pouvant atteindre près de deux kilomètres de profondeur, Boris aimait imaginer le nombre d'embarcations et de malheureux marins échoués dans les abysses du monstre. Sa glace était si épaisse qu'on y roulait en voiture de janvier jusqu'à mai, le long de tracés qu'il valait mieux respecter sous peine de rejoindre goélettes et chalutiers au fond de l'eau. Une histoire épique, à la hauteur des Cosaques qui, bien après les Chinois, l'avaient découvert quatre siècles plus tôt.

Le lac Baïkal était son repère sur la carte du monde, son centre et son refuge. Boris n'avait jamais brillé en amour, et peu de femmes aimaient la pêche. Son but n'était pas tant de ramener des poissons que de flâner « en mer » quand le temps le permettait, de suivre les rives ou simplement d'admirer les lames de glace qui jaillissaient de la banquise, sculptures fabuleuses et stalactites éperonnant l'apesanteur depuis les grottes nichées dans les falaises. D'un blanc éclatant de l'hiver au printemps, des flots vif-argent le reste du temps, le spectacle de la nature ne lassait pas des hommes comme lui, plus attachés à la contemplation qu'à la vitesse d'une époque qui filait sans eux…

Norilsk était une punition comparée à Irkoutsk, un bannissement comme l'avaient subi les décembristes et leurs femmes, souvent des princesses, qui avaient suivi leurs maris à l'autre bout de leur monde. Il se sentait comme l'un de ces conjurés, châtié pour loyauté envers ses convictions, sa lignée, sa honte d'enfant quand son père l'avait pris la main dans le sac de sa mère. La rencontre avec Anya l'avait sauvé de la dépression mais, même s'il venait à trouver l'argent, il n'y avait pas de sanatorium digne de ce nom à Irkoutsk…

Boris regardait sa femme grimper sur ses platform boots avant de sortir dans le froid, un simple avant-goût de ce qui les attendait à la morgue.

— Tu es sûre que tu veux venir ?

— Valentina est ma cousine, répondit Anya en enfilant son bonnet à pompons. On ne va pas laisser ses parents seuls dans cette épreuve.

Andreï Voronine était déjà en bas de l'immeuble, un texto les pressant de descendre.

Ils échangèrent peu de mots dans la Lancia – les parents les retrouveraient à l'hôpital Ogoner dans la foulée de l'aéroport, repartiraient à Novossibirsk par le vol du soir avec le cercueil de leur fille spécialement affrété.

Ancienne danseuse, Elena Oulianova gardait la grâce d'une méduse remontant à la surface malgré le chagrin qui l'accablait, un homme à son bras si las qu'elle semblait le porter. Anya et Andreï ne les avaient pas vus depuis leur départ, des années plus tôt, ce qui ne les empêcha pas de s'embrasser chaleureusement. Un moment intime, guère encouragé par les bruits de chariots dans les couloirs de la morgue. Boris resta en retrait, avec l'assistante du légiste chargée de leur remettre la dépouille, un cadre professionnel neutre qui était une façon de répondre au désir de justice de la famille. Le lieutenant avait bon espoir depuis que sa hiérarchie avait validé ses demandes. L'ADN issu des fluides corporels codé par la biologiste, la police avait commencé à le comparer avec celui des délinquants connus.

— Toujours pas de résultats ? chuchota Lena tandis que la famille se réunissait pour prier.

— Pas encore. Le tueur n'est pas dans nos fichiers, mais on va bien finir par le débusquer.

— J'espère…

Valentina attendait près des tiroirs réfrigérés, étendue sur le brancard. Une bâche découvrant son beau visage, la jeune femme semblait dormir. La famille vint à son chevet. Anya tenait la main de son frère, Andreï, solennel dans son uniforme de chef de service aux douanes. Mère Courage, Elena Roukova Oulianova faisait face, les traits dissous dans une mélasse de tristesse et d'incompréhension. Elle avait dû être belle, quand ses cheveux blancs étaient blonds et que leur fille était encore une poupée montée sur ressorts ; Boris Ivanov sondait la malheureuse, ses yeux verts qui prenaient l'eau, n'y vit que de la détresse. Son mari se tenait à ses côtés, totem émacié et lugubre dans son costume du dimanche. Il serrait ses doigts, aussi pâle que sa fille, les nerfs en coton… Valentina semblait dormir, bien sûr c'était mieux de penser ainsi, la robe qu'Anya avait dégottée dans l'appartement de Doudinka lui donnait des airs de sainte, avec ses mains croisées sur sa poitrine. La vie défila en flashs sous leurs yeux de parents, l'instant où Elena l'avait vue sortir de son ventre, douleur fumante révélant un bonheur éperdu, Valentina et ses premiers pas mal assurés au jardin d'enfants que Sasha filmait au Camescope, les chutes de son premier vélo et ses pleurs rentrés pour remonter en selle, puis sa mine boudeuse d'adolescente, ses diatribes, sa volonté d'indépendance, ses fiançailles ratées, les liens qui s'échappent et qu'on laisse filer : il y a un âge où il faut laisser partir ses enfants dans l'espoir qu'ils reviendront un jour avec un bébé à présenter, c'était bien ainsi qu'on se retrouvait entre parents et enfants, croyaient-ils, sauf que le sort n'avait pas voulu qu'il en soit ainsi : sa joie de mère, Elena Oulianova allait la ramener entre quatre planches sur le continent, où son mari esquinté finirait de ruminer cette mort affreuse, sa femme pour pompe à malheurs…

Andreï Voronine sortait de l'institut médico-légal, tenant solidement le bras de sa sœur, lorsqu'il sentit son téléphone vibrer dans sa poche. Il s'excusa et prit la communication pendant que Boris le relayait auprès d'Anya, qui n'avait plus de larmes. Quelques mots brefs dans le combiné, un regard en biais pour le policier, qui compris aussitôt : il y avait du nouveau.

*

Une grosse femme aux traits autochtones se tenait dans le couloir vitré qui menait aux douanes de l'aéroport, vêtue d'une tunique de laine épaisse rouge vif et de bottes en peau de renne, encombrée de bagages. Andreï et Boris doublèrent la queue qui s'étirait devant le portique de sécurité, passèrent sous l'arche sans que le premier ait besoin de montrer son badge.

— Beau joujou, dit Voronine en admirant le Stechkin qui bipait dans le sas de détection.

— C'était à mon grand-père, militaire.

— Le héros de guerre.

— Hum, hum.

Boris récupéra le précieux pistolet, le rangea dans le holster spécial qu'il tenait sous son aisselle. Il ne s'en était jamais servi mais l'arme du héros de l'Armée rouge avait quelque chose de réconfortant.

— On nous attend là-haut, fit sobrement son beau-frère.

Une minuscule cage de béton au verre épais comme une bûche faisait office de prison, avec un unique banc que pouvaient surveiller deux agents au double menton derrière leur comptoir, siamois silencieux qui les accompagnèrent du regard. La salle de télésurveillance était aussi gaie que les préfabriqués du rez-de-chaussée, mais un plateau les attendait sur le bureau avec du thé et des gâteaux.

L'agent que Voronine avait dépêché pour visionner les images des caméras de surveillance de l'aéroport avait fini par dénicher une piste. Petkovitch, un bleu qui s'y connaissait en nouvelles technologies.

— On a eu des problèmes pour les retrouver parmi le bordel informatique de stockage vidéo, commença-t-il en désignant le banc de montage sur son ordinateur, mais Valentina Oulianova a bien débarqué au petit matin le 20 mars : on l'aperçoit trois fois sur les bandes. Malheureusement, pas de grand méchant loup pour l'attendre à bon port.

— Elle était seule ?

— Jugez par vous-mêmes.

Andreï et Boris se postèrent derrière l'écran, laissant le soin à Petkovitch de caler la séquence : une image en noir et blanc de qualité douteuse où l'on devinait un lot de passagers attendant leurs bagages devant un tapis roulant.

— C'est elle, dit l'agent en pointant une silhouette sur l'écran.

C'était étrange de voir l'image animée de Valentina, méconnaissable sous la chapka et la large écharpe qui mangeait la moitié de son visage. Aucun contact avec les autres passagers, ni rien qui pût attirer l'attention. Elle portait les mêmes vêtements qu'à l'arrière de la voiture. La jeune femme finit par saisir son unique mais volumineuse valise avant de disparaître du radar visuel.

— C'est tout ?

— Pour cette scène, oui, dit-il, laissant augurer qu'il y en avait d'autres.

Les policiers se concentrèrent sur les mouchards panoptiques : une seconde vidéo voyait Valentina présenter ses papiers au poste de douane, puis récupérer son passeport et ses papiers dûment tamponnés. Rien à signaler du côté du FSB, l'étudiante à distance avait une autorisation de sortie de territoire pour ses partiels. La troisième caméra se situait à la porte de débarquement, dans le dos des passagers qui se dirigeaient vers la sortie. Valentina apparut de nouveau, désormais reconnaissable avec sa chapka, sa valise à la traîne : elle marqua un temps d'arrêt en découvrant les chauffeurs de taxi qui attendaient dans le hall d'arrivée. De fait, ce fut alors une véritable foire d'empoigne : happée comme les autres par les dizaines de mains avides qui cherchaient à s'emparer de son bagage, Valentina disparut brusquement du cadre, noyée dans la cohue, sans qu'on sache quel chauffeur avait fini par s'imposer…

— C'est le dernier contact qu'on a avec elle, conclut le jeune agent.

— Il n'y a pas de caméras au niveau des portes automatiques ?

— Dehors si, mais elles ne fonctionnent plus.

— Pourquoi ?

— Parce qu'on est en Russie.

Voronine s'empara de la souris de l'ordinateur et cala le curseur sur la dernière image de sa cousine : une demi-douzaine d'hommes se pressaient autour de Valentina, difficilement identifiables, le visage en partie caché ou vu de dos. Aucune femme parmi les chauffeurs de taxi… Il fallait être deux pour forcer quelqu'un à grimper dans l'habitacle, songea Boris : une femme ne monte pas dans n'importe quelle voiture, sauf si elle connaît le conducteur.

— Tu en penses quoi ? demanda Voronine.

— Qu'on a pu séquestrer Valentina sur la route de l'aéroport. Avant même qu'elle ait posé le pied chez elle, à Doudinka.

— Par qui, un des taxis ?

— Une voiture, c'est encore le meilleur moyen d'enlever quelqu'un, non ? La moitié des chauffeurs sont des particuliers qui n'ont pas de licence ou le font pour arrondir leurs fins de mois. Valentina était belle, seule. Une proie idéale pour un cinglé.

Voronine acquiesça ; lui aussi pensait aux fluides corporels que le légiste avait en stock. À l'ADN qu'on venait d'analyser, ces chaînons manquants qui les mèneraient au tueur.

*

L'immeuble de Shakir donnait sur le quartier des *gostinka*, séparé par un terrain vague qui servait de déchetterie. La chambre n'avait pas de vue directe sur le dehors ; l'unique fenêtre en bois était composée de vitres séparées presque constamment gelées, avec une lampe entre les deux imitant la lumière naturelle. Seul l'été lui laissait entrevoir la ville et ses habitants, les filles en jupe et leurs jambes, le reste du temps, il devait se contenter de la lucarne de la cuisine… Douze ans déjà que l'Ouzbek vivait dans ce réduit foutraque où pendaient des fanions de foot et de rares ustensiles de cuisine, une cage de douze mètres carrés comme il y en avait des dizaines dans sa barre. La décoration se résumait à une télévision qu'il ne regardait plus, ou alors pour le sport, un canapé kitsch et d'affreux rideaux roses qui tentaient de se faire passer pour des fleurs. Heureusement il y avait son chien, gardien de ses cauchemars.

Un peu de salive sur une languette, comme il l'avait vu faire dans les séries télé : Shakir n'avait pas eu d'autre choix que de livrer son ADN aux laborantins de la police de Norilsk. Ils avaient débarqué chez lui ce matin avec leurs faces blanches, leurs tubes et leurs gants de plastique, et ses vieux complexes de cul-noir avaient repris le dessus. Il avait dit aux flics qu'il ne tenait pas de registre de ses clients, pas de fiches mémos, il n'était qu'un taxi privé qui distribuait ses cartes de visite au cas où on aurait besoin de ses services, une fille comme Valentina Oulianova, il s'en serait souvenu… Shakir avait menti aux enquêteurs et on l'avait cru.

Il avait menti pour sauver sa peau de cul-noir mais, depuis, l'Ouzbek ne savait plus à quel Dieu se vouer. Car les visions étaient revenues l'assaillir, à s'en détruire le sommeil : des visions de guerre, de corps amputés garrottés pour qu'ils vivent encore, manchots culs-de-jatte n'ayant plus que la force de crier d'effroi, cette peur d'être pris à son tour par les moudjahidines et abandonné dans la rocaille, quart d'homme réduit à un tronc sanguinolent pleurant sa maman, comme le pauvre Igor. Une pure terreur. Il se sentait coupable. Le Raskolnikov de *Crime et Châtiment*, un des rares livres qu'il ait lus, retrouvé dans les cantines de son copain d'armée avant qu'on le ramasse en charpie. Comme si, au fond, il avait passé sa vie à aller au-devant de la mort. Toujours la mort…

Shakir venait de faire des courses à l'épicerie de quartier, des soupes déshydratées venues de Chine, une bouteille de vodka pour faire passer le goût industriel, des gâteaux, un peu de viande congelée, un sac de croquettes immondes pour son chien, qu'il coupait le plus souvent avec de l'eau et du pain. Sneg venait de bâfrer une pleine écuelle, en avait foutu partout. Comme c'était son coin, Shakir laissa l'auge en l'état et fit chauffer l'eau du *tchifir*, le thé très fort à la mode sibérienne qu'il aimait prendre à la fin de son repas.

Il n'était pas retourné au Lexx depuis l'entrevue avec le lieutenant Ivanov. Les flics d'ici n'avaient pas de raisons d'être meilleurs qu'à Moscou, mais l'atmosphère chic et feutrée du club érotique lui manquait, la pole dance et les images plus douces-amères qu'il ramenait chez lui… Enfin, le thé bu, il attrapa la laisse pendue au clou.

— Allez, on se bouge !

Sneg dressa les oreilles au signal. C'était l'heure de la promenade. Quinze à trente minutes selon les températures, sauf les jours de blizzard, qui interdisait tout mouvement.

— Doucement, doucement !

Sneg tirait sur son collier, excité par la balade du soir. Un soubresaut d'ascenseur et les griffes de l'alabaï crissaient sur le carrelage crasseux du hall ; l'appel du large. L'Ouzbek dévala les marches au pied du bâtiment, entraîné par l'élan de son compagnon, qui manqua de le faire tomber. Une gueulante le rappela à l'ordre, avant de longer le trottoir défoncé.

Il était tard, la neige éparse malgré le printemps entamé. Ils ne croisèrent personne à cette heure du dîner – ça sentait la soupe et les boulettes à l'étage. Le bourane filait toujours le long des avenues, plongeant peu à peu Norilsk dans les ténèbres. Shakir se laissa emporter par

Sneg, qui haletait à l'ombre des lampadaires ; la laisse du harnais fixée à sa ceinture, il dut bientôt trottiner pour suivre le rythme du forcené. L'homme commençait à suer sous sa parka malgré les températures négatives ; il ralentit l'allure, risquant de voir ses poumons éclater.

— Sneg ! Doucement, bon Dieu !

Le chien tirait toujours comme une brute sur son harnais mais l'ancien soldat était encore assez costaud pour le maîtriser. Sneg dut se résigner à aller au pas, langue pendante, les yeux rivés sur son espace de jeux, tout là-bas : le terrain en friche qui menait aux premiers *gostinka*, plein de poudreuse… Il redoubla d'ardeur.

— C'est bon, grogna l'Ouzbek, c'est bon !

Il n'y avait plus de lampadaires dans ce secteur de la ville, dont la lune drapait les contours. Le moment où l'alabaï devenait le plus incontrôlable : Shakir défit la boucle du harnais et, la laisse à la main, le regarda filer comme un lasso vers le terrain vague. Instinct sauvage ou dévoreur d'espace, Sneg n'était déjà plus qu'une forme blanchâtre sous les astres, qui bientôt se roula frénétiquement dans la neige.

Shakir resserra sa chapka sur ses oreilles. C'était vendredi, demain, le jour où tout le monde sortait pour la fin de semaine. Depuis quand n'avait-il pas parlé à quelqu'un qui n'en voulait pas à son argent ? L'Ouzbek ne savait aborder les femmes qu'aviné, comme à l'armée, et il n'avait pas d'ami à qui se confier, que ce chien… Sneg finissait de se rouler dans la neige, extatique, et se dressa pour uriner dans des coins stratégiques. Son territoire. Shakir marcha vers lui, statue lente sous la lune, quand son chien se figea… Il avait senti quelque chose. Une odeur qui, très vite, le rendit dingue : l'alabaï se mit à japper en montrant les crocs, à l'autre bout du terrain vague.

— Calme-toi ! Allez, viens là !

Shakir n'eut pas le temps de boucler la laisse au harnais : le chien déguerpit, la bave aux lèvres, et se rua vers les *gostinka*.

— Ici, Sneg ! hurla-t-il. Ici !

La nuit l'engloutit.

6

Le consortium avait pris en charge les frais liés à l'opération et à l'hospitalisation du mineur ; on lui avait ôté sa rotule pulvérisée dans l'accident, le genou était salement amoché mais, d'après le chirurgien, il pourrait remarcher après une solide rééducation. Un moindre mal si l'on songeait à la masse qu'il aurait pu prendre sur le crâne. Ça ne consolait pas Nikita Korzov.

Le danger participait à son quotidien de fourmi noire répandant l'acide dans les entrailles de la terre, attaquer la termitière valait toujours mieux qu'obéir à un chef de bureau ou à un de leurs algorithmes tueurs, mais Nikita n'avait pas prévu que ses bras le lâcheraient. Que la nouvelle machine à concasser serait trop puissante pour lui, le poète d'airain… Une semaine était passée, des jours qui comptaient triple. Culpabilité, colère, reconnaissance douloureuse envers Gleb, qui l'avait sorti du boyau et ramené à la surface, il n'était qu'une plaie, au propre comme au figuré.

Le mineur partageait la chambre avec un accidenté de la route, au visage recouvert de gaze. Une fracture du crâne et de la mâchoire qui, heureusement, l'empêchait de parler de ses petits problèmes de santé. Nikita ne chuchotait pas à l'oreille des chevaux blessés, il n'avait d'ailleurs tenu personne au courant de sa mésaventure sous terre : sa mère l'appellerait tous les jours à l'hôpital, s'inquiéterait passionnément pour son fils unique et lui détestait échanger autour de sujets intimes. Quant à l'infirmière de service, une grosse dame joviale comme si on lui tirait les poils du nez, elle se contentait de changer ses pansements comme du ruban adhésif, plus préoccupée par l'état de la momie de l'autre côté du rideau.

Restait Gleb, qui passait le voir en coup de vent après le boulot.

— Comment ça va aujourd'hui ? s'enquit-il en posant sa parka sur la chaise voisine.

— Bof.

— Tu m'as dit la même chose hier.

— Aujourd'hui c'est pire.

Nikita dressa ses mains au-dessus du drap, les étendit à la manière d'un pianiste, mais ses doigts tremblaient comme des feuilles d'automne.

— Le médecin, il dit quoi ?

— Choc post-traumatique.

— Alors ça passera.

Ils étaient seuls dans la chambre, mais impossible de savoir si le voisin de chambrée les écoutait derrière le rideau.

— Quoi de neuf ? demanda Nikita en se redressant sur son lit.

— Zipper joue demain au Szaboy. On pourrait organiser un convoi spécial pour toi avant de te ramener par la peau du cou.

— Je vous filerais mes microbes.

— On est immunisé, depuis le temps.

— Passe dix jours à l'hôpital, professa Nikita, tu verras ta tête de virus.

Gleb sourit à son homme, excessif en soie japonaise criblée de balles, le trouva de fait assez pâlot. Il tira de sa poche un cahier d'écolier et un crayon quatre couleurs accroché à la couverture, qu'il déposa sur la table de chevet, près des recueils de poésie ressortis des limbes pour l'occasion.

— Tiens, dit-il, je t'ai apporté ça, au cas où tu voudrais expier tes péchés.

— Envoie-moi un prêtre, la prochaine fois, ça ira plus vite.

— Justement, tu as le temps.

— De mourir à petit feu, oui, convint Nikita. À côté de l'autre débile…

Gleb sourit au rideau qui cachait l'accidenté de la route.

— Mourir, mourir, tu n'as que ça à ta bouche de poète : tu sors dans une semaine, pense plutôt qu'il fera beau ce jour-là, le temps passera plus vite.

— Je te promets rien.

— À la bonne heure. C'est toi le plus fort, de toute façon, ajouta Gleb avant de prendre congé.

Il mentait, croyant peut-être lui faire plaisir. Et son sourire était si beau que Nikita avait envie de le détruire.

*

Travaillant à mille cinq cents mètres sous terre, oncle Sacha avait été le premier à voir arriver Gleb dans le tunnel, à bout de forces. Le boutefeu avait gravi les trois kilomètres de côte et de faux plats qui les séparaient, quatre-vingts kilos de poids mort agrippés à ses épaules, sans flancher. Nikita avait le genou brisé, souffrant le martyre à en croire son visage exsangue, mais Gleb avait remonté son équipier sain et sauf. Un acte héroïque, comme les aimaient les Russes, les Cosaques que Sacha allait retrouver pour son défouloir hebdomadaire.

Une porte de fer menait aux vestiaires du gymnase, où les combattants pouvaient se changer avant d'entrer dans l'arène. Une douzaine d'hommes constituaient l'équipe de béhourd, des gars de la mine en majorité. Tous étaient au courant de l'accident survenu la semaine passée mais, superstitieux, on préférait se taire pour ne pas attirer le mauvais œil – finir enseveli était le cauchemar de tous les mineurs… Ils s'adressèrent de grandes claques à l'épaule pour oublier que le vestiaire était à peine chauffé, plaisantant bruyamment tout en enfilant leurs protections – torse, jambes, tête, bras, et un bouclier sanglé au coude. Les rires masquaient l'appréhension de la bagarre à venir – on allait tout de même se cogner dessus, sans pitié, jusqu'à l'épuisement.

« On va leur mettre la pâtée, à ces cocus de rouges ! » blaguaient-ils à demi.

L'équipe de Sacha avait la panoplie des blancs, un combat à armes égales et que les plus forts gagnent. Ils ne connaissaient pas leurs adversaires du soir, mais Sacha repéra Andreï Voronine, le frère de la petite Anya. Un costaud lui aussi, que Sacha avait déjà jeté à bas… Le bon géant avait une préférence pour la masse, moins maniable que la hache ou l'épée, mais qui avait le mérite d'écraser toute résistance si elle était bien envoyée.

Sacha faisait des ravages depuis qu'il l'apprivoisait, et les rires démoniaques fusaient dans les travées quand un malheureux adversaire se la prenait en pleine face, le plus souvent assommé pour le compte.

Un tapis de sciure de cent mètres carrés délimité par des balustrades constituait l'arène, où tous les coups étaient permis. Un gradin se dressait tout du long. Sacha empoigna une masse sous les commentaires de son équipe, jaugea l'adversaire : six blancs contre six rouges, pour la première bataille rangée de la soirée. Un grand blond casqué qu'il ne connaissait pas paradait parmi les ennemis, fendant l'air de son épée. Pauvre type. La cloche marquant le début des hostilités, Sacha monta à l'assaut en hurlant.

Les hommes se ruèrent dans une mêlée vite indescriptible, sous les encouragements des uns et des autres. L'ambiance restait bon enfant mais les coups pleuvaient dru, violents. La sueur coulait sous les casques. Les combattants frappaient sans discontinuer, soufflaient comme des bœufs, encaissaient les attaques furieuses en serrant les dents, frappaient encore à tour de bras, jusqu'à ce que les forces manquent : alors seulement les différences se faisaient, et gare aux poumons crapoteux. Sacha avait terrassé un adversaire, dès lors contraint de se retirer du jeu, mais après quelques minutes de combat son équipe n'avait pas le dessus : ils n'étaient plus que deux blancs debout dans la sciure, épuisés. Andreï Voronine crut le moment opportun pour passer à l'attaque, mais Sacha l'attendait. L'épée du douanier se fracassa sur son bouclier, avant qu'il ne riposte avec une énergie décuplée. Voronine plia sous les coups de boutoir et roula bientôt à terre, vaincu. Sacha eut un sourire de satisfaction… qui ne dura pas : il était le dernier survivant de son équipe.

Trois hommes lui faisaient face dans le cercle de sciure, hors d'haleine eux aussi, dont le grand type croisé tout à l'heure. Un nouveau sans doute, presque aussi grand que lui mais plus épais, si c'était possible, en sueur sous ses protections : il adressa un signe à ses acolytes exténués, et avança seul vers Sacha.

Un combat singulier, très bien…

Reprendre son souffle, oublier les cris de son équipe collée aux balustrades, les néons qui illuminaient le visage pâle de l'adversaire, étudier ses armes et ses protections pour trouver la faille. L'autre suivait son regard au millimètre et n'avait pas du tout envie de rire. Celui qui mordrait la poussière perdrait la face. Le code entre eux était clair.

Sacha bondit sans crier gare, abattit sa masse d'un geste circulaire pour augmenter la probabilité de toucher l'ennemi, mais ce dernier repoussa son assaut avec une facilité déconcertante. Sacha se rétablit, solide sur ses jambes, et comprit qu'il était tombé sur un os : jusque-là, on ne l'avait jamais écarté comme un fétu de paille.

L'homme se rapprocha en serrant son épée, plongea son regard clair dans les pupilles de Sacha comme pour l'aspirer, mais le mineur ne lui laissa pas l'initiative : il lui porta un coup à la tête qui se perdit dans le vide, avant d'essuyer un terrible choc derrière la nuque. Sacha vacilla, sonné, mais ne tomba pas. Déjà le danger était sur lui : le mineur se retourna en opposant son bouclier, recula sous le double impact de l'assaut et ouvrit des yeux fiévreux. L'ennemi avait lâché son bouclier pour saisir sa hache, montrant qu'il ne craignait pas ses pauvres moulinets, incapables de le toucher. Sacha tenta une attaque aux jambes un peu désespérée, reçut deux coups au thorax et au visage, qui firent mouche. Son casque vola vers les rambardes où rugissait la foule. Il n'eut pas le temps de parer l'assaut suivant : crâne, tempe, épaules, jambes, Sacha essuya une violente série de frappes, qui le virent chuter de tout son long dans la sciure.

Les blancs avaient perdu, battus à plate couture, mais le leader rouge n'en avait pas fini : il se rua sur Sacha, la tête dans les étoiles, bloqua ses épaules à l'aide de ses genoux pour le maintenir à terre et, des deux poings, lui martela le visage.

7

L'association Memorial avait été créée par Andreï Sakharov lors de la perestroïka pour assister les prisonniers politiques victimes du régime soviétique et, en révélant ses exactions, promouvoir une société de droit et prévenir le retour du totalitarisme. Un travail dangereux en Russie. Natalia Estemirova, qui enquêtait pour le compte de l'association sur des crimes de guerre du président tchétchène aux ordres de Moscou, avait été retrouvée criblée de balles, Memorial poursuivi devant les tribunaux pour « obtenir réparation du préjudice subi par la réputation du Président ». Leur bureau à Saint-Pétersbourg avait vu vingt ans de recherches confisqués après une descente de police, laquelle avait emporté les douze disques numériques où figuraient les noms des victimes du goulag et étaient mentionnées les atrocités de Staline. La télévision disait que Memorial touchait des financements étrangers, américains surtout, via une fondation privée pour la promotion de la démocratie et véritable nid à espions.

Dasha conduisait l'antique Lada de sa grand-mère, les essuie-glaces balayant les flocons intermittents.

La préparation du spectacle commémoratif du 9-Mai battait son plein, avec les dizaines de costumes à confectionner, lui laissant peu de temps libre. Enfin les immeubles se firent plus rares à la sortie de la ville. Dasha gara la voiture le long du trottoir enneigé : la façade du musée apparut parmi la brume blanche. Elle poussa la portière et, le col de sa peau d'ours relevé sur son cou, fonça tête baissée.

Les baraquements des prisonniers de Norillag avaient été réhabilités à la fermeture du goulag, puis transformés en quartiers ouvriers provisoires. Aujourd'hui abandonnés, il ne restait plus que des toits ouverts aux quatre vents, des détritus raidis par le froid et un petit musée tenu par une vieille dame qui la fit entrer bien vite.

— Tu vas attraper la mort, ma fille !

— C'est déjà fait, babouchka.

— Pas à ton âge !

Maria Eugeniova portait un châle en laine de yack sur sa robe à fleurs, des bottines fourrées et des bas de laine noire où ses jambes frêles se plantaient comme des allumettes carbonisées. Une aide inespérée pour Dasha, qui fut reçue avec du thé, des petits gâteaux et ce qui lui manquait de chaleur humaine. Maria Eugeniova lui rappelait un peu sa grand-mère, avec ses yeux bleus pétillants sous des paupières ridées et son eau de Cologne bon marché. Bientôt mise au courant de ses recherches – sa mère Irina adoptée à la fermeture du goulag par Aliona Svetlova –, la conservatrice du musée ouvrit pour elle ses précieux dossiers.

— Je te préviens, c'est plein de poussière ! lança-t-elle.

— Je n'ai pas d'asthme pour le moment, la rassura Dasha.

— Oh ! Ne parle pas de malheur ! Tiens, assieds-toi, je t'ai préparé une chaise et une lampe pour que tu y voies mieux.

La gentille petite pomme fripée… Dasha prit place, sa tasse à portée de main, et chercha la trace de sa mère parmi les enfants de Norillag.

Le fonds du goulag conservé aux Archives d'État ne représentait que l'infime partie immergée d'un iceberg concentrationnaire détenu par la Sécurité d'État (ex-GPU, NKVD, MVD, KGB), mais grâce à l'association Memorial du musée du Goulag, Dasha put consulter des dizaines de documents, notamment ceux du ministère de l'Intérieur (MVD) dirigé par le général Krouglov, qui avait lancé en 1951 une campagne d'inspection sur l'état des camps, alors à leur apogée en termes de population.

Celle-ci avait doublé depuis la fin de la guerre, passant de un million deux cent mille à plus de deux millions et demi de détenus : si sa piste était la bonne, Irina et ses parents devaient figurer parmi eux. Dasha se plongea dans une lecture déprimante, où la minutie bureaucratique révélait son horreur blasée. Les détenus d'après-guerre formaient des catégories nouvelles, plus dures et déterminées que les « ennemis du peuple » des années 1930 : anciens cadres du Parti convaincus que leur internement était dû à une terrible méprise, prisonniers de guerre soviétiques, « éléments étrangers » des régions nouvellement incorporées, collaborateurs réels ou supposés, « nationalistes » rompus à la clandestinité et à la guérilla sans espoir de libération avant vingt ans, une guerre interne au camp opposait les « voleurs dans la loi », ceux qui refusaient le travail et respectaient la règle du milieu, aux « chiennes » qui se soumettaient au règlement du goulag. La multiplication des rixes – on mourait désormais autant d'un coup de couteau que de maladie ou de faim – sapait la discipline et générait le désordre.

Pour casser ces groupes et ces factions, l'administration avait recouru à d'incessants transferts de détenus, à des réorganisations et à la création de camps aux statuts différents : régime spécial pour les détenus les plus durs, régime renforcé, régime commun, camps pour bagnards, colonies de travail correctif pour les condamnés à des peines plus légères. Confrontée à une explosion d'effectifs moins malléables que par le passé, l'administration avait eu le choix entre exploiter la main-d'œuvre au maximum, sans tenir compte des pertes humaines, ou l'utiliser de façon plus rationnelle en allongeant sa survie.

Norillag constituait un des « fleurons » du goulag, qui comptait près de soixante-dix mille prisonniers au début des années 1950, regroupés dans une trentaine de camps s'étendant sur une superficie de plusieurs centaines de kilomètres carrés. Les *zeks* de Norilsk étaient utilisés principalement dans les mines et les usines de transformation des minerais du combinat soviétique, mais aussi dans la construction d'infrastructures (lignes de chemin de fer, installations portuaires, bâtiments publics et immeubles d'habitation). Un empire bâti sur l'esclavage.

Le rapport du chef de Norillag, l'ingénieur-colonel Zverev, était d'une minutie maniaque. Des milliers de noms apparaissaient dans cette forêt inextricable : date d'incorporation, transfert, fichage selon les baraquements avec numéro accolé aux délits initiaux dont les *zeks* étaient accusés…

Dasha poursuivait ses recherches dans la salle sous-chauffée du musée, Maria Eugeniova aux petits soins. L'ambiance était étrange aux yeux de la jeune femme, comme si elles étaient toutes les deux liées par une mission silencieuse, une forme de mémoire commune qui traversait le temps. Celle qu'on lui avait volée, pour une raison inconnue.

Il gelait dans la petite salle de lecture de Memorial ; Dasha avait gardé son manteau d'ours blanc, un thé fumait, offert par la brave Maria Eugeniova pour s'excuser du froid.

— Besoin d'autre chose ? s'enquit la vieille dame.

— Non, merci, petite mère.

— Tu trouves ce que tu cherches ?

— Non… Je ne comprends pas, fit Dasha devant les monceaux de documents empilés sur la table. D'après les archives de la mairie, Aliona a adopté ma mère à la sortie du goulag : Irina était probablement orpheline, mais je ne la vois nulle part. Et aucune Aliona Svetlova venue la chercher à l'internat du goulag…

La conservatrice huma l'air comme si les fées du passé voltigeaient.

— Tu as connu ton grand-père ? demanda-t-elle.

— Non, il est mort à la mine, peu après la naissance, enfin, l'adoption de ma mère.

— Tu es sûre de ça ?

— Eh bien… C'est ce qu'Aliona nous a dit, à ma mère et à moi.

— Mais elle t'a menti sur la date de naissance de la petite Irina, n'est-ce pas ? Si elle est née en 1953, et non en 55 comme tu le croyais, ton grand-père pouvait être interné au goulag.

— Un gardien ?

— Ou un *zek*.

Les sourcils châtains de Dasha dessinèrent une arabesque soucieuse sous ses mèches bleues. Peut-être, oui : Aliona avait pu tomber amoureuse d'un prisonnier qui avait un enfant en bas âge.

— Mais pourquoi mentir sur la date de naissance de ma mère ?

— Brouiller les pistes menant à ton grand-père, rétorqua la conservatrice, pour que personne ne sache qu'il figurait parmi les prisonniers. Si ta mère est née au goulag et qu'Aliona l'a récupérée au pensionnat à sa libération, l'homme avec qui elle a vécu plus tard a pu alors adopter ta mère.

— Cet homme ne serait pas mon vrai grand-père… opina Dasha. Et le géniteur de ma mère serait mort en détention…

— 1953, c'est la révolte de Norillag, rappela Maria Eugeniova. Il a pu être tué lors de l'insurrection.

— Un criminel…

— Criminel ou victime, rectifia la vieille dame. Tu sais que Staline avait imposé des quotas d'arrestations, des saboteurs, comme il disait pour justifier son incompétence ; n'importe qui pouvait être accusé de trahison au régime, des innocents surtout, qui ne comprenaient pas pourquoi on les envoyait là. Il n'y a pas que ton grand-père : ta grand-mère aussi pouvait compter parmi ces malheureux.

Les yeux de Dasha s'agrandirent, pleins de stupeur et de complots.

— Vous voulez dire qu'Aliona était une *zek* ?!

— Une condamnée qui a accouché au goulag ; c'est la version la plus simple, non ?

La jeune femme acquiesça à mesure qu'elle réalisait sa méprise.

— La version la plus plausible aussi, qui expliquerait pourquoi aucune Aliona Svetlova ne s'est présentée à l'assistance de Norillag : elle figurait déjà parmi les détenus, avec son bébé…

— Possible, oui, confirma la vieille femme.

Sur le coup, Dasha ne sut comment encaisser la nouvelle. La confusion l'emportait. La loi du mensonge. Elles n'étaient que toutes les deux dans la salle d'archives du musée ; sentant son désarroi, la conservatrice allongea son bras sur son épaule pour la réconforter.

— Même si Aliona était internée au goulag, pourquoi cacher son passé ? articula Dasha, dans ses pensées. Staline était un fou sanguinaire : j'aurais pu comprendre…

— La nature du crime avait peut-être une importance particulière pour elle, avança Maria Eugeniova.

— Oui… Oui.

La pauvre petite était sous le choc de ces révélations qui, en l'état, n'étaient que des hypothèses.

— Cherche le nom de ta grand-mère parmi les prisonniers, tu verras bien si notre piste est la bonne.

— Oui… Merci, petite mère.

— Je te fais un autre thé.

Le monde n'était que turpitudes mais Dasha reprit courage. Elle ouvrit les dossiers qui s'empilaient à ses côtés, bien décidée à tirer cette affaire au clair.

Norillag, qui accueillait principalement des contre-révolutionnaires obéissants, avait vu des détenus de droit commun issus de la Russie centrale grossir leurs rangs. Trente mille détenus politiques avaient été libérés dans le même temps pour bonne conduite, et malgré le durcissement des mesures disciplinaires les activités criminelles n'en finissaient plus de croître. Vols, meurtres, hooliganisme, ivrognerie, mutilations, le nombre d'infractions atteignait les trente mille cas par an, impliquant des factions rivales en lutte pour assurer leur hégémonie. Tous les camps étaient touchés par ce phénomène. Même les invalides et les inaptes au travail physique se révélaient souvent des criminels zélés, s'adonnant à divers larcins, n'hésitant pas à terroriser les détenus qui tâchaient de travailler honnêtement…

L'après-midi virait à la migraine, à force de s'aveugler sur des documents chiffrés, quand Dasha croisa le nom de sa grand-mère parmi des milliers d'autres : *Aliona Svetlova.*

Enfin.

Son délit : *actes contre-révolutionnaires – critique du Parti, vol, sabotage.*

Les détails des procès n'apparaissaient pas dans les archives de Norillag, des parodies pour la plupart, et autant d'aveux arrachés sous la torture. Jugée et internée en 1949, Aliona Svetlova avait été condamnée à dix ans de camp.

— Ah, je le savais ! se réjouit la conservatrice.

— J'aurais dû y penser plus tôt…

— L'important, c'est que tu aies trouvé la vérité ! C'est le but de notre association, ma petite fille !

D'autres noms figuraient parmi le contingent consigné à son baraquement, une soixantaine d'hommes et de femmes que Dasha répertoria avidement sur son petit carnet d'enquête : certains d'entre eux vivaient peut-être encore, des gens qui pourraient lui parler de sa grand-mère, de son grand-père même peut-être, puisque Aliona avait probablement aussi menti sur son compte…

Il se faisait tard ; Maria Eugeniova l'attendait pour fermer le musée, ravie de son après-midi en compagnie de cette adorable jeune femme.

— Tu reçois parfois la visite d'anciens prisonniers, ou de leurs familles ? demanda Dasha avant de partir.

— Oh, rarement… C'est plutôt des élèves que je reçois de temps en temps.

— Pourquoi, les vieux *zeks* sont tous morts ?

— Ils ont surtout envie d'oublier. Personne ne tient à ressasser ses cauchemars ; surtout si on ne les écoute pas. Le buste d'Avram Saveniaguine, le deuxième chef de Norillag, trône toujours dans le grand hall de Norilsk Nickel, ajouta la conservatrice, douce-amère, c'est dire la compassion qui agite nos contemporains ! Enfin, tu as trouvé un témoin encore vivant ?

— Peut-être, hasarda la jeune femme.

— Dépêche-toi, petite, ou le temps va te rattraper !

La brave octogénaire ne croyait pas si bien dire, avec le vieillissement accéléré qui frappait et cette maudite tache sur son front… Le ciel déclinait par la vitre embuée, mélancolique. Dasha embrassa Maria Eugeniova en la serrant fort. Un bref instant de maternité : le vent sifflait dehors, plus méchant avec le soir qui arrivait.

— Prends soin de toi, ma jolie poupée !

— Toi aussi, petite mère du peuple !

Emmitouflée dans sa fausse peau d'ours blanc, Dasha trotta jusqu'à la Lada, sa précieuse liste en poche. Elle avait encore le temps de passer à l'appartement et de se préparer pour le concert au Szaboy.

*

Flotter au détour d'un chemin
En chantant la chanson
Voilà mon côté flambeur qui tourne mal
Souris au moins
Tu ne peux pas dire non
À la Belle et la Bête...

Dasha se maquillait dans la salle de bains, la photo de sa mère enfant dans un coin du miroir… « Actes contre-révolutionnaires », disait la fiche technique du goulag, « critique du Parti, vol, sabotage » : étaient-ce les raisons qui avaient poussé Aliona à cacher son passé de *zek* ? Dasha restait sceptique malgré l'aide de Memorial. Sa grand-mère aurait dû savoir qu'elle considérait Staline et sa clique du NKVD comme des psychopathes à interner les premiers : elle pestait assez contre Poutine et ses méthodes d'ancien agent du KGB étendues à l'économie et la population entières. Le moustachu aurait pu l'accuser d'avoir volé la lune pour la revendre aux Américains sous forme de microfilms qu'elle s'en serait à peine étonnée ; Dasha aurait même ri avec sa babouchka de ces dangereux cinglés, entre deux larmes de rage pour ce que la pauvre avait dû endurer à Norillag… Alors quoi ?

Quelque chose dans la nuit
Quelque chose dans le jour
Rien n'est faux, chérie,
Sauf cette chose sur le chemin
Il y a de l'abattage dans l'air
De la protestation dans le vent
Quelqu'un d'autre en moi
Qui pourrait me faire la peau – comment ?
Qu'on aille me chercher un prêtre !
On ne peut rien refuser
À la Belle et la Bête…

Dasha repensa à sa discussion avec Lena l'autre jour, au gymnase. Aux secrets gardés des mourants, aux traces que le silence pouvait laisser dans le corps de leurs proches, à ces choses étranges qu'on observait souvent chez les humains, comme la recherche ou le besoin de reconnaissance des enfants victimes auprès de leurs parents bourreaux, les non-dits qui tuaient des innocents par procuration, des gens qui n'étaient au courant de rien et souffraient d'un mal qui n'était pas le leur, toutes ces névroses propres à notre espèce… Il y avait un monstre quelque part, forcément. Un loup qui dévorait l'enfant qu'elle était toujours, et l'empêchait de grandir.

Dasha se croyait super mioche, elle n'était même pas présente dans la cour de l'école.

Dieu merci, le Ciel nous a quittés
Bien campés sur nos pieds
Tu ne peux pas dire non
À la Belle et la Bête

À Ma, ma,
Ma Beauté et ma Bête…

Sa nouvelle robe, vif-argent, tomba comme une lame sur son fuselage. Un peu courte, c'est sûr, moulant ses seins, mais le Bon Dieu lui faisait des avances. Y croire. Dans le miroir en pied, se dire que sa robe spéciale plan-B-de-sa-transformation-en-femme allait remarquablement avec le bleu de ses cheveux courts, comme le gris de ses yeux variait avec les reflets du ciel, un enchantement pour les pires durs à cuire du genre qui-vous-savez. Dasha n'avait plus toute sa tête, le passé caché de sa grand-mère et cette maudite tache qui n'en finissait plus de grandir lui rongeaient le cerveau, et elle allait finir par être en retard si elle continuait son cirque.

Dasha poudra son front dans l'espoir de camoufler la rougeur, mais le résultat faisait presque pitié : on ne voyait qu'elle sous le fond de teint, nappe de pétrole surgie dans les golfes clairs pour la défigurer.

La Belle et la Bête… À ce rythme, Dasha serait bientôt les deux.

*

Zipper écumait les bars de la ville à chaque sortie d'album, où ils se donnaient à fond et souvent gratuitement, sans autre perspective que de remuer la carcasse des clients locaux, généralement plus portés sur le metal que sur le disco asiatique ou la guimauve chinoise. Sacha laissait ça à la boîte de nuit à Norilsk, l'historique Mekanika, où les jeunes se retrouvaient une fois par mois. Le Szaboy était le lieu parfait pour entamer la tournée, avec sa jauge de copains du vendredi soir et les copines qui allaient avec, jamais les dernières à précéder la cavalerie. Des filles comme sa femme qui, au comptoir, commandait les bières pour le groupe.

Sacha tirait les câbles sur la scène improvisée, le Szaboy se remplissait doucement, un casque de mineur posé sur certaines tables en guise de réservation, quand Gleb arriva. Il salua l'équipe au bar, porta une accolade à Lena et ouvrit des yeux ronds en découvrant oncle Sacha près des amplis.

— Qu'est-ce qui t'est arrivé ?!

En conciliabule pour le prochain plan de tir, Gleb ne l'avait pas vu depuis sa séance de béhourd : des marques rouges couvraient son visage, enflé, et son nez avait doublé de volume.

— C'est au club qu'on t'a fait ça ?

— Je me suis fait péter la gueule ! reconnut Sacha.

— Toi ?

— Hé, hé, on joue pas au ping-pong !

— Qui t'a fait ça, relança-t-il, un cyclope ?

— Un nouveau venu. Il ne m'a pas loupé, le salaud : j'ai les cloisons du nez déplacées et trois dents qui gigotent.

Cela avait l'air de l'amuser, mais pas sa femme.

— Une brute épaisse, oui ! grinça Lena, les mains encombrées de bières. Il a continué à le frapper à terre, cet enfoiré !

— Je croyais que c'était interdit ?

— D'après le règlement, oui. Bah ! évacua Sacha comme une mouche irritante, le gars se fera exclure du club et on n'en parlera plus !

— Cosaques de merde, ouais, maugréa la légiste.

Le géant tatoué eut un sourire amoché, flatté que sa femme prenne sa défense.

— Je suis d'accord, dit Gleb.

Leo s'arrima sur ces entrefaites, lança quelques remarques sur le délabrement de leur coqueluche, regretta l'absence de Nikita, son partenaire de poésie éthylique. Pas le moral, relaya Gleb, et une humeur de chien à se morfondre dans un lit d'hôpital, les Sibériens comprenaient ça : Tiens, une tournée pour Nikita Korzov, le plus grand cinglé d'entre tous ! Le bar se remplissait vite à l'approche du concert, les chopes de bière se dédoublaient tandis que les musiciens se mettaient en place. C'était la foule des grands soirs au Szaboy, Gleb aperçut même Shakir, le taxi ouzbek qui l'avait aidé dans la tempête, buvant seul à une table à l'écart… Les spots baissèrent d'un ton, augurant le début du déluge électrique.

Lena et Gleb restèrent au comptoir – elle détestait faire la fan collée à la scène et son mari n'avait besoin de personne pour la motivation.

— Dasha n'est pas là ?

— Elle ne devrait pas tarder. Dis donc, ajouta la malicieuse, c'est pas souvent que tu te soucies d'elle.

— Je ne suis pas non plus un caillou, plaida Gleb.

— Je le lui dirai.

Les lumières baissèrent encore, sous les applaudissements et les insultes des copains.

— Tiens, fit Lena en visant l'entrée du bar, quand on parle du loup…

Avec ces histoires de grand-mère et de tache, Dasha arriva bonne dernière. Ils étaient tous là, les mineurs et leurs femmes, les testostéronés à l'acné persistante et les buveurs solitaires, les jeunes couples et ce qui resterait d'eux en fin de soirée. La jeune perturbée accrocha son lourd manteau blanc à une patère encore libre, profita du noir pour se glisser jusqu'au comptoir, ombre d'argent avec sa nouvelle robe et ses cheveux courts. Une bise à Lena, un cognac au bar, un salut à Gleb, qui se tenait accoudé là, une chemise pas si démodée sur les épaules. Il répondit à son salut comme une formalité, sa robe spéciale, sa coupe de garçonne bleue, un coup de pied dans le ventre lui aurait fait meilleur effet ; Dasha était déjà dans tous ses états contre-révolutionnaires, mais le désespoir lui donna le courage de monter au feu :

— Alors, renard des neiges, lui lança-t-elle mine de rien, toujours à chercher des petits rongeurs en sautant tête la première dans la poudreuse ?

— Les galeries, ça me connaît, assura Gleb.

— J'ai appris, pour Nikita, rebondit la boule de flipper. Il paraît que tu l'as remonté de l'enfer sur tes épaules, en trottinant.

— Tu m'amuses, Ada.

— Moi, c'est Dasha : D, A, enfin, tu connais la suite…

Gleb recula d'un pas pour l'admirer en entier comme si ses reflets d'argent l'éblouissaient dans le noir.

— La nouvelle collection été ?

— Tu ne me trouves pas hypercanon ?

— Tu devrais quitter ton béret, il va finir par terre à traîner dans la bière, comme ta photo.

Le sourire faux derche du mineur perça sa carapace chromée – quelle conne, aussi, d'avoir perdu son plus beau cadeau d'anniversaire !

— Prends-moi pour une souillonne, se défendit-elle sous les sifflets.

— Une arsouille suffit à mon bonheur.

Il désigna le cognac qu'elle tenait à la main.

— Fais gaffe quand même, Napoléon s'en servait comme dissolvant pour son vernis à ongles, dit-il sur le ton de l'info.

— Tu es marrant, pour une taupe qui passe la moitié de sa vie sous terre.

— Faudrait savoir, tout à l'heure j'étais un renard des neiges.

— L'autre moitié de la vie, oui. Celle que je préfère, si je peux en placer une.

— Il n'est pas né celui qui…

Une clameur les assourdit – l'apparition du groupe.

— Pas né celui qui m'aimera ?! cria Dasha en se penchant vers lui.

— Quoi ?!

Le son craché des amplis coupait court : *Dam dam dam dam dam*, Sacha commença à marteler les cordes de sa contrebasse, vite suivi par sa bande de rockers assoiffés de speed. Dasha se réfugia près de Lena à défaut de poursuivre la discussion avec le prince des ténèbres, sentit que son plan B comme Bowie avait du plomb dans l'aile, B comme Biscotte, ouais, enfin elle battit la mesure avec sa copine qui, comme eux, découvrait les morceaux.

On était loin des subtilités bowiennes, mais les Zipper avaient de l'énergie à revendre.

Elle enquilla les cognacs.

Le concert dura plus d'une heure et demie. Du rock comme l'aimaient les Sibériens, sans fioritures mais droit au but, soit un paquet de cognacs pour noyer sa déconvenue. Gleb gigotait à deux pas de là, levant les bras à la fin de chaque chanson pour encourager son copain, aussi séduit par elle qu'un navire en perdition par un récif. Dasha à fond de cale, un tonnerre d'applaudissements ponctua la prestation, des cris, des insultes encore.

— Tu devrais moins boire, remarqua Lena une fois les lumières rallumées.

— J'ai hiberné tout l'hiver, il faut bien que je me libère de quelque chose.

— Je te trouve un peu borderline en ce moment, pour tout te dire.

— Merci.

— Tu as poursuivi tes recherches sur ta famille ?

— Oui, je suis passée à Memorial cet après-midi. Et une gentille vieille dame m'a aidée à découvrir ce qui déconne dans l'acte de naissance de ma mère. Aliona était une *zek* de Norillag, dit-elle tout de go, grisée par l'alcool. Elle a accouché d'Irina là-bas. Il n'y avait pas l'identité du père dans les archives, mais j'ai récupéré les noms des prisonniers présents à l'époque dans son baraquement. Si l'un d'eux est encore vivant, il a dû connaître Aliona, peut-être même celui avec qui elle a eu un enfant, et pourquoi elle m'a menti.

— C'est un peu fou, cette histoire… Et ça ouvre une flopée de perspectives.

— Tu penses à la tache sur mon front ? psychota Dasha.

— Je l'avais oubliée, celle-là. C'est pour ça que tu portes un béret ?

— Oui.

— Non, je pense à ta base, recadra la rousse-auburn. Si ta base n'est pas solide, ton édifice devient branlant. Ta vie.

— Tout feu tout flamme, s'enhardit Dasha.

— Non, vulnérable.

— Forcément, c'est moins bien.

— Mais pas définitif, au contraire. Continue tes recherches, tu vas trouver la vérité, une nouvelle base j'en suis sûre.

— Ah, c'est déjà ça ! se félicita Dasha.

Elles trinquèrent en riant, car il était déjà trop tard.

— À propos, relança Lena, avec Gleb, ça avance, votre histoire ?

— Je crois que je lui ai raconté n'importe quoi l'autre soir. J'étais trop nerveuse, j'avais trop bu.

— Si tu comptes faire mieux ce soir, c'est mal parti, prévint-elle en désignant son cognac de contrebande.

— Oui, je sais, Napoléon s'en servait comme désherbant, pour son cheval.

Lena lui adressa un regard de biais.

— Il est temps que j'intervienne, on dirait… Allez, viens, ajouta-t-elle en emportant sa copine par le bras, on va attaquer la citadelle bille en tête !

Dasha tira un peu sur sa robe lamée en descendant du tabouret, tout le monde la matait, forcément, sauf Gleb ; le cognac bu trop vite lui tournait la tête dans le sens contraire, enfin, Sacha accumulait les bières à l'autre bout du comptoir, dans l'humeur électrique du concert, tout de sueur et d'adrénaline, Gleb, ombre fidèle sous le spot. Lena força le passage.

— Alors, les garçons, on boit en oubliant de faire honneur aux dames ?

— Tu veux quoi, mon cœur ?

— La même chose. Et un cognac pour Dasha.

— Un double, quitte à vomir, elle précisa.

Ana prit la commande, qui arriva dans la foulée.

— Avant d'être trop soûls, sourit Lena-agent-des-stars, comment trouvez-vous le nouveau look de notre créatrice locale ?

Dasha étincelait dans sa robe lamée vif-argent.

— On dirait un cosmonaute, blagua Sacha.

— Les cheveux bleus, surtout, relaya Gleb.

— Tu n'aimes pas le bleu ? fit Dasha.

— Dans le ciel surtout.

— C'est romantique. Tu n'as qu'à te dire que mes cheveux sont du ciel. Mais je ne vois pas le rapport avec le cosmonaute.

— C'est vrai. En tout cas je préférais avant, ta tignasse blond vénitien, précisa Gleb, comme s'il lui enfonçait un clou au milieu du front.

— Oui, renchérit son grand copain, c'était plus féminin. Là on dirait un joueur de foot.

— Faudrait savoir, fit Lena, tout à l'heure c'était un cosmonaute ?

— Aussi, oui.

— Ha ha !

— Vous me donnez envie de prendre un cappuccino, synthétisa Dasha.

— N'écoute pas ces mufles, dit Lena, tu es encore plus canon en garçonne. Ça te donne un petit côté androgyne, à la Bowie.

— C'est pas faux, estima Gleb.

— C'est vrai ?! s'enthousiasma la costumière, qui avait soudain cinq ans et demi.

— Bah…

— Il fallait le dire plus tôt !

— Avec toi, c'est dur.

— J'en ai le tournis, tiens !

— Ah, les femmes, quelle inconstance ! s'écria Sacha devant sa renaissance.

— On est constantes dans l'inconstance, précisa l'accusée.

— C'est pour ça que vous changez tout le temps d'apparence, s'enferra l'oncle. De mecs aussi, pour certaines.

— Tu penses à qui, là ?

— Toi, non ?

— On se sent vivante face à tant d'idiotie…

— Elle a raison, intervint Lena en entraînant son mari. Viens par là, toi, que je te corrige un peu !

Lena avait manœuvré en fine stratège, ils n'étaient plus que tous les deux au comptoir, elle et Gleb. Bonnie and Clyde, Gagarine et la chienne Laïka, Dasha avait l'adrénaline sur orbite dans sa tenue de Starman extraterrestre, mais elle n'était pas Bowie, qu'une jeune idiote amoureuse d'une étoile filante, une super mioche qu'une simple rougeur au front pouvait anéantir.

— Je ne t'ai pas dit, Gleb, parvint-elle à articuler, mais elle est magnifique, la photo que tu m'as donnée l'autre soir. Celle du toit qui s'effondre. Tu devrais en faire ton métier, enchaîna-t-elle pour évacuer le fait qu'elle l'avait perdue. Pas photographe de mariage, hein, c'est la déprime assurée, mais photographe professionnel avec du talent.

— Ah oui ?

— Carrément même. Ce serait mieux que de rester ici à s'empoisonner à petit feu, tu ne crois pas ?

Le mineur haussa les épaules, sa chemise assez entrouverte pour deviner l'amorce de ses pectoraux. Ils étaient imberbes, c'était sûr, pas du genre sanglier dans le vent, mais doux pour la caresse façon petit chat.

— Je préfère brûler ici que tiédir sur le continent, dit-il.

— Tu ne voudrais pas tenter ta chance ? relança Dasha, qui louchait sur son décolleté. À deux, c'est moins dur de quitter les autres et tout ce qu'on a.

— Quoi, avec toi ?

— Je suis pas non plus une vieille paire de godasses. Tu pourrais faire des expos…

— Et toi des costumes de bonhommes de neige. Non, ma vie est ici, Ada, pas sur le continent, où je ne connais personne.

— Je m'appelle Dasha : moi, tu me connais.

— Justement : qu'est-ce qui te ferait plaisir, miss cognac, un double ?

Le ton était moins méchant qu'ironique.

— C'est la seule image que tu as de moi, Gleb Berensky ?

— J'ai trouvé ta photo d'anniversaire qui traînait dans la bière, l'autre nuit en quittant le bar : ça fait un peu négligé.

— Tu l'as retrouvée ?!

— Piétinée, oui.

— Je la cherchais partout ! tenta-t-elle de se justifier, comme si cela changerait quelque chose. Je l'avais rangée dans ma peau d'ours pour ne pas l'abîmer mais je l'ai perdue, je sais pas comment.

— On a quand même une petite idée.

— Je voulais pas te le dire…

Ses yeux gris s'embuèrent à toute vitesse.

— Laisse tomber, dit-il.

— J'avais honte…

— Oublie ça, je te dis, tout le monde s'en fiche, de cette photo.

Dasha secoua la tête.

— Pas moi. Non, elle insista, pas moi : c'est la première fois qu'on me fait un cadeau de ce genre.

— La dernière aussi sans doute.

— Ne sois pas cruel. Je m'en veux à mort de l'avoir égarée, si tu savais.

— Détends-toi, je rigole.

— Pas moi, répéta Dasha. Pour une fois pas moi…

Il n'eut pas besoin de plonger dans ses yeux pour voir qu'elle était sérieuse. Pauvre petite fleur des glaces, tout juste si elle n'allait pas fondre en larmes de pétales.

— Bon, fit-il pour la remonter, ce double cognac, je te l'offre, oui ou non ?

Comme leur couple d'amis revenait au comptoir, Dasha lui fit signe que oui, le cœur en miettes.

The Beauty and the Beast.

C'est bien plus tard, vers cinq heures du matin, que les choses commencèrent à mal tourner : Dasha trouva d'abord le chauffeur taxi ouzbek tout seul dans un coin du bar, à siroter une bière dans ses mains de désosseur, sa grosse moustache pleine de mousse. Son visage rappelait le toit de son immeuble.

— Ça va pas ?

L'ours brun releva sa tête triste – non.

— Qu'est-ce qu'il y a, on t'a volé ton taxi ?

— Non, mon chien, dit-il.

— Allons donc, réagit Dasha en se tenant aux branches. C'était quoi, comme race ?

— Un alabaï.

— Ça vaut cher, ça ?

— Des chiens chasseurs de loups.

La costumière eut une moue éthylique, comme quoi elle avait du mal à y croire.

— Qu'est-ce qui s'est passé ?

— Je le laisse s'ébattre sur le terrain vague près des *gostinka*, expliqua-t-il, mais Sneg a filé vers les immeubles et il n'est plus revenu. Je l'ai cherché toute la journée. Il est nulle part. Je comprends pas.

— C'est pour ça que tu es triste ?

— C'est mon chien, fit Shakir dans un haussement d'épaules.

— Ton copain.

— Hum.

— C'était quand ?

— Hier soir.

— Bah, les chiens, ça fugue, non ?

— Pas Sneg.

— Ah. C'est pas loin de chez moi, je te dirai si je le vois… On le reconnaît comment, ton chien ?

— Un grand chien blanc, très costaud, avec un harnais rouge.

— Il doit pas passer inaperçu.

— Pour ça, non.

L'Ouzbek était dépité, elle soudain prise de vertiges. La tête lui tournait kaléidoscope, une sensation désagréable exponentielle, et Gleb avait disparu du cosmos. Dasha se rattrapa au rebord de la table. On l'avait droguée, ou elle s'était défoncée à la mélasse de cognac de contrebande, c'était pas possible autrement.

— Quèqu'chose qui va pas ?

— Je me sens pas bien, avoua-t-elle.

— Moi non plus.

— Tu as trop bu ?

— Non, non. C'est mon chien qui m'inquiète.

Il ne dit pas qu'il aimait la voir écarter les cuisses sur la scène du Lexx, que la peur du flic l'empêchait d'y retourner, qu'il adorait la pole dance : la performeuse clignait des yeux, tanguait dangereusement sur le tabouret où elle avait réussi à poser les fesses.

— Tu pourrais me raccompagner en bas de chez moi ? demanda-t-elle. Je suis trop bourrée pour filer droit sur la glace.

— J'ai pas pris ma voiture, l'informa le taxi.

— Dans ton état c'est pas plus mal, rétorqua Dasha, qui voyait double. Bon, c'est d'accord ?

Tout grisonnait chez l'Ouzbek mais, à ces mots, une lueur raviva ses yeux ternes : il se leva comme un seul homme, sembla oublier son chien parti au diable et prit le bras qu'elle lui tendait sans savoir qu'on les observait depuis le comptoir voisin.

— Putain, regarde-moi avec qui elle se barre ?! s'exclama Sacha en tirant Gleb par la manche.

Dasha titubait vers le sas de sortie, soutenue par Shakir, le chauffeur de taxi qui buvait seul dans son coin de tanière et que tout le monde avait fini par oublier.

— Il doit plus se sentir, l'Ouzbek ! railla Sacha. Putain, il a au moins l'âge d'être son père ; il attendait son heure pour ramasser la viande soûle, le vieux saligaud !

Gleb ne releva pas. Au moins sa chouette robe ne finirait pas comme sa photo à traîner dans la bière, et lui aussi avait son compte. Lena les rejoignit sur ces entrefaites, trop tard. Sa copine avait disparu.

*

Le ciel blanchissait au fond de la nuit. Dasha quitta le Szaboy au bras du chevalier corpulent qui lui servait de chien d'aveugle, emmitouflée dans son manteau d'ours blanc, essuyant une volée de flocons glacés sur l'esplanade. Il en fallait plus pour la dessoûler, malheureusement. La costumière en voyait de toutes les couleurs cognac, le brave Shakir lui faisait la conversation, elle se cramponnait à lui comme à un poteau de signalisation au milieu de la tornade.

— Tu fais toujours de la pole dance ?

— Hein ?

— Ça paie bien, le Lexx ?

— Ah ! Oh, de quoi m'habiller… Mais c'est surtout un plaisir.

— Un plaisir ? s'étonna le bonhomme.

— Je peux pas te faire une démonstration, là, je vais vomir.

Dasha habitait cinq blocs plus loin, la zone frappée d'alignement où son chien avait disparu. C'était mal éclairé, presque désolé.

— C'est pas très sûr, par ici, dit le chauffeur de taxi.

— N'en rajoute pas.

Ils arrivaient devant les structures enchevêtrées du toit, monstrueux monticule au rebut.

— T'as vu, on dirait que l'immeuble a été scalpé par les Indiens ?! fit-elle en levant ses yeux.

— P't-être, ouais…

Dasha se défit de son bras tandis que les étoiles valdinguaient, nota qu'elle tenait globalement debout. Restait à grimper chez elle.

— Qu'est-ce qu'il y a ?

L'Ouzbek la regardait bizarrement.

— Ben, je me disais, peut-être qu'on pourrait monter boire un…

— Non.

— Ah.

— Ouais, assura Dasha.

Le vent glacé sifflait au-dessus d'eux. Shakir faisait une demi-tête de plus qu'elle, ou deux vu son état, Dasha titubait comme une auréole qui grandit et l'homme au bas de l'immeuble prenait un air menaçant, découvrant ses dents en or sous sa moustache. La jeune femme lui tapota le bras, épais sous la parka.

— Sois gentil, gros ours, rentre chez toi bouffer ton miel.

Elle voulut grimper les marches du *gostinka* mais Shakir n'était plus lui-même : il rattrapa la jeune femme par le bras et la fit basculer en arrière. L'équilibre précaire, Dasha roula dans la neige, emportée par l'élan.

Le temps de réaliser, il était sur elle.

— Pardon, lâcha-t-il devant la proie. Pardon, mais t'as demandé que je te raccompagne ; c'est pas honnête de me laisser tout seul dans le froid, pas vrai ?

Dasha le voyait tanguer au-dessus d'elle, sa moustache-balai, ses yeux vides qui ne savaient plus rien. Il s'agenouilla et un vent mauvais coula sur elle.

Dasha voulut attraper son entrejambe, rata les testicules, saisit le reste. C'était mou, humide, mais elle n'eut pas le temps de serrer : l'Ouzbek attrapa son poignet dans sa grosse pogne et, d'un geste réflexe, la frappa d'une claque au visage. Le cerveau rebondit contre la boîte crânienne : Dasha perdit connaissance.

— Pardon…

Shakir se redressa lentement, vit la jeune femme évanouie sur la neige, la mini-jupe relevée dans la chute.

— Pardon…

La nuit était noire à cette heure, les réverbères trop loin pour qu'on les voie. Il défit sa ceinture, glissa la main dans son pantalon.

— Pardon… Pardon, il répéta en se frottant le gland.

La danseuse ne bougeait pas, comme morte. Il commença à se faire bander, fixa ses bras étendus comme une poupée désarticulée, sa tête penchée sur le côté, ses cuisses fuselées sous la jupe d'argent retroussée, sa petite chatte humide là-dessous, l'*afghanet* perdait pied ; il tremblait en pensant aux tas de viande qu'il matait sur Internet, pour se donner du cœur à l'ouvrage, lui aussi avait trop bu mais il ne pouvait plus reculer, ces jambes lamées, ces cuisses, ces chairs inertes comme mortes, c'était trop, oui c'était trop… Il s'activait quand son instinct l'arrêta.

Shakir se retourna vers les ténèbres, comme si on l'épiait… C'était le cas. Il y avait quelqu'un. Une menace, là, sous les pilotis. Et ses poils soudain se dressèrent. Shakir étouffa un cri et, sans prendre le temps de reboucler sa ceinture, déguerpit, le diable à ses trousses.

Il avait vu la Bête.

Il avait vu la Mort.

La sienne, droit dans les yeux.

8

L'odeur cannibale s'est mêlée aux effluves laissés par ses proies. Un remugle sanguinaire, reconnaissable entre tous quand on a si peu de prédateurs. Le tueur. Lui aussi l'avait senti. Ennemis de toujours, ils se reconnaissent comme le diable ses frères. Pas de trêve possible, de fuite, d'atermoiements, la confrontation est inévitable s'ils se croisent et la mort seule arbitre pour les séparer. L'attirance était si forte qu'ils ont à peine eu le temps de se jauger : le tueur était énorme, d'un blanc laiteux qui appelait le rouge, les crocs courbés demandant la jugulaire, tous deux sûrs que le premier à frapper sortirait vainqueur... Il est venu à lui éperdument, l'instinct pour boussole, oublieux et rêvant de ce sang tiède et sauvage qui lui manque, sans savoir qu'il tomberait sur plus féroce. Le choc a été violent, il s'en souvient, l'autre était de taille à le mettre en pièces et a bien failli lui briser les os, d'un seul coup de mâchoires il n'en aurait laissé que des miettes. Alors, comme les grands reptiles entraînent leurs proies géantes vers le fond, il l'aurait pourchassé claudiquant, harceleur acharné jusqu'à l'épuiser. On s'essouffle vite, estropié, la résistance est moindre, et chaque nouveau coup porté à la blessure affaiblit l'instinct de survie, ils le savaient tous les deux sans s'être jamais affrontés. Le pouls à la gorge mesurait l'intensité du combat mais il était plus rapide, plus déterminé, ou la domestication prolongée avait émoussé l'irrépressible envie de tuer. Il l'a saisi au cou alors qu'il ratait d'un poil son membre inférieur, et ne l'a plus lâché. L'ennemi donnait de furieux coups de reins pour se dégager, griffait le sol pour appuyer ses mouvements mais impossible de se dégager sans perdre l'œsophage : il n'est pas le genre à abandonner sa prise, et le flux du sang rend fou. Il le sentit fléchir, la bave à la commissure, tenter de vains revers de col, mais le souffle était déjà parti loin dans ses poumons. C'était trop tard. Le tueur était tombé à terre, après une rude empoignade, et s'était laissé mourir, les yeux révulsés. Il avait senti ses cartilages craquer sous la pression, attendant la fin de l'agonie pour relâcher son étreinte...

Mais l'odeur cannibale est revenue, imprégnée dans les vêtements : elle imprègne son nouveau territoire entre les géants durs, et ce n'est pas la nuit qui va le cacher. Il les voit maintenant. La femelle gît à terre, inerte. Le mâle est debout, dominant, exhalant un mélange d'adrénaline, d'effluves sexuels et de peur : c'est elle qui le sauve. C'est lui qui se sauve. Il peut le rattraper, bien sûr, mais une autre odeur l'appelle.

Il se glisse jusqu'à elle, les bras écartés sur la neige, courbe l'échine lentement, pas à pas, se penche entre ses cuisses. La reconnaissance est immédiate, même s'il ne l'a jamais respirée d'aussi près. Personne n'a apprivoisé cette femelle, l'appel est plus puissant et sa véritable proie attend toujours, quelque part, qu'enfin il la dévore...

9

Boris était retourné dans le studio de Valentina à Doudinka, et à rebours s'était traité de nul : pourquoi n'y avait-il pas pensé plus tôt ?

Retournant le Polaroïd punaisé au mur de la chambre, Boris avait découvert une série de chiffres au dos de la photo-souvenir, celui d'un numéro de téléphone que la blogueuse avait inscrit sur l'instantané que Gleb lui avait donné lors de l'interview du Nenets. Le policier avait vérifié la piste via Evgueni, un collègue des Télécoms : il s'agissait bien d'un numéro de téléphone à carte, de ceux qui se rechargeaient selon le nombre d'unités et pouvaient être jetés à tout moment, comme le faisaient les malfrats pour ne pas être localisés.

Boris avait demandé dans la foulée si ce numéro avait appelé le smartphone de Valentina le 4 ou le 5 février – d'après Evgueni, cela serait facile à vérifier sans qu'on puisse pour autant connaître le contenu des conversations –, et la réponse avait fusé ce matin : un appel avait bien eu lieu entre les deux numéros le 4 février, à vingt-deux heures quarante-trois. Durée : neuf minutes.

Un appel sortant, passé donc par le Nenets, alors que Valentina était à Rostov pour ses examens. Boris ne savait pas ce qu'ils s'étaient dit, si ce coup de téléphone avait causé leur perte, mais l'éleveur avait été tué peu de temps après, et Valentina sitôt qu'elle avait mis les pieds en Sibérie. Dans tous les cas, il tenait enfin un lien entre les deux affaires.

La demande pour récupérer les fadettes du smartphone de Valentina se justifiait d'autant plus, mais, Illitch « ne pouvant pas aller plus vite que la justice », Boris avait appelé Lena Bokine. Celle-ci s'était montrée particulièrement remontée ; Grisha Ostenko, le chef légiste, était venu la féliciter personnellement au détour du sous-sol de la morgue, une minute, le temps de lui proposer de parler de sa carrière autour d'un verre – sous-entendu la poursuite de l'enquête avec le commandant Illitch aux manettes –, un rendez-vous qui, d'après Lena, au regard mielleux d'Ostenko, sentait déjà le vieux foutre.

L'assistante enrageait doublement : elle n'avait pas les moyens techniques pour des analyses plus poussées et le corps de Valentina, rapatrié sur le continent par ses parents, lui laissait peu d'options.

Les comparaisons ADN avec les chauffeurs de taxi ne donnant toujours rien, Boris avait poursuivi son enquête auprès des services de sécurité de la ville, visionné les images de dizaines de caméras de surveillance dressées aux feux et le long des avenues, dans les banques, les enseignes, les grands magasins et bâtiments administratifs, en vain ; aucune d'elles ne signalait la présence de Valentina Oulianova en ville le 20 mars, ni les jours qui avaient suivi. Boris Ivanov comptait les heures avant la fin de l'ultimatum du chef des homicides. L'équipe de

Voronine fouinait dans les rushs des caméras de surveillance de l'aéroport en quête de nouveaux indices, sans résultats eux non plus. Se faire arracher l'enquête si près du but le contrariait autant que Lena Bokine qui, en refusant la carotte de son patron, perdait l'opportunité de poursuivre l'affaire avec l'élite de la justice : une belle équipe de losers, voilà ce qu'ils étaient...

Les trottoirs restaient glissants malgré le redoux d'avril et l'éclat du soleil revenu pour le week-end. Des gosses roulaient le long des buttes de neige entassée, tenant leurs bras serrés contre leur torse pour mieux les dévaler. Boris marchait vers le mini-market – il manquait des œufs pour leur brunch du samedi –, les poings enfoncés dans les poches de sa parka, à l'image de ses pensées négatives. Un bus jaune passa à hauteur, incognito avec ses vitres embuées, trop vite ; dérangeant une flaque glacée qui se repaissait au soleil, le bus éclaboussa ses chaussures fourrées et le bas de son pantalon d'une gerbe brune et froide. Pauvre con.

Le lieutenant, grommelant dans sa barbe, tapa sur les pans de son pantalon côtelé comme si cela allait le sécher, se décida à prendre douze œufs plutôt que six à l'épicerie, puis reçut l'appel du Central : on venait d'identifier le tueur de Valentina.

*

Dasha s'était d'abord réveillée avec un sentiment de malaise diffus, non identifié mais collé à ses os. Le bleu électrique de la chambre lui envoyait des harpons dans les yeux ; clouée à son lit, il avait fallu un peu de temps pour que les souvenirs lui reviennent depuis son retour chaotique au bras de Shakir, et la gueule de bois virait à l'effarement. Dasha se souvenait d'avoir émergé une première fois au pied du *gostinka*, dans la neige, allongée seule près des pilotis… Elle avait dû s'évanouir, pas longtemps d'après les flocons accumulés sur sa fausse peau d'ours, avant de se relever à demi transie de froid. L'esprit dans le coton, elle était parvenue à rentrer chez elle, dessoûlée psychologiquement mais physiquement trop ivre pour songer à la peur qui pourtant l'étreignait, puis elle s'était débarrassée de ses vêtements mouillés et s'était jetée sur le lit sans même se laver les dents, comme une masse…

Le café du matin avait plus d'amertume à mesure qu'elle rassemblait ses esprits égarés : Dasha se souvenait plus précisément du chauffeur de taxi qui l'avait raccompagnée du Szaboy, titubante, l'agression quand la brute l'avait jetée à terre, la claque assénée en pleine face quand elle avait tenté de se défendre… À partir de là, plus rien. Ou plutôt un trou noir. Elle avait dû s'évanouir sous le choc. Et quand elle avait émergé dans la neige, il était parti… Shakir…

Dasha frissonna en songeant à ce qu'il avait pu lui faire ; inconsciente, à sa merci, c'était un jeu d'enfant d'abuser de ce jouet articulé, mais l'absence de douleur entre ses jambes était a priori sans équivoque. Cela ne l'empêcha pas d'inspecter son sexe et ses replis dans la salle de bains, avec anxiété : rien d'anormal, ni visuellement ni au toucher… Son esprit flageolait toujours, comme si elle venait de boire la tasse dans des vagues déchaînées et d'échapper par miracle à la sale gueule de la Mort.

La folle.

Midi déjà, et son service au théâtre débutait dans une heure – *Le Beau Danube bleu*, une valse sirupeuse pour mémés en fourrures, qu'on jouait entre deux répétitions du spectacle du 9-Mai… La douche lui fit du bien tant l'inverse s'avérait impossible, la folle, la folle elle se répétait, une surdose de cognac et elle allait tout gâcher, violée elle n'aurait plus qu'à se jeter du haut du toit, rejoindre le vieux Nenets dans les débris de l'histoire humaine ; à croire qu'elle provoquait le malheur, comme si elle n'avait pas assez de doutes sur son identité et celle de sa famille, sur les sentiments de Gleb pour elle qui-se-faisait-belle-pour-rien, détruisait la splendeur vénitienne de sa chevelure pour au final laisser surgir cette foutue tache même pas bleue… Les mots de Lena lui revenaient aussi, « un peu borderline en ce moment », l'euphémisme avait l'épaisseur de la catastrophe évitée, et elle n'aurait pas toujours la chance de s'en tirer à si bon compte.

Quel plomb avait-elle dans sa cervelle de colombe ?

Le soleil brillait sur les façades des *gostinka*, son quartier en déshérence où rôdaient encore les fantômes de la nuit passée.

L'air frais fouetta son visage, activa le sang pollué. Dasha marcha à pas comptés sur le trottoir immaculé – tout le monde se cassait une jambe un jour ou l'autre en voulant faire le mariole –, le mauvais sommeil et les relents de cognac continuaient de la faire tanguer, quand l'image de Gleb apparut subrepticement au milieu des brumes. Elle se souvenait maintenant qu'ils avaient eu une discussion tous les deux au comptoir, tardive et vague (il était question de quitter Norilsk, non ?). Telle qu'elle se connaissait, sévèrement perturbée par ses mystères familiaux, elle avait encore dû dire n'importe quoi, mais ses pensées boomerang revenaient au point de départ : et si Shakir s'en prenait à d'autres filles ? S'il venait à agresser une autre innocente qui, elle, n'aurait pas la bonne fortune de se réveiller intacte dans la neige ?

Ses bottes en vinyle crissaient sur la neige dure ; c'est en longeant les pilotis qu'elle aperçut une forme étrange sous les piliers. Un squelette animal, à première vue… Dasha se porta à hauteur et s'accroupit, intriguée. Des chiens errants se réfugiaient sous les immeubles et les conduites d'eau chaude, formaient parfois des meutes redoutées, mais celui-là avait les os à l'air. Une bête énorme pourtant, aux crocs acérés, un harnais en partie déchiqueté au niveau de l'encolure… Un harnais rouge, comme en portait l'alabaï. Le chien que l'Ouzbek cherchait désespérément la veille : ça ne pouvait être que lui.

Dasha se redressa, bancale, et frémit dans la brise. Quel animal avait pu créer un tel carnage ? Ils étaient plusieurs, forcément, pour venir à bout d'un tueur de loups et le dévorer de manière aussi sauvage, jusqu'aux derniers lambeaux de chair. C'était presque un acte de guerre…

*

Shakir Akram s'était réveillé avec une gueule de bois dur. Il avait l'habitude de s'abrutir à la vodka bas de gamme qu'on trouvait dans tous les supermarchés, mais le mélange à la bière du Szaboy faisait mauvais ménage. Il avait peu de souvenirs de son retour à l'appartement, juste de cette fille aux cheveux bleus au bar, Dasha, la danseuse de pole dance qu'il avait déjà reluquée au Lexx avant qu'elle l'aborde après la tempête. Il l'avait raccompagnée jusque chez elle, à sa demande, mais ça s'était mal passé, il ne pouvait pas le nier. La fille avait fini dans la neige, la robe argentée retroussée sur le haut des cuisses, une vision sexuelle à haute tension qui le hantait encore, comme la peur incompréhensible qui l'avait saisi au pied du *gostinka* et poussé à fuir. Une menace, presque irréelle… Shakir hoqueta jusqu'aux toilettes, urina en expulsant les gaz jusqu'à son sphincter pour un pet retentissant, trouva plus prudent de s'asseoir pour vider ses intestins. L'alcool, ou la frousse, lui avait tordu les boyaux.

Il resta longtemps sur la cuvette sortie de ses gonds, malheureux.

Sneg disparu, il avait écumé la ville la veille à bord de son taxi en commençant par le terrain vague, puis le quartier des *gostinka* et la fourrière municipale, sans résultats, avant d'agrandir le territoire de recherches. Il avait roulé encore, épié les ombres des corridors d'immeuble, saturé les avenues d'allers-retours à vitesse réduite jusque tard dans l'après-midi, téléphoné aux commissariats de police, aux pompiers, en vain ; personne n'avait vu un alabaï traîner dans les rues, « auquel cas on l'aurait embarqué avec une bonne muselière », avait précisé le fonctionnaire… Le sort s'acharnait sur lui. Il avait perdu son chien, son seul ami, ses poils sur la couverture au pied du lit comme ultime crève-cœur. Rien n'expliquait sa fuite. Sneg n'avait jamais fugué. Il errait encore en ville, forcément. Ou quelqu'un l'avait ramassé, voire enlevé, à ses risques et périls. Un alabaï valait un peu d'argent, mais pas de quoi risquer une main si la bête venait à se défendre. Et Sneg n'avait aucune raison de suivre un étranger, à moins d'avoir été drogué avec de la nourriture…

Shakir goba une aspirine, oublia la fille aux cheveux bleus abandonnée au pied de son immeuble et la terreur mutante qui l'avait vu détaler ; il enfila un jean propre en grommelant, se demanda ce qu'il pouvait faire pour recouvrer son bien. La misère plantait un nouveau trou noir dans sa pauvre tête d'*afghanet*, un vide chimique qui s'apprêtait à l'aspirer en entier. Ses idées se brouillaient, les bonnes et les mauvaises, un mélange toxique.

L'ancien soldat voyait le fantôme de son chien partout. Dans la soupe qu'il préparait dans le coin cuisine, sur la couverture qui lui servait de niche au pied du lit… Il fallait qu'il revienne. Oui, se persuadait-il, Sneg allait revenir. Car il n'avait pas le choix, jamais il ne tiendrait sans lui. Shakir ne connaissait pas le coût de la perte, ce bout de cœur qui se brise quand un être cher disparaît du quotidien, la guerre, la torture, les coups, c'était l'éclat de trop, de l'apitoiement pure chute, et la vague d'émotion le submergeait.

Son portable retentit alors.

Un numéro inconnu. Shakir décrocha par automatisme, reconnut la voix de la fille du Szaboy qu'il avait abandonnée dans la neige, remontée, voire glaçante.

— J'ai retrouvé ton chien en bas de chez moi, dit-elle d'abord. Il avait un harnais rouge, c'est ça ?

— Oui, oui…

— Une bête énorme ?

— Qu'est-ce qui lui est arrivé ? s'empressa l'Ouzbek.

— Il a été dévoré par des chiens errants, sous les pilotis : si tu ne m'avais pas agressée, tu l'aurais peut-être sauvé, espèce de connard.

— Quoi ?

— Tu m'as balancée par terre, coupa Dasha, tu te souviens pas ?!

Shakir ne pensait pas à l'agression, qu'à Sneg déchiqueté sous les piliers de l'immeuble… Une meute de chiens errants… Non, c'était impossible, Sneg était trop puissant, il les aurait mis en déroute, ou alors le pauvre animal avait été dépassé par le nombre, par ces hyènes infâmes qui avaient mis son lion en pièces… Il allait fondre en larmes, la main crispée sur son portable, quand on sonna à la porte.

Plusieurs fois.

— Police ! s'écria une voix. Ouvrez !

Shakir raccrocha aussitôt, vit la laisse pendue au clou à l'entrée, ouvrit la porte du studio, livide. Un mauvais rêve. Ivanov se tenait dans l'entrée, le flic qu'il avait croisé au Lexx. Deux agents en uniforme l'accompagnaient, armés.

— Tu vas nous suivre au commissariat, fit l'officier en subtilisant le portable qu'il tenait encore à la main.

*

Les chaussures fourrées de l'Ouzbek couinaient sur le revêtement plastique du couloir. Shakir n'avait jamais mis les pieds au commissariat de Norilsk. Le lieu s'avérait un peu moins laid que la cage à lapins où il logeait, mais l'odeur de Javel citronnée lui montait au cœur. Après la mort atroce de son chien, il n'avait pas besoin de ça. Il passa devant l'IVS, l'isolateur de réclusion temporaire, la prison ridiculement petite où on gardait les prévenus pendant la période de l'instruction, et le sentiment d'oppression monta d'un cran. Les *afghanet* étaient des animaux sauvages, ils sentaient le danger comme les bêtes à l'abattoir, et lui avait trop de choses à se reprocher…

Ivanov et les deux agents en uniforme qui étaient venus le chercher chez lui n'avaient pas dit un mot dans la voiture, juste qu'il était convoqué pour être interrogé. Ils marchaient dans son dos, menaces impassibles sous leur casquette à visière, stoppèrent devant la porte d'un bureau, le firent passer en premier. Le lieutenant Ivanov avait la cinquantaine, comme lui il en paraissait dix de plus, avec des poches sombres sous des paupières fatiguées, les tempes poivre et sel sur un visage sans relief, sinon un gros nez qui n'avait rien de comique.

— Assieds-toi, dit-il.

La chaise en plastique plia sous le poids de l'Ouzbek. Les deux agents avaient refermé la porte dans son dos. Un animal pris dans un filet, que le flic sonda brièvement depuis son siège en skaï ridé.

— Tu sais pourquoi tu es là ? commença-t-il.

— À cause du taxi ?

— Chauffeur privé, c'est ça ?

— Oui.

— Tu as quelque chose à me dire ?

— C'est vous qui me convoquez, bougonna Shakir.

— Mais tu dois avoir une petite idée de cette convocation.

— Je devrais ?

— Un peu, oui.

Leurs regards se croisèrent sans provoquer d'éclaircie.

— Pourquoi tu m'as menti l'autre jour, au Lexx, quand je t'ai parlé de Valentina Oulianova ? Tu sais qu'on l'a retrouvée dans les collines, assassinée.

— Oui...

— Alors ?

— Je la connais pas, chef.

Boris Ivanov hocha lentement la tête, sans cesser de le fixer.

— Écoute, Shakir, je ne vais pas y aller par quatre chemins : ton ADN correspond aux fluides retrouvés sur la robe de Valentina. Le résultat des tests est formel. Tu comprends ce que ça veut dire ?

Les lèvres de l'Ouzbek tremblaient sous sa moustache. Boris sentit la tension, le doute et la peur qui suintaient de ses pores.

— J'ai... j'ai rien fait à... à cette fille, bredouilla-t-il.

— Et ton ADN a volé jusqu'à sa robe, où il s'est glissé au chaud pour passer l'hiver, renchérit Boris. C'est connu, ça s'évapore et ça va n'importe où, ces trucs-là.

— Je sais pas comment c'est possible. J'ai rien fait de mal, il répéta, ni à Valentina ni à personne.

Il secouait sa grosse tête d'épouvantail.

— Tu veux qu'on commence à zéro ? rétorqua le policier. Bon : tu étais où le dimanche 20 mars ?

— Je... je me souviens pas. Je travaillais, sans doute.

— Tu es allé à l'aéroport ce jour-là, asséna Boris.

— Peut-être... J'y vais souvent, dès qu'y a un vol, ou quand je suis pas pris par une autre course.

— Tu y es allé, assura Ivanov, on a retrouvé la plaque de ta voiture sur la vidéo d'une caméra sur la route de

Doudinka, là où résidait Valentina. Il y avait une passagère à l'avant. C'est toi qui l'as embarquée à l'aéroport, hein ?

Son regard fuyait vers ses mains.

— J'ai tué personne, se défendit l'Ouzbek.

— Tu ne voulais pas, non, mais la gamine était trop belle ; tu as même cru qu'elle serait consentante, avec un peu de fermeté. C'est pas tous les jours qu'on a l'occasion de tâter de la chair fraîche, pas vrai ?

Shakir secoua ses joues mal rasées.

— Non…

— Valentina n'était pas consentante, mais tu es passé outre, le pressa Boris. Tu t'es dit qu'elle t'avait allumé, avec son petit cul et ses seins fermes, pas vrai ?

— Non ! s'étrangla le chauffeur. Je l'ai déposée devant chez elle, c'est tout !

— Ah ! Au moins tu avoues.

— J'avoue rien. C'était juste une course !

— Dans ce cas, pourquoi tu ne t'es pas manifesté après l'appel à témoins ? Quand je t'ai interrogé au Lexx ? Et quand on a retrouvé son corps dans les collines ?!

Le chauffeur de taxi rougit sous la barbe de trois jours.

— Je… je l'ai juste déposée, s'entêta-t-il. En bas de son immeuble.

— Pas de témoins, c'est dommage. Et pour cause : tu n'as pas laissé Valentina devant son immeuble, tu l'as embarquée dans les collines. Comment tu as procédé, Shakir ? Tu l'as menacée, après avoir condamné les portières de ton taxi ? Ou tu lui as dit que tu la jetterais sous les crocs de ton chien si elle n'obéissait pas ? Tu l'as droguée ?

— Non... Non.

— Tout à l'heure tu disais que tu ne savais pas ce que tu faisais le 20 mars, puis tu te souviens de l'avoir conduite à Doudinka, en bas de chez elle.

— C'est... c'est vous ! se rebella-t-il. Vous me troublez pour me faire dire n'importe quoi !

— Pourquoi tu n'as pas prévenu la police après sa disparition ?

— Je suis pas les infos, bon Dieu !

— Depuis quand un taxi n'est pas au courant de ce qui se passe en ville ? Et puis tu l'avais prise dans ta voiture, à l'aéroport !

— Je... je me souvenais plus de cette fille, balbutia Shakir. C'est... c'est quand vos hommes sont passés chez moi relever mon ADN que je me suis rappelé.

— Mais tu n'as prévenu personne.

— J'ai eu peur, voilà.

— Tu as raison d'avoir peur, car tout t'accuse.

Le lieutenant soupira derrière son bureau, comme s'il lui en coûtait.

— Écoute, je veux juste des aveux. Fais-les maintenant : crois-moi, ça soulagera ta conscience.

L'Ouzbek se tordait les doigts sur la chaise.

— On a sorti ton dossier, Shakir, poursuivit Ivanov. Tu es un ex-tueur de la guerre d'Afghanistan et de Tchétchénie, où tu as dû voir trop d'horreurs. Pas vrai ?

L'autre respirait avec peine.

— On sait que tu vis seul à Norilsk depuis plus de dix ans, poursuivit Boris en survolant son carnet d'enquête. Pas de petite copine, pas d'amis pour te fournir un alibi, rien que ta parole contre des preuves : ta présence à l'aéroport le jour de l'arrivée de la victime, puis sur la route de Doudinka où elle résidait et tes fluides sur sa robe… Tu l'as violée et tuée dans les collines ? Hein ? Tu croyais quoi, qu'on ne retrouverait jamais son corps dans la voiture, ensevelie sous la neige ?

Shakir était sous le choc de la révélation, incapable de proférer un mot.

— Ça s'est passé très vite, j'imagine, continua Boris d'une voix qui se voulait familière : tu as pris Valentina en taxi à la sortie de l'aéroport, tu l'as mise en confiance sans forcément préméditer ce qui allait se passer, mais Valentina s'est montrée un peu trop charmante, provocante même, tellement qu'elle t'a monté la tête. Et quand tu as arrêté ton taxi dans un coin isolé, avec toute cette neige qui tombait ce jour-là, tu t'es dit que personne ne vous voyait, que tu pouvais bien profiter de son corps puisqu'elle le montrait. Sauf qu'au moment de le faire Valentina s'est montrée réticente, voire plus du tout d'accord. Mais c'était trop tard. Elle a crié un peu au début, personne ne risquait de l'entendre à l'intérieur de l'habitacle avec le vent qui soufflait, mais comme elle t'empêchait de te concentrer tu as commencé à l'étrangler. C'était bon sur le coup, tu t'es détendu, tu étais même presque prêt à t'excuser de l'avoir un peu forcée, mais Valentina était déjà morte entre tes mains… Ce n'est pas ce que tu voulais, n'est-ce pas ?

— Non… Non.

Shakir aurait aimé revenir au pays pour épouser une femme, en Ouzbékistan, vieillir auprès des siens, laisser passer le temps en plantant un arbre à chaque ami mort, avec ses petits-enfants pour le consoler s'ils étaient assez grands pour ça, leur petite main sur son épaule en gage d'amour éternel. Il aurait aimé regarder les nuages virer dans le ciel qui, comme lui, s'éteindrait doucement un soir d'été, être un oiseau, une fleur, l'onde du ruisseau où il allait pêcher avec son père, il aurait aimé mentir à sa femme en lui racontant sa vie de travailleur immigré à Moscou, puis en Sibérie, où les ours blancs affamés parfois s'aventuraient en ville, sans jamais évoquer les descentes de flics dans les foyers où on traitait les culs-noirs comme de la merde polluante, la guerre et ses atrocités, mais l'angoisse lui serrait la gorge.

— J'ai rien fait à cette fille, répéta Shakir.

— Tu as oublié, peut-être.

— Non… J'ai rien fait de mal. Je le jure devant Dieu.

— Ça va être dur à prouver, mon vieux.

Le flic avait raison. Shakir lui avait menti. Sneg était mort, dévoré par une meute sauvage, et la fille qu'il avait jetée à terre la veille témoignerait contre lui. Elle avait dû croire qu'il la violerait dans la neige. On lui collerait le crime de Valentina sur le dos avant qu'il ait dit un mot. Il aurait un avocat commis d'office qui le défendrait avec un pistolet à eau quand le procureur dresserait le portrait d'un psychopathe traumatisé de guerre.

— Avoue ton crime, Shakir, répéta Ivanov. Avec tes fluides sur sa robe, tu es foutu de toute façon.

— Je l'ai pas violée, dit-il en secouant la tête. Du sperme, c'est pas possible. J'ai… j'ai pas couché avec une fille depuis des années.

— Sperme, salive ou gouttelettes de morve, ça ne change rien au fait que tu étais avec elle avant le meurtre.

— Dans la voiture, oui, mais j'ai pu… On a discuté ensemble pendant le trajet, se rappela-t-il. Elle était à côté de moi, si ça se trouve, les fluides dont vous parlez viennent de là, de mes postillons.

Une défense pitoyable.

— Ça ne va pas émouvoir les jurés, je te le dis tout de suite. Avoue le meurtre, que tu aies au moins ça pour toi lors du procès.

Shakir pâlit encore, acculé. Il allait finir sa vie misérable en prison comme violeur, comme cul-noir qui agressait sexuellement les belles filles slaves, avec l'assurance que les gardiens fermeraient les yeux sur le sort que les détenus lui réserveraient, à la file indienne pour l'agrandir par-derrière : Shakir connaissait la prison de la ville, il passait devant tous les jours, avec ses fils barbelés et ses lignes électriques dressés sur une muraille grise suintant la violence arbitraire et la haine. Un retour en enfer. Un seau de viande humaine. Son destin.

Jamais. Oh, non, plus jamais ça…

Boris Ivanov consultait son carnet d'enquête et, trompé par la corpulence de l'Ouzbek, ne se méfiait pas : rapide comme un chat, Shakir saisit l'antique coupe-papier posé sur le bureau et dans le même geste se le planta dans la carotide. Le policier recula sous le flot de sang qui l'éclaboussait tandis que l'*afghanet* retirait l'objet de sa plaie : chancelant, Shakir tint le coupe-papier sur le rebord du bureau, sa pointe dressée vers le haut, et, la poitrine en avant, se jeta de tout son poids sur la lame.

10

Le débit du policier était haché au téléphone, il renversait les mots, déboussolé après le drame survenu lors de l'interrogatoire du chauffeur de taxi. Un sacré foirage, concédait Andreï Voronine tandis que son beau-frère tentait de s'expliquer, mais si Boris l'appelait en urgence, c'est qu'il avait besoin d'aide.

Le douanier lui parla d'une voix pondérée qui, bientôt, parvint à le calmer. Boris Ivanov portait une lourde responsabilité concernant ce qui s'était passé lors de la garde à vue du suspect numéro un quand, alors qu'il avait poussé Shakir Akram dans ses retranchements, il avait négligé le coupe-papier qu'il avait laissé traîner sur le bureau, comme un imbécile, et l'Ouzbek avait profité de ce qu'il consultait ses notes pour se poignarder. Deux fois. Une bévue, dont le malheureux Boris ne connaissait pas encore les conséquences : le commandant Illitch allait l'accabler pour sa bourde, le mettre à pied, le bannir comme d'autres l'avaient fait à Irkoutsk – mais qu'y avait-il, après Norilsk ? Des champs d'icebergs où lui et Anya dépériraient comme ces ours blancs qu'on voyait dériver, seuls, sur un océan de solitude ?

Le frère d'Anya était moins émotif. Plus pragmatique.

— Tu es où ? demanda-t-il.

— À l'hôpital.

— Et le suspect est mort ?

— Dans l'ambulance, souffla Boris. Il y avait du sang partout, tu imagines le grabuge au commissariat…

— Qui est au courant ? renvoya Voronine.

— Tout le service, tu parles.

— Et tu es sûr que le taxi est le meurtrier que tu cherches ?

— Il m'a menti plusieurs fois, pas seulement lors de l'interrogatoire. Et son ADN a été retrouvé sur la robe de Valentina. Il a fini par avouer l'avoir prise dans son taxi, mais, d'après lui, ils ont discuté sur la route, et ses fluides pouvaient venir de ses postillons.

— C'est un peu gros, non ?

— Oui, mais ça aurait pu se défendre.

— L'interrogatoire était enregistré, j'imagine.

— Oui.

Voronine grogna à l'autre bout des ondes.

— Il te faut d'autres preuves, irréfutables puisque tu ne peux plus obtenir ses aveux, asséna Andreï Voronine. Sans ça, ton patron ne te lâchera pas.

— Oui… Oui.

— Tu as ratissé l'appartement de l'Ouzbek ?

— Non, pas encore.

— Envoie une équipe scientifique, tout de suite. Un gars du FSB aussi, il y en a qui te trouveraient un sous-marin dans le Pacifique. Qu'ils passent l'appartement au peigne fin, son ordinateur, ses poubelles, tout. Et demande un délai de vingt-quatre heures à ton supérieur avant d'annoncer le suicide à la presse, le temps d'amasser les preuves de sa culpabilité.

— Oui... Oui, tu as raison.

— Sûr que j'ai raison, mon vieux. Et ne t'en fais pas : tu as merdé, mais le coup est rattrapable.

— Illitch me prend pour une tanche, assura Boris.

— Mais il n'a pas envie que son service devienne la risée du district, renvoya le chef des douanes. Il va t'accorder le délai que tu demandes, crois-moi, avec une équipe scientifique digne de ce nom pour ratisser la piaule du chauffeur. N'oublie pas sa voiture.

— Oui... Oui, je vais faire ce que tu dis.

— Fais-le maintenant.

— Merci... Merci, Andreï.

Boris Ivanov perdait les pédales.

*

Internet difficile d'accès, sans parler du temps nécessaire pour ouvrir une image ou pire une vidéo, Dasha utilisait *canal sem*, l'intranet de la ville, plus efficace.

Elle avait comparé les noms des anciens prisonniers de Norillag répertoriés dans son carnet avec ceux disponibles sur l'annuaire électronique de Norilsk, épluché les données à disposition et avait fait chou blanc. Plus de soixante années étaient passées depuis la libération de Norillag, les *zeks* qui avaient côtoyé Aliona Svetlova devaient être morts ou repartis depuis longtemps sur le continent. Enfin, en élargissant ses recherches aux trois villes-satellites de Norilsk, Dasha était tombée sur un nom concordant : Icek Zalasky, résidant à Talnakh, dont le nom figurait parmi les détenus du baraquement 12… Un homonyme ?

Elle avait appelé le numéro de téléphone. Un homme avait décroché à la cinquième sonnerie, la voix caverneuse d'une personne âgée comme elle l'espérait, mais, lorsque Dasha avait évoqué l'objet de sa requête, Icek Zalasky ne lui avait pas répondu : ou plutôt, il lui avait raccroché au nez…

— Qu'est-ce qui ne va pas ? s'exclama Anastesiya en la voyant bouder sa salade. C'est pas bon ?

La petite serveuse virevoltait entre les tables du restaurant, comme si les clients étaient nombreux, toute de sourires et de grâce juvénile avec ses rêves de bébé.

— Si, si, répondit Dasha de manière mécanique.

Il n'y avait pas que Zalasky à la tourmenter. Les plaintes pour violences envers les femmes restant généralement sans effet, on allait lui reprocher d'avoir suivi le chauffeur de taxi de son plein gré, plusieurs témoins pouvaient le confirmer, les flics la traiteraient d'allumeuse récoltant ce qu'elle avait semé, ce genre d'inepties de mâles, lesquels changeraient de point de vue s'ils se relevaient un jour d'un fossé crasseux avec l'anus en charpie… La blondinette l'interrompit dans ses pensées :

— Je ne t'ai pas dit ! s'écria Anastesiya pour donner un peu de gaieté à son déjeuner. J'ai marqué deux buts, ce week-end !

Dasha sortit du sarcophage où il faisait noir.

— Avec quoi, tes couettes ?

— Hi hi ! Non, j'aime pas faire des têtes, ça fait trop mal, je préfère les reprises de volée !

Son pied décrivit un rapide arc de cercle à hauteur de Dasha, brève brise sur son visage.

— Je t'ai déjà dit que c'est mauvais de courir quand il y a de la pollution, dit-elle à la gamine, surtout après un ballon tout dégueulasse.

— Oh, on joue en salle !

— Oui, la pollution, ça s'arrête aux stops, c'est connu ; ça fait même la circulation de temps en temps, avec son sifflet…

— Tu devrais venir jouer avec nous, tu aimerais, je suis sûre ! s'amusa Anastesiya.

Petite bête des bois qui ici n'existaient pas… Dasha sourit à sa jeune amie pour chasser ses idées noires – le foot était peut-être une de ses seules joies, elle n'avait pas à la saloper sous prétexte que sa vie allait à vau-l'eau, et la serveuse la cajolait d'attentions mineures des plus touchantes. Anastesiya trottait vers les cuisines quand un homme corpulent entra dans le restaurant. Boris Ivanov. Il avait dû la repérer derrière la baie vitrée puisqu'il se dirigea aussitôt vers elle.

— Je suis passé au théâtre mais on m'a dit que tu étais là, dit-il sans ôter son vêtement. Il faut que je te parle. Tu as cinq minutes ?

Boris dévisagea la garçonne aux cheveux bleus, Anastesiya l'importun qui s'asseyait à la table de sa cliente préférée, bien décidée à intervenir au moindre signe, mais Dasha la calma en retour – Tranquille, petit daim…

— Shakir Akram, tu connais ? lança le flic en s'asseyant.

— Le chauffeur de taxi ?

— Oui.

— Il habite le quartier voisin, répondit Dasha. Pourquoi vous me parlez de lui, s'inquiéta-t-elle, il a agressé quelqu'un ?

— Comment tu sais qu'il a agressé quelqu'un ? se rembrunit Boris.

— Il a agressé quelqu'un ?

— Réponds à ma question.

Ivanov n'avait pas l'air dans son assiette, ils étaient deux.

— Il m'a raccompagnée chez moi vendredi soir, dit-elle, en sortant d'un bar. J'avais trop bu, lui aussi sans doute : arrivée devant l'immeuble, il m'a jetée à terre, dans la neige.

Le cliquetis des couverts couvrit un instant le silence.

— C'est tout ? Il n'a pas essayé de te violer, ou de t'agresser sexuellement ?

— Non.

— Tu viens de me dire qu'il t'a jetée à terre…

— Oui, il m'a même collé une baffe ; j'ai dû perdre conscience une minute ou deux, mais quand j'ai rouvert les yeux il avait détalé. Heureusement.

Leurs regards se croisèrent.

— Ça t'arrive souvent de rentrer avec des étrangers ?

— C'est ma spécialité de rembarrer les mecs.

— Mais lui t'a quand même agressée.

— Oui.

— Pourquoi tu n'as pas porté plainte ?

— Parce que vous auriez douté de mon innocence, comme vous venez de l'insinuer avec votre question tordue.

— Mais tu l'as appelé hier midi sur son portable, renvoya Boris Ivanov. Bizarre d'appeler son agresseur, non ?

Dasha était décontenancée.

— Comment vous savez que je l'ai appelé ?

— J'ai consulté le journal d'appels de son smartphone. Alors ?

Dasha rembobina.

— Le taxi m'a donné sa carte sur le chemin, dit-elle au bout de quelques secondes, au cas où je croiserais son chien. Il l'avait perdu la veille dans mon quartier. Je l'ai retrouvé le lendemain, pas loin de chez moi, mort. J'ai appelé cet enfoiré de Shakir pour le prévenir et surtout pour l'engueuler, mais il m'a raccroché au nez… Pourquoi vous me parlez de lui ? s'inquiéta Dasha. Qu'est-ce qu'il a fait ?

Ivanov la fixait de l'autre côté de la table, bonhomme inquisiteur. Les yeux de la costumière s'agrandirent alors.

— Valentina… souffla-t-elle comme une révélation. C'est lui qui l'a tuée…

Le silence du flic valant pour réponse, Dasha blêmit devant sa salade. L'homme qu'elle avait pris pour un ours du Caucase était un ogre, un tueur d'enfants, et les mêmes petits yeux rapprochés la sondaient de l'autre côté de la table, pleins de néant violent.

Boris Ivanov souleva ses quatre-vingt-cinq kilos, et opina avant de vider les lieux.

— Tu as eu de la chance, Ada Svetlova.

*

Le van à l'effigie de la police stationnait devant la barre d'immeubles sérieusement défraîchie, bordée par un terrain vague qui donnait sur les *gostinka*.

La température proche de zéro en journée, les odeurs remontaient, émanant des flaques d'eau croupie ; Boris slaloma jusqu'à l'ascenseur avant de retrouver le duo qui constituait l'équipe scientifique, confinée dans le réduit du tueur. Un membre du FSB, Grouliev, était venu leur prêter main-forte, un jeune homme chétif à lunettes qui pianotait sur le clavier d'un vieil ordinateur, concentré. Difficile de ne pas se marcher dessus vu l'étroitesse de la chambre ; Boris dut attendre que le binôme en combinaison blanche finisse de relever les empreintes et les fluides présents dans l'unique pièce de l'appartement.

L'enquête de voisinage décrivait le chauffeur ouzbek comme un homme seul et sans histoires, en dehors de mettre des poils de chien dans l'ascenseur – une bête impressionnante, aux dires des locataires. Shakir Akram ne recevait personne, du moins on ne l'avait jamais vu accompagné, pas même de prostituées, et on ne lui connaissait aucune relation. Le policier espérait en apprendre plus après l'inspection de la chambre et de la Volvo en bas, qui servait de taxi…

— C'est bon, lieutenant, vous pouvez y aller, annonça le type en rabaissant son masque blanc.

Un lit qui tenait plus de la paillasse au pied duquel reposait une couverture couverte de poils de chien, aux murs des fanions d'équipes de foot, une laisse pendue à un clou, aucune photo de pin-up mais un calendrier représentant différentes races de canidés ; le policier remonta au 20 mars, ne vit aucun commentaire ou code en lien avec l'aéroport ou Valentina. Le reste du studio n'invitait pas à la fièvre du samedi soir, avec ses rideaux rose pâle virant beige et des restes de pâtée mouchetés au mur près de la gamelle. Il inspecta les tiroirs pour visualiser le personnage, rien de spécial, ouvrit le frigo à moitié vide, la vodka bas de gamme au freezer, les réserves de croquettes sous l'évier. Pas d'arme, de gaffeur pour attacher ses victimes, de carnets ou de cachette secrète. Boris Ivanov n'était pas très calé en informatique, domaine que l'agent Grouliev assis à deux pas de là dominait visiblement à la perfection, une petite machine branchée sur l'ordinateur crasseux.

— J'ai pris la main sur l'ordi du suspect, commenta l'agent du FSB tandis qu'il approchait.

Boris grimaça en visualisant l'écran.

— Qu'est-ce que c'est que ça ?

— Le Darknet, répondit Grouliev. J'ai remonté le fil d'Akram, avec les sites qu'il visitait... Joli.

Des scènes de pornographie trash défilaient, des photos d'adolescentes violées le cul en l'air ou laissées comme mortes, scènes reconstituées ou non, cela restait à vérifier, mais si répugnantes que Boris lâcha un juron, entre colère et dégoût.

— Des sites pour dérangés de la queue, poursuivit l'agent Grouliev, qui en avait vu d'autres.

— Visités par le suspect, j'imagine.

— Dernière connexion deux jours avant son arrestation, confirma le jeunot.

Il y a vraiment des tordus sur terre, songea Boris, qui n'avait jamais pris le temps de se masturber devant un écran d'ordinateur. Enfin il s'accroupit, trouva la corbeille sous la table à tout faire, vide.

— L'équipe scientifique l'a inspectée, non ? dit-il en désignant la poubelle en plastique.

— Oui, fit Grouliev sans quitter l'écran, il y avait des mouchoirs en papier usagés et des emballages de barres énergétiques.

L'homme chargé d'inspecter la Volvo du taxi arriva sur ces entrefaites, un sachet plastifié à la main qu'il brandit à la face du lieutenant.

— Il y avait ça dans le vide-poches du break.

Boris reconnut la médaille, une récompense militaire qui datait de l'URSS. Les dernières qu'ils avaient distribuées aux combattants d'Afghanistan.

— Un *afghanet*, dit-il.

Des gars qui étaient revenus de là-bas le cerveau fracturé. Des gars qu'on avait traités comme des pestiférés et qu'on retrouvait à se masturber sur le Darknet, perdus pour la plupart et souvent dangereux, même si Akram n'avait pas de casier…

Boris jeta un œil aux maigres affaires accumulées par l'ancien soldat, cet appartement sordide qui puait le chien mouillé et la solitude. Le sentiment de pitié lié à ces pauvres types envoyés au casse-pipe ne dura pas ; il souleva la couverture jonchée de poils au pied de la couchette, découvrit un sous-vêtement. Une petite culotte en dentelle noire.

11

Dasha pilotait l'antique Lada de sa grand-mère, concentrée sur la route. L'essuie-glace brouillait les flocons propulsés en masse contre le pare-brise. Elle ne pensait plus au chauffeur de taxi qui aurait pu la tuer, l'après-midi au théâtre l'avait accaparée et elle partait en mission « Vérité et Réconciliation » avec son passé – une façon d'apprivoiser le spectre de la psycho-généalogie épidermique qui tourmentait son esprit. La discussion avec la conservatrice de Memorial avait ouvert de nouvelles perspectives.

Les survivants du goulag libérés trois ans après la grande insurrection de 1953, un climat fait de tensions et de violence s'était installé entre eux et les habitants de Norilsk ; affaiblis, livrés à eux-mêmes, tous les anciens *zeks* n'avaient pas sombré dans la délinquance – un architecte sud-coréen avait même inventé un astucieux système de ventilation sur pilotis pour maintenir les bâtiments sur le pergélisol. Dans tous les cas, les *zeks* libérés avaient majoritairement travaillé et vécu sur place, comme leurs gardiens dans les belles résidences au style saint-pétersbourgeois. Combien s'étaient côtoyés des années durant, faisant leurs courses dans les mêmes magasins sans un mot pour le cauchemar concentrationnaire, précipités là par la paranoïa aiguë d'un tyran qui ne pensait qu'en chiffres ? Icek Zalasky avait-il raccroché le téléphone à cause de ce passé commun ou n'était-il qu'un homonyme du *zek* du bâtiment 12 de Norillag ?

Les camions en sens inverse provoquaient des embardées suicidaires mais la Sibérienne savait flirter avec ce genre de mort. Oubliés l'usine de charbon et ses wagonnets rouillant raides sur les rails, la Lada longea la mine de Talnakh, enchevêtrements de tuyaux, de ferraille, de machines et de hauts-fourneaux vomissant l'écume noire de la terre. Elle atteignit le centre-ville à l'heure où les gens rentraient chez eux. Comme à Norilsk, les immeubles étaient peints en jaune ou vert cru pour se repérer dans la nuit polaire, effacer un peu la grisaille du béton omniprésent, ciel bas, neige en trombe dans le vent et froid mordant à voir les têtes rentrées dans les épaules des passants. Des gamins glissaient pourtant des monticules repoussés par les chasse-neige, de simples journaux en guise de luge.

Dasha ralentit bientôt. D'après l'adresse rentrée sur son smartphone, Icek Zalasky habitait là. Un immeuble de treize étages à la couleur passée, pris dans une neige épaisse qu'une vieille femme ensevelie sous plusieurs couches de vêtements attaquait à la pelle.

Dasha passa devant la vieillarde qui la fixait de son regard méfiant – l'effet de son curieux manteau à poils blancs, peut-être –, grimpa les marches qui menaient au hall d'immeuble : les boîtes aux lettres, toutes défoncées, servaient de poubelle, de cendrier, une autre accueillait une poignée de romans à l'eau de rose ou d'illustrés aux couvertures jaunies pour ceux que ça intéressait. Il fallait se lever tôt pour déchiffrer les noms des résidents écrits au marqueur, mais aucun Zalasky n'apparaissait. Manquerait plus qu'elle ait fait tout ce chemin pour rien. Dasha rebroussa chemin, apostropha la vieille emmitouflée armée de sa pelle.

— Je cherche Icek Zalasky, l'informa-t-elle. Il habite là normalement.

— Le Polonais ?

— Ça doit être ça.

La grosse babouchka prit appui sur sa pelle, les yeux plissés sous son fichu.

— Vous êtes qui ?

— Ada Svetlova. Je travaille au théâtre Maïakovski, à Norilsk.

— Qu'est-ce que vous lui voulez, au vieux ?

— Lui parler de ma grand-mère, qu'il a connue jeune.

Un sourire fripé ranima le visage de la concierge.

— Sacrés Polonais.

— C'est pas ce que vous croyez, renvoya Dasha.

— Je crois rien.

— C'est déjà ça, petite mère. Icek Zalasky, il habite à quel étage ?

— Huitième.

Dasha fila se réchauffer dans le hall au carrelage triste sans s'attarder sur les remerciements. Les sempiternels autocollants vantant les services de prostituées habillaient les parois de l'ascenseur déglingué, il y avait même un sticker du Lexx, avec la silhouette d'une fille sexy dessinée – elle, non ? Huitième étage ; la lumière intermittente sur le palier, Dasha tâtonna jusqu'à une porte de fer gondolée où figurait le nom *Zalasky*. Elle appuya sur la sonnette, appréhendant quelque peu la confrontation, entendit des pas traînants se rapprocher. Une femme aux cheveux gris lui ouvrit bientôt, visiblement aussi surprise, enfouie sous un châle marron semblable au carrelage du rez-de-chaussée.

— Bonsoir, je m'appelle Dasha, dit-elle en dévisageant la vieille dame. Je viens de Norilsk. Icek Zalasky habite bien ici ?

Le courant d'air sur le palier fit trembler ses poils d'ours blanc. La vieillarde la perçait du regard comme une arme antichar.

— Qu'est-ce que vous lui voulez ?

— Simplement lui parler de ma grand-mère. Aliona Svetlova, elle précisa. Elle aussi était une *zek* au camp de Norillag.

La dame serra un peu plus son châle.

— C'est vous qui avez appelé, l'autre soir ?

— Oui.

— Pourquoi ?

— D'après les archives de Memorial que j'ai consultées, Aliona et Icek étaient internés ensemble jusqu'à la fermeture du goulag. Je crois qu'ils se connaissaient et je cherche des informations sur cette période. C'est… important pour moi.

Dasha proposait son sourire le plus sympathique, mais l'octogénaire la sondait toujours sur le pas de la porte.

— Vous êtes bien la femme d'Icek ? s'enquit la costumière.

— Oui… mais vous arrivez trop tard, la doucha-t-elle : mon mari est parti hier pour l'hôpital.

— Pourquoi, s'inquiéta Dasha, il est malade ?

— Juste très vieux…

Son visage déconfit sembla émouvoir la vieille dame.

— Viens, mon ourson, ne reste pas là.

Natacha et Icek Zalasky habitaient un T2 fonctionnel à la décoration soviétique, avec ses rideaux beiges et sa moquette râpée, d'horribles figurines en porcelaine autour des icônes du salon, mais la dame n'avait pas peur de discuter avec des inconnus. Peu de gens se souciaient du sort des anciens détenus, même si les chemins qui jadis les menaient aux mines jouxtaient encore les habitations, et la jeune femme, malgré sa curieuse chevelure, avait fait de la route pour voir son mari.

— Tu veux un thé ?

— Un gros.

À l'instar des autres *zeks*, Natacha Zalasky parlait peu du goulag, son passé n'intéressait personne, surtout pas les jeunes d'aujourd'hui, qui préféraient les écrans sans savoir ce qu'il y avait derrière. Sincère, préoccupée, cette gamine aux yeux gris semblait bien différente. Dasha ouvrit son cœur, car elle n'avait que ça à donner, devant des petits gâteaux de circonstance et la mine à l'écoute de la bonne chouette.

— On s'adorait, ma grand-mère et moi, se confia-t-elle. Aliona m'a menti sur son passé de prisonnière alors que je m'en fichais bien : je cherche à savoir pourquoi. Le nom d'Icek Zalasky figure parmi les *zeks* internés dans son baraquement ; j'ai pensé qu'il pouvait m'aider.

— Moi aussi, je suis une ancienne prisonnière, avoua Natacha.

Le regard de Dasha pétilla – elle avait vu juste.

— Vous avez rencontré Icek à Norillag ?

— Oui, enfin, c'est un peu plus compliqué…

Polonaise de Russie, Natacha était adolescente quand on l'avait arrêtée. *Ne sois pas triste*, avait-elle écrit à une amie, *pour nous aussi le soleil se lèvera* : des lignes d'espoir coupable qui, en 1947, valaient une condamnation à dix ans de goulag pour activités antisoviétiques. Trimballée de camp en camp, Natacha avait échoué à Norilsk en 1952. Affectée dans une autre section, elle n'avait pas rencontré Icek à Norillag mais à sa libération, quatre ans plus tard, lorsque des milliers de prisonniers s'étaient retrouvés dans les rues de la ville, pour la plupart en guenilles. Ceux qui le pouvaient étaient partis tenter leur chance sur le continent, la majorité était restée sur place, faute d'alternative.

— Si on avait eu les moyens, on serait partis depuis longtemps ! assura Natacha au milieu des napperons.

Elle et Icek s'étaient mariés un an plus tard, en 1957, sans parvenir à avoir d'enfants. Les mauvais traitements, sans doute. Un éternel chagrin, c'était sûr. Natacha n'avait pas souvenir d'Aliona Svetlova, mais l'amertume liée à cette époque semblait intacte. Les prisonniers avaient travaillé gratuitement pour le combinat pendant des années, puis pour une bouchée de pain le reste de leur vie, avant de recevoir une pension de misère en guise de mauvais et déloyaux services. Natacha aujourd'hui se retrouvait seule. À quatre-vingt-dix ans passés, son mari, Icek, avait survécu à tout jusqu'à tirer sa révérence. Embolie pulmonaire, cancer, vieillerie, on ne savait plus ce qui l'emportait mais il ne pouvait plus rester sans soins à la maison.

— C'est pour ça qu'il a raccroché, au téléphone, l'autre soir, quand vous l'avez appelé, expliqua la future veuve. Pour passer ses dernières soirées avec moi plutôt qu'à ressasser des histoires dont tout le monde se fiche.

Les yeux de Dasha viraient anthracite – il ne fallait pas qu'il meure, pas maintenant qu'elle l'avait trouvé.

— L'ambulance est venue chercher Icek hier matin, pour l'amener à l'hôpital. Le pauvre souffrait tellement. On sait bien qu'il ne reviendra pas… Ah, comment je vais passer l'hiver ? se lamenta-t-elle devant sa tasse tiède. Ici, l'hiver, c'est une punition de Dieu !

Dasha n'avait pas de réponse, ni même la preuve de son existence. Elle partit avant la nuit, avec un baiser sur le front de la vieille Polonaise – Icek avait été transféré à l'hôpital Ogoner, où travaillait Lena.

*

Oncle Sacha avait le physique pour la mine, un moral d'acier et aucune appréhension au moment de se fondre avec Gleb, son nouveau boutefeu, dans les galeries les plus reculées. Une enquête avait été menée pour déterminer les causes de l'accident dans le boyau, et les experts de la sécurité n'avaient pas remis en cause le plan de tir de Gleb Berensky : c'est Nikita Korzov qui avait failli… Les Russes n'aimant pas se vanter – on prenait moins de risques à se déprécier –, Gleb avait évacué les commentaires élogieux : il n'allait pas laisser son équipier au fond de la mine avec un genou en pièces détachées…

Revenant à la surface, fourbus, les deux hommes profitèrent du sauna qui ponctuait la journée de travail. Un quart d'heure pour détendre leurs muscles roides, dégager leurs voies respiratoires. Cramoisi dans sa serviette, Sacha versait de l'eau, qui crépita sur les résistances. Sur le banc voisin, Gleb regarda son équipier pousser la sueur le long de son bras, comme on se débarrasse de manches invisibles ; les gouttes sur son torse dévalaient des collines, creusaient des rigoles sur ses abdos… Ils n'étaient que deux dans le sauna et une pensée amusée traversa son esprit. Ses muscles tatoués se dessinaient à travers les brumes, hercule drapé d'une simple serviette autour de la taille, son regard bon et franc, noisette déteignant sur le vert feuille, les muscles de son cou qui épuisaient ses tee-shirts, son aura bonhomme et éminemment sympathique : Sacha savait-il l'intimité sensuelle qui se dégageait des vapeurs ?

— Au fait, dit-il, et la fille dont tu parlais l'autre soir, celle qui se roule comme un tigre dans la neige ?

Gleb sourit – il l'avait oubliée, celle-là.

— Allez, insista le colosse en lui déboîtant l'épaule, dis-moi au moins si elle existe !

— Oui, je te l'ai dit : je sais qu'elle est là, quelque part, fit Gleb en déménageant les vapeurs autour de lui.

— Une fantôme, quoi.

— C'est ça. Mais quand elle va débouler, ça va faire mal !

Son rire sonore rebondit dans le sauna.

— Bon, il fait trop chaud pour moi, déclara Sacha en se dressant du banc. Tu es sûr que tu ne veux pas venir au béhourd demain ? Y a pas beaucoup de filles, c'est sûr, mais ça te changerait les idées.

— De prendre des coups sur la gueule, non, pas vraiment.

— Tant pis pour toi, don Juan !

Gleb eut un rictus complice – oncle Sacha ne pouvait pas être plus loin du compte.

Et Nikita l'attendait pour la visite du soir.

*

Les forts tempéraments font les mauvais malades. Les antalgiques le mettant dans un coton chimique, son genou et surtout ses bras continuaient de le faire souffrir. Nikita avait les nerfs en pelote sur son lit d'hôpital. Marre de glander dans cette chambre enlaidie par des fleurs en plastique, de la télé partagée avec son voisin-momie derrière le rideau, de la grosse infirmière aussi douce qu'un implant qui lui servait ses plateaux-repas pour rats d'égout avant de le border à coups de truelle, du soleil pâle qui le narguait à la fenêtre, oiseau de malheur depuis que les douleurs musculaires faisaient trembler ses mains, devenues folles.

Le voyant maugréer devant sa grille de mots croisés, Gleb ôta le stylo-bille de ses doigts crispés qui poussaient les lettres hors des cases.

— C'est quoi, déjà, la définition ? demanda-t-il.

— « Qui se comprend trop tard. »

— Et la réponse ?

— « Illusion. »

— Un petit malin, celui qui a écrit ça.

Huit lettres à la verticale qui inauguraient la grille.

— Et la suite ? s'enquit Gleb.

— Aaah, laisse tomber.

— Je t'écoute.

Nikita devenu as des mots croisés, Gleb remplit sur ses indications les cases en moins de dix minutes et haussa un sourcil à l'attention de son compagnon.

— Bravo.

— De quoi ? D'être incapable de remplir une grille de mots croisés sans en foutre partout ?

— On attendra d'être à la maison pour ça…

— Hum, grogna le convalescent, qui sur le coup se sentit mieux, si on me laisse sortir un jour de ce trou…

— Je viendrai en mission commando une nuit, pour t'enlever.

L'infirmière entra alors dans la chambre, toujours aussi peu commode, réduisant de facto leur échange à des banalités. Gleb donna quelques nouvelles de la mine tandis qu'elle vérifiait ses tuyaux, évita le meurtre de Valentina et le suicide de ce foutu Ouzbek – ils en avaient assez parlé –, raconta d'autres anecdotes du concert au Szaboy, où Nikita manquait à tout le monde. Enfin, l'infirmière occupée avec la momie derrière le rideau, Gleb en profita pour, du bout de l'index, déposer un baiser sur les lèvres de son amant.

— Besoin de rien ? dit-il à voix haute.

— *Niet*.

— Les copains te saluent.

— C'est ça.

Nikita saisit le carnet d'écolier que Gleb lui avait apporté après l'opération, posé sur la table de chevet, et lui tendit une feuille préalablement détachée pliée en deux.

— Je t'ai fait une liste de courses : demande au livreur de les monter quand je rentrerai chez moi.

— T'en fais pas, tu auras de quoi tenir un siège. Bon, je file, conclut-il devant l'infirmière qui en avait fini avec ses bandelettes. Remets-toi bien, mon vieux.

— *Da, da, da…*

La femme boudinée sortit avec lui de la chambre, une odeur un peu rance sous sa blouse. Le chirurgien qui suivait Nikita pris ailleurs ou débordé, Gleb regagna la Honda garée sur le parking de l'hôpital. Le tableau de bord affichait – 8 °C. Le chauffage à fond pour dégivrer le pare-brise, il déplia la « liste de courses » glissée dans la poche de son cuir.

Je n'ai jamais vu
Jamais senti
Que subi
D'astres que toi
Peau d'étoile blanche
Pendue à la patère
Du jour maudit où
À dada sur d'autres cous
Je t'ai trompé
Le masque hideux tombé
Une honte noire à la gueule
Quand tu étais voilette
Attendant je t'ai perdu
Moi qui aime tant te voir marcher
L'assurance tranquille des fauves
Des attaquants
Tu manques à tous mes pas
Tu émarges à tous mes doigts
Dix griffures
En taisant l'amour c'est toi que je trahis

L'innocence des tueurs
Des assassins d'eux-mêmes
Je tremble en toi tu ne sens pas ?
Moi qui meurs et bouge encore
Pour toi.

Un poème, écrit d'une main si tremblante que Gleb eut un soupir compassé devant la feuille dépliée – certaines lettres étaient presque illisibles.

*.

Il n'y avait aucun garde-fou sur les toits des immeubles. La glace et la neige rendaient le revêtement glissant, sans parler du vent qui pouvait vous précipiter dans le vide. Les locataires que Gleb croisait dans les halls d'entrée lui demandaient parfois ce qu'il faisait là, l'œil suspicieux des plus âgés rappelant l'époque communiste, d'autres le jaugeaient avec l'indifférence de la poussière sur un meuble, dans tous les cas personne ne s'en plaignait aux autorités, et c'était tout ce que le photographe demandait. Sur les toits, Gleb retrouvait son âme forte, son perchoir suprême, trois cent soixante degrés sur le monde qui le remplissait, comme ses escapades en territoire nenets.

Gleb sortait rarement les soirs de la semaine, encore moins pour des photos, mais voir Nikita dans cet état lui faisait mal au cœur. Son écriture hésitante tout au long du poème, ses pauvres mains qui tremblaient encore, post-traumatiques. Ils n'en avaient pas parlé, par pudeur, mais il était peu probable que Nikita puisse reprendre son poste à la mine. Il devrait se reconvertir, dénicher un job moins exposé, ou trouver autre chose… Gleb se cognait aux flocons qui filaient comme lui sous les réverbères ; laissant la patinoire dans son dos, il s'aventura à pied vers les *gostinka*. Norilsk était déserte en semaine. Il croisa un gros homme emmitouflé vêtu d'une chapka, qui sortait un petit chien chétif ridicule sous sa protection contre le froid, n'échangea pas un mot. L'immeuble voisin de Dasha, le plus haut de la zone habitée, donnait une vue d'ensemble sur les vestiges soviétiques. Le photographe s'y engouffra.

Personne dans le hall humide. Ses pas craquèrent sur les écailles de peintures décollées des murs, jusqu'à l'ascenseur déglingué. Une vie de HLM… Seizième étage : Gleb grimpa l'échelle en fer à la lueur de sa lampe frontale, poussa la trappe, puis la porte du cabanon en parpaings, réfractaire en raison de la neige accumulée, et accéda enfin au toit. Il marcha à pas comptés sur le revêtement, évita les bouts de ferraille et les fils électriques dressés parfois à hauteur d'homme, prudent, curieux. Il ne connaissait pas cet angle de vue sur la ville. On apercevait la patinoire faiblement éclairée en contrebas et, plus loin, l'immense prison… *Clic, clic*, son doigt s'actionnait sous les mitaines.

Il fit quelques pas en direction du précipice, changea de cadre, d'objectif. La vue sur les *gostinka* était impressionnante, la nuit bleu pétrole, les fumées fantastiques au loin crachées des hauts-fourneaux, les lumières des blocs d'immeubles le long des avenues vides, cette ville cassée, autant de visions belles et laides à la fois… Gleb longea le bord du toit pour prendre un dernier cliché, se pencha vers l'esplanade comme un Indien au sommet du canyon – il ne souffrait pas du vertige – et distingua une forme plus sombre qui se déplaçait sur la neige : tout en bas, une silhouette furtive à l'ombre des lampadaires…

Gleb actionna le téléobjectif, la retrouva bientôt dans sa mire, et soudain retint son souffle – *Blyat*, qu'est-ce qu'il fiche là ?

*

Le jour fuyait sous les phares quand Dasha gara la Lada sous le parking abrité, le seul de son quartier branlant. Elle avait eu Lena au téléphone sur la route de Talnakh, qui lui arrangerait au plus vite une entrevue avec Icek Zalasky – une copine infirmière de l'hôpital travaillait au service gériatrie… Il faudrait trouver une niche compatible avec son emploi du temps au théâtre – toujours cette foutue célébration du 9-Mai –, Dasha reprenait néanmoins espoir. L'horizon en attendant se limitait à une vue sur la patinoire et, plus déprimant, les barres d'immeubles de son quartier. Le terrain vague se situait de l'autre côté, vers l'ancien zoo et le coin de banlieue où vivait Shakir… Un frisson remonta le long de son échine en songeant à ce que cette brute aurait pu lui faire, lui arracher comme de la mauvaise herbe alors qu'elle gisait assommée : pauvre inconsciente, elle pestait encore en resserrant le col de son manteau. Dasha fonça tête baissée sur l'esplanade au milieu des poils acryliques, face au vent.

Une erreur pour les proies.

Car le tueur était là, à l'ombre des réverbères, attentif. Dasha marcha sur l'étendue de neige et le vit, à une dizaine de mètres, qui ne lui laissait aucune chance. Son cœur un instant s'arrêta de battre.

Le loup.

Il la fixait, massif, les babines retroussées comme si de la bave en coulait. Ou elle rêvait de la mort. De sa fin. De ses entrailles arrachées au monde sauvage. Elle se ressaisit à peine. Les oreilles repliées comme s'il s'apprêtait à passer à l'attaque, un grand loup gris lui faisait face, excité par l'odeur du sang qui battait dans sa carotide. Il le sentait, c'était sûr, son sang chaud et fait pour ses crocs. Un flash la fit frémir un peu plus sur son carré de glace : c'était ce loup qui avait mis en pièces l'alabaï de Shakir, lui qui l'avait dévoré, rongé jusqu'aux os, comme on se venge de son pire ennemi…

Dasha tétanisée ne respirait plus, le cœur à mille pulsations : la bête était énorme, d'un gris d'orage sur la cour enneigée, prête à bondir pour l'égorger. Une fin absurde. Elle crut s'évanouir quand elle sentit une présence dans son dos.

Et elle comprit : les babines retroussées du loup ne s'adressaient pas à elle, mais à son ombre, là, derrière son épaule.

— Ne bouge pas…

Dasha en était incapable, hypnotisée par les crocs luisants de l'animal. Une poignée de secondes s'échouèrent sur l'esplanade. Ses jambes tremblaient, reculer signifiait son arrêt de mort, et le loup gris hésitait : frapper ou déguerpir.

Clac, clac.

Un bruit d'obturateur relâcha son souffle.

— Tu… tu es où ? murmura Dasha.

— Là, fit la voix, tout près.

Gleb.

La bête les fixait toujours, affreuse, magnifique, les yeux injectés de sang. On pouvait y lire la sauvagerie la plus pure, comme si le prédateur n'était pas là pour se nourrir mais pour tuer, Dasha restait subjuguée par ce contact perdu avec la nature, leur nature, là…

— Ne bouge pas, répéta Gleb.

Il se porta à sa hauteur, lentement, pour que la bête ne se sente pas menacée. Dasha avait le ventre noué et des éclats de flocons perchés sur ses cils, des petits diamants qui illuminaient ses yeux gris. La couleur du loup. Leur pouls résonnait dans leur corps humain en alerte maximum, surtout ne pas lui tourner le dos, ne pas lui laisser croire qu'il pourrait les égorger dans ce quartier désert, mais la *dolia* du loup était ailleurs : l'animal se tourna vers les ombres de l'esplanade et, sans un regard, disparut dans la nuit, aussi furtivement qu'il était apparu…

Il ne resta plus que le son du vent sur la neige et ses frères dans les structures.

*

— Tu veux un thé ?

— *Da, da.*

— Bergamote ou essence ?

— Hum, réfléchit Gleb, ça ne doit pas être très bon, ça.

— Ça tombe bien, je n'ai que bergamote.

Dasha Svetlova avait beau jouer les reines des neiges avec sa peau d'ours blanc, ses jambes tremblaient encore dans son appartement, onze étages plus haut. C'était la première fois que Gleb mettait les pieds chez elle et le loup croisé sur l'esplanade lui avait fichu une sacrée frousse. Le bleu électrique adouci par une lumière tamisée, les murs égayés d'affiches, Gleb observait sa chambre comme si on l'épiait alors qu'elle était la seule à le dévorer des yeux.

— Je me demande d'où il sort, lâcha le photographe tandis que frémissait la bouilloire.

— Poutorana sans doute, avança Dasha.

— Tu y es déjà allée ?

— Comment, en hélicoptère ?

Le plateau le plus élevé de Sibérie centrale offrait des chutes et des canyons extraordinaires, que seuls des touristes privilégiés pouvaient visiter en été, ou les oligarques.

— On chasse les animaux sauvages par là-bas, fit Gleb. Peut-être qu'il en a eu marre de se faire tirer dessus.

— En attendant, il faudrait peut-être prévenir les autorités qu'un loup traîne en ville.

— Ils risquent de l'abattre.

— Évidemment. Imagine qu'il attaque un enfant.

— Il nous a laissés tranquilles, nota Gleb. Si ça se trouve, il a eu aussi peur que nous.

— Ou il a cru que tu allais lui voler son esprit avec ton appareil photo, comme les Indiens.

— L'esprit-loup.

— Ou tigre, renchérit-elle. Quand il décide de tuer un homme qui a enfreint les règles de son territoire, c'est fini pour lui : l'homme se transforme en proie dans l'esprit du tigre, et il court lui-même vers la mort. J'ai lu ça dans un livre.

— Notre loup est gris, pas tigré.

— Oui, soupira la costumière. On se dit qu'il se passe des choses étranges dans cette ville.

Dasha essayait de se donner une constance, débordée comme d'habitude par ses émotions. Cette histoire de loup lui avait rôti la cervelle et ce moment d'intimité en rentrant de Talnakh, totalement imprévu, la troublait à ne savoir qu'en faire ni comment l'interpréter. Les événements se succédaient à une vitesse exponentielle, sans queue ni tête, chauds ou froids, et Gleb la dévisageait sur le petit fauteuil rétro.

— Je ne savais pas que tu t'intéressais aux animaux, dit-il en se brûlant les lèvres sur le thé qu'elle venait de servir.

— Je m'endors devant des documentaires les soirs où on ne sort pas. Ça donne envie de s'échapper, comme eux. Je rêve toute la nuit que je cours après des gazelles, le matin je suis crevée : c'est pour ça que j'ai des cernes et que je parais plus vieille. Mais je n'ai pas souvenir d'avoir croisé ce gros loup gris, même pas en rêve.

— J'ai quand même cru un moment qu'il allait nous sauter à la gorge, recadra Gleb.

— C'est toi qu'il fixait en montrant les crocs.

— Mais il t'avait repérée.

— Comme toi, oui… Tu m'as peut-être sauvé la vie, Gleb Berensky.

— Mais pas de la mort.

— Très drôle. Ça n'explique pas ce que ce loup fait en ville, à part bouffer les chiens censés les tuer.

— … ?

— Oh, je ne t'ai pas dit, fit-elle en rassemblant ses esprits au lasso : Shakir avait un gros chien de berger, un alabaï qu'il a perdu la veille du concert au Szaboy.

J'ai retrouvé sa carcasse sous les pilotis de l'immeuble voisin, à cent mètres d'ici, dévoré jusqu'à l'os. Un chien tueur de loups, à ce qu'il paraît.

— Il n'était pas de taille, on dirait… Et son maître qui t'a raccompagnée ce soir-là… ajouta Gleb dans un soupir. Tu vis un peu trop dangereusement.

— Tu sais ça ? rosit Dasha.

— On t'a vue sortir du bar avec Shakir.

— C'est pas ce que tu crois.

— Je ne crois rien, c'est juste une chance qu'il ne t'ait pas fait de mal.

— Le loup veillait sur moi, inventa Dasha.

— La femme-loup… Oui, c'est le genre de beauté qui t'irait.

— C'est vrai ?

— Tu n'es pas très chien malgré tes colliers.

Gleb était un pince-sans-rire, impossible de deviner les sentiments derrière ses yeux, si ce qu'il disait était profond ou ironique, mais ses mots la touchaient droit au cœur. L'attraction bleu de Prusse était trop forte. Dasha sentit l'envie monter en elle, une flèche au curare qui l'envoyait loin dans la forêt des rêves qu'elle explorait, en direct, dans sa chambre bleu électrique. Il ne lui manquait qu'un peu d'animalité pour lui sauter dessus, ô frénésie inconnue, et Dasha ne savait pas quelle bête elle serait si Gleb venait enfin à l'enlacer… À vrai dire, on ne l'avait jamais déshabillée. Personne d'autre que Lena n'était au courant, mais à vingt-quatre ans Dasha était vierge. Elle n'avait même jamais été aussi vierge de sa vie que ce soir, devant lui, l'homme bleu de Prusse qui l'avait sauvée du loup mangeur d'enfants, comme si tout était lié, Gleb, l'ogre Shakir, le loup, elle et sa babouchka, le goulag. Quelle sensation étrange, terrifiante, magique… Les papillons cognaient dans son ventre, toutes ailes dehors, Gleb devait sentir leurs battements caresser sa joue, son torse, son sexe, le corps inviolé qu'elle lui réservait prêt à l'emploi. Dasha avait peur forcément, elle n'avait jamais rien eu entre les jambes, que ses doigts experts pour apprivoiser son désir de femme qu'elle n'était pas ou pas encore, mais elle ferait tout pour qu'il entre doucement dans son jardin de chair, sans lui dire qu'elle était vierge, gardant cette ultime intimité pour elle ou pour ne pas l'effrayer. Quelque chose lui disait que Gleb n'était pas le genre d'homme à se délecter d'une vierge, ou alors s'il devinait quelque chose ou s'il se montrait trop brusque, alors seulement elle lui avouerait qu'elle n'était pas ce qu'on disait, son copain Sacha en tête, ta peau, ton odeur, notre premier baiser, Gleb, ta première main dans mes cheveux bleus, Dasha rêvait, même la rougeur sur son front avait disparu, aspirée par l'enchantement de leur première étreinte et tout ce qui suivrait avant d'ouvrir les cuisses, pour qu'il la pénètre et qu'elle devienne femme, la sienne s'il la trouvait à la hauteur, mais le photographe acheva son thé à la bergamote et se leva dans la foulée.

— Il faut que je rentre, dit-il, je bosse tôt demain.

— Ah.

— Merci pour le thé.

Et Gleb disparut sans crier gare, comme un loup sur l'esplanade… Le monde se dédoublait.

Il ne resta bientôt plus que le son du vent sur la neige de son cœur, et son frère désespoir dans les structures.

12

Sacha aimait faire l'amour à la sauvette avant de partir à la mine. Il était souvent trop fatigué le soir, ou il s'occupait des enfants, et se frotter à une fille comme Lena donnait du peps à sa journée sous terre – existait-il meilleure façon de se réveiller ? Il regardait sa femme s'habiller après leurs ébats, au chaud sous les draps tandis qu'elle sortait de la douche jouxtant la chambre. Ses gestes méticuleux pour enfiler sa culotte, ses bas qu'elle remontait à petits gestes précis pour ne pas les abîmer, la dextérité de ses doigts aveugles pour boucler son soutien-gorge dans son dos, sa façon d'enfiler ses sous-vêtements, son pull, le balayage du plat de la main pour libérer ses cheveux pris dans le textile, sa délicatesse quand elle se posait sur le lit pour mettre ses chaussettes, le glissement du pantalon jusqu'à ses fesses rondes, ses mèches auburn repoussées de l'index derrière l'oreille pour agrandir son champ de vision et sourire : tous ces gestes éminemment féminins étaient tout à fait charmants… Sacha ne s'en lassait pas.

Le cerf-volant les avait réunis lors d'une première rencontre, sur une esplanade où les rubans couraient dans le bleu d'été de leurs vingt ans. Un sourire avait suffi, comme une évidence. Sacha Bokine aussi était solide. Marrant. Généreux. Intelligent à sa manière franche, sans calculs ni mesquineries. Lena était autrement plus diplômée que ce gaillard passionné de musique et de sport, mais leur équipe était complémentaire, aimant faire la fête avec les amis et désormais passer du temps avec leurs enfants, encore des bébés. Ils dormaient derrière la tenture de la chambre qu'ils partageaient, l'aîné dans son lit pliable, le cadet dans son landau, chères petites bêtes en devenir que le colosse aimait soulever comme des trophées d'amour…

L'aube se levait par la fenêtre du deux-pièces ; Sacha se força à quitter les draps encore pleins de leurs humeurs, fonça sous la douche trop étroite pour lui. Quand il en sortit, Lena préparait les biberons des gosses, qu'on entendait gazouiller.

La radio locale parlait encore de Shakir Akram, l'ancien *afghanet* que tout accablait et qui était parvenu à se donner la mort lors de sa garde à vue. Lena avait rendez-vous tout à l'heure avec le lieutenant Ivanov à ce sujet, mais elle ne pouvait pas en parler à son mari…

— Et ta copine Dasha qui s'est barrée avec lui l'autre soir, maugréa-t-il en enfilant ses tartines.

— Il ne lui est rien arrivé, que je sache.

— Peut-être, mais il lui arrivera des bricoles, à la longue.

— Il y a un bon Dieu pour les anges cassés.

— On appelle ça des diables, non ?

— Un diablotin, sourit-elle en regardant son mari se brûler les lèvres sur la tasse. Et puis tu te trompes, sur Dasha. Elle est amoureuse.

— Le pauvre, ironisa-t-il.

— Et bien sûr, tu n'as aucune idée de qui ?

— Shakir ?

— Idiot.

— Qui alors ?

— Gleb, évidemment.

— Gleb ?!

— Qui d'autre ?

— Elle te l'a dit ?

— Pas encore, mentit Lena, mais ça crève les yeux.

— Les tiens peut-être, renvoya Sacha. En tout cas, Gleb ne me parle jamais d'elle.

— Évidemment, il se trahirait. Vous n'avez vraiment pas d'imagination, vous, les mecs.

— C'est peut-être ta copine qui en a trop.

— Dasha est un rêve de femme : et je suis rudement contente de m'être mariée avec toi avant que vous vous en rendiez compte, bande de débiles. Tu gardes ce petit secret pour toi, hein ? ajouta la légiste. À part « bande de débiles », que tu peux répéter aux autres.

Sacha adorait sa femme – elle le faisait rire.

— Vous en pensez quoi, vous les champions ? lança-t-il aux bébés calés dans leur chaise.

Daniil et Grigori faisaient des bulles dans leur biberon, surveillant leur père d'un œil sévère. Il leur pinça les joues.

— Je crois que c'est déjà une bande de débiles, commenta-t-il pour sa femme.

Et ce fut elle qui rit. Mais le temps leur manquait pour profiter de leur famille. Déjà sept heures, la nounou allait bientôt arriver et elle n'était pas prête. Sacha partit en premier, un baiser chatouilleux dans le cou des bambins, qui sourirent de concert, un autre sur le front de sa femme. C'était un jeudi, jour de sa revanche au béhourd.

— M'attends pas pour manger ce soir, hein ? lança-t-il en partant au boulot, son sac de sport à l'épaule en prévision.

— Non, non !

Lena avait déjà la tête à son rendez-vous avec Ivanov.

*

Les fumées éventraient les nuages au-dessus de la ville. L'assistante du légiste avait laissé ses dernières instructions à la nourrice avant de filer à l'hôpital, anxieuse. C'était la première enquête qu'elle suivait de front, et Grisha Ostenko en personne était venue la féliciter pour sa participation à l'identification du tueur. La justice n'avait pas demandé l'autopsie de Shakir Akram, par mesure d'économie et parce que tout l'accablait : il n'était pas prévu que Lena Bokine, en duo sur l'enquête avec Ivanov, fasse si tôt une entorse au règlement…

L'odeur d'eau de Javel l'accueillit dans le grand hall, toujours la même, comme le vieux gardien du sas, à moitié assoupi sous sa casquette. On commençait à la reconnaître, certains collègues la saluaient à son passage, ses cheveux auburn tenus ici en queue-de-cheval. Aucun effort vestimentaire, surtout depuis la proposition scabreuse de son chef de service.

Lena s'apprêtait à descendre l'escalier rafistolé au scotch quand le lieutenant Ivanov arriva dans son dos.

— On est synchro, on dirait, nota-t-il en guise de bonjour.

Il portait son pull vert en laine sous la même grosse veste à carreaux démodée, les bajoues plus molles le matin – ou c'était elle qui se faisait des idées.

— Je te suis ?

Boris lui conta le fiasco de la garde à vue en chemin, l'équipe scientifique qui avait accumulé les preuves à charge contre Shakir Akram, et le rapport en cours qui clôturerait l'affaire Valentina. Quelque chose continuait pourtant de le chiffonner. Lena attendit qu'ils soient seuls dans le couloir qui menait aux chambres froides pour l'apostropher :

— Quel est le problème, lieutenant ? Vous avez trouvé le meurtrier, vous devriez être content ; ce n'est pas toujours le cas.

— Oui. Mais je crains, en livrant mon rapport, d'être dessaisi de l'autre enquête.

— Celle du Nenets ?

— Tout le monde s'en fiche, mais le meurtre n'est pas résolu.

— C'est vrai, concéda Lena. Que tout le monde s'en fiche, elle précisa. Et, pardon, Boris Ivanov, mais tu n'as même pas l'identité de la victime.

— Ma seule chance de garder l'enquête, c'est de relier les deux affaires.

Ils stoppèrent devant les casiers où étaient stockés les corps.

— Je commence à comprendre…

L'assistante empoigna le tiroir numéro 7 et fit glisser le cadavre de Shakir sur son plateau réfrigéré. Boris reconnut les plaies qu'il s'était données, la jugulaire sectionnée par où il s'était vidé de son sang sur le chemin de l'hôpital, par sa faute à lui, Boris.

— J'ai fait des analyses de sang, comme tu me l'as demandé, commença Lena. Rien de spécial ; alimentation mauvaise, pas trace de drogue mais un peu d'alcool. Cholestérol, un début de diabète, et plusieurs cicatrices anciennes sur le corps ; des traces de balles, à mon avis.

— Shakir a fait l'Afghanistan, dit Boris platement.

— Il paraît, oui. J'ai identifié ses fluides sur certains mouchoirs en papier retrouvés dans sa corbeille, mais le plus intéressant vient du sous-vêtement ramené de l'appartement. Je l'ai analysé. Les fluides sont bien ceux de Valentina Oulianova. Elle devait donc la porter quand on l'a tuée. Les fluides de Shakir n'apparaissent pas, mais ceux d'un étranger. Je ne parle pas des poils de chien incrustés dans les fibres, précisa-t-elle, mais des fluides biologiques d'une tierce personne…

— Présents sur le sous-vêtement de Valentina ?!

— Ils sont minimes, précisa Lena, mais ces fluides ne sont pas ceux du chauffeur de taxi.

*

Boris Ivanov doutait depuis le début que l'Ouzbek ait agi seul, frappant au hasard des passagères qui lui tombaient entre les mains ; trop de risques, de témoins potentiels parmi les autres chauffeurs de taxi, et il n'en serait pas à son premier crime commis. À moins d'un événement déclencheur qui l'aurait renvoyé à la guerre de tous contre tous, et à une forme de suicide, mais il n'y croyait pas trop. Il songeait plutôt à un complice, hypothèse que les analyses de la légiste aujourd'hui confirmaient. Qui d'autre pouvait avoir été mis en contact avec un vêtement aussi intime ?

Joint au téléphone, Andreï Voronine l'écouta sans broncher avant de balayer ses soupçons :

— Laisse tomber, mon vieux. Akram répondait à des pulsions violentes qui le dépassaient. Tu l'as constaté pendant la garde à vue : ce type était dérangé, un *afghanet* mal recyclé dans la vie civile qui matait des trucs gore sur le Darknet. Son suicide est une forme d'aveu.

— Il était acculé.

— Évidemment puisqu'il est coupable ! Tu as vu son dossier, non ? Akram avait un passé de tueur dans les forces spéciales : Afghanistan, Tchétchénie, Transnistrie, il a dû voir ou commettre un tas d'horreurs. Valentina était seule en sortant de l'aéroport : une proie facile pour ce genre de malade.

— On n'a retrouvé aucun fluide corporel sur le corps, juste sur sa robe.

— Valentina était partiellement habillée quand ce salopard l'a violée.

— Partiellement, oui : ça induit que d'autres parties du corps étaient à nu, comme ses jambes, or, on n'a rien relevé. Le corps a pu être lavé post mortem, ou nettoyé d'une manière ou d'une autre avant d'être déposé dans la voiture pour ne pas impliquer le véritable meurtrier. Le rapport de la légiste parle de lésions légères, pas de viol caractérisé.

— Si tu me dis qu'une beauté comme ma cousine a pu s'enticher d'un cul-noir qui avait l'âge de son père, je vais avoir du mal à te croire… grinça Voronine au téléphone. Et ton boss aussi.

— Shakir aurait pourtant dû se douter que des témoins pouvaient le reconnaître à l'aéroport, poursuivit Boris. Il y a aussi le trajet entre l'aéroport et l'entrée de Doudinka, où le taxi a été vu par la caméra de surveillance. Pourquoi rouler jusque là-bas s'il avait l'intention d'abandonner le corps dans les collines ?

— Il n'y a pas de collines autour de Doudinka, répondit le douanier. Il a agi d'instinct, comme tous les psychopathes.

— Mais sa valise, son ordinateur ?

— Il les a probablement balancés dans un fossé une fois son forfait commis.

— Les fouilles n'ont rien donné.

— Il avait peur, sa priorité était de fuir, il s'en sera débarrassé plus tard, ailleurs !

— Mais les fluides étrangers que la légiste a retrouvés ? Ils sortent bien de quelque part !

— Le sous-vêtement était en contact avec une vieille couverture que des tas de gens ont pu manipuler... Bon Dieu, Boris, tu avais assez de preuves pour envoyer ce cinglé en prison jusqu'à la fin de ses jours, si tu ne l'avais pas laissé se suicider lors de sa garde à vue : tu cherches quoi, au juste ? Ton supérieur t'a couvert. Ce n'est pas en innocentant un coupable que tu vas rattraper ta bourde, si c'est ça qui te tracasse !

*

Deux corbeaux squattaient les fils téléphoniques au-dessus des vestiges de l'ancien zoo. Le retour des oiseaux, qui accompagnaient le redoux du printemps.

Oncle Sacha arriva en avance devant le local du Club cosaque, où il s'était fait laminer quinze jours plus tôt. Silinski, c'était le nom de l'hercule, arrivé depuis peu à Norilsk d'après ce qu'on lui avait dit. Frapper un homme à terre n'était pas dans les règles du béhourd, il avait fallu l'intervention de son équipe pour que Silinski abrège la correction, mais quand ils s'en étaient plaints à Vladimir Sakin, le patron du club, sa réponse avait fusé : si le mineur n'était pas content, il n'avait qu'à choisir un autre sport de combat… Sacha avait ravalé son orgueil. Au-delà de l'humiliation, ce salopard de Silinski voulait faire mal. Un acte gratuit, sportivement répréhensible, que couvrait le patron du Club cosaque.

Il n'avait pas tout raconté à Lena, par amertume ou pour garder la face – ils étaient là pour s'amuser, rejouer les batailles d'antan, les gagner ou les perdre, pas pour se prendre des raclées comme les prisonniers du goulag… Enfin, oncle Sacha avait une petite idée en tête, au cas où il recroiserait cette brute sur le champ de bataille : la masse n'était pas l'arme adéquate pour vaincre ce type d'adversaire, Silinski était trop rapide, il lui faudrait plutôt une épée, plus légère et maniable, voire une hache, « pour la lui mettre au travers de la gueule »… Ça le démangeait déjà. Sacha avait trimé toute la journée, mais il se sentait encore assez en forme pour attaquer un train à mains nues.

Il gara la voiture sur la portion de bitume, attrapa son sac de sport à l'arrière. L'ancien zoo était désert, avec ses baraquements aux fenêtres condamnées. Une impression trompeuse : un son étrange attira son attention tandis qu'il sortait de sa voiture, une sorte de brame qui provenait des vieux bâtiments… Bizarre, vu le décor post-industriel ambiant ; il n'y avait plus d'animaux depuis longtemps, morts de froid ou emportés par la chute du communisme.

Sacha se tourna vers les hangars désaffectés, vit un camion garé non loin et entendit d'autres bruits. Il approcha de l'entrepôt, sa curiosité aiguisée, contourna le baraquement et perçut de nouveaux sons provenant de l'ancienne ménagerie. Des gens, ou des bêtes, s'affairaient… Sacha arrivait devant la porte d'acier du hangar quand il se trouva nez à nez avec un jeune type costaud, les joues couperosées par le froid.

— Qu'est-ce que tu fais là ?! lança le jeune d'un ton bourru.

— J'ai envie de pisser, renvoya Sacha, ça dérange ?

— Tu te fous de ma gueule ?

Le type était nerveux, agressif, comme s'il cachait quelque chose dans son dos. Sacha eut le temps de jeter un œil par-dessus son épaule, ouvrit des yeux ahuris. L'homme dégaina un pistolet de sa parka ouverte et le flanqua sous son nez.

— Qu'est-ce qui se passe, ici ?! gronda une voix depuis le hangar.

Sakin, le patron du club, apparut bientôt par la porte entrouverte, entouré de deux hommes aussi épais que le cerbère, dont Silinski, l'homme à l'arcade entaillée qui l'avait massacré l'autre soir.

— Qu'est-ce que tu cherches par ici ? aboya Sakin, sur ses ergots. Hein, qu'est-ce que tu fous là ?

— Je suis venu en avance, se défendit Sacha, je vois pas le problème.

Sakin si.

Le mineur avait tout vu.

— Tu es venu seul ?

— Oui. Pourquoi ?

— En voiture ?

— Bah, oui. Tu peux me dire ce qui se passe, ici ? rétorqua Sacha en désignant le hangar.

Sakin analysa vite la situation. Impossible d'en rester là, d'autant que la séance de béhourd commençait dans dix minutes. Il fallait agir, vite, et prévenir la hiérarchie qu'il avait un nouvel os à enterrer. Un signe suffit.

Sacha ne vit pas le Taser que Silinski lui enfonça dans le cou : une décharge de trente mille volts le foudroya.

*

Un trou noir. Oppressant. Comme une chute libre au cœur de nulle part et aucun écho à ses cris.

Quand Sacha ouvrit les yeux, il se trouvait au volant de sa voiture et un froid intense lui gelait les os. Il ne le savait pas.

L'habitacle empestait l'alcool, pas le meilleur. La nuit noire le cernait, sans la moindre tache luminescente pour se repérer. Il portait toujours sa parka mais ses doigts étaient engourdis. Il ne le savait pas.

On l'avait mis à geler dans les collines, sa voiture comme linceul, et l'overdose de vodka lui tournait la tête. Sacha poussa d'instinct la portière de la Mitsubishi, s'y reprit à trois fois pour actionner la poignée. Une rumeur lui intimait de ne pas rester là, en proie au vent, de fuir au plus vite sous peine de devenir glaçon. Il faisait encore – 15 °C la nuit, assez pour perdre conscience, mais Sacha Bokine n'en avait plus.

Il fit quelques pas dans la neige, pantin éthylique, trébucha sans doute sur quelque relief mais les ténèbres alentour ne lui disaient rien. Le vent des hauteurs ne l'aida pas, ni la lune pourtant claire, ni les étoiles qui scintillaient quelque part. Il grimpa malgré lui vers la colline en suivant le bord de route, chaloupa sous ses pas d'ivrogne, se rattrapa au vide, chuta peut-être, se releva de rien.

Le temps passa sans lui jusqu'au sommet d'une butte, alors il vit les lumières de la ville qui se dessinaient tout en bas.

Il n'était pas prévu que le mineur aille jusque-là mais Sacha Bokine était une force de la nature : il plongea vers les phosphorescences, comme on se noie.

*

Dasha dormit mal, cette nuit-là. Des rêves d'animaux sauvages bourdonnaient dans sa tête, conséquence de leur étrange rencontre avec Gleb sur l'esplanade, entre effroi et message mystérieux de l'inconscient qui gérait leur *dolia*. Il était neuf heures du matin, le thé du petit déjeuner rappelait la bergamote partagée ici même avec lui pour se remettre de leurs émotions, Gleb prince de la poudre d'escampette qui avait détalé comme le loup gris au lieu de l'embrasser et, elle suspendue à ses lèvres, de la faire basculer sur le lit. Quelles mains l'auraient parcourue, quel culot aurait pris sa virginité, les jambes en éventail pour sa première nuit d'amour ? La costumière fantasmait devant son bol de thé et les miettes de gâteau abandonnées, lorsque son portable sonna sur la tablette.

C'était Lena, et au son de sa voix Dasha comprit que quelque chose n'allait pas.

— Sacha n'est pas rentré de la nuit, dit-elle aussitôt. Je ne comprends pas. Il avait béhourd hier soir ; je l'ai appelé sur son portable vers vingt-trois heures, voyant qu'il était en retard, mais c'était sur messagerie. J'ai réessayé plus tard dans la nuit, toujours rien. Et ce matin le lit était vide. Je suis inquiète.

Dasha oublia ses rêveries de midinette.

— Son téléphone ne répond toujours pas ?

— Non.

— Bizarre qu'il ne t'ait pas laissé un message, s'il lui est arrivé quelque chose… Tu l'as signalé à la police ?

— Oui : aucun accident de la route n'a été déclaré la nuit dernière, répondit Lena. Et je viens d'appeler la mine : Sacha devrait être au boulot depuis une heure, mais il n'a pas pointé ce matin.

Dasha fit le tour d'oncle Sacha en une poignée de secondes.

— Ton mec est incapable de découcher, encore moins de te tromper, dit-elle, il s'est forcément passé quelque chose. Tu as joint le club de sport ?

— Pas encore, c'est fermé. Et je ne connais personne là-bas.

— C'est le dernier endroit où on a dû le voir ; il n'y avait pas une fête, ou une raison quelconque pour qu'il ait dormi là-bas ?

— Il me l'aurait dit. Ou m'aurait prévenue. Je ne comprends pas, répéta Lena.

Dasha rumina – le mineur n'avait pas pu s'endormir dans sa voiture, pas avec ce froid.

— Tu es où, là ? lança-t-elle à son amie.

— Au boulot.

— Je vais aller voir au Club cosaque. Je te tiens au courant.

L'ancien zoo se situait à un kilomètre à peine, après le terrain vague qui séparait les *gostinka* des barres d'immeubles à peine moins chancelantes. La douche expédiée, habillée à la va-vite, Dasha roula jusqu'au parking du parc animalier en déshérence. Pas trace de sa voiture sur l'aire de stationnement, un 4 × 4 Mitsubishi bricolé dix fois qui les emmenait parfois pique-niquer en été. Elle se gara malgré tout.

La température proche du zéro, elle avait presque chaud sous sa fausse peau d'ours. Dasha foula le sol inégal, en quête d'indices ou de preuves de sa présence, marcha encore, nez au vent. Elle n'avait pas mis les pieds ici depuis des années, quand elle venait, petite, avec sa mère et sa grand-mère et qu'il y avait encore des animaux, une poignée à vrai dire, mais qui lui paraissaient follement exotiques. La glace fondant sous le timide soleil du printemps, une mousse verdâtre apparaissait dans les fosses vides et sur les parois métalliques des hangars désaffectés. Sauf que le club de sport était fermé ; Dasha colla le visage à la lourde porte vitrée, ne vit qu'un comptoir et un hall désert…

Il était dix heures du matin, la costumière avait encore un peu de temps avant de rejoindre le théâtre ; elle recula pour embrasser du regard le bâtiment entier, ne détecta aucune chambre ou lieu susceptible d'abriter des gens. Sacha ne pouvait pourtant pas être ailleurs. Il était certes un peu brutal, ses blagues à la testostérone donnaient envie de se remettre à la poupée, mais le mineur chérissait sa femme au-delà de tout, sûr qu'il avait trouvé en Lena la perle rare : plus intelligente, attentive, judicieuse, fine, diplômée, prévoyante, plus solide aussi psychologiquement – les hommes russes s'écroulaient au moindre coup dur domestique –, moins forte musculairement mais plus résistante, la liste des qualités était longue et Sacha Bokine le savait.

Avait-il garé sa voiture ailleurs, où il aurait eu un malaise ? Existait-il un autre lieu de réunion où, pour une raison quelconque, le mari de Lena se trouverait encore ? Dasha se dirigea vers les hangars sans savoir que les caméras de surveillance la suivaient.

La glace craquelait sous ses bottes. Elle ne remarqua pas les traces laissées par les pneus qui avaient manœuvré là, stoppa devant la large double porte d'un hangar, bouclée par une chaîne et un cadenas. Il y avait une odeur bizarre, animale. Elle pensa au loup croisé sur l'esplanade, frissonna à rebours, sentit une présence dans son dos et se retourna vivement : un homme gigantesque venait d'apparaître dans son angle mort.

— Qu'est-ce que tu fais là, toi ? dit-il en venant vers elle.

Dasha n'avait jamais vu Adrian Silinski, ses longs cheveux blonds tombant sur ses épaules de lutteur, sa belle gueule à mâchoires si on les aimait carrées, ses yeux bleu clair et vifs, dont l'expression la mit naturellement sur ses gardes.

— Et toi ? relança Dasha, bravache.

Elle avait l'impression qu'il allait lui coller une baffe, et elle avait déjà eu sa dose, l'autre nuit, avec Shakir. Comme il l'observait sans répondre, le corps musculeux sous son survêtement noir à liseré d'or et sa polaire sans manches, Dasha poursuivit :

— Je cherche un ami. Sacha Bokine.

— Dans ce hangar ?

— Le hall du club est fermé.

— Mais t'as rien à foutre là. C'est privé. C'est quoi, ton nom ?

— Ziggy Stardust.

— Quoi ?

— Tu travailles au club de béhourd, vu ton gabarit, enchaîna la jeune femme. Sacha Bokine devait venir hier soir. Un mineur, blond, à peu près ta taille, avec une coupe genre banane fifties.

Le géant continuait de la dévisager. Elle remarqua les tatouages cosaques sur ses mains, une croix orthodoxe et deux épées entrelacées…

— Je vois qui c'est, ouais, il vient s'entraîner de temps en temps.

— Tous les jeudis, précisa Dasha.

— P't-être.

— Sacha a disparu depuis hier soir, et c'est le dernier endroit où il s'est rendu. Tu l'as vu ?

Il secoua la tête.

— Non. Non, il est pas venu, hier.

Dasha se tut, dans l'expectative. Elle n'avait pas prévu cette éventualité puisqu'il n'avait nul endroit où se rendre, à moins d'avoir menti à tout le monde, ce qui semblait impossible ou absurde… Il y eut un bruit étrange depuis le hangar, à la fois lointain et étouffé. Ce n'était pas un bruit humain mais animal, ou quelque chose qui y ressemblait.

— Il y a quoi là-dedans ? lança-t-elle, intriguée.

Son smartphone vrombit alors dans la poche de son manteau blanc.

Sans le savoir, Lena venait de lui sauver la vie.

*

Alertée par téléphone, l'assistante du chef légiste avait quitté le sous-sol de l'hôpital Ogoner en catastrophe, couru jusqu'à sa voiture sur le parking, avant de se précipiter chez les pompiers, qui venaient de recueillir son époux.

On avait retrouvé Sacha errant dans les faubourgs de la ville, hagard, à moitié gelé et empestant l'alcool, mais vivant. Pour Lena, qui depuis la veille se faisait un sang d'encre, le reste importait peu.

— Votre mari a une constitution de fer, observa le médecin qui l'avait ausculté. Il a dû passer la nuit dehors vu son état, proche de l'hypothermie. Il fait encore moins quinze ou moins vingt, la nuit : un miracle qu'il s'en sorte avec seulement cinq orteils en moins.

Lena ne pensa pas à son avenir à la mine, juste à sa santé présente.

— Il vous a parlé ? On sait ce qui est arrivé ?

— L'alcool. Tout le monde sait pourtant que c'est dangereux de traîner dehors quand on a bu.

— Mon mari ne boit pas en semaine.

— Il avait pourtant plus de deux grammes dans le sang. Du moins c'est le taux qu'il avait il y a trois heures, précisa l'homme à la blouse blanche, quand on me l'a ramené. Je vous laisse imaginer dans quel état il était au milieu de la nuit. Sans parler de l'odeur qu'il trimballait. Heureusement que vous avez signalé sa disparition, ajouta-t-il, votre mari n'avait pas de papiers sur lui.

Tout ça n'avait pas de sens.

— Il faut que je le voie, s'empressa Lena. Il est où ?

— En salle de repos, mais il ne s'est pas remis du choc.

— Ça prendra combien de temps ?

— Quelques heures encore. Il faut que le corps se réchauffe en douceur. On l'a mis sous sédatif, mais votre mari souffre de troubles psychiques importants.

— C'est-à-dire ?

— Je ne sais pas mais ça semble assez sérieux. Certains alcools frelatés peuvent causer des dégâts terribles, vous le savez.

— Sacha ne ferait jamais une chose pareille, s'entêta Lena.

— L'éthylotest ne ment pas.

— Lui non plus.

Le médecin eut un rictus navré, comme si elle n'était ni la première ni la dernière à se faire berner par son mari.

La légiste parcourut le couloir terne qui menait à la salle de soins de la caserne, entre le soulagement de le savoir vivant et l'appréhension. Sacha reposait sur un brancard, les veines intubées, d'épais bandages enserrant ses pieds amputés, endormi visiblement. Il pourrait marcher de nouveau, avait précisé le médecin des pompiers, mais l'équilibre et l'adhérence ne seraient plus jamais les mêmes. Un moindre mal, pensait Lena.

Elle se trompait. Car s'il finit par sortir de la torpeur médicamenteuse où on l'avait plongé, Sacha ne reconnut pas sa femme en ouvrant les yeux. Il ne savait que psalmodier des mots incohérents, le regard vide, sourd aux autres et à lui-même : un état de confusion mentale qui l'avait réduit à une larve.

TROISIÈME PARTIE

La cage

1

Un million d'enfants vivaient dans les rues en Russie, des « orphelins sociaux » dont au moins un parent vivait sans s'occuper d'eux, soldats d'une armée de l'ombre semblable à celle des bâtards d'antan, qui, par manque de repères, prenaient pour modèle des personnalités charismatiques, voire colportaient l'idée d'un État totalitaire avec un Père de la Nation se substituant à l'institution familiale. Vladimir Sakin avait grandi sous ces cieux de tempête.

L'Unité nationale russe (RNU), organisation d'obédience paramilitaire proche de l'Église orthodoxe et des milieux conservateurs ultra-nationalistes, offrait des perspectives pour des hommes comme Sakin. Ils collaboraient à la propagande du Parti, monopolisaient les manifestations culturelles dans les villes pour que l'idée de défendre les valeurs russes fasse corps avec les habitants, ensemble, soudés dans un même élan patriotique. La RNU condamnait tout mariage « interracial », affirmant qu'ils créaient des troubles psychologiques d'auto-identification des enfants issus de ces unions. L'organisation évitait les violations directes de la loi, mais certains hauts responsables autorisant la RNU à participer à des patrouilles de rue et à collaborer d'autres manières avec la police, des installations d'entraînement militaire avaient été mises à sa disposition.

Les nouvelles recrues du Parti, les « partisans », étaient tenues d'agir comme fonctionnaires de bas niveau au sein de l'organisation, jusqu'à atteindre le rang de *spodvijniki* (sorte de collègues haut de gamme), où ils gagnaient le droit de porter les insignes et de participer à une formation paramilitaire. Les membres les plus dévoués accédaient alors au rang de « camarades d'armes », aptes à diriger un groupe.

C'était le cas de Vladimir Sakin.

Le Club cosaque dont il avait la charge était une bonne couverture à Norilsk, à la fois ludique et pratique pour les piliers du business, dont il savait peu de choses. Gardien du temple, Sakin n'était qu'un intermédiaire parmi d'autres dans la chaîne de commandement. Et il n'était pas prévu qu'on vienne mettre le nez dans leurs affaires.

Heureusement il y avait les caméras de surveillance. Silinski et un de ses sbires se relayaient autour des différents points stratégiques de l'ancien zoo, envoyés de Moscou depuis l'histoire du Nenets. Membre lui aussi de la RNU, le camarade d'armes avait initié Silinski au béhourd pour valider sa couverture comme employé au Club cosaque, une belle brute, on ne pouvait pas lui enlever ça, même si trop de gens venaient rôder dans leur secteur. Beaucoup trop. Le dernier en date, Sacha Bokine, n'avait a priori aucun lien avec ce foutu Nenets ni aucune raison de savoir ce qui se trafiquait en ces lieux. Sakin avait inspecté son smartphone, constaté qu'aucun appel récent n'avait été donné, laissant supposer que le mineur avait été au mauvais endroit au mauvais moment. Trop tard. Les Cosaques avaient dû rattraper le coup en appelant la cavalerie à la rescousse, Sakin se chargeant des témoignages quant à la non-présence du soûlard à la salle de sport, mais cette fille fouinant du côté des hangars le lendemain matin mettait tout en péril.

— D'où elle sort, celle-là ? grogna-t-il.

— Je sais pas, dit Silinski au téléphone, une fille aux cheveux colorés en bleu, genre garçonne à la con. Elle m'a dit son nom, Machin Stardust, avec un prénom bizarre.

— Ziggy ?

— Oui, c'est ça.

— Imbécile. Qu'est-ce qu'elle fichait près des hangars ?

— Elle cherchait Bokine. Une amie à lui, à ce qu'elle disait. Le club était fermé, elle errait dans les environs.

— Et tu l'as laissée filer.

— Elle n'a rien vu, j'en suis sûr. Et je n'allais pas l'électrifier, ajouta Silinski, pas le lendemain du mineur. Ça aurait été suspect, d'autres personnes devaient être au courant qu'elle passerait au club de sport.

Sakin rumina. Cette fille aux cheveux bleus s'était pourtant foutue de sa gueule. Il valait mieux prévenir son référent, qui avait pris les choses en main depuis le retour de la petite emmerdeuse.

*

Boris Ivanov portait son pull vert en entrant dans le bureau à l'étage, une armure en laine qui ne valait pas un clou devant le chef des homicides. Costard droit, chemise grenat, pantalon sombre et mocassins lustrés, Illitch était sans surprise en forme, ombrageux et légèrement hautain, la hargne en plus.

— Qu'est-ce que c'est que ce rapport de merde ? lança-t-il au lieutenant.

Boris ne s'assit pas.

— Cette histoire de Nenets lié à la fille assassinée, précisa Illitch. L'Ouzbek n'a rien à voir avec les éleveurs de rennes, jusqu'à preuve du contraire : qu'est-ce que tu viens remettre cet empaffé de Nenets sur le tapis ?!

— C'est pour ça que je vous demande un délai supplémentaire, dit Boris, pris au dépourvu, le temps d'aller interroger les autochtones. J'ai la piste d'un témoin qui…

— D'un témoin que tu peux te coller où je pense, l'interrompit son chef. Personne n'a réclamé le corps du vieux, incinéré et oublié de tous puisqu'on n'a même pas son identité !

— Valentina l'avait, comme son numéro de téléphone à carte, que j'ai fini par retrouver chez elle. Le Nenets a appelé la blogueuse peu de temps avant d'être assassiné, d'après les Télécoms. Voilà pourquoi j'aimerais éplucher le détail des communications de Valentina ; d'autres personnes ont pu être en contact avec elle au sujet du Nenets, qui se savait peut-être en danger. Ou ils ont découvert quelque chose qu'ils ne devaient pas voir, et on les aura tués pour ça…

— Qu'est-ce que tu viens me courir avec cet appel, Ivanov ? Parce que deux personnes qui se connaissent s'appellent, il y a forcément un complot ?! Qui te dit qu'il ne l'appelait pas pour une histoire d'écologie en rapport avec son blog ? Une simple discussion comme des milliards de gens en ont tous les jours…

— Avant de mourir assassinés ?

— Et pourquoi pas ? On a autre chose à faire qu'engorger les tribunaux avec des demandes si ténues et surtout obsolètes. Tu fais fausse route, Ivanov : toutes les analyses ont identifié Akram comme le tueur, l'ADN, la culotte qu'il gardait comme fétiche, les saloperies porno qu'il matait chez lui, ses mensonges pendant la garde à vue et son suicide quand il s'est vu acculé : l'affaire Valentina Oulianova est close. Classée, tu sais ce que ça veut dire ? Ça changera quoi, de savoir qui elle a appelé avant de tomber sur ce cinglé ?

— On a trouvé un fluide étranger sur sa petite culotte : c'est le détail qui ne colle pas.

— Et qui annule toutes les autres preuves ? Une couverture pourrie et un numéro de téléphone à carte dont rien ne prouve qu'il ait appartenu à un Nenets non identifié ? se rengorgea Illitch. Tu crois vraiment que je vais te laisser continuer à poursuivre l'enquête avec des arguments pareils ?! Tu as merdé pendant la garde à vue, Ivanov : si tu n'avais pas laissé l'Ouzbek s'ouvrir la gorge, il aurait avoué son crime et tu arrêterais d'enculer les mouches ! J'ai couvert tes conneries, je t'ai même laissé mener l'affaire Valentina avec l'assistante du légiste, je t'ai donné un délai supplémentaire pour boucler le dossier et tu me chies dans les bottes ?!

Le langage d'Illitch avait changé du tout au tout.

— Ce n'est pas le but, commandant…

— Dans ta situation et vu tes états de service, tu ferais mieux d'obtempérer. C'est un conseil que je te donne. Tu peux encore sortir de cette affaire avec un bon point plutôt qu'un coup de pied au cul, Ivanov. Alors retape-moi ce putain de rapport d'enquête, qu'on en finisse.

— Oui, commandant.

*

On jouait ce soir un vieux film des années 1960 à la télé, *Neuf Jours d'une année*, l'histoire de deux jeunes atomistes amis mais rivaux en amour, dont l'un se verrait accidentellement irradié. Boris ne l'avait pas revu depuis des lustres – Anya n'était pas née. Ils s'étaient installés devant la télé comme ils le faisaient souvent le soir, mais une chape de mélancolie tombait sur lui à mesure que les héros se convulsaient au cœur du drame. Tous ces acteurs étaient morts aujourd'hui, ils n'étaient plus que des personnages animés en noir et blanc, leurs noms bientôt oubliés, sauf pour quelques cinéphiles comme lui, qui n'avaient pas encore sacrifié au culte des séries… Boris avait des pensées sombres, parfois. Ou la tournure que prenait l'enquête le mettait en porte-à-faux. Ou lui rappelait des souvenirs. Les faits étaient là, comme ce fluide étranger sur le sous-vêtement de Valentina, mais personne ne voulait en entendre parler. Que Shakir ait eu un complice n'était plus une intuition, pourtant il continuait de douter. Comme s'il avait perdu toute confiance en lui depuis Irkoutsk… Boris Ivanov n'avait jamais eu beaucoup d'autorité. Petit déjà, ses animaux domestiques ne lui obéissaient pas. Prudent, il s'était écrasé devant son supérieur – Illitch lui tendait une perche qu'il lui était impossible de refuser.

Et puis il ne pouvait plus compter sur l'assistante du légiste, hors circuit après les mésaventures de son mari, lequel avait échappé de peu à l'hypothermie. Anya aussi était touchée par le destin d'oncle Sacha, comme elle l'appelait. Boris avait jeté un œil au rapport d'enquête, accablant pour le mineur.

Les analyses toxicologiques confirmaient l'hypothèse d'une surdose d'alcool probablement frelaté qui, combinée au froid intense, avait entraîné des troubles psychiques irréversibles. Postulat médical raffermi après différents témoignages. Et si Sacha Bokine devait se rendre au béhourd ce jeudi-là, les employés du club de sport et les partenaires habituels de son équipe avaient été catégoriques : Sacha n'était pas présent. La police avait fini par retrouver le 4 × 4 Mitsubishi du mineur en bord de route, à quelques kilomètres de la ville, la portière encore ouverte, une bouteille de vodka sur le tapis de sol.

Le témoignage du gérant d'un bar de nuit, le Lexx, confirmait la venue de Sacha Bokine ce soir-là. Ce qu'il faisait dans les collines en pleine nuit restait un mystère, mais le réservoir d'essence, à sec, expliquait pourquoi il avait abandonné son véhicule. Surpris par la situation, trop soûl pour réaliser le danger, Bokine avait décidé de rentrer en ville à pied, au risque de mourir d'hypothermie comme tant d'ivrognes avant lui, et à ce titre avait perdu plusieurs orteils.

Cinq jours étaient passés depuis son transfert à l'hôpital. Les autorités ne cherchaient plus à comprendre ce qui avait pu arriver au jeune mineur, s'il avait des antécédents psychiatriques ou neurologiques ; on avait conclu à une soûlerie fatale. L'épouse éplorée n'avait rien vu venir, niait farouchement les faits, comme ses proches…

— Tu regardes le film ou tu veux qu'on éteigne ?

— Quoi ?

— Tu rêves, mon ourson.

— Ah…

— Je fais de la télépathie, n'oublie pas, rappela Anya, recroquevillée sous le plaid.

— C'est vrai.

Boris attendit une pause-toilettes pour adresser un message de soutien à la pauvre Lena, mais la réponse de la légiste le glaça : *Et si c'était moi qu'on visait à travers mon mari ?*

*

La neige ramollissait sur le trottoir du Lexx Club. Boris Ivanov ne prit pas le temps de nettoyer ses bottines. Une toiture de tuiles rouges inclinée sur un chalet de brique ocre monté sur pilotis, une enseigne sur fond noir écrite en anglais – « *Strip Hall Lexx* » – et montrant une femme sylphide comme une tige dans un écrin couronné ; il grimpa l'escalier et poussa la porte vers sept heures du soir, alors que le club ouvrait à peine.

Boris n'y avait pas mis les pieds depuis l'entrevue avec Shakir, trois semaines plus tôt, alors qu'il recherchait encore Valentina. Le hall était désert mais donnait le ton avec ses spots inclinés, son comptoir de bois verni rouge sang et le bref couloir délicieusement sombre qui menait à la salle principale. Il fit un bref panoramique. Aucune danseuse sexy à se tortiller sur la scène, seulement le manager assis au comptoir, qui s'entretenait avec une barmaid souriante – elle venait de remarquer sa présence.

Anton Zverev culminait à plus d'un mètre quatre-vingts, un blond aux cheveux soigneusement peignés, la trentaine encore triomphante et visiblement fier de sa personne. Casier vierge, réputé sérieux et discret, gage d'une clientèle fidèle. Son costume de marque, acheté au mall ou importé à grands frais du continent, devait valoir son salaire de flic. Il reconnut Boris, qui lui avait déjà présenté sa plaque d'officier.

— Va donc t'occuper de l'entrée ! lança Zverev à la barmaid.

La blonde au bustier de dentelle noire contourna le comptoir comme s'il lui faisait du gringue, les laissant seuls. Boris colla la photo de Bokine sous le nez du manager.

— Tu reconnais ?

— Oui. Il est venu la semaine dernière.

— C'est toi qui l'as servi ?

— J'ai déjà raconté ce que je savais à vos collègues, lieutenant, dit-il d'un air las. Oui, c'est moi qui l'ai servi : il était tôt, j'ouvrais à peine.

— Quelle heure ?

— Sept heures environ, comme ce soir.

Les portes du béhourd ouvraient à la même heure.

— Il y a quoi ici, des putes ? Enfin, des entraîneuses ?

— Hôtesses, danseuses, escort-girls… Les filles font selon la demande et le type de prestation. Mais rien de forcé, hein, précisa Zverev, je tiens à la réputation de mon club.

Boris s'en foutait.

— Bokine a vu des filles ?

— Non, il matait juste la pole dance.

— Dasha Svetlova ?

— Non, elle, je ne l'ai pas vue depuis un moment. Ça tourne, les filles de la pole dance. Enfin, façon de parler.

Le flic ne releva pas.

— La barmaid était présente ? fit-il en désignant la fille reléguée à l'entrée.

— Pas encore. Je venais juste d'installer les tabourets. La clientèle arrive plutôt vers vingt heures, l'informa-t-il. Le gars était en avance.

— Comme Shakir Akram.

— Arrêtez, chef, ça me fout encore les jetons quand j'y pense.

— Aucune chance que ces deux-là se soient parlé ?

— Je ne connaissais pas Bokine, comme je vous ai dit. Et l'Ouzbek ne parlait à personne en général.

Le flic le croyait.

— La fille de la pole dance a discuté avec Bokine ?

— Non.

— Ils auraient pu échanger quelques mots s'ils n'étaient encore que deux dans la salle, objecta Boris.

— La tête en bas, c'est pas évident, ironisa Zverev. Et il est parti avant la fin du numéro.

— C'est pas de chance.

— Bah, le gars était pas le bon pigeon, estima l'autre.

— Pourquoi ?

— On ne voit pas beaucoup d'ouvriers de la mine ici. Le Lexx est un endroit sélect, pas une cantine.

Le ton était neutre, distant, antipathique. Boris mit ça sur le compte du fric qu'il engrangeait avec les filles.

— Bokine avait déjà bu en arrivant ?

— Je ne lui ai pas demandé mais on dirait que oui. Il n'est pas resté longtemps de toute façon, le temps d'avaler trois vodkas presque coup sur coup. À mon avis, il faisait la tournée des bars.

— On a vérifié, tu es le seul à l'avoir vu.

Le patron du Lexx haussa les épaules.

— Bokine t'a paru comment, abattu, euphorique, bavard ?

— Bah, je dirais plutôt sombre.

— Il t'a parlé de quelque chose ?

— Non. Mais je connais ce genre de gars agressif qui fait fuir la clientèle. Je lui ai collé une bouteille de vodka dans les mains pour l'inviter à vider les lieux. J'ai encore le ticket, si vous voulez.

— Agressif dans quel sens ?

— Dans le sens où on ne veut pas avoir ce genre d'énergumène dans son bar, répondit Zverev. Ça fait fuir la clientèle, je vous dis, et je tiens à ce que ma boîte reste un endroit sélect.

— Et Bokine est parti, comme ça ?

— Oui.

Se soûler dans les collines. Quelque chose ne collait pas dans cette histoire. Ou il lui manquait des éléments. Plus sûrement Lena faisait fausse route et, en refusant la triste réalité, l'entraînait dans son impasse. À moins qu'un événement ne l'ait rendu sombre ou désespéré, agressif, comme disait le patron du Lexx, une mauvaise nouvelle qui l'aurait poussé à se soûler à mort… Tout ça n'avait a priori rien à voir avec son enquête. Sauf son ami à la mine, Gleb Berensky. Sa dernière carte.

2

Infirmière en gériatrie pour son premier poste, Milena Soviskaïa avait été frappée par le taux d'alcoolisme qui régnait à l'hôpital Ogoner.

Payés une misère ou rackettés par leurs supérieurs hiérarchiques, les employés les plus dévoués ne tardaient pas à se réfugier dans la fumisterie ou la boisson, partagée le plus souvent dans les salles de repos où il ne faisait pas bon refuser un verre – on devenait alors traître à la cause, voire suspect, surtout quand la cheffe de service était la première alcoolique. Devant faire signer un document alors qu'elle venait de prendre son poste, Milena s'était retrouvée dans le bureau des infirmières, où cinq quarantenaires amochées buvaient du mauvais champagne. « Comme on fait semblant de nous payer, on fait semblant de travailler », riaient-elles de leur blague. Âgée de dix-neuf ans, les cheveux courts, sans presque de poitrine, la malheureuse avait été aussitôt déshabillée par la bande avinée qui, avec moins de stupeur que de déception, avait bientôt réalisé que Milena Soviskaïa n'était pas un homme. L'infirmière en chef avait finalement consenti à signer le fameux papier mais, depuis, la jeune femme évitait tout contact avec ses supérieurs.

Milena s'était faite au travail saboté, au nivellement par le bas faute d'exemplarité référente, à la vilenie des bureaucrates et de leurs chefs, sans pourtant négliger les vieilles personnes qui échouaient dans son service. On se moquait de son zèle, qui consistait le plus souvent à changer les couches des incontinents, de sa diligence, de ses sourires aux mourants. Pour cause de rentabilité, les chirurgiens se voyaient imposer des chiffres absurdes, jusqu'à vingt-deux opérations à réaliser par jour, sans tenir compte du patient, de sa maladie, du matériel encore à disposition. Milena croulait sous les heures supplémentaires sans garantie d'être un jour rémunérée, embauchait parfois le week-end et, prévenue au dernier moment, bouchait les trous de l'absentéisme, mais la jeune infirmière prenait son travail à cœur. Avec une espérance de vie aussi limitée, qui sait si elle ne se retrouverait pas un jour aux mains de ses collègues ?

Mise au courant de sa requête, elle aperçut Dasha dans le couloir de l'hôpital. Avec son look et ses cheveux bleus, pas besoin de photo pour la reconnaître.

— Lena m'a dit que tu voulais voir un de nos patients ? fit-elle en préambule.

— Icek Zalasky, oui.

— Le Polonais.

— Il va comment ?

— On l'a mis sous oxygène dès son arrivée, l'informa Milena. Quatre-vingt-douze ans, même pour un survivant comme lui, ça commence à faire.

— Sa femme m'a dit que ses jours étaient comptés.

— Une poignée, oui… Viens.

L'infirmière avait un visage ovale sous ses cheveux courts blond platine, un torse sans relief sous la blouse et quelque chose de pressé dans la démarche ; Dasha la suivit entre les murs pastel aussi défraîchis que les chambres du service gériatrie. Le drame vécu par Lena avait reporté sa visite, ses horaires au théâtre avec cette fichue commémoration lui laissaient peu de latitude. Enfin, l'ancien *zek* vivait encore et c'était tout ce qu'elle demandait.

— Il est très fatigué, prévint Milena avant d'entrer. Tu as une demi-heure, OK ?

Le vieil homme reposait sur un lit sommaire, le corps décharné sous un pyjama usé sans couleur, le visage nervuré et deux tuyaux translucides injectant un peu de vie artificielle par ses narines. Un miraculé de presque un siècle en ces terres hostiles.

— *Priviet !* s'exclama Dasha.

Icek Zalasky ne broncha pas tandis que la visiteuse s'asseyait sur le rebord du lit où il ne pesait rien. Les joues glabres constellées de taches brunes, les mains lourdes mais le regard encore debout : Dasha le prit dans sa mire tandis que Milena rebordait les draps rêches.

— Je vous laisse un moment avec une amie, dit-elle au vieil homme en s'éloignant. Tâchez de ne pas trop vous fatiguer, hein ?

Icek attendit que l'infirmière sorte de la chambre.

— Elle me parle comme à un enfant de huit ans, bougonna-t-il avant de reposer ses yeux bruns sur l'intruse. Qui es-tu ?

Une voix d'outre-tombe lui tendait les bras.

— Dasha Svetlova. Je travaille au Collège des Arts de Norilsk. Votre femme m'a dit que vous étiez dans cet hôpital. C'est moi qui ai appelé tard, un soir, et vous m'avez raccroché au nez. Votre femme m'a expliqué… Je suis navrée de cette situation.

— Tu as la tête dure, toi.

— C'est ce que me répondent les murs.

Icek resta de marbre dans son nid ouaté.

— Je vais mourir, dit-il enfin. Qu'est-ce que tu veux ?

— Des informations sur ma grand-mère, Aliona Svetlova, s'enhardit Dasha. Vous étiez à Norillag dans les mêmes baraquements, de 1949 jusqu'à la fermeture en 56, d'après les archives de Memorial que j'ai consultées. Je cherche à savoir qui elle était… Vous êtes le seul à pouvoir m'aider, insista-t-elle.

— Ça servira à quoi ?

— À la mémoire des hommes, en particulier à la mienne.

— C'est du passé, tout ça…

— Pas pour moi.

Le Polonais soupira dans les yeux gris de la gamine – elle lui rappelait ses amours, bien sûr, malgré ces cheveux bleus trop courts, celles qui tombaient du ciel…

— Je veux bien te parler de cette époque, concéda-t-il, mais il va falloir m'en dire un peu plus sur toi.

— Moi ? Pourquoi ?

— Tu es peut-être un agent du KGB déguisé en petit ange.

— Leur style, c'était plutôt knout et bottes cloutées, malgré ce que le Kremlin nous raconte, estima-t-elle. Vous avez bu, monsieur Zalasky.

— Icek. Et tu peux me tutoyer. Alors ?

Dasha le trouva soudain bien vigoureux pour un mourant.

— Qu'est-ce que tu veux savoir ?

— Eh bien, décris-toi, proposa-t-il. Comment tu te vois ?

— Comme une fille super. Je ne te parle même pas du charme.

Le vieil homme sourit.

— Tu mens.

— C'est mieux comme ça, non ? Tout le monde ment dans le pays, pour une fois que je peux faire comme tout le monde.

— Dasha…

— Moi, c'est Ada. Oui ?

— Arrête de jouer.

— À quoi ?

— C'est toi qui sais.

Elle soupira à son tour.

— Pourquoi tu veux que je te raconte ma vie ? Je suis costumière au théâtre, c'est tout.

— Ce n'est pas parce que je vais mourir que je ne suis pas curieux, fit Icek. C'est même plutôt le contraire.

— J'ai les neurones en feu à t'écouter. Je voulais parler de ma grand-mère, pas de moi !

— Je voudrais savoir quelle part d'elle est toujours en toi. Si tout ce qui est arrivé n'a pas été vain.

Icek sentit qu'il avait touché un point sensible. Il poussa l'avantage.

— Comment tu te sens, je veux dire profondément ?

— Seule, répondit Dasha.

— Pourquoi ?

— C'est important ?

— Réponds-moi sans ton masque de garçonne aux cheveux bleus, et je te parlerai d'Aliona.

Quel drôle de bonhomme, songea-t-elle en le fixant sur son lit de mort ; mais il y avait quelque chose de si humain dans ses yeux blessés que Dasha lâcha la bride.

— Je suis seule parce que personne ne me connaît. Même moi, des fois, je me surprends à faire ou à dire n'importe quoi…

— Par exemple ?

— Eh bien, je ne sais pas : tout le monde s'imagine que je couche avec tout le monde. Alors que déjà, physiquement, je ne pourrais pas.

— Tu recommences à dire n'importe quoi, la gronda Icek. Ce n'est donc pas vrai, si je comprends bien ?

— Ça ne peut pas être plus faux. J'ai eu l'occasion bien sûr, mais jamais la bonne.

— Alors pourquoi tu le laisses croire ?

— Je ne sais pas. Pour passer pour une autre. Une fille vraiment super.

— Tu te caches, en somme ?

— Hum.

— De quoi ? Ou de qui ?

— Gleb. Gleb Berensky, mon amoureux. Enfin, le garçon que j'aime depuis que j'ai un cœur.

— Et lui ne t'aime pas ?

— Je ne sais pas.

— Tu ne lui as jamais dit ?

— Plein de fois, si, mais jamais en vrai, non.

— Sois plus claire, l'encouragea-t-il.

— Eh bien… On ne parle jamais sérieusement. Ou alors on est déjà à moitié soûls et ça dérape, comme l'autre soir, pour mon anniversaire. Gleb m'a offert une photo prise la nuit de l'ouragan, une photo de mon immeuble pendant que le toit s'envolait, et tout ce que j'ai trouvé à faire, c'est de la perdre. Je m'en veux toujours. Peut-être que lui aussi m'en veut. Qu'il me prend pour une dévergondée un peu marrante mais avec une cervelle de chenille.

— Si c'est ce que tu lui montres, insinua Icek.

— Je suis dans tous mes états quand il est là, et comme on se retrouve tout le temps au bar, je bois trop, avoua-t-elle. C'est comme si j'allais au-devant des catastrophes de peur qu'elles arrivent. Comme avec Gleb. En fait, je n'ai jamais fait l'amour parce que je me réserve pour lui. Pour le jour où il comprendra qu'on est fait l'un pour l'autre. C'est idiot, non ?

— Non… non. Tu n'as qu'à lui dire comment tu l'aimes, à jeun de préférence, et tu seras fixée.

— Oui, supputa-t-elle. Mais peut-être que je ne veux pas savoir. Que je préfère rester comme ça, à fantasmer. Gleb a tout pour ça, il suffit de le voir.

— Lui aussi croit que tu couches avec n'importe qui, sauf lui, et tu ne te poses pas de questions ?

Les mots du vieux Polonais la désarçonnèrent, comme si elle réalisait pour la première fois qu'elle mentait à tout le monde, pour commencer à elle-même.

— Je dois manquer de courage pour être moi, avança Dasha. Je me cache derrière mes costumes, la musique, l'alcool… Gleb. Mais tu as vu la société dans laquelle on vit ? Le premier qui se montre au grand jour est taxé d'être un agent de l'étranger, alors que personne n'y va jamais, sauf peut-être ceux qui nous accusent de je-sais-pas-quoi antipatriotique ! Tous mes amis pratiquent un art pour tenir le coup, pour se sentir de vrais hommes capables de tout supporter, la pollution, le froid, les mensonges qu'on nous raconte toute la journée à la télé, au travail… Personne n'est dupe mais on joue le jeu si on veut avoir la paix. On joue à la Glorieuse Russie, qui a toujours vaincu seule ses ennemis, tellement elle est grande, sans demander pourquoi on ne pourrait pas avoir deux, trois amis qui partageraient nos valeurs ; je veux dire nos vraies belles valeurs russes, l'amitié, l'art, l'humour, la solidarité entre gens ordinaires… Le pouvoir russe a toujours eu peur du peuple, il s'est même acharné sur lui, depuis les tsars jusqu'à aujourd'hui. Alors on plie l'échine, on encaisse, et on se cache. Pour avoir la paix, ou juste pour ne pas prendre de coups…

— L'amour, ce n'est pas prendre des coups, nota Icek.

— Je ne sais pas.

— Je te le dis. Crois-moi, même dans l'adversité, les gens s'aiment.

Dasha voulait bien le croire. À vrai dire, elle ne savait plus trop que penser après sa confession d'hôpital.

— Tu ne voudrais pas me parler d'Aliona maintenant ? tenta-t-elle.

— Si… si.

Icek n'eut pas besoin de remonter le fil du temps : tout était là, dans sa tête qui s'en allait à reculons. Ses dix-huit ans lorsque, simple soldat, il avait été fait prisonnier après le massacre de Katyn scellant le dépeçage de la Pologne, des dizaines de milliers d'officiers exécutés dans la forêt par l'Armée rouge, ces héros de guerre qui avaient chargé à cheval les tanks nazis pour protéger les leurs, fusillés comme des traîtres ou des criminels et jetés pêle-mêle dans des fosses communes, bien sûr qu'il s'en souvenait. Déporté, son pays rayé des cartes, Icek avait été transféré de camp en camp, de morts en morts. Des histoires de goulag, où la cruauté le disputait à l'absurde, leur alimentation réduite à une bouillie de pain mêlée à des miettes de poisson ou de chou, un brouet qu'on n'aurait pas donné aux chiens, les marches forcées où celui qui tombait ne se relevait pas, ses compagnons gelant de froid et affamés se jetant sur le lichen pour survivre, sur les carcasses d'animaux, la graisse d'essieu. La machine à broyer soviétique. On rallongeait les journées de travail à quatorze heures par pure volonté de tuer, et quand les prisonniers ne remplissaient pas les quotas impossibles qu'on leur assignait, leur ration se voyait réduite encore ; Icek avait reflué vers l'est avec l'avancée de la Wehrmacht, ne devant sa survie qu'à la pénurie de main-d'œuvre causée par les purges et les millions de soldats tués ou capturés par les nazis. Staline organisant des déplacements massifs pour extraire les matières premières impératives à la guerre, Icek avait échoué comme d'autres prisonniers à Norillag, en 1942… Les mines qu'on exploitait ici ruinaient la santé d'un homme en trois semaines, le tuaient en quelques mois. Les criminels de droit commun, nommés contremaîtres et armés de gourdin, assassinaient les prisonniers politiques, ou alors ils s'amusaient à les fracasser contre un mur jusqu'à ce que leurs os décalcifiés se brisent, et puis le froid, le froid sibérien qui les faisait littéralement geler sur place. Les gardiens les plus sadiques leur ôtaient leurs bottes fourrées, les battaient parfois à mort sous prétexte qu'ils étaient à leur merci, pauvres bougres qui n'avaient que la peau sur les os et qui depuis longtemps déjà ne pensaient plus. D'ailleurs on ne pensait plus à Norillag, et il valait mieux avoir des nerfs très russes, n'éprouver qu'indifférence pour les pertes humaines, si on ne voulait pas compter parmi les huit pour cent de décès autorisés par les quotas.

Icek avait tenu.

— Aliona Svetlova, oui, se remémora-t-il. Oui, elle est arrivée en 49… On ne pouvait pas l'oublier.

— Pourquoi ?

— Parce qu'elle était belle, pardi !

Le vieillard repoussa les tubes à oxygène sur sa poitrine pour parler librement, accentuant sa fatigue.

— Je ne sais rien de son passé, l'encouragea Dasha, même pas qu'elle était une *zek*. J'ai retrouvé sa trace dans les archives du musée du Goulag. Sa fiche dit qu'Aliona était accusée de vol, de sabotage et de trahison.

— Oh ! À l'époque, tout était bon pour envoyer n'importe qui au goulag… Je ne sais plus au juste de quoi on l'accusait, une histoire de vol de pommes à l'étalage alors que tout le monde crevait de faim… Non, ce dont je me souviens, c'est qu'Aliona était infirmière dans l'Armée rouge, dit-il. Elle a suivi la débâcle nazie jusqu'à Berlin, alors qu'elle avait tout juste dix-huit ans. Ta babouchka ne te l'a pas dit ?

Dasha secoua la tête, l'invitant à poursuivre, captivée.

— Les Russes les appelaient « petites sœurs », parce qu'elles couraient au milieu du champ de bataille pour ramener les blessés, qu'elles portaient sur leur dos, ou sur un brancard… Beaucoup se faisaient tuer… Les Allemands aimaient ça, tirer sur les infirmières. Et quand ils faisaient des prisonnières, on les retrouvait mises en croix sur des poteaux, avec les seins coupés… C'est elle qui m'en a parlé, Aliona… Aucune de ces filles n'a reçu de médaille pour sa bravoure, ni de pension de guerre, ajouta Icek, à bout de souffle. Que du mépris… La suspicion d'avoir couché avec des hommes… Et puis, tu sais que sous Staline une blague suffisait à t'envoyer au goulag… Les gens arrêtés devaient dénoncer des proches pour remplir les quotas… Sous la torture, on avoue n'importe quoi.

Le cœur de Dasha battait plus fort en buvant ses mots – Aliona, Aliona, petite sœur des soldats sous la mitraille, pourquoi ne pas l'avoir dit ? – mais le regard du Polonais se perdait sur les fissures du plafond.

— Icek ? dit-elle doucement. Icek, vous m'entendez ?

Il était d'une pâleur alarmante, le souffle à peine audible.

— Icek ?

Milena débarqua alors dans la chambre, vit le visage exsangue du mourant et se précipita.

— Hou, il va falloir penser à rester avec nous, mon ami ! s'agita l'infirmière en remettant son masque à oxygène. Qu'est-ce qui s'est passé ? lança-t-elle à Dasha.

— Rien. On a parlé du passé.

— Eh bien, c'est assez pour aujourd'hui ! Tu vois bien qu'il est épuisé, dit-elle en prenant le vieillard à témoin.

— C'est important…

— C'est important qu'il vive, oui, coupa Milena. Mon travail est d'adoucir leurs derniers jours, pas de les achever ! Allez, dehors !

— *Da, da, da…*

Dasha sortit de l'entrevue abasourdie par ces révélations, des questionnements plein la tête – pourquoi lui avoir caché ce passé héroïque bafoué par Staline ? –, lorsqu'elle aperçut Nikita Korzov, l'ancien équipier de

Gleb, qu'elle n'avait pas vu depuis son accident à la mine.

Nikita s'appuyait sur des béquilles, le visage blême. Dasha songea à saluer le malheureux, renonça – lui aussi n'était plus que l'ombre de lui-même.

*

Radiographies, analyses de sang, IRM, Nikita attendait ses résultats dans la salle d'attente du service traumatologie. Du professeur Doutchenko, comme on pouvait le lire sur sa porte. Ils étaient six répartis sur les fauteuils en plastique, des épaves à ses yeux de furieux poète. Nikita détestait la faiblesse en général, la sienne en particulier, confirmée par cette convalescence vécue comme une punition sans Dieu. La sédentarité avait aiguisé sa sensibilité comme un silex, l'enfermant dans une bulle de verre pilé reptilienne qui, elle, n'avait rien de chimique malgré les antalgiques.

Vivre à Norilsk, c'était évoluer dans une prison géante, avec la menace constante d'une interdiction, un univers panoptique rappelant à qui pouvait l'oublier qu'ici il valait mieux rester à sa place. Il y avait toujours une tour d'observation pour obliger les travailleurs à rester sur leur lieu de déploiement, des limites définies, comme ce mur de barbelés qu'ils avaient construit près du Centre de chaleur et d'électricité, un énorme tapis vertical de barbelés à trois niveaux qui bordait l'arrêt de bus. Le vent soufflait fort dans cette avenue, Nikita avait déjà rattrapé des gens que le bourane emportait ; les retrouverait-on un jour de tempête accrochés aux fils coupants, gelés ou implorants, à cinq ou six mètres de hauteur ?

La rage sourde qui le comprimait depuis trente ans s'exacerbait, comme si vivre était un délit. Homosexuel ou pas, il y avait de quoi être paranoïaque.

— Nikita Korzov ? lança une voix d'homme.

C'était son tour.

Trônant sur un fauteuil de cuir craquelé, une reproduction de Kandinsky au mur déteint, le professeur Doutchenko portait une cravate bordeaux sous sa blouse réglementaire, un double menton et un air débonnaire qui ne rassurait personne sous le néon cru du plafonnier.

— J'ai une bonne et une mauvaise nouvelle, annonça le chirurgien.

Nikita ne broncha pas : la batterie d'examens puis les heures d'attente avec d'autres éclopés l'avaient mis à plat, et il n'aimait pas non plus les énigmes.

— Dans ce cas je vais commencer par la bonne, poursuivit Doutchenko : ton genou va bien. La prothèse de ta rotule se reconsolide normalement autour de l'os, tu vas pouvoir commencer à marcher sans béquilles d'ici un mois et poursuivre ta rééducation. Pour ce qui est de tes douleurs aux bras, on a pu localiser les fibres traumatisées de tes muscles, et ainsi mieux identifier les raisons de tes tremblements… La mauvaise nouvelle, c'est qu'on ne peut pas opérer.

— Qu'est-ce que ça veut dire ?

— Que les lésions sont irréversibles.

Nikita pâlit un peu plus sous le néon.

— Vous voulez dire que je vais trembler comme ça toute ma vie ?

— Ça va peut-être s'arranger avec le temps, tâcha de tempérer le chirurgien. Il va falloir être patient, et apprendre à vivre avec.

— Pourquoi vous ne pouvez pas m'opérer ?

— On ne peut pas recoller des muscles aussi traumatisés aux os des bras, expliqua le médecin d'un ton didactique. Tu souffrirais et ils seraient raides comme du bois.

— Je croyais que le problème était neurologique ?

— Pas seulement : car tout est lié, dans le corps humain.

— Sauf les muscles de mes bras.

Doutchenko opina en guise d'assentiment, mais Nikita refusait de croire à un diagnostic aussi stupide.

— Il doit bien y avoir un moyen, une rééducation adéquate, ou un protocole quelconque ?

— Pas à ma connaissance, je regrette.

— Un spécialiste en traumatologie à Moscou ou ailleurs, quelqu'un qui pourrait m'aider ?

— Ça te coûtera plus cher pour un résultat analogue, assura Doutchenko, piqué au vif.

— Mais… je ne peux pas rester comme ça toute ma vie, avec cette putain de tremblote !

— C'est dur à accepter, je sais, mais la médecine parfois est impuissante. Je suis désolé, répéta-t-il.

Le chef de service tendit une grande enveloppe renfermant ses radios et les résultats d'analyses.

— Je peux aller crever, c'est ça ? fit Nikita entre ses dents.

— Non, vous allez vivre. Votre maladie est un accident du travail, ajouta Doutchenko. Le consortium vous octroiera une prime d'invalidité. Voyez avec ma secrétaire, elle vous aidera à remplir les papiers.

Mais Nikita avait envie de mordre.

De tuer quelqu'un.

Lui.

*

Positiver la souffrance, moteur à explosion de la fierté russe. L'alcool fort participait à l'effort de guerre intestine. Le nom venait de *vada*, eau, présent dans tous les rituels et les contes de son enfance, élément dont le diminutif « petite eau » donnait *vodka*, la potion euphorisante éminemment slave qu'on accompagnait de vœux rituels. Nikita se les adressait à lui-même, c'était l'avantage d'être seul, estropié, dans une cage, le choix de la marque était vaste pour noyer son chagrin, son silence surtout.

Nikita Korzov était dur avec lui-même, ça lui permettait de l'être avec les autres. De se baigner dans leur sang, de les saisir à la gorge, la violence et la poésie à mi-chemin de la mort et de la dynamite, comme dans les poèmes de Maïakovski, où l'on se suicide d'une balle dans la tempe avec un type de la Guépéou vous chuchotant à l'oreille…

Nikita était rentré à l'appartement mitoyen et, le soir venu, il n'avait rien dit à Gleb de son entrevue avec le chirurgien : les résultats de ses examens, il pouvait se les foutre au cul, les enfouir dans une malle de prestidigitateur, et qu'ils disparaissent, Houdini ! Plutôt mourir que d'avouer son infirmité minable, il n'était jamais venu pleurnicher au service traumatologie de l'hôpital

Ogoner, où cet enfoiré de professeur Doutchenko l'avait expédié chez sa secrétaire spécialiste des certificats de grande inaptitude à la vie : la souffrance était plus belle quand elle était tue.

Tuée.

Gleb partirait, tôt ou tard : qui, à vingt-huit ans, avait envie de vivre avec un handicapé ? Ou alors c'est lui qui partirait : les familles nombreuses, les invalides et les retraités étaient prioritaires pour bénéficier de l'aide au retour sur le continent, n'est-ce pas ? Il pourrait faire partie des quotas, des rebuts, des merdes sèches qu'on renvoyait au chenil, avec un chèque même si ça se trouve ?! Des pensées destructrices le réduisaient à un champ de mines. Le prix du choc en apprenant son destin de pantin. Sa vérité muette, à en attraper une volée de cheveux blancs. Mais on ne se résout pas facilement à abandonner le navire comme une saloperie de rat tremblant. L'alcool n'aidait pas, ou pas longtemps.

Mon âme noire est un loup
grimpée sur un chien sans dents
qui a oublié où
la corde au cou se pend…

Nikita s'acharnait sur son carnet d'écriture dans un effort thérapeutique qui, s'il l'avait jusqu'alors tenu droit comme un homme, virait pathétique : les lettres débordaient des mots, se faisaient la malle sur le papier, viraient hors cadre, feu d'artifice de pensées à jamais infoutues de se poser noir sur blanc. À trente ans, il n'était plus qu'un mouton pris de tremblements certifiés chroniques par un chirurgien qui s'en foutait, et qui le rendaient incapable de remplir un chèque. À peine s'il réussissait à relire ce qu'il griffonnait sur son carnet. Son carnet de poète maudit. Ainsi se retournait le monde, sur lui-même, ou contre lui. Il fallait payer pour tout, tu ne le savais pas, Nikita ?

Le bruit de la bibliothèque le coupa dans ses pensées.

Gleb apparut bientôt par l'embrasure, apprêté, on ne pouvait pas lui enlever ça, un jean noir et une chemise prune ouverte sur son beau torse imberbe qu'il n'avait pas embrassé depuis son retour à la maison. Pas question de fêter cette déconfiture, Gleb d'ailleurs n'avait pas insisté en voyant sa tête d'enterré. Il fit un bref panoramique sur le studio, particulièrement dérangé.

— On dirait Grozny, nota Gleb.

— Oui, ou Stalingrad.

Il se pencha sur son carnet.

— Qu'est-ce que tu écris ?

— Rien, je gribouille.

— Tu gribouilles quoi, un poème ?

— Non.

— Ça parle de quoi ?

— D'un boulet, répondit Nikita.

— Un boulet de canon ? tenta Gleb pour détendre l'atmosphère, assez irrespirable.

— Non, à tes basques.

Gleb grogna sous sa belle chemise.

— Tu n'as jamais été un boulet, Ducon.

— Un mec qui flanche, tu appelles ça comment ?

— Mon mec. Bon, c'est fini ce cirque ?

Ils se regardaient en chiens de faïence. Gleb ne savait pas pourquoi, mais c'était comme si Nikita allait lui sauter à la gorge.

— Je vais voir Sacha à l'hôpital, annonça-t-il, le sujet qui l'amenait dans son antre. Tu ne veux pas venir ?

— Tu n'as pas mieux que de me renvoyer à l'hôpital ?

— Sacha n'a pas choisi d'être là-bas.

— Moi non plus.

Gleb n'était pas encore agacé, il avait une grande capacité de résistance, Nikita enfonça le clou :

— Tu ne prends pas ton appareil photo ?

— Pourquoi ?

— Pour avoir un souvenir de ton copain.

Le regard de Gleb se durcit un peu plus.

— C'est quoi, ces conneries ?

— On peut dire que t'as pas de chance avec tes équipiers à la mine, mon pauvre vieux : un éclopé, maintenant un légume… Lequel te fait le plus mal au cœur ? Sacha, non ?

— Va te faire foutre, Nik.

C'était exactement ce qu'il voulait. Se faire foutre six pieds sous terre.

3

Lena était venue avec les enfants au service psychiatrique de l'hôpital Ogoner. Daniil et Grigori, deux petits garçons qui ne comprenaient pas pourquoi toutes les femmes pleuraient dans leur mouchoir, leurs hommes au garde-à-vous derrière des lunettes noires, devant leur papa vêtu de blanc qui tournait dans son bocal en parlant tout seul.

Il y avait la famille de Sacha, sa mère écroulée au bras de son costaud de mari, mâchoires scellées devant son colosse de fils réduit à une marionnette humaine, aussi une tante, les parents de Lena et la jeune cousine qui leur servait de baby-sitter. Dasha et Gleb suivaient l'ombre de leur amie légiste, les traits ravagés de larmes qui ne coulaient plus : elle portait le benjamin dans ses bras, Daniil dans ses jupes avec une petite voiture à la main, tenant mal debout du haut de ses bientôt deux ans. Comme lui, Lena peinait à garder l'équilibre. On avait mis Sacha dans une cage en verre, une bulle pour surveiller le malade et surtout pour qu'il ne se blesse pas, et à le voir ainsi prostré sur son lit ou répétant les mêmes pas mal assurés, comme un animal blessé, il était clair que le mineur avait perdu la raison. Le regard incliné vers les angles sous sa robe d'hôpital, les pieds bandés après l'amputation partielle, il alternait les phases d'agitation et d'hébétude. Sacha ne reconnaissait personne, pas même ses enfants, proférait des mots incohérents qui ne faisaient pas des phrases, qu'il renouvelait pourtant à l'envi avant de sombrer de nouveau dans la léthargie…

Six jours étaient passés depuis qu'on l'avait trouvé dans la rue, et Lena n'en dormait plus. On lui avait volé son amour, jusqu'au souvenir qu'elle en garderait ; trompeur, truqueur, buveur, si Sacha lui mentait, chaque moment qu'ils avaient vécu ensemble était faux, depuis leur rencontre sous les cerfs-volants de leurs vingt ans… Que dirait-elle plus tard aux enfants, quand ils seraient grands, que leur père était tombé fou en allant se soûler ? Lena avait refusé en bloc la thèse de la police, répétant que son mari ne buvait jamais en semaine, mais l'épouse révoltée n'avait reçu que moues désolées soulignant sa naïveté – le Lexx était un bar à entraîneuses.

Au chagrin on ajoutait l'insulte.

Boris Ivanov avait montré de la compassion avec ses textos mais, englué dans son enquête et sous la pression de son patron, on ne pouvait pas compter sur lui. Lena était seule avec le malheur, et la gloriole qu'elle avait cru s'octroyer après ses premières autopsies lui semblait aujourd'hui déplacée, risible, ridicule.

Les étreintes de ses proches attisaient sa chaleur mais eux non plus ne changeraient rien : sa vie était foutue.

Gleb et Dasha sortirent les premiers du service psychiatrique, laissant leur amie devant la cage de verre et la famille s'entretenir avec les médecins. Le mineur fit quelques pas, les mains dans les poches de son cuir râpé, un soleil charbonneux au-dessus de la tête, Dasha glissait sur la neige persistante du parking avec ses bottes en vinyle, elle revint à sa hauteur, les mèches bleues dévalant de son béret.

— C'est horrible, dit-elle en substance.

Gleb n'avait pas ouvert la bouche depuis la vision de Sacha derrière le bocal. Il avait pensé à lui toute la semaine, dans le camion débâché qui les conduisait dans les galeries, en se rendant à la cantine, où les bus de l'usine déversaient leurs quotas d'ouvriers pour la pause de midi, à la cantine où sa voix ne tonnait plus, sous les voûtes humides des boyaux où un nouvel équipier lui avait été assigné, dans le sauna censé les relaxer après le travail, dans les vapeurs où les fantasmes se voyaient chassés à coups de pelle, de pioche, de marteau-compresseur qui cognaient dans sa tête, Sacha partout et nulle part à la fois : après le retour catastrophique de Nikita à la maison, l'image de son ami dans sa cage de verre finissait de l'anéantir.

Dasha aussi en avait l'estomac retourné. Pour Lena et les enfants, pour Gleb, qui perdait un ami cher, la communauté du Szaboy sa coqueluche. Au bar aussi les choses ne seraient plus jamais comme avant. Tout ça lui fichait tellement le bourdon qu'elle se moquait presque des sentiments contradictoires qui l'agitaient. Le loup gris croisé sur l'esplanade, le thé à la bergamote dans sa chambre bleue, ses recherches généalogiques à X inconnues qui l'avaient envoyée au chevet d'un vieux Polonais qui l'avait poussée à se révéler à lui, tout s'était noyé dans le cerveau bouilli d'oncle Sacha.

— Je te ramène, dit-elle.

Gleb obtempéra sous le ciel blanc. Ils étaient venus ensemble dans la Lada, sans échanger beaucoup de mots sur la route. Ils quittèrent l'hôpital, encore sous le choc, roulèrent de nouveau en silence. Peut-être qu'il n'y avait rien à dire. Que Norilsk était fidèle à elle-même, belle et laide comme la vie parfois, que leur amour n'était qu'un rêve. Son ombre. Dasha conduisait, Gleb terré dans son angle mort, aussi immobile qu'un caillou au soleil, dans des pensées où elle ne figurait pas. L'atmosphère était pesante dans l'habitacle, il fallait casser la glace sous peine de rester à jamais figés comme les goélettes des premiers explorateurs. Dasha en avait gros sur le cœur, un vrai champ de pétrole.

— Qu'est-ce que tu as, à me regarder comme la lune un vieux hibou dans la forêt ? lui lança-t-elle.

Gleb sortit de ses brumes bleu de Prusse.

— Comme la lune un vieux hibou ?

— Dans la forêt, oui.

Il soupira sur le siège en skaï craquelé.

— Je comprends pas tout, Ada.

— Moi, c'est Dasha. Tu penses à Sacha, hein ? enchaîna-t-elle.

— Oui.

— Et comme moi, tu ne crois pas à cette histoire.

— Exact.

Gleb soudain réapparut sur le siège.

— Il s'est passé quelque chose, forcément, poursuivit-elle, au contact. Au Lexx ou ailleurs.

— Oui… Oui.

— Dommage que je n'y étais pas ce jeudi-là, rumina la performeuse. Sacha aurait eu l'air malin en me voyant. C'était du suicide vis-à-vis de Lena, tu crois pas ?

— À moins de connaître les jours où tu t'y produis… hasarda Gleb.

— Même moi je ne les connais pas.

Il esquissa un sourire – ils étaient sur la même longueur d'onde.

— Les flics se fichent de ce qu'on peut penser puisque les témoins sont formels, poursuivit Dasha au volant. Ceux du béhourd et du Lexx, d'après ce que m'a dit Lena.

Gleb secoua la tête, des accroche-cœurs aux tempes comme dans les romans de Tolstoï.

— Oui, c'est assez incompréhensible.

— Mais c'est la version officielle.

— Qu'est-ce qu'on peut y faire ?

— Je sais pas. Tu as une idée ?

— Non.

— Appeler Ivanov ? Il doit me prendre pour une super mioche, mais toi, tu as eu affaire à lui plusieurs fois : si ça se trouve, il t'écoutera.

Il y eut un flottement dans l'habitacle, puant le gasoil et l'incrédulité.

— Tu sais, ajouta Dasha par association d'idées, Sacha me prenait pour une écervelée mais je l'aimais bien. On allait skier ensemble avec Lena, avant la naissance des petits.

— Tu parles de lui au passé.

— Parce que le présent me fout les jetons. D'abord ce Nenets gelé qu'on trouve ensemble avec Shakir, puis toi qui découvres Valentina dans les collines, Shakir accusé du meurtre qui se suicide, ce loup qui arrive de nulle part la nuit où Sacha redescend fou des mêmes collines…

Gleb resongea à la présence ressentie dans les congères, cette peur inexpliquée, fantastique, comme si on les suivait à la trace, ou qu'un être mystérieux les précédait, mais déjà ils arrivaient. Dasha stoppa devant l'immeuble, un peu plus pourri que le sien, le temps pour lui d'ajuster son bonnet noir et de refermer son cuir râpé.

— Merci pour la balade.

— De rien.

Gleb posa la main sur la poignée de la portière.

— Je suis triste pour Sacha et pour toi, dit-elle avant qu'il s'éclipse. C'est sincère, au cas où tu ne me croirais pas.

Le mineur opina, mais le bleu de Prusse fuyait par bandes entières, emporté par un chagrin sauve-qui-peut. Il ne se retourna pas en claquant la portière, par pudeur ou peur qu'on devine ses larmes. Dasha hésita entre courir après lui ou se retourner la peau comme un lapin pendu au poteau, et obéit finalement aux injonctions d'Icek sur son lit de mort :

— Gleb !

Il s'arrêta au pied des marches où la jeune femme se précipitait, vit ses bras d'ours blanc envelopper son visage défait et reçut son baiser à pleines lèvres. Un baiser passionné, éperdu.

— Pour t'aider à tenir le coup, lâcha-t-elle.

Son étreinte avait été aussi brève qu'intense. Gleb n'osa la retenir : Dasha courait déjà vers sa guimbarde, emportant les derniers flocons dans son sillage, pauvre et belle enfant pleine d'espoir malgré l'adversité…

Mais Dasha avait raison sur un point : en l'état, Sacha n'était plus leur ami. Il n'était plus que son ombre enfermée dans une cage.

La peau grise des immeubles, le ciel à s'y cogner, le hall humide, l'ascenseur dégingandé qui se hisse au neuvième dans un bruit de mécanique suspect : Gleb effaça la bande triste qui passait dans son cerveau avant d'entrer chez lui. Il poussa la porte de l'appartement en souhaitant disparaître sous un oreiller et se réveiller dans un autre monde, où les fleurs n'auraient pas couleur de tempêtes, où Sacha sourirait de nouveau, sa grande main sur son épaule pour lui offrir un verre, puis il vit la bibliothèque ouverte et Nikita qui l'attendait chez lui, presque méconnaissable.

— Alors, c'était bien ?

Il n'était pas rasé, vêtu du même tee-shirt, appuyé sur une béquille qui lui servait de canne.

— Horrible serait plus juste, renvoya Gleb.

— Non, je veux parler de la fille que tu viens d'embrasser en bas de l'immeuble, relança Nikita d'un ton mauvais. Tu lui as dit que tu étais pédé ?

— Quoi ?!

— Dasha, tu lui as dit que tu aimais surtout les bites ? C'est marrant, j'aurais plutôt misé sur mon remplaçant, Sacha. Enfin, avant cette histoire d'ivrogne.

Gleb voyait rouge. Noir. Des constellations de sang s'égouttant du cosmos.

— Est-ce que tu entends ce que tu dis ? se contint-il avec peine.

— J'ai tort, peut-être ?

— Me prends pas la tête, putain, pas maintenant !

D'un bond Nikita fondit sur lui : il l'agrippa par le col de sa chemise et, malgré son genou blessé, trouva la force de le plaquer contre le mur.

— Alors ?!

— Ne crie pas.

— Rien à foutre des voisins ! hurla-t-il de plus belle. Si on tombe, on tombe tous les deux !

Il puait l'alcool, la jalousie et la bêtise aveugle du désespoir.

— Lâche-moi, dit Gleb sans se défendre.

— Tu as peur de te battre avec un handicapé, c'est ça ?! Tu n'es qu'un lâche, ou tu as pitié : pour moi c'est presque pire !

Ses yeux noirs brûlaient au bout de ses poings tremblants. Trois secondes s'écoulèrent au rythme de leur pouls. C'était la première fois qu'ils en venaient aux mains, une fois de trop.

— Lâ…che-moi, s'étrangla Gleb. Ou je te jure que je ne t'adresserai plus jamais la parole : *jamais*, tu m'entends ?

À ces mots, une lueur de lucidité sembla rejaillir des ténèbres où Nikita avait plongé. Il desserra lentement les poings, recula d'un pas pour ramasser sa béquille à terre, comme s'il réalisait.

— Excuse-moi, marmonna-t-il, pris en faute. Bon Dieu, Gleb, excuse-moi…

Il voulut loger sa tête sur son épaule comme on marque un but, en signe de tendresse et de soumission, mais Gleb eut un mouvement de rejet. Nikita aurait voulu se désintégrer dans un ciel d'épouvante, sa douleur de vivre infirme lui avait fait perdre la raison, ses excuses ne valaient rien, il n'était qu'une merde malade, moins que rien sous un tombereau de fumier… La sonnette retentit alors à la porte de Gleb, malvenue.

Les deux hommes restèrent une seconde interloqués.

Impression de déjà-vu.

Confusion.

Panique.

— Lieutenant Ivanov ! glapit la voix dans le couloir. Ouvre, Berensky, je sais que tu es là !

Gleb replaça la bibliothèque à la hâte, le temps pour Nikita de s'évanouir par la cloison avec ses béquilles tandis qu'on tambourinait, ouvrit enfin dans un même vent délétère.

— Je dérange, on dirait.

— Non, mentit Gleb.

— J'ai entendu des voix tout à l'heure. Comme une dispute.

— Ces appartements sont des boîtes d'allumettes, improvisa-t-il. On s'entend presque respirer.

Boris Ivanov jeta un œil aux photos sur la bibliothèque, resta debout, engoncé dans son gros blouson de flic.

— J'ai d'abord une question à te poser, dit-il comme une introduction. Tu es très ami avec Sacha Bokine, non ?

— Oui.

— Alors réponds-moi : il a appris une mauvaise nouvelle, ou quelque chose qui l'aurait poussé à se soûler à mort ?

Le mineur secoua énergiquement la tête.

— Cette histoire est cousue de fil blanc, dit-il. Tous ceux qui le connaissent vous diront la même chose. Pourquoi vous me parlez de Sacha ? Il y a un lien avec Valentina ?

— J'en sais rien, s'assombrit Boris, contrarié.

— Qu'est-ce qui se passe ? s'inquiéta Gleb.

— Je dois rendre mon rapport définitif sur le meurtre de Valentina, et on va en profiter pour enterrer celui du Nenets, dit-il au bout de quelques secondes. Je sais que l'éleveur a appelé Valentina le jour où il a été assassiné, début février. Valentina avait écrit son numéro de téléphone à l'arrière du Polaroïd que tu lui as donné là-bas. On a aussi retrouvé les fluides d'une tierce personne sur les sous-vêtements qu'elle portait avant d'être tuée à son tour.

Gleb était décontenancé.

— Mais… Shakir ?

— Le chauffeur est impliqué mais il n'a pas agi seul. Sauf que je manque d'éléments pour poursuivre l'enquête. Les fluides étrangers ne suffisent pas, pour mes supérieurs, du moins tant que je n'ai pas le mobile des meurtres et un suspect dont on pourrait comparer l'ADN. C'est là où j'ai besoin de toi, Berensky. Le chef de clan dont tu m'as parlé doit être rentré de transhumance, non ?

Gleb acquiesça.

— Tu pourrais t'y rendre à ma place : lui seul connaît l'identité du Nenets. Il sait aussi peut-être d'autres choses, le cœur de l'énigme ou une piste pour me permettre de poursuivre l'enquête. Sans fait nouveau pour étayer ma thèse, mon patron m'enverra paître, et Lena Bokine est hors course… Tu en penses quoi, Berensky ? Tu pourrais parler au chef de clan ?

Gleb était pris de court mais il réfléchissait vite. Avec le redoux, Prokopyé serait en effet de retour d'un jour à l'autre, s'il n'avait pas déjà rejoint son campement d'été ; Poskirin, son fixeur, faisait des affaires avec les

Nenets de la région, il devait être au courant de leur migration.

— Oui, acquiesça-t-il. Oui, c'est possible.

— Demain, on est dimanche : tu crois que tu peux te débrouiller ?

— Demain ?!

— Tu travailles tous les jours à la mine, c'est maintenant ou jamais, asséna Ivanov.

Gleb alignait les équations qui le rapprochaient de Prokopyé quand la toux de Nikita résonna, de l'autre côté de la cloison. Trop près. Boris se tourna vers la bibliothèque, les sens en alerte. Quelqu'un les écoutait, il en était sûr. Mais cette fois-ci il ne se laisserait pas berner. Il vit les roulettes de la bibliothèque mal alignées contre le mur, puis le visage confus du mineur. Deux pas lui suffirent pour empoigner l'étagère amovible. Il la poussa brusquement vers la gauche et découvrit la supercherie : un passage entre les deux studios, un pan de cloison abattu de manière à s'y glisser, et le voisin qui le fixait depuis sa chambre, entre la surprise et l'effroi.

Le policier resta une poignée de secondes interdit, comprit enfin. Des pédés. Voilà pourquoi ça sentait le sexe, la première fois qu'il était venu ici.

— Tu caches un Juif depuis l'invasion nazie, Berensky ? Tu ne sais pas qu'on les a foutus à la porte à coups de pied au cul ?

*

L'asphalte avait des reflets vif-argent sous le soleil revenu. Dasha Svetlova fixait la route, encore bouleversée par ce baiser sur le trottoir, qui avait ratiboisé la haie d'épineux les séparant depuis l'adolescence ; un coup à finir dans les trop rares rails de sécurité si elle continuait.

Les heures du vieux Polonais comptées, Dasha retournait à l'hôpital pour l'entrevue que Milena avait réussi à lui obtenir, des petits soleils bleu de Prusse dans la tête. Timing parfait avec ses heures supplémentaires au théâtre – les événements ne pouvaient pas être tous contre elle…

Service gériatrie, deuxième étage.

— Tu es à l'heure, nota l'infirmière en la voyant débarquer.

— Dis-moi qu'il vit toujours…

— Oh oui ! certifia Milena. Il a presque fini sa soupe, tout à l'heure. Quand on voit ce qu'il y a dedans, c'est bien le signe que le vieil Icek n'a pas dit son dernier mot !

C'était justement ce que Dasha venait chercher.

Des fils électriques pendaient dans le couloir de l'hôpital, que l'infirmière au pas alerte semblait ne plus voir. Dasha échappa à l'électrocution dans la foulée de la gamine à peine moins âgée qu'elle, jusqu'à la chambre 412.

Icek Zalasky rêvassait sur son lit de mort, l'esprit vaporeux d'après le mouvement de ses mains. Un sourire pointa sur son visage quand la fille aux cheveux bleus se posa à son chevet.

— Tu as tué un ours blanc ? dit-il en désignant son manteau.

— Des nounours, plutôt ; c'est du faux.

— Ah !

Dasha l'ôta pendant que Milena quittait la chambre avec les recommandations d'usage. Pas trop de fatigue, non – comme si le pauvre Icek n'allait pas être *longtemps* fatigué. Dasha prit sa main dans la sienne et sonda le dernier homme à avoir connu Aliona. Sa figure était grise, parcheminée, son regard déjà de l'autre côté des choses malgré ses efforts pour lui parler. Une figure au passé.

— Quand on s'est vus la dernière fois, tu as fini par t'endormir alors que tu parlais de ma grand-mère, dit-elle avec familiarité. Aliona, tu te souviens ? Elle était infirmière dans l'Armée rouge avant qu'on l'envoie au goulag pour une histoire de vol à l'étalage : c'est là où tu l'as connue, à Norillag. Tu te souviens ?

Icek opina dans un rictus qui prenait son temps. Il n'avait pas songé que sa mort serait distraite par les réminiscences d'une histoire qui n'intéressait personne, sauf cette jolie garçonne qui tenait sa main. De la vie, il ne voulait garder que la beauté d'un sourire féminin – avec quoi d'autre souhaiter mourir ? C'est en vieillissant qu'on aime le mieux les fleurs ; jeune, on ne pense qu'à les arracher…

— Icek, tu m'entends ?

— Oui, excuse-moi, je divaguais… Ta grand-mère, Aliona, oui, bien sûr, dit-il. On en était où ?

— Elle est arrivée en 1949, épinglée comme traître à la patrie alors qu'elle avait risqué mille fois sa vie sous la mitraille…

— Oui… Tous ces mensonges… Mais avant, il faut que je te parle de Peter. Mon meilleur ami là-bas…

Les poumons d'Icek sifflaient, se soulevaient en cherchant un peu d'air, mais les idées s'articulaient en boucle ascendante au fil des mots, allaient et revenaient vers sa jeunesse sacrifiée à l'autel du siècle russe ; les souvenirs émergeaient sous l'oreille attentive de Dasha. Elle se laissa bercer par le souffle du mourant.

Les mines et les fonderies faisaient partie intégrante de Norillag pendant la guerre. Les condamnés politiques formaient la majorité des *zeks*, mais aussi des officiers baltes et polonais raflés pendant les premières invasions de l'Armée rouge ; à partir de 1943 étaient arrivés les premiers prisonniers de guerre allemands et japonais. Peter Novak avait survécu au siège de Stalingrad, puis à la déroute de la 6e armée de Paulus, encerclée dans la neige et décimée par le froid. Le jeune caporal avait perdu la moitié de ses orteils, gelés, un gamin de vingt ans enrôlé dans la Wehrmacht et qui n'avait pas eu d'autre choix qu'adhérer au parti nazi. Ennemis d'hier unis par les mêmes chaînes, Icek le Polonais et Peter l'Allemand avaient tout connu en dix ans de camp. Levés à l'aube, ils trimaient douze heures par jour à portée de bâton, survivaient de miettes de pain et de bouts de harengs fumés. 401, le numéro que Peter portait, frappé dans le dos de sa pelure. Au goulag, ceux qui s'enfuyaient n'étaient même pas pourchassés, ils n'avaient nulle part où aller ; avec le froid, les gardes se contentaient de ramasser les corps avec les chiens, si les évadés n'avaient pas été dévorés par les loups ou les renards polaires. Les coups, les brimades, les humiliations, les vols, l'amitié entre les deux hommes avait éclos comme les fleurs d'un champ de boue… Norillag avait changé avec l'arrivée massive des droit-commun qui, organisés et violents, avaient resserré les liens entre les anciens *zeks* pour s'en défendre, mais aux yeux de tous Peter restait « l'Allemand », le paria, le pou. Personne n'avait oublié ce que ces salopards avaient commis lors de l'opération Barbarossa, quand les *Einsatzgruppen* massacraient systématiquement vieux, femmes et enfants à mesure que la Wehrmacht s'emparait des villages ; ils jetaient les bébés juifs en l'air pour éviter les ricochets des balles quand on fusillait leurs parents, brûlaient maisons et animaux au lance-flammes, les humains, le reste. Personne n'avait oublié que, pourchassés deux ans plus tard par l'Armée rouge, les exactions perpétrées sur le chemin du retour avaient été presque pires qu'à l'aller. Non, Peter, l'ancien caporal artilleur de la Wehrmacht, n'était qu'une ordure au fond d'une poubelle et personne ne l'aurait sorti de là, ou alors bouffé par les rats.

Icek laissait dire tant que les bâtons les épargnaient, comme les coups de surin dans les reins pour voler un bout de savon ou du pain. Peter devenu son ombre surveillait ses arrières, et vice versa. Une amitié de fils barbelés qui survivait à la gale, à la dysenterie, au scorbut.

Et puis Aliona était arrivée à Norillag, en 1949, héroïne insultée par l'Histoire, et Aliona Svetlova était belle… Les relations intimes n'étaient pas tolérées, sauf pour les droit-commun, les moments de mixité rares malgré la proximité des baraquements, mais il en fallait plus pour briser l'élan de ceux qui parvenaient à s'aimer. Peter et Aliona avaient eu le coup de foudre, au détour d'un regard qui devait sceller leur destin.

— Je ne sais pas comment ils se débrouillaient pour se voir en dehors des travaux forcés, poursuivit Icek d'une voix trébuchante, sans doute qu'ils profitaient du manque de gardes et de personnel à la fin des camps…

Enfin, Aliona est tombée enceinte, peu avant la grande révolte de Norillag, en 1953.

— De Peter ?

— Oui.

Le sang de Dasha finit de se glacer. Elle était la petite-fille du pire ennemi que la Russie ait affronté : un nazi.

— Mais Aliona n'a pas pu garder le bébé, c'était interdit, enchaîna-t-elle, déterminée. Il a été remis à l'assistance, n'est-ce pas ?

Le Polonais acquiesça.

— Une fille ? demanda-t-elle.

— Oui.

— Irina ?

— Je crois, oui…

— Qu'Aliona a pu récupérer à la libération du goulag, trois ans plus tard…

— Sans doute… On a été séparés après l'insurrection… Je ne savais pas ce qu'elle était devenue avant que tu m'en parles. Les anciens *zek*s faisaient profil bas à la libération des camps, expliqua-t-il d'une voix de plus en plus traînante, et personne ne cherchait à se revoir…

— Et Peter ?

— Il avait appris le russe, avec le temps, répondit Icek sans lâcher sa main ; il était un de nos porte-parole à la mort de Staline, quand les prisonniers ont réclamé des conditions de vie plus décentes, mais la répression a été féroce… On a envoyé l'armée pour prêter main-forte aux milices du Parti et aux volontaires de la ville, qui se sont déchaînés contre nous… On nous massacrait à coups de barre de fer, on nous pourchassait dans les rues comme du bétail à abattre… Un lynchage, organisé par le pouvoir malgré la mort de Staline… Le pauvre Peter a été tué sous nos yeux, à coups de gourdin… Comme le sol était trop dur pour y creuser des fosses communes, on laissait les corps geler dehors, empilés en attendant le redoux… Alors on les enterrait dans des tranchées d'à peine un mètre… C'est moi qui ai inhumé Peter, avec l'aide d'Aliona enceinte. Le bébé a tenu, commenta-t-il, à bout de souffle. Un miracle, avec les chocs émotionnels que la pauvre avait subis.

Dasha fit un rapide calcul : sa grand-mère avait vingt-quatre ans quand elle était tombée amoureuse de « l'Allemand ».

L'âge qu'elle avait aujourd'hui.

4

Brute hirsute et joviale plus à l'aise sur sa machine hurlante qu'à l'oral, où ses bougonnements valaient pour approbation, Egor Poskirin ravitaillait les éleveurs de rennes en transhumance vers les quelques villages côtiers où se concentraient les autochtones sédentaires de la région, chevauchant son *vezdyéhod* à travers la toundra. Blond virant roux, Egor avait l'âge de sa pelisse en peau de renne, qu'il ôtait à regret lors des rares moments passés dans le petit entrepôt de Doudinka qui lui servait de bureau. Farine, blé, sel, sucre, tabac, munitions, son âme de trappeur l'avait mené à commercer avec les nomades qui manquaient de tout si on les aidait un peu. Gleb le soupçonnait de contrebande, mais Poskirin connaissait tous les clans nenets de la région.

Six mois qu'ils ne s'étaient pas vus, la dernière fois avec Valentina, qui avait tanné Gleb pour les suivre.

— T'as failli être en retard, tête d'esturgeon.

— Le diable est dans ta bouche, Egor.

— Tu sors d'où, avec ta tête d'enterrement ?

— Un ami est hospitalisé, dans un sale état…

— Ah ! J'étais pas loin !

Il y avait plus de compassion dans l'œil d'un cyclone que dans le cœur d'Egor Poskirin. Gleb ne lui parla pas de Valentina, qu'il avait promenée des mois plus tôt, le trappeur n'avait pas l'air au courant, ou il lui en aurait parlé. Les Nenets se déplaçaient tous les trois jours l'été, toutes les deux semaines l'hiver, pour trouver des pâtures fraîches et du lichen : joint la veille au téléphone, Poskirin avait confirmé que le clan de Prokopyé était revenu de transhumance. Que le photographe s'y précipite aussitôt ne semblait pas le surprendre. Les motifs de cet empressement, en revanche, l'intéressèrent au plus haut point : et pour cause, le marchand avait été convoqué au commissariat de Norilsk un mois plus tôt au sujet d'un Nenets qu'ils auraient croisé tous les deux l'automne passé. Un meurtre dont on n'avait pas retrouvé l'auteur.

— Tu te souviens de cet éleveur ? demanda Gleb, son sac photo à la main.

— Non. C'est aussi ce que j'ai dit aux flics. Jamais vu ce gars. Bon, t'es prêt ? fit-il en désignant la porte ouverte du hangar. Le temps se gâte et on a de la route.

— Je t'attends.

Son chargement sanglé à l'arrière, Egor Poskirin grimpa au volant et actionna le *vezdyéhod*, dragon mécanique de l'époque soviétique qui, monté sur chenilles, tenait plus du tank que du véhicule de ravitaillement. Le dernier encore en état de marche, à l'en croire. Le conducteur tendit une poignée de coton pour que Gleb se bouche les oreilles, tira sur des manettes, actionna des leviers qui, à force de grincements, mirent en branle le blindé.

Le vacarme était pire sous les tôles de l'entrepôt, il fallait hurler pour se faire entendre, ce que fit Egor à l'intention du passager qui se glissait dans le réduit puant l'huile de vidange :

— *Poïëkhaly !*

C'est parti !

La neige était encore solide au large de Doudinka mais la machine blindée, avec ses chenilles, retournait la terre, labourant fossés et ruisseaux. Enfin, après une route chaotique au cœur de la toundra, le campement apparut, une douzaine de *tchoum* (des tentes coniques) regroupées près du troupeau. Le clan de Prokopyé comprenait tout au plus une cinquantaine de personnes, occupées à nettoyer prudemment la glace figée sur les naseaux des rennes pour qu'ils respirent mieux, leurs *khoreï* jamais loin, ces perches-aiguillons qui pouvaient aussi chasser les ours et fracasser le crâne des loups.

— Tu me laisses faire mes affaires avant de fumer la pipe avec le vieux ! brailla Egor tandis qu'ils arrivaient.

— Comme si j'allais t'empêcher de les arnaquer ! se défendit Gleb au milieu du vacarme.

— C'est pas eux que j'arnaque, c'est les Chinois !

Les bois des rennes fraîchement coupés se vendaient 10 dollars le kilo et, réduits en poudre, fournissaient la pharmacopée asiatique. Le trappeur revendait les bois avec une culbute indécente, mais, comme disait Egor pour couper court, il avait « des frais »… Les Nenets n'aimaient pas amputer leurs animaux, l'opération les fragilisait et pouvait même les blesser mortellement, mais elle leur permettait de se procurer ce qui leur manquait pour la prochaine transhumance. Gleb était moins dégoûté par la vue des moignons sanguinolents – il avait l'impression d'entendre pleurer les rennes tandis qu'on les immobilisait à terre, prisonniers des lassos – que par le destin de l'animal, témoin de l'impuissance chinoise.

Les rennes pouvaient vivre une semaine sur leurs réserves comme les chameaux dans le désert, possédaient un troisième poumon pour maintenir leur chaleur intérieure, étaient capables de renifler les lichens sous la glace et de les déterrer avec leurs pattes, des bêtes formidablement adaptées à leur environnement dont l'avenir, comme celui des Nenets, n'était pas garanti : la vague de froid de cet hiver avait recouvert la toundra d'une chape de glace si épaisse que beaucoup de bêtes avaient péri, incapables d'atteindre le précieux lichen, base de leur alimentation. C'était le sujet du blog de Valentina, dont le trappeur se fichait éperdument.

— Il y en a moins que l'année dernière, observa Egor avant de se mettre à l'œuvre, mais ça fera l'affaire.

Les rennes meuglaient de terreur tandis que leurs maîtres les maintenaient à terre. Poskirin se mit au travail. Gleb plaisanta un moment avec la fille du chef, Katya, qu'il avait photographiée l'année de ses seize ans, et avec les enfants curieux qui assistaient au deal avec Egor, l'homme aux cheveux de feu, muni de sa balance. Enfin, ses photos d'avant leur transhumance distribuées, Gleb profita du thé rituel pour retrouver Prokopyé sous son *tchoum* pendant que son compagnon remplissait ses paniers.

— Méfie-toi, prévint le trappeur, tel que je le connais, il va essayer de te marier avec une gamine !

— Tu n'y connais rien.

— En femmes ? s'esclaffa Egor. Tu te trompes, mon petit gars !

Gleb se glissa sous la tente du chef, but de son périple.

D'un âge indéterminé, Prokopyé avait le visage tanné d'intempéries, un *malitsa* traditionnel doublé et un bonnet qui lui tombait comme des oreilles de cocker. Il observait le jeune mineur de ses yeux vifs, accroupi près du *makodan*, le trou de fumée dans la partie supérieure de la tente qui reliait le Monde du Milieu au Monde d'En Haut. Le thé brûlait les lèvres, Gleb lui montra bientôt la photo du Nenets retrouvé dans les décombres.

— Je cherche des informations sur cet homme, dit-il. Ce visage te rappelle quelque chose ? Il était là la dernière fois que je suis venu avec une amie.

Le Nenets se pencha à peine sur la photo.

— Okoteto, dit-il sobrement.

— Tu le connais bien ?

— Oui, c'est un des cousins de mon père. Il vit en marge, avec son troupeau. Enfin, il vivait, rectifia le chef du clan.

— Tu sais ce qui lui est arrivé ?

Prokopyé opina gravement.

— Oui, il a perdu ses rennes. Ou plutôt, on les lui a volés.

Gleb ne s'attendait pas à ça.

— Volés ? Quand ?

— Quelques semaines avant la transhumance d'hiver, répondit le Nenets. Okoteto est venu au campement, pas de très bonne humeur ; il croyait que c'était nous, les voleurs. On n'est pas en très bons termes, précisa-t-il, Okoteto est un vieux taciturne qui ne s'est jamais uni aux femmes de notre clan, ni à aucune autre d'ailleurs. Quand il a vu que ses bêtes ne comptaient pas parmi notre troupeau, il est reparti, furieux… Qui sait où il est aujourd'hui, sans ses rennes.

Prokopyé parlait de lui au présent, il ne connaissait donc pas les circonstances de sa mort.

— Tu dis qu'il vit en marge ? poursuivit Gleb. Pourquoi ?

— Le clan de son père a été décimé par la guerre, il y a longtemps maintenant, les rennes réquisitionnés par le Tsar rouge. Okoteto était enfant, à l'époque ; il s'est réfugié avec sa mère dans le clan de mon père, qui a fini par l'adopter. Je ne le connaissais pas alors, j'étais trop jeune, mais on m'a raconté son histoire. En grandissant, Okoteto a d'abord refusé d'aller à l'école des rouges, qui avaient envoyé son père et les hommes de son clan se faire tuer à la guerre. Il fuguait à l'approche des Russes, ne revenait qu'une fois les étrangers partis. À la mort prématurée de sa mère, comme il se montrait aussi bagarreur avec les nôtres, mon père a décidé de l'éloigner, avec un renne mâle et quelques femelles pour constituer un troupeau. Okoteto avait une vingtaine d'années quand il nous a quittés. Il nous en a toujours voulu pour ça, comme s'il ne s'était pas banni lui-même. Même si c'est de l'histoire ancienne, on a toujours vécu avec ce vieil ermite comme voisin, sans échanger beaucoup. On nc le voit jamais ou presque. Mais je ne crois pas qu'il boive, ajouta Prokopyé.

Gleb connaissait l'histoire de leur peuple, des fléaux qui les frappaient depuis la conquête sibérienne, mais il lui manquait un lien.

— Tu sais de quoi il a parlé avec ma copine Valentina, quand je suis venu avec elle la dernière fois ? Ils ont passé du temps ensemble, quand je prenais des photos avec mon appareil magique.

Le chef secoua la tête.

— Le campement d'Okoteto est loin d'ici ?

— Non, à quelques kilomètres.

Gleb réfléchit à la lueur du feu, qui le réchauffait davantage que le thé. La coupe des bois prendrait une poignée d'heures, ce qui lui laissait les mains libres.

— Tu pourrais m'amener au camp de ton cousin ?

— Il a dû migrer avant l'hiver, comme nous, avança Prokopyé, et s'il avait retrouvé son troupeau, l'un de nous l'aurait su.

— Pas forcément.

— Pourquoi ?

— Parce que Okoteto a été retrouvé mort il y a bientôt deux mois, à Norilsk.

*

Gleb commençait à comprendre ce qui avait pu se passer tandis que Prokopyé pilotait sa motoneige en direction du campement. L'orphelin rebelle était passé entre les gouttes du recensement russe au sortir de la Grande Guerre patriotique, fuyant l'école jusqu'au clan qui l'avait accueilli avec sa mère, avant de s'établir dans la région, seul toujours. Okoteto avait vécu en fantôme des années durant, se cachant des siens et surtout des autorités. Valentina était parvenue à l'apprivoiser, et si le Nenets avait accepté d'être photographié, ils avaient dû rester en contact. Okoteto avait un téléphone à carte, d'après le lieutenant Ivanov. La couverture du réseau était faible en ces lieux retirés et fiable à certains endroits seulement, restreignant la possibilité de communiquer : Valentina savait-elle qu'on avait volé son troupeau, une trentaine de bêtes selon les dires de l'éleveur lorsqu'il était venu s'en plaindre au clan de Prokopyé ? Était-ce pour ça qu'il avait appelé la militante, pour lui demander de l'aide ?

Le redoux limitait le nombre de pistes praticables par motoneige, la terre apparaissait çà et là au gré des champs en partie gelés, mais le chef connaissait les chemins de ses ancêtres. La mort suspecte du vieux cousin l'intriguait, bien qu'il n'en eût rien montré – tout était lié, pour les animistes. Gleb frissonnait à l'arrière du biplace, remuant les énigmes qui entouraient leur disparition. Près d'une heure s'était écoulée depuis leur départ, quand le pilote désigna un bois au loin sur sa droite : le camp d'été d'Okoteto.

Un vent austère soufflait sur la plaine mais Gleb avait vu juste : le *tchoum* de l'ermite tenait encore debout, accablé par la neige accumulée durant l'hiver. Ils trouvèrent à l'intérieur des ustensiles de cuisine, du petit bois, des outils, autant de signes que le propriétaire avait déserté les lieux longtemps auparavant, à la recherche de ses rennes…

— Okoteto se déplaçait à skis ?

— Non, il avait une vieille motoneige, répondit Prokopyé. Les rares fois où on le voyait, c'était pour trouver des pièces de rechange.

Gleb imaginait le vieil homme, son troupeau disparu, arpentant la région à sa recherche. Pourquoi se rendre à Norilsk ? Parce que ses voisins nomades étaient innocents, et qu'il avait une piste en ville ?

— Ton cousin avait des chiens ?

— Un seul, quand il est venu au camp.

— Il gardait les rennes ?

— Il vivait avec eux, et sonnait l'alerte quand un loup ou un ours approchait.

Il avait dû périr avec son maître… Gleb observa le campement abandonné à l'orée du bois ; il donnait sur une large cuvette exposée plein sud, petite plaine où le soleil découvrait le lichen mieux qu'ailleurs. Un bon spot pour surveiller un troupeau semi-sauvage.

— Les rennes paissaient là quand on les a volés ? demanda Gleb.

— Vu l'exposition, sûrement. Ses bêtes étaient peu nombreuses, et Okoteto âgé : ils limitaient leurs déplacements. En tout cas, ajouta Prokopyé, si son *tchoum* est toujours là avec son matériel et dans cet état, c'est qu'il est parti précipitamment… et qu'il n'est jamais revenu.

C'est aussi ce que pensait Gleb. Okoteto s'était rendu à Norilsk avec son chien grimpé sur sa motoneige, engin qu'on avait escamoté, à l'instar de son cadavre. Un chien, ou le meilleur moyen de repérer ses bêtes, à l'odeur familière.

Gleb marcha vers l'étendue qui s'offrait à lui, aujourd'hui à peine recouverte de givre, commença à inspecter les traces sur le sol ; il était gelé mais la terre apparente au soleil, laissant émerger des traces qui dataient d'avant l'hiver. Certaines étaient clairement de sabots, et s'étendaient sur la circonférence de la cuvette.

— Qu'est-ce que tu cherches ? fit Prokopyé, venu à ses côtés.

— Un indice, dit Gleb. Ces marques de sabots datent de quand, à ton avis ?

— Avant la transhumance.

— Si quelqu'un a volé les rennes, il n'est pas venu à pied. Tu m'as dit qu'Okoteto s'était plaint du vol avant la transhumance, alors qu'il neigeait à peine. Le sol était encore meuble, comme on peut le voir ; il reste peut-être toujours des traces de véhicules datant du vol…

— Si le sol a gelé peu après, c'est possible qu'elles soient toujours visibles, acquiesça le chef nenets, il ne fait pas assez chaud pour que la boue s'en empare. Mais le chien aurait donné l'alerte.

— Sauf si on l'a drogué avec de la viande.

L'hypothèse semblant plausible, le nomade scruta longuement la plaine. Gleb arpenta les contours de la cuvette, escalada les talus, dénicha des marques suspectes qui se révélèrent de fausses pistes. Il avait oublié le chef nenets dans son dos quand celui-ci le héla :

— Par ici !

Les rayons doux l'accompagnèrent jusqu'au versant opposé. Ils n'eurent pas besoin de parler. Prokopyé désigna le revers d'une butte, où l'herbe tendre peinait encore à éclore. Mais sur le sol encore dur les traces étaient nettes : celles laissées par des chenilles, reconnaissables entre mille. Des chenilles de *vezdyéhod*… « Le dernier en état de marche », comme il s'en vantait. Et aussi « Jamais vu ce gars »…

Gleb rumina sous les flocons épars. Egor Poskirin n'était pas seulement un dealer de poudre de bois de rennes et un contrebandier occasionnel, c'était aussi un voleur.

*

Boris reçut l'appel de Berensky à peine revenu de son expédition en territoire nenets, et les premiers morceaux du puzzle commencèrent à se mettre en place, consignés dans son carnet d'enquête.

Les faits : Egor Poskirin, le contrebandier et fixeur de Gleb, avait volé les rennes d'Okoteto, un vieil ermite sans famille, qui s'était lancé sur leur piste avant d'échouer à Norilsk, deux mois plus tard. Okoteto avait eu le temps d'appeler la blogueuse le 5 février, jour où on l'avait assassiné.

Les hypothèses déductives : quoi d'autre que ses rennes avait pu motiver son appel et sa présence à Norilsk ? Valentina prévenue du vol et de leur localisation par téléphone, les mêmes tueurs l'avaient-ils éliminée dès son retour en Sibérie ?

Les zones d'ombre : une trentaine d'animaux ne passeraient pas inaperçus en ville : où cacher les rennes de l'ermite ? Pourquoi Valentina n'avait-elle alerté personne du vol, surtout après le meurtre de l'éleveur ? Et surtout, quel était le véritable enjeu de cette histoire ? On ne tuait pas des gens pour une poignée de rennes. Dans tous les cas, Poskirin n'avait pas agi seul. Si le Nenets l'avait suivi, c'est à Doudinka qu'on aurait dû retrouver son cadavre. Transporter le corps jusqu'à Norilsk, le grimper au sommet d'un *gostinka* situé à quatre-vingts kilomètres, le contrebandier avait tout à perdre dans cette opération à haut risque. Il lui fallait des complices, comme Shakir, pour se débarrasser de Valentina. Or, que les deux hommes aient été en contact paraissait peu plausible… à moins que les fluides étrangers retrouvés sur le sous-vêtement de Valentina n'appartiennent à Poskirin… Que faire de tout ça ? Gleb Berensky n'avait pas de preuves, que des soupçons sur la culpabilité du trappeur : Illitch n'allait pas le suivre pour une affaire de vol de rennes, et son instinct de flic ne pesait rien dans la balance.

Boris gambergeait devant son carnet d'enquête, mélangeait ses équations, quand une idée lui vint, simple, logique, presque miraculeuse : quel meilleur endroit qu'un zoo pour cacher des rennes ? Celui de Norilsk se situait près des *gostinka* où on s'était débarrassé de l'ermite. Désaffecté, disait-on, il abritait aujourd'hui le Club cosaque. Le lieu où devait se rendre le mari de Lena avant de sombrer… La légiste avait-elle raison : était-ce elle qu'on intimidait à travers Sacha ? Le mineur avait-il été mis au courant des pressions sur sa femme ?

Boris prit le problème à l'envers, et une partie du voile se déchira.

Il croyait Lena et ses proches, au sujet Sacha Bokine, qui n'avait aucune raison de ne pas se rendre au club de sport. Les témoignages recueillis là-bas seraient donc faux ou erronés. Corroborés par les licenciés du béhourd présents ce jeudi-là, les Cosaques restaient intouchables, mais Sakin et sa clique n'étaient pas les seuls à avoir témoigné : le patron au Lexx avait lui aussi certifié que Sacha Bokine s'était rendu dans son établissement, avant de sombrer.

S'il voyait juste, c'était lui, le maillon faible… Ce petit fumier de Zverev.

5

La nuit est courte / la cible loin
La nuit tu as si souvent envie de boire
Tu vas à la cuisine / Mais l'eau est amère
Tu ne peux pas dormir ici
Tu ne peux pas vivre ici...

Un vieux morceau de Kino dans les oreilles, Nikita tentait de se concentrer. Ses mains tremblaient toujours, il devait tenir son poignet pour écrire de manière lisible, ses yeux noirs comme des harpons plantés sur son cahier de poèmes.

Les idées lui venaient souvent le matin, quand l'esprit est encore frais, mais les premières lueurs du jour semblaient déjà vieilles, usées… Il jeta un œil par la fenêtre de sa chambre où les flocons s'accumulaient. – 5 °C, à en croire le thermomètre. Nikita était seul dans sa chambre depuis le départ du flic, la veille, avec ses mains folles pour épouvantails à corbeaux et une colère intacte. Il avait liquidé une bouteille de vodka durant la nuit, composant des « poèmes létaux pour âmes sans cibles » tandis que Gleb organisait son périple en terres autochtones. Son carnet débordait de morsures. Nikita s'en voulait : à mort. Par orgueil, il avait caché la vérité sur l'incurabilité de sa maladie à l'homme qu'il aimait, préférant l'acculer à le quitter plutôt que lui avouer sa peur de dépérir, seul et flageolant dans l'appartement mitoyen, pendant que les copains s'échinaient à la mine.

Il s'était voulu victime jusqu'au bout, un silence vaniteux pour étendard d'une fausse noblesse russe, un rôle tellement plus facile à apprivoiser que celui de victime, jusqu'à ce que sa scène de jalousie et ses cris ne provoquent sa chute. Pauvre con. Nikita s'était maudit mille fois, tout était de sa faute, au-delà de ses muscles atrophiés et de l'alcool où il se noyait à bon compte. Lui qui voulait régner virilement sous son masque de poète mineur, il s'était comporté comme un lâche…

Cela ne se reproduirait plus.

*

— Tu es sûr que tu veux que je te rase le crâne ? demanda la petite Anya.

— Pourquoi ?

— Je sais pas, dit-elle, ça fait un peu skinhead, ou forces de sécurité.

Nikita eut un sourire figé devant le miroir.

— On verra bien.

— On ne verra surtout plus tes jolies boucles ! s'exclama la brunette, toujours apprêtée comme pour un baptême, hormis ses horribles platform boots qui croyaient la grandir.

— Pour ce que ça change, dit-il sobrement.

— Parle pour toi, tout le monde n'a pas la chance d'avoir des cheveux en bonne santé !

La coiffeuse soulevait ses mèches brunes comme pour les aider à s'envoler, ses grands yeux bleus à ciel ouvert implorant la pitié pour ce qu'elle estimait être un sacrifice capillaire. Nikita eut un rire sonore, sardonique, qui, en durant, devint presque inquiétant. Ses mains se mirent à sursauter sous la serviette qui nouait son cou, ou il ne sut les retenir, accentuant le malaise dans la chambre.

— Tu vas bien, Nikita ?

— Oui, oui !

On ne dirait pas…

Anya Ivanova attendit qu'il se calme pour reprendre ses outils en main. Elle n'avait pas revu l'ancien équipier de Gleb depuis son accident à la mine ; il ne venait plus au Szaboy, son genou pourtant semblait aller mieux. Anya pensait à lui souvent, pas seulement parce qu'elle lui coupait les cheveux de temps à autre. Comme elle, Nikita Korzov se révélait être une victime collatérale de l'enfer blanc où ils étaient nés ; sa compassion débordait, collégiale, et elle se gardait bien d'évoquer le sort funeste d'oncle Sacha, qui avait pris sa place auprès de Gleb l'artificier.

L'éclopé la laissait mariner dans son jus de demi-femme mariée à un flic moins con qu'il n'en avait l'air. Ivanov n'avait pas bronché en découvrant la nature de sa relation avec Gleb, tout juste une mauvaise *anekdot* au sujet des Juifs. Les forces de l'ordre étaient en général du côté du bâton, frappant sans discernement, mais avec une application particulière pour les pédés-déviants-qui-faisaient-honte-à-l'homme-russe, sur les gens qui, comme lui, n'avaient pas choisi de ne pas aimer les femmes, car Nikita les aimait pour ce qu'elles étaient, des copines, exactement comme les hétéros mâles considéraient les autres mâles, ça ne leur venait pas à l'idée d'offrir une fellation à leur meilleur ami, eh bien c'était la même chose pour lui, fourrer son nez entre les cuisses d'une fille le dégoûtait de la même manière, c'était comme ça depuis sa puberté, l'adolescence avait entériné ses penchants et il n'y pouvait rien, il préférait le rouge au vert, les queues aux chattes, qu'est-ce que ça pouvait leur foutre où il logeait sa bite, elle n'était pas extensible au point de se glisser subrepticement la nuit entre leurs précieuses fesses, c'était souvent les mêmes ânes qui violaient les homos pour leur apprendre à être pédés, on croyait rêver, alors oui, Nikita s'était imaginé que ce balourd d'Ivanov allait leur cuire la peau au knout en révélant leur secret au monde, or il n'en avait rien fait…

La coiffeuse qui partageait sa vie de flic n'était manifestement pas au courant ; elle lui en aurait parlé, ou son regard aurait changé, mais Anya restait la même petite femme, avec son maquillage surchargé aux paupières et son décolleté en forme de cœur sous un cardigan rouge vif.

— Alors ? Je rase ?

— Fais comme je t'ai dit, abrégea Nikita. S'il te plaît.

— Bon, soupira Anya. Comme tu veux…

La femme d'Ivanov saisit sa tondeuse, à regret, et tailla dans le vif.

*

Des pigeons étaient apparus avec le début du dégel. Les gamins sortaient jouer au foot, inventant des buts imaginaires dans les renfoncements des bâtiments, réinvestissaient les aires de jeux débordées par la neige. Nikita les observait depuis sa tour d'ivoire. La tempête hurlait sous son crâne, elle ne s'était pas calmée. Au contraire. Il s'était rasé mais le vent passait par les trous, comme s'il n'avait jamais rebouché le mur entre leurs deux chambres. Prisonnier, il s'envolerait bientôt. Dehors, où le soleil pointait entre les fumées des hauts-fourneaux. La petite Anya ne s'était doutée de rien, pleurant les boucles de ses cheveux comme celles d'un Samson trahi, éparpillées sur le plastique qui recouvrait le sol de l'appartement rangé pour l'occasion, et elle était repartie en toussant avec en poche sa poignée de roubles qui ne la mènerait pas bien loin.

Confusion totale en attendant le retour de Gleb, parti à l'aube en territoire nenets pour prêter main-forte au flic. Il ne savait pas ce qu'il avait à gagner dans l'affaire, le meurtre de Valentina était résolu, on n'en parlait déjà plus, et le rapport que devait remettre Ivanov n'y changerait rien. Il avait raison, tout le monde se fichait de ce Nenets.

Nikita venait de reboucher le passage dans la cloison qui les séparait. Quelques briques, du plâtre, un peu de peinture blanche après un ponçage sommaire au papier de verre, l'illusion valait ce qu'elle valait mais leur tunnel secret n'existait plus. Le prix à payer, encore et toujours. Trois heures de l'après-midi, déjà, et il n'avait toujours pas apporté l'ultime pierre à son édifice... Le mineur se concentra sur son carnet, un temps indéfini avant d'atteindre l'état de transe presque paisible où les mots s'appellent, se rameutent, se reconnaissent et s'unissent comme les animaux au printemps. Le langage, ce phénomène unique et sophistiqué dont l'aspect testamentaire l'avait toujours fasciné – peut-être parce que sa maman, première muse, l'avait encouragé à développer sa sensibilité… Sa grande et noble sensibilité. Nikita était maintenant sur le fil de la lame, à la fois petite herbe et rasoir effilé, à point pour composer le poème qui lui manquait, le dernier, pour Gleb.

Alors, luttant pied à pied avec son cerveau brûlé et ses mains maudites, les mots vinrent, automatiques, sur son carnet.

Mon âme noire est un loup
grimpée sur un chien sans dents
qui a oublié où
la corde au cou se pend
sous le regard bleu des libellules
la Mort a ses tourments
de messe basse en conciliabule
vieille fille stupide elle hait
l'amant que tu es…

Une bombe salée explosa sur le papier d'écolier, diluant l'encre comme le sang dans l'eau claire d'un lac, puis deux…

Mais Nikita était courageux : il continua.

Paracheva son œuvre, un baiser de feu dans les entrailles.

Ce festin à vif que seuls les poètes connaissent.

*

Le cimetière de Golgotha trônait sur une butte au sud de la ville, entre les cheminées fumantes et un lac putride, d'un marron répugnant, incapable de geler même en hiver.

Dasha avait fait ses adieux à Icek, le Polonais qui lui avait révélé les secrets de sa généalogie. Maintenant le ciel tombait, anthracite et or au coucher du soleil, et elle n'avait plus froid. Plusieurs monuments rendaient hommage aux *zeks* de Norilsk, dont celui des compatriotes d'Icek Zalasky, avec ces rails pointés vers le ciel comme des croix le long des traverses, une sculpture qui tenait plus de l'échafaud. On trouvait plus loin une chapelle orthodoxe et ses couronnes fanées depuis longtemps sur des marches de béton à l'aspect visqueux, encore des rails à demi enfouis sous les dernières couches de neige qui menaient au mausolée. Un champ de morts…

Dasha foula les allées où leurs mémoires criaient encore, coincées sous la glace. Les innocents, les jugés déviants, saboteurs, mal-pensants, Polonais, Baltes, Allemands, Japonais et surtout Russes, héros amers ou simples soldats qui avaient eu le malheur d'être faits prisonniers par l'ennemi, les bourreaux d'hier qu'il fallait éliminer, les communistes convaincus qui avaient perdu le moral en comprenant au fil des purges que leur tour viendrait, frères ennemis d'une guerre de tous contre tous par le délire macabre du petit père des peuples qui aimait assassiner ses fils.

Un torrent d'eau avait récemment révélé les ossements de ces morts, réunis dans une nouvelle tombe anonyme où figuraient sans doute ceux de son grand-père, Peter. L'homme qui avait donné naissance à Irina n'était pas ce jeune mineur aspiré trop tôt par les entrailles de la terre, comme l'avait prétendu sa grand-mère, mais un prisonnier allemand de Stalingrad rencontré au goulag, un diable mille fois haï, tant qu'Aliona avait gardé le secret de sa liaison amoureuse. Cette tache dans son histoire et celle de leur pays en guerre contre l'ignoble, la marque que laissaient les ordures sur la mémoire des vivants... Vingt-quatre ans.

Dasha observa le monument où reposait le souvenir de Peter, Allemand sans nom sur une stèle collective, Peter battu à mort comme d'autres malheureux pour avoir réclamé un peu d'humanité aux gardiens du temple communiste, et l'âme de Dasha enfin s'éclairait, arc-en-ciel dans un ciel d'orage. C'est cet homme qu'Aliona pleurait encore la nuit dans le lit superposé quand elle était petite. Son grand-père n'était pas un monstre mais un homme qui avait vendu chèrement sa peau avec ses compagnons de misère, un enfant du siècle dont la jeunesse s'était réduite à l'éclaircie d'une femme, trop brève pour voir grandir le fruit de leur amour. La marque qui grandissait sur son visage n'était pas due à une maladie cutanée liée à la pollution, ni à une malédiction atavique ou familiale, mais à un secret aujourd'hui éventé. La tache ne grandirait pas, car il n'y avait plus rien à cacher.

Dasha dorénavant oublierait ses camouflages : plus de béret incliné au millimètre, d'artifices cosmétiques, d'hommes qu'elle faisait semblant de ramener chez elle pour se salir aux yeux des autres d'une faute qu'elle n'avait pas commise, plus d'artifices vestimentaires pour qu'on ignore sa virginité de super mioche décalée de son temps, de son époque. Les révélations du vieux *zek* l'avaient rendue libre.

Libre d'aimer l'avenir, sa *dolia*, puisqu'elle était tracée dans l'orage depuis l'adolescence, en lettres de feu : *GLEB*.

*

Le photographe avait eu une conversation étrange avec le chef nenets, avant de rentrer au campement où l'attendait cet enfoiré de Poskirin. Prokopyé n'avait pas parlé d'avertir les autorités des soupçons qui pesaient sur le voleur de rennes, les Nenets ne croyaient pas aux mots de la justice. Leur mode de pensée était plus vaste, car tout était lié, depuis toujours et au-delà des lois écrites par les tsars éphémères, le bon qui venait du ciel (le dieu Noum) et le mauvais issu de la terre (son frère Nga, maître de la mort et des maladies). L'alcool n'était pas le seul fléau qui détruisait le peuple nenets : Nga se nourrissait de l'âme des vivants, régnait sur les sept sous-sols de la terre, les sept niveaux de l'enfer privés de lune et de soleil, là où s'agitaient les puissances maléfiques que les chamans tentaient d'apaiser.

Ils vivaient sur le plus grand gisement de gaz au monde, et les Nenets étaient trop peu nombreux pour s'opposer aux projets industriels géants que la fonte des glaces accélérait. En forant les sous-sols de la toundra, les frères de Gleb risquaient de libérer les esprits maléfiques, ainsi que les maladies enfouies là depuis la nuit des temps : ils allaient ramener à la surface des spores d'anthrax, comme la maladie du charbon qui avait décimé des centaines d'entre eux et leurs rennes au cours du siècle, et bien d'autres virus encore. Mais ce n'est pas cela qui interpellait Gleb, rodé aux scénarios catastrophes qu'on retrouvait dans le blog de Valentina. Non : Prokopyé disait que son arrivée parmi eux ne devait rien au hasard, que Gleb était le messager de quelque dessein mystérieux dont l'intéressé, malheureusement, aujourd'hui ne savait rien. Le peu qu'il connaissait se limitait à la photographie. Gleb n'avait jamais vu une peinture de grand maître dans un musée, de sorcière danser sous la lune, les étoiles pour lui n'avaient pas d'autres noms, les rivières ne baignaient pas dans les signes autochtones, il n'enjambait aucun pont en projetant son esprit, rien ne le rapprochait des dieux ou des chamans : il n'était qu'un mineur-artificier, une fourmi ennemie des Nenets aux piqûres inoffensives.

Non, Gleb n'avait rien à offrir aux premiers natifs et à leurs rennes, ils appartenaient à une époque dont tous les Russes se fichaient – un passé de torgnoles, ça il connaissait bien.

Son existence à ses yeux était plus prosaïque ; il travaillerait pour deux à la mine, sans lui Nikita mangerait des plats avariés comme on en donnait aux gosses dans les cantines des écoles ou aux héros de la vie quotidienne dont on relatait les faits dans les journaux et qu'on remerciait avec des colis pourris : leur histoire de dieu Noum bombardant la terre de ses signes sibyllins ne tenait pas devant la réalité.

Le vol de rennes, les meurtres.

Le voyage de retour à Doudinka avait été tendu à bord du *vezdyéhod*. Egor Poskirin pérorait au milieu du tintamarre motorisé, les cornes de rennes nourrissant ses cales, content de ses affaires à l'entendre, tandis que Gleb rongeait son frein à l'arrière du monstre à chenilles. Le trappeur lui avait menti, il savait très bien qui était Okoteto, un vieil ermite sans défense et facile à manœuvrer. Mais pourquoi voler ses bêtes ? Pour leurs bois ? Le troupeau d'Okoteto était maigre, d'après Prokopyé : c'était prendre le risque de se mettre les autochtones à dos, alors que Poskirin en tirait de précieux bénéfices, et les rennes, même s'ils souffraient des hivers plus rudes, ne manquaient pas dans la région. Il y avait forcément une autre raison, puisque les traces du *vezdyéhod* l'accusaient.

Gleb n'avait pas osé se confronter à son fixeur. Sous ses airs enjoués, Poskirin était un contrebandier sans scrupules qui n'hésiterait pas à le jeter par-dessus bord en cas de menaces policières, ou pire... Les deux hommes s'étaient quittés devant l'entrepôt de Doudinka comme si de rien n'était, le trappeur avec une blague salace en guise d'au revoir, Gleb en se retenant de jeter le traître sous les chenilles de son dragon mécanique.

Il avait appelé Ivanov sitôt assis au volant de la Honda, une autre discussion où chaque mot comptait double.

Gleb roulait, depuis, le cœur en apesanteur. Le temps s'était densifié, comme s'il avait vécu plusieurs journées en un temps réduit, et une rumeur grossissait, indéfinissable... L'influence des Nenets sur son subconscient ? La perte d'oncle Sacha, qui le rendait sursensible ? L'idée de revoir Nikita après la violente dispute de la veille ? Gleb était un faux calme, il se méfiait de lui-même. Détestait fatalement les violences verbales ou physiques – il avait eu sa dose, avec son père. Détestait l'idée qu'il puisse être agressif pour y répondre, comme il l'avait fait avec son même connard de père, cette affreuse défaite intime qu'on éprouve en portant la main sur un autre…

La neige liquidée par le redoux, l'asphalte bosselé luisait sur les avenues de Norilsk, qu'il atteignait enfin. La Honda garée, il rentra chez lui émotionnellement épuisé, mais Gleb n'en avait pas fini avec sa tripaille.

Il poussa la porte de l'appartement et trouva Nikita grimpé sur son perchoir, la fenêtre ouverte sur le crépuscule fauve, presque méconnaissable avec ses cheveux rasés.

— Salut…

Nikita s'était fait beau, le visage glabre mettant en valeur sa peau claire, loin des traits d'épave qu'il se donnait pour s'enfoncer un peu plus dans sa déprime et l'alcool. Il avait revêtu une chemise blanche et le seul pantalon de costume présent dans sa garde-robe, il sentait bon, un échantillon attrapé à la volée des hôtesses des parfumeries du mall qui rabattaient les badauds venus voir tout ce qu'ils ne pourraient pas acheter. Sa tête rasée le vieillissait, lui donnait un côté bagnard pas forcément bienvenu, mais son regard était différent : perdues, l'ombre mauvaise de la suspicion et sa sœur rancœur, il semblait triste, déboussolé, de nouveau lui-même.

— Ça fait un peu *zek*, ta coupe de cheveux, fit Gleb.

Le ton se voulait amical, mais Nikita avait plusieurs coups d'avance.

— J'ai des choses importantes à te dire, Gleb… D'abord je m'excuse pour l'engueulade d'hier ; c'était ridicule et déplacé de ma part. Je m'excuse surtout d'avoir porté la main sur toi. Je sais aussi que c'est trop tard. C'est ma faute ; si je t'avais dit que j'avais passé des examens pour ma maladie, on n'en serait pas là.

— Quels examens ?

— J'ai revu le chirurgien de l'hôpital, il y a deux ou trois jours, à propos de mes tremblements et des douleurs récurrentes dans mes bras, indiqua Nikita. Les résultats ne sont pas bons, du tout. Les lésions sont irréversibles. Incurables. Je vais rester comme ça, à trembloter comme un vieux… Oui, j'aurais dû t'en parler avant, poursuivit-il devant sa mine stupéfaite, mais j'ai préféré me taire, pour de mauvaises raisons qui aujourd'hui ne changent rien. Nos chemins se séparent, Gleb, dit-il comme un discours préparé à l'avance. Ça vaut mieux pour nous deux, pour une raison simple et non négociable : l'idée de t'infliger cette faiblesse toute ma vie m'est insupportable.

— Écoute…

— Non, coupa-t-il d'une voix assurée, j'ai tout fait pour que tu me quittes, c'est fini. On remballe le cirque Korzov et qu'il aille au diable. J'ai rebouché la cloison, ajouta-t-il en désignant la bibliothèque, plus personne ne t'importunera. Je te rends aussi tes clés, dit-il en déposant le double qu'il gardait sur la tablette.

Gleb ouvrait les mains.

— On ne peut pas se séparer comme ça, Nik…

— Si. Si, grande bête. Mais avant de te quitter, j'ai quelque chose pour toi. Un cadeau d'adieux, en quelque sorte.

Nikita porta la main à la poche de sa veste, à contre-jour du soleil qui s'échappait par les toits.

— Tourne-toi, s'il te plaît.

— Pourquoi ?

— Retourne-toi, s'il te plaît, répéta-t-il, c'est la dernière chose que je te demande.

Gleb obéit, anéanti : pourquoi Nikita avait-il gardé un tel poids sur le cœur ? Par peur de la pitié ? Une équipe, ce n'était pas simplement avancer, c'était aussi s'attendre, reconstituer ses défenses pour mieux repartir, mais il y eut d'abord un léger mouvement dans son dos, puis un second, qui l'alerta.

Gleb fit volte-face et son souffle se coupa : la fenêtre était ouverte mais il n'y avait plus personne sur le perchoir.

Que cette place vide, atroce.

Nikita s'était jeté du neuvième étage, sans un cri.

6

Tout était mis en scène pour ses parents et les autorités, qui chercheraient à connaître les raisons de sa défenestration. Une lettre à sa famille d'abord, simple et poignante, laissée en évidence dans sa chambre, la fenêtre ouverte à tous les vents comme le dernier témoin de sa chute. Nikita y expliquait les conséquences dramatiques de son accident à la mine, son refus de vivre infirme ou de s'y habituer, son choix froidement mûri qu'il intimait à ses proches de respecter. Des mots dignes qui arrachaient les larmes et abaissaient les armes du ressentiment à son encontre : il n'était pas le genre d'homme à vivre pour faire plaisir aux autres.

Nikita avait aussi rebouché la cloison entre leurs studios, gardant ainsi leur amour secret. Le reste figurait dans le carnet qu'il avait laissé sur son perchoir, pour Gleb, avant de sauter.

Mon âme noire est un loup
grimpée sur un chien sans dents
qui a oublié où
la corde au cou se pend

sous le regard bleu des libellules
la Mort a ses tourments
de messe basse en conciliabule
vieille fille stupide elle hait
l'amant que tu es
je pars avec toi dans mes serres
les crocs plantés sur ta nuque belle
au loin encore ta gueule appelle
pour quand je toucherai terre
t'offrir ce dernier baiser
face à face
pour toujours et toujours
face à face...

Gleb avait lu le dernier poème de son amant en voulant s'arracher les yeux mais la cruauté avait son contrepoids, la beauté. Car ses sentiments étaient purs, même dans la mort. Nikita avait ajouté une phrase en guise d'épitaphe, comme un résumé de leur histoire malheureuse, des mots à vif qui lui ressemblaient : *Pardonne-moi de te quitter comme ça, mais je voulais que tu sois la dernière chose que je verrais sur terre.*

Gleb pleurait avec lui mais déjà les secours arrivaient – trop tard…

*

C'était un dimanche soir d'avril puant sous les émanations des usines. Les odeurs se diluaient, absorbaient les particules à l'instar des habitants. Grimpé sur un tabouret du comptoir, un costume moutarde sur les épaules, le manager du Lexx était plongé dans un livre de comptes quand Boris Ivanov apparut.

Peu de lumière toujours dans la salle principale du club érotique, aucune danseuse se contorsionnant sur la barre de pole dance ni d'employé astiquant les chromes avant l'ouverture ; le flic d'Irkoutsk traversa la pièce jusqu'au comptoir avant de hisser son poids sur le siège le plus proche du patron.

— Pas grand monde, on dirait ? observa Boris.

Zverev abandonna ses calculs.

— Bah, il est tôt.

— Comme le jour où Sacha Bokine est venu.

— Peut-être, ouais.

— C'est toi qui me l'as dit, Zverev.

L'homme haussa les épaules, la blondeur capillaire tamisée par les spots, mais des tics nerveux apparurent sur son visage, dentelle de flic que Boris savait déceler après trente ans de métier.

— Le mineur n'est jamais venu dans ton club, hein…

— Quoi ?

— Tu as bien entendu. Sacha Bokine n'est jamais venu.

— Ça va pas, lieutenant ? Pourquoi je mentirais ? Je m'en fiche, de ce gars.

— Alors pourquoi tu as menti ?

— J'ai pas menti, d'où vous sortez ça ?

Ses traits s'agitaient, créant des plaques rouges. Le moment de l'enfoncer.

— Je sens ton odeur d'ici, Zverev, et je connais cette transpiration : celle de la peur… Maintenant on va jouer à un petit jeu, le prévint-il d'une voix peu amène. Tu m'as dit que tu étais seul au bar quand Bokine s'est ramené, le jeudi soir : tu étais derrière ton comptoir ou tu étais en train de chier ?

— Hein ?

— Tu étais là quand il a débarqué ? précisa Boris en désignant l'endroit du comptoir qui faisait face à l'entrée de la salle.

— Oui. Oui, j'étais là…

— Tu l'as donc vu arriver, comme tu m'as vu arriver tout à l'heure…

— Bah, oui !

— Décris-le-moi.

Il y eut un blanc.

— Comment ça, le décrire ? C'était un client, pas une bimbo ! se défendit Zverev.

Le policier émit un claquement de langue.

— Tu m'as dit que Bokine avait bu trois vodkas coup sur coup et vous n'étiez que deux au bar, s'agaça-t-il comme s'il perdait patience. Tu n'avais que lui sous le nez et tu as l'air d'avoir une bonne vue, alors décris-le-moi.

Zverev rosit dans son costard moutarde.

— Grand, blond… les cheveux en banane… Il ne parlait pas beaucoup et j'avais le bar à préparer.

— Quelle taille ?

— Je sais pas, fit l'autre dans un brusque mouvement d'épaules, au moins un mètre quatre-vingts.

— Plus ou moins ?

— À peu près, quoi !

— Taille moyenne en somme.

— Quelque chose comme ça, oui.

— Bokine faisait un mètre soixante-quinze, déclara Boris.

— Ah ! Oui, peut-être, oui, fit l'autre, on est pas non plus à cinq centimètres près !

Boris plaqua son regard d'ours dans sa mire.

— Sacha Bokine mesurait près de deux mètres, connard, dit-il d'un air mauvais. Une taille pareille, tu l'aurais forcément remarquée.

Le manager attisait les couleurs sous les spots ; il voulut minimiser son erreur de jugement mais Boris posa son pistolet soviétique sur le comptoir. Le Stechkin de son grand-père.

— Sacha Bokine n'est jamais venu au Lexx, répéta-t-il d'une voix assurée. Tu as inventé cette histoire pour enfumer la police.

Zverev secoua la tête, déconfit.

— Le problème, c'est que je ne vois pas ton intérêt dans l'affaire, poursuivit Boris sans tenir compte de sa réaction, à part t'attirer des tas d'emmerdes… Tu veux savoir ce que je pense, Zverev ? Je pense qu'on t'a soufflé une histoire bidon au sujet de Bokine, qu'on t'a payé pour ça, ou que tu n'as pas eu le choix. Je me trompe ?

— Je vois pas de quoi vous parlez. C'est la vérité…

Le manager se décomposait.

— Non, rectifia Boris en entrant dans leur zone de porosité. La vérité, c'est que tu vas perdre tes jolies dents blanches si tu continues. Maintenant, dis-moi qui t'a demandé de baratiner la police.

Zverev jeta un coup d'œil nerveux autour de lui, mais ils étaient seuls dans le bar de nuit.

— Qui ?

— Personne… *Blyat*, vous délirez !

Boris Ivanov n'était pas grand mais plus fort qu'il n'y paraissait : l'empoignant par le nœud de sa cravate, il le tira d'un coup, tête la première contre le comptoir. Zverev se mit à pester en gesticulant pour se dégager mais, sa grosse pogne pressant maintenant sa mâchoire, Boris saisit le Stechkin à portée de main et enfonça le canon dans sa bouche. Hum ! Hum ! Zverev n'aimait pas ça, sa lèvre saignait et l'acier forçait le passage contre l'ivoire, mais ce fut pire quand Boris secoua le canon entre ses dents. L'homme étouffait des cris de douleur, tentant d'implorer la brute d'arrêter le massacre, mais il n'arrivait pas à articuler : la lessiveuse détruisait l'intérieur de sa bouche. Les pires cauchemars, et autant de suppliques qui firent monter les larmes à ses yeux terrifiés. Boris attendit qu'elles coulent pour retirer le canon sanguinolent de sa cavité.

Le patron du club se redressa sur le tabouret en gémissant, émail et sang mêlés dans sa bouche qu'il tenait à pleines mains.

— Si tu recommences, je te jure que tu pourras compter tes ratiches rescapées, s'il y en a, avant d'aller croupir en prison. Je connais là-bas deux ou trois spécimens que tu devrais intéresser, avec tes jolis cheveux blonds, précisa le flic. Alors ?

Anton Zverev ne voulait pas porter de dentier, pas à trente-cinq ans, encore moins servir de femme dans une cellule surpeuplée. Il avait entendu des récits effroyables où des jeunes hommes étaient violés pendant des nuits entières, quinze ou vingt détenus à vous passer dessus et ce sperme dans la bouche qu'ils vous forçaient à avaler.

— Oui… Oui.

— Oui quoi ?

— J'ai menti à la police.

Nous y voilà.

C'était à Boris maintenant d'être nerveux.

— Pourquoi tu as menti ?

— Pour sauver ma peau, lâcha l'autre entre deux sanglots.

Le lieutenant trouva un mouchoir dans sa poche, qu'il tendit au blessé.

— On t'a fait chanter ou on t'a payé pour ça ?

— Ni l'un ni l'autre, souffla Zverev en épongeant sa plaie. Un type m'a forcé à raconter ces salades au sujet de ce mineur, Bokine. Je jure que je ne sais pas pourquoi. Il m'a juste dit quoi répondre si la police venait me poser des questions… Je ne connais pas le nom de ce type, et je ne le lui ai pas demandé.

— Un mafieux ?

— Un gars à qui on obéit.

— Tu ne l'avais jamais vu auparavant ?

L'autre secoua la tête, grimaçant toujours dans ses mains rouges.

— Et tu as fait un faux témoignage, comme ça, sans poser de questions ?

— Il disait qu'il allait me tuer si je ne faisais pas ce qu'il disait, répondit Zverev : il m'a foutu la trouille, vous comprenez ça, non ?!

Il faisait presque peine à voir, avec ses traits désemparés et son costume tout sali.

— Décris-moi ce type. Pour de vrai, cette fois-ci.

Le patron du Lexx ne fouilla pas longtemps dans ses souvenirs.

— Un géant, genre deux mètres, la trentaine, les cheveux longs et blonds tirés en arrière… Yeux bleus, je crois, ajouta-t-il, le mouchoir pressé sur sa bouche.

Il avait une cicatrice à l'arcade sourcilière. Le genre où les poils ne repoussent pas. Une tête de dingue.

— Des tatouages ?

Zverev semblait terrorisé à l'évocation du maître chanteur.

— Ton géant avait des tatouages ? insista Boris.

— Oui... Oui, sur le dos des mains : une croix avec des épées qui se croisent.

— Cosaque ?

— Ou... oui, bredouilla le manager. Oui, comme les Cosaques.

*

Boris Ivanov lança les recherches dans son bureau du commissariat central où, d'ordinaire, la semaine commençait en douceur. Il avait évité l'ascenseur, où il aurait pu croiser Illitch, toujours dans l'attente de son rapport pour clôturer l'affaire, et ne répondrait plus qu'à Anya au téléphone. Les résultats ne tardèrent pas à s'afficher.

Les milices patriotiques avaient pignon sur rue en Russie, organisations paramilitaires ou partis néo-nazis qui prônaient l'expulsion des non-Russes et un rôle accru des institutions traditionnelles, l'Église orthodoxe en tête. Vladimir Sakin, le patron du Club cosaque, appartenait à la droite ultra-nationaliste de la RNU. Boris connaissait ce milieu trouble, plus ou moins toléré par le pouvoir, interdit ou manipulé selon la passion des échecs des maîtres du Kremlin.

Vladimir Sakin était à la tête de la section nord-sibérienne de la RNU depuis plus d'un an, « camarade d'armes » basé à Norilsk. Né à Moscou en 1986, Sakin était fiché comme agitateur après une échauffourée avec des défenseurs des droits de l'homme devant le tribunal de Rostov où comparaissaient deux membres de la RNU, accusés du meurtre d'un étudiant congolais en 2016. L'un d'eux, Adrian Silinski, répondait au signalement donné par Zverev : très grand, blond, arcade marquée par une longue cicatrice et des tatouages cosaques sur les mains. L'homicide de l'époque jugé involontaire, Silinski et son comparse avaient écopé d'une peine légère avant que le premier n'émigre à Norilsk il y avait quelques mois de ça, où il avait forcément noué contact avec Sakin, le chef local… Le type qui avait menacé Zverev, à coup sûr.

Boris creusa le sujet, un sandwich remplaçant la cantine où il mangeait de toute façon souvent seul.

Certains fonctionnaires d'État et industriels sympathisants participaient aux réunions de la RNU, fournissaient des installations pour imprimer de la littérature ciblée, confectionner des uniformes et copier des CD, des vidéos et autres matériels de propagande. Plusieurs cours d'arts martiaux avec des instructeurs de la RNU associés aux écoles publiques avaient également été ouverts un peu partout en Russie, dont le béhourd, qui remportait un franc succès – le Club cosaque de Norilsk participait à la toile, Sakin et Silinski figurant parmi ces instructeurs. L'organisation comptait aussi des recrues dans diverses entreprises, parmi les représentants de l'État, les militaires et les services secrets. Des hommes d'affaires recevaient des certificats de mérite ou d'honneur, comme sympathisants ou donateurs, quand deux noms apparurent : Viktor et Dmitri Salenko. Le premier était un gros actionnaire de Norilsk Nickel, son frère Dmitri un prêtre orthodoxe connu pour ces diatribes télévisées et proche du patriarche, le protégé du Kremlin…

Les mains de Boris se mirent à trembler. Bon Dieu, où avait-il mis les pieds ?

*

Le brusque dégel avait créé une marée noire sur les esplanades des barres d'immeubles, comme si tous les détritus de la ville ressurgissaient.

La Toyota garée au milieu du gué, Boris dut patauger dans vingt centimètres d'eau pour atteindre les bottes en caoutchouc dans le coffre. Le temps de les enfiler, ses chaussettes en laine étaient trempées. *Blyat !* Boris ne pouvait pas rentrer à la maison dans cet état, et le redoux n'avait rien à voir là-dedans. Confusion, peur, réminiscences, paranoïa, devenait-il fou à son tour ? Cette affaire puait le soufre qui s'échappait des usines et lui rappelait ses pires déconvenues. Valait-il mieux laisser tomber ? En parler à Illitch ? Et si son patron était dans le coup, comme le juge d'Irkoutsk et l'ami qui l'avait pistonné, des années plus tôt ? À qui peut-on faire confiance quand on doute de soi-même ?

Sept étages ne furent pas de trop pour reprendre son rôle de mari débonnaire et peu enclin à parler de son travail. Boris se prépara au rituel de son retour à l'appartement, déposa ses affaires dans l'entrée près des icônes mais Anya ne vint pas l'embrasser en signe de bienvenue, comme elle le faisait d'habitude, pas plus qu'elle n'avait préparé le dîner du soir. Elle se tenait prostrée sur le canapé-lit, les cheveux dénoués. Elle était pâle, les pieds repliés sous ses genoux.

— Qu'est-ce qui se passe ? s'inquiéta Boris.

— Nikita, un copain du Szaboy, dit-elle. Je viens d'apprendre son suicide.

Le petit copain de Gleb Berensky, dont il avait découvert la liaison deux jours plus tôt. Dans un flash, Boris imagina sa déconvenue après la révélation de son homosexualité, la peur qu'il ne tienne pas sa parole de flic et de se voir jeté en pâture aux sarcasmes des mâles hétéros, à jamais ostracisé dans la ville qui l'avait vu naître, puis il songea à Gleb, qui avait identifié le vieux Nenets : s'en prenait-on à lui, comme ils l'avaient fait avec Lena Bokine ? À eux ?

— Il a dit pourquoi ? se risqua-t-il.

— Il a laissé une lettre expliquant sa maladie. Décollement des os et des muscles, résuma Anya d'une voix morne. Il a préféré se jeter par la fenêtre plutôt que vivre en infirme. Hier soir. C'est affreux, réagit la coiffeuse ; dire que je lui ai coupé les cheveux dans la journée... Il m'a demandé de lui raser le crâne, comme les prisonniers... Ça devait avoir un sens pour lui, dit-elle, pensant tout haut.

— C'est Gleb Berensky qui t'a prévenue ?

— Non, Dasha, une copine.

Un silence passa, à peine perturbé par les bruits de chasse d'eau du voisin. Nikita semblait s'être réellement suicidé – et lui devenir paranoïaque... Boris ne souffla pas longtemps : Anya fut prise d'une brusque quinte de toux, qui bientôt la plia en deux sur le canapé. Était-ce l'émotion, le choc de la mauvaise nouvelle ? Elle se tint la poitrine, poings serrés pour repousser l'asphyxie qui montait ; une crise d'asthme fulgurante, comme elle en faisait de plus en plus souvent, sauf qu'Anya commençait à étouffer. Elle toussa à s'en décrocher la flanelle, ses poumons depuis l'enfance empoisonnés. Boris voulut la prendre dans ses bras mais elle le repoussa : elle n'avait plus d'oxygène, que de l'asthme et du poison volatil dans le corps. Il paniqua, livide, impuissant. Anya s'écroulait, se tassait un peu plus à chaque quinte de toux, assurant entre deux apnées que ça allait aller, bientôt, le temps de vomir sa vie sur le lino… Enfin, les minutes s'égrenant à petits souffles douloureux, la crise s'amenuisa.

L'amour ne soignait rien, mais Boris nicha sa femme au creux de ses bras, attendit avec elle que le sifflement dans ses poumons cesse pour lui permettre de respirer.

— Ça va aller, mon chéri, tenta-t-elle de le rassurer.

En vain.

Il attendit que la pauvre Anya aille sécher ses larmes d'asphyxie dans la salle de bains pour envoyer un texto à Voronine, sur la corde raide. Il allait déterrer la hache de guerre et Boris n'était pas sûr d'être dans le bon fortin.

*

Les deux hommes s'étaient donné rendez-vous devant l'horloge solaire, à quelques encablures du commissariat et de l'église. Boris Ivanov guettait dans l'habitacle de la Toyota, le chauffage à fond malgré le redoux, quand il repéra la Lancia qui se garait dans son dos. Deux brefs appels de phares l'incitèrent à grimper dans la berline.

Moteur à l'arrêt, gants de cuir et blouson d'aviateur à col en moumoute, Andreï Voronine non plus n'aimait pas trop parler le matin.

— Ça veut dire quoi, tous ces mystères ? lança-t-il à Boris qui, en s'installant, faisait trembler le siège.

— J'ai du nouveau. Sacha Bokine, dit-il en substance, tu connais ?

— Le mineur retrouvé dans la rue, oui, j'ai vu passer ça dans le journal local. On joutait de temps en temps au club de béhourd.

— L'enquête sur sa nuit de beuverie a été bâclée, sans tenir compte des avis de ses proches, tous concordants, et j'ai fait des recherches. Vladimir Sakin, le patron du Club cosaque, appartient à la RNU, qui, tu le sais, s'évertue à propager ses idées nationalistes auprès des populations. C'est le rôle de Sakin à Norilsk, sous couvert de sport de combat. Je les soupçonne, lui et sa bande, d'avoir liquidé Bokine, comme il a maquillé le meurtre du Nenets des mois plus tôt, voire celui de ta cousine.

— Tout ça d'un coup ? s'exclama Voronine. Et avec quel mobile ? Sakin doit se foutre de l'écologie comme du ping-pong !

— Je ne sais pas, sans doute Bokine a-t-il vu quelque chose qu'il ne devait pas voir. J'ai envoyé une taupe en territoire nenets, qui a fini par identifier l'homme trouvé dans les décombres du toit, poursuivit Boris, un éleveur de rennes dont on a volé le troupeau. Le coupable est un contrebandier de Doudinka, Poskirin. Je compte bien l'interroger, dès qu'il répondra au téléphone : en attendant, si ce type a mené les rennes à Norilsk ou fourni les bêtes à Sakin, quelle meilleure planque que l'ancien zoo ? L'un des bâtiments a été réhabilité en salle de sport pour accueillir le béhourd, mais les autres sont en déshérence.

— D'où tu sors cette histoire ? rétorqua Voronine. On ne tue pas des gens pour un troupeau de rennes !

— Oui, tu as raison, il y a autre chose derrière, forcément. Je suis allé asticoter Zverev, le patron du Lexx, où Bokine se serait soûlé, qui a fini par me cracher le morceau : un type à tête de tueur lui a demandé de faire un faux témoignage, menaces à l'appui. Un géant, avec des tatouages cosaques. J'ai remonté la piste et retrouvé ce type : Silinski, un gros bras de la RNU au casier déjà bien rempli qui a débarqué dernièrement à Norilsk et travaille au club de sport. Tout se recoupe.

Le douanier secoua la tête au volant de sa berline.

— Ça ne colle pas, mon vieux. Shakir Akram a été identifié comme étant le tueur de Valentina…

— Si Sakin et Silinski se sont débarrassés du mineur, c'est qu'il avait découvert quelque chose, dit Boris. Et ce quelque chose se trouve forcément au Club cosaque, où il s'est rendu ce soir-là. C'est ce qui le relie au Nenets, à Valentina : les fluides étrangers retrouvés sur son sous-vêtement appartiennent à l'un d'eux, c'est presque sûr. Une mise en scène pour accabler le taxi ouzbek, et qui se sera retournée contre eux. Il suffit de vérifier.

Andreï Voronine soupira, pensif.

— Tu en as parlé à ton patron ?

— Il me faudra autre chose qu'une histoire de rennes pour l'émouvoir, et je crains que Zverev ne se rétracte si on l'assigne à témoigner. Il a une peur bleue des Cosaques et je crois savoir pourquoi : Viktor Salenko, un gros actionnaire de Norilsk Nickel, est aussi affilié à la RNU. Lui et son frère versent même des dons substantiels à l'organisation. Dmitri Salenko, précisa-t-il, le prêtre orthodoxe qu'on voit à la télé. J'ai vérifié à l'immigration de l'aéroport d'Alykel : ils ont passé un moment à Norilsk début janvier, pour les fêtes du jour de l'an. Sakin connaît les frères Salenko, puisqu'ils ont les mêmes sympathies nationalistes.

Voronine infusait derrière le volant.

— Ils ne sont pas des mêmes sphères, modéra-t-il. Et Salenko doit se moquer d'un troupeau de rennes comme de sa première fiche de paye.

— Oui, c'est ce que j'aimerais éclaircir en allant là-bas.

— Au Club cosaque ?

— Oui. C'est pour ça que j'ai besoin d'aide, Andreï. Je comprendrais que tu refuses. Je joue mon va-tout dans cette histoire, sans garantie de succès, mais je suis persuadé que les Cosaques sont dans le coup. Qu'ils abritent les rennes volés à Okoteto, peut-être même Poskirin, le contrebandier…

Boris guettait la réaction de son beau-frère.

— Mais pourquoi ? Pourquoi tout ce cirque ? répéta Voronine.

— C'est ce que Sakin va m'expliquer.

La crosse du Stechkin dépassait de la parka ouverte de Boris. Un flic courageux, tout compte fait, qui allait au-devant de sérieuses emmerdes.

— Je viens avec toi, dit Voronine.

*

Des détritus attendaient en tas devant les containers pleins à ras bord, baignant dans des flaques d'eau saumâtre causées par le dégel. Voronine gara la Lancia sur le parking informel de l'ancien zoo tandis que le mari d'Anya observait les alentours. Des hangars se dressaient plus loin, les anciennes ménageries et ce qui jadis faisait office de vivarium. L'odeur d'animaux aussi avait disparu.

Mettant pied à terre, il leur fallut zigzaguer pour éviter les mares qui s'étaient formées çà et là. Boris avança jusqu'au bâtiment qui abritait le Club cosaque, son précieux pistolet soviétique libéré dans le holster. Voronine suivait, son Glock Parabellum à la hanche, massif et rassurant – seul, Boris n'aurait peut-être pas eu le cran de venir provoquer les suspects.

— Je passe le premier, fit le douanier devant les marches.

Pas de grands costauds avec leur sac de sport dans le grand hall. Voronine appuya sur la sonnette de la porte vitrée, deux fois, avant qu'un jeune type aux cheveux ras daigne leur ouvrir. Un adepte du béhourd, à en croire son survêtement, sa carrure et son air bravache, qui se montra tout surpris de tomber nez à nez avec la plaque du douanier.

— Amène-nous à ton boss, fit Voronine.

Crâne-rasé émit un grognement en guise de commentaire et entraîna les deux hommes vers le hall et ses toilettes, qu'on devinait sur la gauche. Une odeur âcre imprégnait les murs, la sueur froide et le stress du combat. Boris resta sur le qui-vive tandis que l'homme les menait jusqu'à la grande salle, où les bruits se faisaient plus distincts.

L'arène était configurée comme un vaste ring cerné de barrières métalliques, où deux hommes casqués s'affrontaient dans la sciure avec l'allégresse d'une bûche fendue en deux. Ils rabaissèrent leurs épées à la vue des policiers. D'autres casques et des équipements de protection trônaient en vrac sur un long établi, au milieu d'épées, de haches émoussées et d'armes diverses, les rares fenêtres rendues aveugles par des tentures à croix orthodoxes. Taillé pour le sport, Vladimir Sakin avait un visage plutôt avenant avec son bouc, ses mâchoires carrées, ses yeux bleus et ses cheveux mi-longs tirés en arrière ; il ôta son casque, tout comme le géant avec lequel il s'entraînait, un colosse blond aux bras tatoués vêtu d'un tee-shirt noir gothique. Une cicatrice barrait son arcade gauche, des épées étaient tatouées sur le dos de ses mains. Silinski.

Boris Ivanov ouvrit son blouson, découvrant la crosse du Stechkin, et se posta de manière à garder un œil sur le portier au crâne rasé tandis que Voronine présentait sa plaque.

— Mon collègue enquêteur a des questions à te poser, dit-il à l'attention de Sakin, en sueur. N'est-ce pas, Boris ?

L'assemblée se tourna vers l'intéressé.

— Egor Poskirin, tu connais ? lança-t-il au patron du club.

— Non.

— Une sorte de contrebandier qui fricote avec les Nenets.

— Content de le savoir, ironisa l'autre.

— Poskirin a volé un troupeau de rennes à un éleveur, Okoteto, qu'on a retrouvé gelé dans les décombres d'un immeuble près d'ici, après le passage de l'ouragan. Et je pense que Poskirin t'a livré les rennes en question, sans savoir que le propriétaire était sur votre piste. Le Nenets a fini par localiser ses bêtes, certainement dans un des entrepôts de l'ancien zoo, il a appelé Valentina Oulianova pour la prévenir, mais en voulant récupérer son dû il est tombé sur un os : toi et ta bande. Comme Sacha Bokine, qui pratiquait le béhourd au club. Te fatigue pas, Zverev a craché le morceau.

Le chef cosaque secouait la tête, incrédule.

— On sait que ton club est un paravent pour la propagande de la RNU, poursuivit Boris sur la corde raide. Mais tu caches autre chose que des rennes.

Boris Ivanov dégaina le Stechkin avant que quiconque ait esquissé un mouvement et le pointa sur Sakin.

— Tu vas nous faire visiter les hangars du zoo, annonça-t-il d'un air bourru. Passe devant. Andreï, tu tiens les autres à l'œil, on va y aller tous ensemble.

— OK, dit celui-ci en tirant son Glock du holster.

Ils étaient cinq, deux flics à cran et trois hommes puant la testostérone. Boris se méfiait surtout du géant blond à l'arcade balafrée – Zverev avait raison, son regard d'hyène faisait froid dans le dos. Rebroussant chemin, ils sortirent du bâtiment et atteignirent l'étendue déserte qui donnait sur les vestiges du parc animalier.

— Vous faites fausse route, répéta Sakin qui ouvrait le cortège. On n'a…

— Ta gueule.

Boris sentait l'adrénaline grimper dans ses veines, un sentiment qu'il n'avait pas ressenti depuis Irkoutsk, quand il faisait le coup de poing avec les vendeurs de dope. Ils passèrent les grilles rouillées et traversèrent la cour, terrain vague battu par la bise. Il y avait des marques profondes sur le sol devenu meuble avec le redoux, qui allaient droit vers un grand hangar, à une cinquantaine de mètres. Ce n'étaient pas des traces de chenilles, comme le *vezdyéhod* du voleur de rennes, mais de pneus épais. Un ou plusieurs camions… Sakin chercha à se dérober tandis qu'ils approchaient, mais le canon du pistolet le poussa à avancer.

Un gros cadenas tenait la porte coulissante fermée.

— Ouvre-moi ça, ordonna Boris.

Un coup d'œil dans son dos l'assura que son équipier tenait Silinski et Crâne-rasé en joue. Sakin baragouina au sujet d'un mandat, mais Voronine l'envoya paître. Consentant à tirer un lourd trousseau de sa poche, Sakin ouvrit bientôt le cadenas, puis la porte coulissante du hangar principal.

Il faisait sombre à l'intérieur, une forte odeur animale flottait dans l'air.

— Allume, souffla Ivanov tandis qu'ils foulaient le sol de ciment.

Une barre de néons désaccordés garnit l'espace d'une lumière blafarde. Voronine aux aguets, Boris fit quelques pas solitaires en recalant le Stechkin de son grand-père dans son holster. Il vit d'abord les bâches noires qui recouvraient des palettes alignées à travers le hangar, au moins huit rangées d'une dizaine de palettes au contenu soigneusement emballé, puis l'étable au fond de l'entrepôt ; une poignée de rennes se tenaient là, mal en point, qui reculèrent à son approche.

Boris jeta à peine un œil aux bêtes apeurées ; il ouvrit le canif qu'il tenait dans sa poche et perfora la première bâche à portée de main. La contrebande ne se limitait pas à des rennes, ils n'étaient pas assez rares pour être la cible du quatrième plus gros trafic au monde (les animaux sauvages), mais ce que Boris découvrit accéléra le rythme de son cœur… Il déchira la bâche d'à côté, puis la suivante, comme s'il fallait d'autres preuves au bout de son canif. Voronine et le trio observaient le ballet du policier qui bientôt s'arrêta : des lingots de nickel s'empilaient sur les palettes du hangar, des milliers de lingots prêts à être expédiés… Voilà ce que le Nenets avait dû découvrir.

Boris Ivanov jurait dans sa barbe, hypnotisé à la vue des barres de minerai, quand l'onde de mouvements suspects remonta de son angle mort. Il fit volte-face ; les autres s'étaient volatilisés et il ne voyait pas Andreï. Le temps d'évaluer la situation, Crâne-rasé apparut, brandissant une arme. Boris bondit derrière la palette la plus proche sans essuyer de tir, saisit le Stechkin qui lui intimait de tuer et risqua un œil pour évaluer la situation. Les autres aussi s'étaient mis à couvert. L'adrénaline à bloc, il détecta un mouvement sur sa droite, trop tard : le canon d'un Glock Parabellum 9 mm visait sa tête.

L'arme des flics.

— Lâche ça, ordonna Voronine. Lâche ton arme avant que ça tourne mal.

Boris resta une seconde interloqué.

— Fais ce que je te dis, Boris, le pressa Voronine. Pose ton arme à terre et tout ira bien. Je vais tout t'expliquer, mais pour l'amour de Dieu obéis… Allez !

Une lueur pâlissait dans ses yeux. L'effet des néons, de la peur et du stress qui les traversaient. Boris déposa le pistolet à terre et se redressa en dévisageant son beau-frère. Sakin accourait déjà, ses sbires à ses basques. L'histoire bégayait.

Boris fixa le traître, les jointures blêmes, surveillé par les trois colosses.

— Bien sûr, dit-il tandis que Voronine ramassait le Stechkin à ses pieds. Ce n'est pas pour des rennes qu'on a tué ces gens, mais pour protéger le trafic de minerai du regard des curieux, à commencer par le Nenets, qui avait remonté la piste de ses bêtes... Les frères Salenko sont dans le coup ? Dix pour cent de la production de minerai volatilisée tous les ans, ça fait un paquet de fric et d'intermédiaires à qui graisser la patte... Et toi, renchérit-il à l'attention de son beau-frère, c'est quoi, ton rôle dans l'organisation, la voiture-balai ?

Andreï Voronine rangea son Glock sous son blouson de peau retournée.

— Tu n'y es pas, Boris Ivanov. La question maintenant est de savoir si tu peux encore sauver ta peau.

Boris comprit qu'il était sérieux. Que sa vie ne pesait rien. Impression confirmée par le rictus de Silinski, tour de malheur penchée sur lui.

— Tu as beau être le mari de ma sœur, soupira Voronine, tu ne me laisses pas le choix... Les choses sont simples : ou tu es avec nous, ou tu es contre nous. Il n'y a pas d'alternative, tu piges ?

Boris avait la gorge sèche, le pouls à cent à l'heure.

— Écoute, j'en ai parlé à mes supérieurs, continua-t-il, énigmatique. Je leur ai proposé une sorte de deal pour assurer nos arrières, au cas où tu découvrirais le pot aux roses. Au moins te laisser une chance. Et ils m'ont dit que c'était possible.

Tout allait trop vite pour le flic d'Irkoutsk.

— Qu'est-ce qui est possible ?

— Tu oublies tout, synthétisa Voronine, le Nenets, Valentina, le mineur, et tu pourras quitter la ville avec Anya. Une mutation est envisageable à Saint-Pétersbourg, si tu collabores. Il y a un sanatorium, là-bas, où Anya pourra se soigner. Vous pouvez partir très vite, une, deux semaines… Tu en dis quoi ?

Le policier resta un moment stupéfait, comme si le passé et l'avenir se confondaient et ne faisaient qu'un, toujours sans lui.

— Bon Dieu, Boris, tu veux sauver ma sœur ou pas ?!

7

On apercevait les fumées des hauts-fourneaux au loin, et les bâtiments ravivés par le ciel bleu de mai. Dasha et Gleb s'étaient donné rendez-vous au lac de leur enfance après l'incinération de Nikita, un peu plus tôt ce matin-là. Une pancarte stipulait l'interdiction de s'y baigner, mais des jeunes s'éclaboussaient bruyamment dans les réservoirs techniques de l'usine.

Ils ne s'étaient pas revus depuis leur visite au service psychiatrique et le baiser qu'elle lui avait donné devant chez lui, des années-lumière plus tôt. Dasha avait consacré ses heures libres en dehors du théâtre à garder les enfants de Lena, happée par les formalités sordides liées à l'hospitalisation de son mari. État stationnaire, aux dernières nouvelles.

Dasha n'avait pas tenté de consoler son amie, on n'écopait pas le *Titanic*, sa présence à ses côtés suffisait à sa peine. « C'est pas quand on est dans la merde qu'on reconnaît les vrais amis, c'est quand tout va bien », avait déclaré un intello du Szaboy, qui croyait faire de l'esprit. Des conneries. Le malheur brut vous découpe le visage au couteau, le sang coule en dedans. Les révélations du vieux *zek* auraient dû créer un choc positif constant, une onde résiliente, mais la vérité ne l'avait pas rafistolée. La tache s'évasait toujours sur son front. Pas de magie blanche, comme elle l'avait espéré. Et quand Dasha avait pensé se confier à Gleb concernant les découvertes sur ses origines allemandes, le suicide de son ancien équipier lui avait coupé l'herbe sous le pied…

Ils se tenaient sur une conduite qui déversait son fiel chimique parmi les ados en maillot dans les vaguelettes couleur boue. Dasha pensait à leur passé commun au bord de ce lac : était-il à l'époque aussi glauque, ou leurs yeux d'enfants n'y voyaient-ils que du jeu ?

Accaparés par leurs soucis domestiques ou privés, ils avaient à peine évoqué les meurtres et la virée de Gleb en territoire nenets.

— Au fait, dit-elle en brisant le silence, tu as des nouvelles d'Ivanov ?

— Non.

— Il n'a pas interrogé le contrebandier ? s'étonna Dasha.

— Non.

— Pourquoi, c'est quand même lui qu'on soupçonne de meurtre, non ? Ou alors j'ai raté un épisode ?

— Laisse tomber, Ada. On n'est pas de taille.

— Moi, c'est Dasha : D, A, S et cætera.

— Ça ne change rien : sans Ivanov, on ne peut rien faire.

— Quoi ? Tu veux dire qu'il a rendu son rapport et on n'en parle plus ? Ça valait le coup de t'envoyer chez les Nenets ! Le trappeur, qu'est-ce qu'il devient dans l'affaire ?

Gleb soupira.

— Je ne sais pas. Comme Ivanov ne donnait plus de nouvelles, je l'ai appelé cette semaine pour savoir où en était l'enquête, notamment au sujet de Poskirin, mais il n'avait plus du tout le même le ton au téléphone. Le flic m'a dit d'oublier cette affaire. « Un conseil que je te donne », il a ajouté.

— Sans explications ?

— Oui. Et il m'a raccroché au nez.

Le clapotis de l'eau trouble courait sur la berge artificielle, des pierres noires qui ne rappelaient aucun volcan. Les jeunes continuaient de s'ébattre, invulnérables. Dasha ruminait sur la conduite. Il s'était passé quelque chose, forcément, qui avait mis Ivanov sur la touche. Une minute se déroula, ou trois, ils ne comptaient plus que les nuages jetés au vent : la retraite du vieux flic ruinait leurs derniers espoirs de justice.

— Qu'est-ce qu'on va devenir ? souffla-t-elle.

— Comme d'habitude, rien.

— C'est pas possible, Gleb, on ne peut pas rester comme ça, à attendre que les morts ou les mauvaises nouvelles nous tombent sur la tête : on ne peut pas perdre tout le temps !

Dasha avait revêtu un simple jean et un manteau noir, lui son vieux cuir râpé loin des standards mafieux trop moches qui pullulaient sur le continent. Gleb n'avait pas de costard pour le crématorium, et la costumière n'était pas invitée. Il se tourna vers elle, magnifique malgré la gravité de son visage – elle n'était plus une écervelée originale, rien qu'une femme aux abois grimpée sur la conduite d'évacuation d'un lac putride.

— Tu proposes quoi ?

— De partir d'ici, lâcha Dasha comme un poids mort. Quitter cette ville qui nous vole tout. C'est le moment ou jamais.

Gleb releva les yeux du désastre.

— Pour aller où ?

— Tous les deux, on s'en fout ! balaya-t-elle. Il y a des cargos à Doudinka qui embarquent des passagers pour Saint-Pétersbourg : on refera notre vie là-bas. Dans une ville moderne, ouverte au monde, à la jeunesse, à tout : une ville pour nous, s'enthousiasma-t-elle à peu de frais. Qu'est-ce qu'on a à perdre ? On n'a plus rien !

L'eau d'usine ruisselait toujours depuis la conduite.

— Toi et moi ?

— La meilleure équipe au monde, assura Dasha. Et puis j'en vois aucune autre à l'horizon.

Le sourire triste de Gleb puis surtout la main qu'il posa sur la sienne l'encouragèrent à vider l'autre moitié de ce qu'elle avait sur le cœur :

— On s'est rencontrés ici il y a douze ans, commença-t-elle, à cheval sur le tuyau d'évacuation. Tu avais un tee-shirt bleu à col blanc et les cheveux sur les épaules, comme une fille. Tu faisais tout pour paraître comme les autres, le côté mâle en avant avec le code-barres à l'arrière, mais il fallait être rudement aveugle pour ne pas remarquer tes efforts, c'en était presque pathétique. Même quand je venais te voir au hockey, on se foutait de toi avec les copines ; t'étais un des plus grands mais le dernier à la baston, comme si soudain ton lacet était défait. Pas intéressé par les gnons, en somme. Rien à voir avec le courage, tu noteras, s'enhardit Dasha, plutôt un rejet de la violence qui nous allait droit au cœur. À l'école on avait trois ans de différence, quatre ans quand tu fêtais ton anniversaire, le 7 décembre, avant le mien en mars. J'étais l'ombre dans la cour du lycée, tu étais le soleil des filles parce que tu n'étais pas abruti de testostérone comme les autres, une douceur masculine qu'on ne connaissait pas mais qui nous attirait comme du nectar d'abeilles… Bien sûr, il y a eu Valentina, mes années de vache maigre ; tout à coup tu n'étais plus le pont, l'aqueduc qui nous reliait, je te voyais de loin en loin parce que j'étais encore mineure et que tu devais me prendre pour une mioche, mais j'étais sûre qu'on se retrouverait un jour, plus tard… On s'est revus à tes fiançailles, tu te souviens peut-être. Tu avais une veste bleu pétrole, des sourires pour les photos mais le regard un brin désemparé. Je n'étais pas invitée mais je suis venue te voir, on a même échangé quelques mots ce jour-là, à la sortie de la salle de restaurant ; tu sentais le pain grillé dans une maison, une odeur réconfortante et familière, mais quand même cramée… Tu me diras, ça m'arrangeait de penser ça, mais je ne me trompais pas puisque, au lieu de vous marier, vous vous êtes séparés… Je ne me réjouissais pas, Gleb Berensky, j'attendais juste que nos étoiles s'alignent… Le jour de tes vingt-cinq ans, au Szaboy, tu avais le même tee-shirt qu'aujourd'hui, et déjà tu ne voyais pas ce qui pourtant crevait mes yeux. Il a fallu nos amitiés croisées avec Lena et Sacha pour nous rapprocher, moi maladroite à bouffer du foin en cherchant à me faire passer pour je ne sais quel astre, toi fidèle à toi-même, sublimement sur la réserve, mais je prends ça comme un signe, même s'il est sombre, car il y a toujours du bleu derrière… Comme ce loup gris, l'autre nuit, sur l'esplanade ; tu n'avais jamais mis les pieds chez moi, j'étais toute retournée après cette rencontre incroyable, mais c'était rien comparé au fait de t'avoir sous les yeux, comme ça, seule à seul… Le thé avait goût d'autre chose ce soir-là, de toi si tu n'as pas deviné. Ça aurait pu être la première fois pour moi, au sens biblique, haha, mais peut-être que tu es aussi timide, que tu avais peur de moi comme moi de toi, maintenant, devant ce lac où on allait se baigner plus jeunes… Tu vois, Gleb, je suis avec toi, depuis toujours.

Il ne dit mot, ému, pendant que les gamins s'éclaboussaient.

— Je t'aime, ça se voit pas ? s'écria Dasha devant son silence. Je t'aime comme une folle, depuis toujours : putain, je sais même pas pourquoi !

Des larmes perlaient à ses beaux yeux gris tempête. Elle pensait à sa photo d'anniversaire qu'elle avait perdue dans la bière, aux vêtements qu'elle avait inventés pour lui durant l'hiver où sa grand-mère était morte, à sa virginité de rien, à leur baiser fou devant l'immeuble pour parer l'effroi de Sacha dans sa bulle de verre, à ses lèvres, là, sous ses yeux : Dasha attendait qu'ils se consolent de tous ces drames en se jetant dans les bras de l'autre, qu'ils se consolent de tout ce temps perdu à se perdre, de ces morts qui les poussaient un peu plus au bord du vide, de cette rougeur au front qui lui pourrissait la vie et d'autres choses encore qu'elle lui dirait tout bas, mais Gleb était un homme surprenant.

— Nikita m'a donné ça avant de mourir, dit-il alors en tendant un carnet.

— C'est quoi ?

— Regarde, tu comprendras.

C'était un poème, suivi d'un mot d'adieu. Troublée par sa réaction, Dasha parcourut la page du cahier pleine d'une écriture nerveuse, fronça les sourcils à mesure qu'elle découvrait les mots du suicidé, lut l'épitaphe à voix haute.

— Qu'est-ce que ça veut dire, « pardonne-moi de te quitter comme ça, mais je voulais que tu sois la dernière chose que je verrais sur terre » ?

— Que j'étais présent quand il a sauté, répondit Gleb.

Elle ouvrit des yeux ronds.

— Nikita a organisé son suicide, dit-il, avec la fenêtre ouverte de son appartement et une lettre pour ses parents. Sauf qu'il ne s'est pas précipité de sa chambre, mais de la mienne. Il m'attendait chez moi, quand je suis rentré de Doudinka le dimanche soir, ajouta-t-il devant ses yeux effarés. Il m'a avoué alors que sa maladie était incurable, que ses bras étaient fichus et trembleraient toute sa vie… Et puis il m'a demandé de me retourner pour me donner quelque chose, poursuivit-il, la voix cassée. Ce carnet.

— Mais… c'est dégueulasse de faire un truc pareil ! Et c'est à ce moment-là qu'il a sauté dans le vide ?! s'agita-t-elle sur la conduite. Pourquoi ? Pourquoi toi ?!

— Relis le poème, dit Gleb.

— Quoi ?

— Celui de Nikita.

Dasha tenait toujours le carnet d'écolier dans ses mains. L'ouvrant, elle réalisa qu'elle avait survolé les vers, pressée d'en venir à ses mots d'adieux… Nikita parlait de sa mort à venir et, arrivant à la fin, le cœur de Dasha par petits bouts se brisa.

... je pars avec toi dans mes serres
les crocs plantés sur ta nuque belle

au loin encore ta gueule appelle
pour quand je toucherai terre
t'offrir ce dernier baiser
face à face
pour toujours et toujours
face à face...

Des mots d'amour, les derniers de Nikita Korzov, pour l'homme qu'il aimait : Gleb... Dasha pâlit. Elle s'était trompée sur leur compte, fourvoyée méchamment. S'imaginant complice d'un jeu adulte, elle avait goûté l'attente comme, petite, un cadeau encore empaqueté sous le sapin, comme une nuit d'amour à venir, la première serait la plus belle, une promesse bientôt tenue, car ce jour-là serait le plus grand du monde, le premier ensemble pour toujours et toujours, mais elle se fourrait le doigt dans l'œil.

Depuis toujours et toujours : Gleb aimait les hommes, pas les filles comme elle.

— Je suis désolé, Ada, dit-il.

Ses yeux gris tonnaient sous l'orage – elle, c'était Dasha.

*

Une pluie glacée s'était abattue sur l'oligopole, plongeant les avenues dans une mélasse informe. La neige avait fondu avec le dégel, dévoilant les trottoirs gondolés, les terre-pleins, les pilotis des bâtiments voguant sur le permafrost où d'improbables zombies sortaient de leur hibernation, chiens faméliques qu'on tolérait sans savoir comment ils avaient pu survivre à l'hiver. Une grêle d'une rare violence avait fini de chasser les passants de l'esplanade qu'on apercevait depuis la lucarne de la cuisine, le mois de mai s'étirait sous les sanglots célestes, mais dans sa tour de béton Anya Ivanova se fichait des intempéries : elle faisait sa valise pour la première fois de sa vie.

Boris lui avait donné sa vieille Samsonite, qui n'avait pourtant pas beaucoup servi, arguant qu'il s'en achèterait une neuve le moment venu. Bientôt, c'était promis… Anya au départ n'avait pas voulu y croire, une place au sanatorium de Saint-Pétersbourg, on faisait dans l'inattendu, ils n'avaient ni les moyens ni l'entregent nécessaires, mais des forces blanches œuvraient dans l'ombre. Les meilleurs spécialistes s'occuperaient de son cas, d'après Boris, loin de la pollution sibérienne qui l'asphyxiait. Sa mutation suivrait, il avait dit, le temps de régler quelques détails administratifs. Un coup de baguette magique sur leur vie, qui n'avait reçu que des bûches. Cette cure miraculeuse serait un nouveau départ, une chance de quitter Norilsk et de couler des jours paisibles dans une ville moderne. Elle ferait toujours coiffeuse à domicile, ces métiers-là n'avaient pas de frontières ni de cultures, ce n'était pas Irkoutsk, comme Boris avait rêvé d'y retourner, mais il s'acclimaterait à Saint-Pétersbourg sans problème, jusqu'à sa retraite. Folle de joie, Anya avait sauté au cou de son frère pour le remercier : sans rien lui dire pour ne pas créer de faux espoirs, lui et son mari s'échinaient depuis longtemps, en catimini, pour la sortir de là, et ils avaient fini par vaincre la fatalité…

Boris sortit de la salle de bains, où il venait de se rafraîchir en revenant du travail.

— Je ne sais pas quoi laisser, fit la jeune femme devant la Samsonite déjà pleine.

— Au pire, je prendrai un surplus de bagages, l'aida son mari, tu me diras ce qui te manque.

— Oh, mon chéri, je suis tellement heureuse !

Boris était de bronze.

— Moi aussi, dit-il.

Il avait remis son rapport au commandant Illitch, Shakir Akram dans le rôle du tueur psychopathe, et il n'était plus question de Nenets, de mineur soûlé à mort par la clique de Sakin, de faux témoignages. Voronine ne lui avait pas donné d'autre choix.

— Viens, souffla Anya.

Elle assit son homme sur le canapé-lit et déboutonna la ceinture de son pantalon. Boris ne bandait pas, trop soucieux sans doute, mais Anya savait comment le dresser.

Ils firent l'amour sans savoir quand ils se retrouveraient. Une semaine, un mois, son mari n'avait pas encore de date précise, mais Anya disait qu'il ferait beau ce jour-là, un soleil de diamant dans le ciel de Saint-Pétersbourg ; Boris le lui avait juré, faute d'éternité.

Puis anxiété.

Excitation.

Espoir.

Peur de quitter, de ne plus revoir, de se perdre au loin.

Réveil une minute avant la sonnerie, comme si son horloge biologique commandait le temps.

Petit déjeuner expédié.

Mots rares.

Café fade.

Anya n'avait pas trouvé le sommeil, ou dormi par à-coups. Le vol pour le continent décollait à sept heures trente du matin, une rotation qui pouvait prendre du retard selon la météo. Elle était bonne, mais ils partirent bien en avance, il y avait suffisamment de stress et rater l'avion serait un acte manqué. Prendre son départ comme une chance. Une nouvelle vie. C'est ce qu'ils s'étaient répété pour s'en convaincre. Les iris d'Anya luisaient dans l'habitacle de la voiture, elle n'avait jamais quitté la Sibérie, l'imagination lui faisait défaut. Boris non plus n'était pas frais en conduisant sur l'autoroute détrempée.

— Ça va, petite fée ? tenta-t-il au kilomètre 22.

— Hum hum.

Des carrières enneigées noires de crasse se succédaient, des enchevêtrements de pipelines protégés du froid par des coffrages en bois ou en carton, une cité-dortoir où personne ne semblait s'être réveillé, des rails aux wagons abandonnés, d'autres mines à ciel ouvert, mais pas l'ombre d'un humain. Les mineurs avaient-ils été ensevelis, entassés gelés dans les fossés, comme des mammouths ? Anya observait le paysage par la vitre de la Toyota, émue : c'était la dernière fois qu'elle voyait tout ça, emmitouflée dans sa parka en faux astrakan.

Boris au volant ne disait plus rien, ils s'étaient déjà tout dit.

Et puis ils arrivaient.

Quelques passagers pas plus réveillés prenaient un thé à la cafétéria tristounette de l'aéroport d'Alykel, les plus hardis commandaient une bière, des ingénieurs du continent qui fêtaient leur retour à la civilisation. Qu'ajouter dans ces moments-là, il n'y a pas de bonheur à se quitter. Enfin, l'heure du départ imminent, Boris tira la valise d'Anya jusqu'aux portiques de sécurité où les attendait son frère. Elle le prit dans ses bras.

— Oh, Andreï…

— Guéris, petite, c'est tout ce qu'on te demande ! tenta-t-il de plaisanter.

Boris évita le regard de son beau-frère tandis qu'il étreignait une dernière fois sa sœur, des baisers plein les joues. Si elle savait… Puis vint leur tour. Lui et Anya ne s'étaient jamais séparés, l'idée de la perdre le terrorisait mais heureusement tout se passa très vite ; pressée par l'appel des haut-parleurs annonçant le départ du vol à destination de Saint-Pétersbourg, Anya empoigna la Samsonite qui semblait deux fois plus grande et le dévisagea.

— Je… je t'aime, s'étrangla-t-elle, les yeux bleus baignés de larmes.

Boris Ivanov la serra de tout son corps – Adieu, petite fée…

*

Le policier avait fait un détour en apercevant Lena Bokine dans le hall de l'hôpital Ogoner, où le squelette de la légiste agitait ses os sans vraiment y être. Ses mots auraient sonné tellement faux devant sa détresse que Boris aurait rougi, à s'en déchirer la peau. Il avait honte, aucun courage à l'idée d'affronter le regard détruit de Lena, qui s'était dévouée corps et âme pour son enquête. Tout ça pour ça…

Boris observait le colosse derrière la vitre épaisse de la cage, aliéné plongé dans la fascination de ses orteils amputés, la barbe drue que les soignants avaient promis de raser ; Sacha Bokine, pantin d'un autre lui-même qu'il ne connaissait pas dans ce pyjama blanc.

« Schizophrénie torpide », c'était le terme inventé par le KGB pour interner les opposants politiques en hôpital psychiatrique, les sinistres *charachka*, où on les gavait de chimie. Les pratiques couraient toujours dans l'actuel FSB ou dans les officines du Kremlin, pleines de sérum indétectable aux analyses, qu'on réservait aux cibles sensibles. Certaines finissaient en larves chimiques, comme le malheureux Sacha, d'autres empoisonnées, au mieux très malades, en guise d'avertissement – journalistes, contradicteurs...

Pauvre Sacha. Pauvre Lena.

Tout était faux, comme aux pires heures du communisme, et elle ne le saurait jamais.

L'histoire commençait des mois plus tôt quand, sur la piste du trappeur qui avait volé ses rennes, Okoteto avait débarqué à Norilsk sur sa motoneige. Et il avait retrouvé la trace des bêtes, que son chien sentait à des kilomètres, dans un des hangars de l'ancien zoo.

Viktor Salenko venait deux fois par an à Norilsk, pour affaires et pour verrouiller le trafic de minerai pour le compte de ses associés. Une corvée pour les Moscovites. Pour tromper l'ennui de ses séjours dans la ville minière, l'oligarque faisait venir des rennes en cage dans sa datcha, des bêtes à demi domestiquées pour ne pas mourir de stress, que lui et ses amis tiraient à la carabine une fois relâchées dans la nature, avant de les faire empailler. Salenko se fichait de savoir d'où venaient ces animaux du moment qu'on les gardait au chaud pour sa venue, un amuse-gueule avant la chasse à l'ours, que des rabatteurs sortaient de sa tanière. Sakin avait engagé un trappeur, Egor Poskirin, chargé de leur fournir des rennes payés rubis sur l'ongle, là encore sans se soucier de leur provenance. Sauf que le contrebandier, qui commerçait avec les Nenets, avait trouvé plus lucratif de voler le troupeau d'un vieil ermite, plutôt que d'abandonner la moitié de sa commission à un éleveur de rennes dont il exploitait les bois pour le marché chinois, certain que les tueurs du dimanche ne se seraient pas contentés d'animaux amputés de leurs attributs. Cette poignée de rennes était le grain de sable qui avait déréglé la machine, car en retrouvant la trace de ses bêtes dans un hangar de l'ancien zoo le vieux fou avait vu les lingots. Le trafic.

Une caméra de surveillance avait trahi le Nenets, Sakin et ses Cosaques l'avaient maîtrisé, mais plutôt que de prévenir Voronine, son intermédiaire direct dans la chaîne de commandement, craignant pour son grade à l'idée qu'on ait pu localiser le principal lieu de transit du trafic par sa faute, le « compagnon d'armes » avait fait parler Okoteto avant de les tuer, lui et son chien.

D'après l'ermite, personne n'était au courant de son escapade en ville, il vivait depuis toujours sans papiers d'identité, rien d'autre qu'un téléphone à carte pour se relier au monde. Les Cosaques avaient détruit le téléphone, brûlé le chien et la motoneige, dont la carcasse rouillait quelque part dans les collines, mais on n'escamotait pas un cadavre humain avec de l'essence, et un bûcher avec six cents kilos de bois se serait vu jusqu'au continent. Sakin et sa bande n'avaient pas de baignoire d'acide pour dissoudre le corps, avec le sol d'hiver il était impossible de l'enterrer, même en morceaux, si bien qu'ils l'avaient collé sur le toit de l'immeuble le plus proche, la nuit même du meurtre, et l'avaient laissé là.

Sakin avait improvisé, c'est lui qui s'occupait de garder ces foutus rennes, le quartier des *gostinka* était quasi fantôme, ils avaient juste besoin d'un ascenseur en état de marche pour cacher le corps. Personne ne devait retrouver le cadavre, ou alors après le redoux si les corbeaux attiraient les curieux, dans tous les cas tellement décomposé qu'on n'aurait jamais su qui était ni d'où sortait le fouineur.

L'ouragan en avait décidé autrement.

Sakin n'en menait pas large, d'autant que Voronine lui était tombé dessus quelques jours plus tôt, furibond. Une cousine, Valentina Oulianova, venait de l'appeler depuis Rostov où elle passait ses examens, pour lui parler d'une disparition qui l'inquiétait : celle d'un éleveur de rennes qu'elle connaissait et dont on avait volé le troupeau, un Nenets qui venait de retrouver ses bêtes dans un hangar de l'ancien zoo, à Norilsk...

Boris s'était longtemps demandé pourquoi Valentina, si elle était au courant, n'avait parlé à personne des déconvenues d'Okoteto : parce qu'elle se doutait qu'un simple appel depuis Rostov n'alerterait pas la police de Norilsk, où elle ne connaissait personne, et que son seul lien avec les autorités locales était son cousin douanier, Andreï Voronine, qu'elle avait appelé à l'aide sans savoir qu'elle se jetait dans la gueule du loup.

Voronine avait baratiné sa cousine tout le long de ses partiels, lui faisant croire qu'il suivait l'affaire de près alors qu'il guettait son retour, sans décolérer. Non seulement la prochaine fois que Sakin la lui ferait à l'envers, ce serait lui qu'on jetterait aux corbeaux – au jeu des poupées russes, ils n'étaient rien dans l'organigramme du trafic –, mais le Cosaque ne lui laissait pas d'autre choix que de s'occuper du sort de Valentina qui, en débarquant, réaliserait que son cousin avait enterré l'affaire. Un crève-cœur, à entendre Voronine... La militante de retour de voyage, on l'avait enlevée dans son appartement de Doudinka, où des hommes aguerris l'attendaient avec le matériel adéquat – piqûre, adhésif, bâche pour escamoter le corps. Le taxi qui chargeait Valentina à l'aéroport faisant un coupable potentiel, on avait balancé des mouchards dans son studio et son ordinateur pour le piéger – une majorité d'hommes se masturbaient sur Internet et la pratique du piratage informatique était courante pour exercer du chantage sur certaines personnalités ciblées, notamment des Occidentaux de passage en Russie, qui gagnaient là une chouette vidéo virale. Suivant en direct ses déplacements via les mouchards, la robe de Valentina en main, ils avaient récolté les fluides biologiques du cul-noir pendant son absence (on en trouvait de toutes sortes dans ses mouchoirs, badigeonnés sur la robe), égrené des indices dans sa chambre foutraque. Son profil d'ancien soldat traumatisé par la guerre finissant de le constituer comme cible, Shakir Akram avait joué le rôle de l'agneau sacrifié et Valentina celui de la jeune femme assassinée par le psychopathe sur la route de l'aéroport.

Silinski s'était chargé de la salle besogne – étrangler la fille, la labourer avec un bâton pour simuler un viol, abandonner le corps dans une voiture-épave qu'on retrouverait bien assez tôt –, mais cet abruti avait dû éternuer, ou répandre les gouttes de son nez sur ses mains au moment de loger la petite culotte sous la couverture du chien, abandonnant ses fluides sur la pièce à conviction… Même si Boris avait émis des soupçons, le plan de sauvetage avait fonctionné, jusqu'à ce qu'un type pratiquant le béhourd se montre trop curieux : Sacha Bokine.

Lui aussi en avait trop vu. On l'avait bourré de chimie et de mauvais alcool avant de le larguer dans les collines au volant de sa voiture ; il était prévu qu'il gèle sur place, pas qu'il parvienne à regagner la ville à pied. Ça ne changeait pas grand-chose, puisque l'affaire Valentina était close, son assassin suicidé sans même lui forcer la main. Mais il avait fallu que Boris envoie Berensky en territoire nenets, et qu'il remonte la piste de ces foutus rennes…

Andreï Voronine n'avait pas tout dit à son beau-frère, « pour son bien et celui d'Anya », mais le flic d'Irkoutsk n'était pas dupe : des membres du FSB étaient dans le coup. Qui d'autre pouvait planquer des mouchards, entrer et sortir incognito d'appartements privés, trafiquer les corps des victimes pour accabler un bouc émissaire de vraies-fausses preuves, droguer un témoin jusqu'à lui faire perdre la raison ?

Dix pour cent du minerai extrait par Norilsk Nickel était détourné chaque année : une somme folle (des centaines de millions de dollars tous les ans), qui corrompait toute la chaîne de commandement.

Boris avait accepté de collaborer pour sauver Anya. Voronine était désormais son n + 1 et on avait toujours besoin de flics pour des missions discrètes, comme assurer la sécurité de Salenko à Norilsk dans les jours à venir. L'oligarque profitait du gala anniversaire célébrant la victoire contre le nazisme pour s'entretenir avec les huiles du site sibérien de l'avenir des réserves du sous-sol. On disait qu'il n'y aurait peut-être plus d'usines assez rentables pour continuer l'exploitation d'ici dix ans, avec les conséquences que cela impliquait pour le trafic, sans parler de la pression écologique avec laquelle il fallait bon an mal an composer…

Boris Ivanov n'y voyait que du baratin : un ou plusieurs oligarques étaient impliqués dans le détournement de minerai, des membres du FSB, des officiers de police et des douanes, peut-être même son patron, Illitch, comme jadis à Irkoutsk. Le petit lieutenant constituait une menace pour leurs intérêts. Anya avait pu quitter la ville fermée mais on le garderait en otage, un temps indéterminé ; Boris en savait trop pour qu'on le laisse la rejoindre, et son zèle dans le passé ne plaidait pas pour lui. D'ailleurs, il n'était plus question de mutation à Saint-Pétersbourg – « On verra plus tard », avait évacué Voronine comme s'il parlait d'une vieille affaire… Boris était piégé. Coincé à Norilsk jusqu'à la nuit des temps, sans sa femme.

Il songea à l'Ouzbek qui n'avait rien fait de mal, à Lena qui l'avait soutenu tout au long de l'enquête, à Gleb Berensky envoyé paître au téléphone quand il était venu aux nouvelles, à la jeune Valentina morte avec ses espoirs de changer le monde, et n'éprouva que dégoût. Un infini dégoût pour les parasites qui suçaient le sang de son pays magnifique.

Il eut un dernier regard pour Sacha hébété derrière la vitre et le laissa à son bocal de verre.

À chacun sa cage.

8

Toi, tu marches sur le passé
Tes lèvres coupent un sourire sur ton visage
Ton visage bouillant
Dans une cage, dans une cage
Elle était une beauté en cage
Trop, trop haut le prix
Pour boire le vin pourri de tes mains
Tes mains pleines de peur
Envoyez-moi un docteur !

Dasha avait ravalé dix ans de larmes sur le chemin du lac où ils allaient enfants, trop fière pour crever en direct devant Gleb Berensky. Son amour d'enfance n'avait pas voulu d'elle ; aujourd'hui adultes, après ce qu'ils avaient vécu d'émotions, c'était impossible. Impossible à supporter.

Si tu ne restes pas ce soir
Je prendrai cet avion ce soir
Je n'ai rien à perdre, rien à gagner
Je t'embrasserai sous la pluie

T'embrasserai sous la pluie
T'embrasserai sous la pluie
Sous la pluie
Envoyez-moi un docteur !

Dasha avait ravalé dix ans de larmes sur le chemin du lac où ils allaient enfants, innocents encore, alors qu'elle courait face à un mur de glace. Leur amour n'était qu'un mur de glace.

Sors-moi des rues, donne-moi une protection
Remets-moi sur mes pieds, donne-moi une direction
L'air chaud m'envoie dans un black-out
Pendant que les rues se bloquent
Exposant ma peau à la panne générale...

Dasha avait ravalé dix ans de larmes sur le chemin du lac où ils allaient enfants, et le choc contre le mur de glace la faisait vaciller. Elle tombait dans un trou noir, un black-out, et cette fois-ci elle n'en réchapperait pas. Gleb était son axe, sa ligne de fuite, son désir et le pilier de sa joie – même à venir. Sa grand-mère morte, elle n'avait que lui pour rester debout dans les vents sibériens, affronter le regard des autres qui les trouvaient si différents, rétifs au knout et à la *dolia* qui décidait pour tous, comme si la leur était à leur image, d'une espèce différente... Dasha avait beau vieillir trop vite, elle n'avait que vingt-quatre ans : ça ne faisait pas épais une fois seule, quand deux était tout.

Sans rêve à portée de main, à quoi bon continuer de faire semblant ? Sa virginité de super mioche, l'ultime marche de son devenir-femme, elle pouvait se la carrer profond, bien profond, elle se disait entre deux respirations amères : car Gleb aimait les hommes et elle n'y changerait rien.

Remets-moi sur mes pieds
Sors-moi des rues
Donne-moi un second souffle
Un second coup
Black-out !

Dasha se morfondait au Collège des Arts malgré le surplus de travail occasionné par le gala anniversaire, elle laissait les patrons de ses habits en plan devant la machine à coudre qui ne reconnaissait plus le fil de ses doigts, elle ne communiquait plus qu'avec Lena, par textos, comme si la réalité de vive voix était trop dure à avaler. Il ne restait que Bowie, qui résonnait dans sa chambre bleu électrique, et le divin homme aussi était mort. Aucun dieu ne durait. Aucun amour. Un perpétuel black-out, voilà où ses rêves l'avaient conduite. Elle s'était fourvoyée sur toute la ligne, jusqu'à la vérité sur l'histoire de sa grand-mère, ses vingt-quatre ans lorsqu'elle était tombée amoureuse de l'ancien caporal de la Wehrmacht, comme elle aujourd'hui s'était dévoilée à Gleb, rien n'avait de sens. Le monde n'était qu'un chaos absurde où les énergies se cognaient comme des boxeurs épuisés, frappant au hasard pour voir qui se relèverait. Il n'y avait rien à chercher dans ce maelström informe et dissonant, car il n'y avait rien à trouver.

En se brossant les dents, le matin précédant le spectacle, Dasha approcha son visage du miroir, intriguée. Étrange : la tache sur son front semblait moins rouge.

Moins large aussi, voire rétrécie de moitié, comme si elle voulait s'effacer… Comme si elle n'avait jamais existé… Ou alors elle devenait définitivement cinglée.

*

Le pays se préparait pour les défilés du 9-Mai, l'occasion de célébrer la victoire de la Grande Guerre patriotique, et de voir ressurgir les portraits de Staline, « le grand vainqueur de la Seconde Guerre mondiale » – les Américains avaient perdu deux cent mille hommes, contre vingt millions de Russes. Pas un mot sur le pacte germano-soviétique dépeçant la Pologne ni sur les purges qui, décimant les officiers de l'Armée rouge, avaient précipité des millions de soldats dans les camps nazis où, quand leurs geôliers ne les avaient pas laissés mourir de faim, les survivants « traîtres à la patrie » avaient pris directement la direction des goulags.

Dasha Svetlova avait de la rancœur à revendre, pas seulement à propos de sa grand-mère, infirmière héroïque sous la mitraille, internée pour vol de pommes lors d'une famine provoquée par l'incompétence idéologique du même Staline. En attendant, les avenues seraient bientôt grosses de défilés et d'armements exhibés comme des muscles sous des débardeurs d'ennemis du fascisme qui l'incarnaient pourtant si bien. Norilsk n'échappait pas à la frénésie patriotique.

Le conglomérat minier gérait la communication et l'essentiel des activités culturelles, le plus souvent des spectacles avec chansons et sketchs qui, malgré quelques pointes d'ironie, participaient tous à la gloire du géant du nickel ou du président. Depuis des jours qu'elle assistait aux répétitions, Dasha s'était fait une idée du spectacle qui serait présenté à Salenko, un gros actionnaire qui, deux fois par an, venait inspecter sa part du trésor et donner un gala de charité pour les accidentés du travail.

La salle du théâtre Maïakovski était comble ce soir-là, les regards curieux convergeant vers les premiers rangs, où souriait Viktor Salenko. L'oligarque n'était pas venu seul puisque son frère prêtre ainsi que les chefs des douanes et du FSB constituaient sa cour rapprochée, entourés du maire de la ville et des notables qui comptaient. Pendant que la star télévisée signait des autographes, Dasha finissait de s'activer en coulisses, ajustait les costumes des danseuses et des artistes pour les dernières retouches. C'est en quittant le plateau pour prendre place dans les coursives du théâtre qu'elle vit l'homme au bout de la rangée réservée : Vladimir Sakin, le patron du club de béhourd.

L'homme qui avait menti au sujet de Sacha, Sacha que sa femme pleurait nuit et jour.

Lena qui ne viendrait plus au Szaboy, parce que ça aussi, c'était fini pour elle, deux bébés en cadeau-souvenir de leur amour en cage.

La rage impuissante se transformait en haine.

La représentation d'un ennui aseptisé, Dasha rongea son frein devant l'assassin présumé. L'oligarque était-il au courant de ses agissements ? La vie d'un mineur ne pesait rien dans leurs affaires, et elle se doutait que Sakin et sa bande n'étaient pas là par amour de l'Art. Non, ils formaient plutôt une belle brochette de salopards… Le show achevé sous les applaudissements nourris, le public endimanché ne tarda pas à se presser vers le grand hall et les vestiaires, commentaires élogieux à l'appui.

La costumière était attendue en coulisses, mais Dasha ne prit pas le chemin des loges : elle suivit le groupe de l'oligarque et de son frère, exfiltrés de la masse pour emprunter la sortie des artistes.

Ils atteignirent l'air du dehors après un bref parcours en arrière-scène, de joyeuse humeur, à entendre les réflexions qui fusaient. Deux véhicules attendaient sur le petit parking à l'arrière du bâtiment. Sakin prit place au volant d'un 4 × 4 aux vitres teintées, les frères Salenko et un homme qu'elle ne connaissait pas à l'arrière, les autres huiles s'engouffrèrent dans l'habitacle d'une berline tout en continuant de plaisanter.

Dasha attendit que les portières claquent pour sortir à son tour. La Lada de sa grand-mère était garée là, avec les véhicules de ses collègues motorisés ; elle allongea le pas en extirpant les clés de son sac en vinyle et, le convoi disparu au coin du bloc, enclencha la première.

Dasha faillit les perdre, bloquée par un feu rouge inopiné qu'elle n'osa griller, mais ils ne prenaient pas la direction du club de béhourd. Elle écrasa l'accélérateur et retrouva la voiture de queue au bout de l'avenue Lénine, qui s'enferrait plein est, vers la toundra… Quatre véhicules aux phares rougeoyant dans la nuit tombante : Dasha resta à bonne distance, de plus en plus circonspecte à mesure qu'ils roulaient. Elle ne savait pas où ils allaient, mais ce n'était pas non plus le chemin de l'hôtel.

Il n'y eut bientôt plus qu'eux sur la route, entre chien et loup. La neige avait disparu sur les plaines défoncées, n'apparaissait plus qu'au sommet de collines fantomatiques. La jeune femme suivait ses cibles, crispée au volant. Elle songea à appeler Gleb, persuadé lui aussi de l'implication des Cosaques, renonça : elle allait lui raconter quoi, qu'elle suivait les tueurs présumés pour découvrir la vérité ? Il lui dirait que c'était du suicide, qu'Ivanov avait laissé tomber l'enquête par crainte des représailles, qu'ils ne pouvaient plus rien faire face à ces gens, qu'elle ferait mieux de rentrer chez elle et de l'oublier…

L'oublier.

La bande d'asphalte rétrécissait tandis qu'ils s'enfonçaient dans le grand nulle part sibérien ; passé le pont du Ienisseï, les deux véhicules roulèrent encore un moment avant de ralentir. Il n'y avait que des datchas au large de Norilsk, le plus souvent des cabanes de chasse au confort sommaire, où les hommes se retrouvaient en famille ou entre amis pour tirer quelque gibier. Près d'un kilomètre d'asphalte les séparait quand le convoi bifurqua vers la droite – d'après la lueur des phares, une portion de bitume se faufilait entre les roches. Dasha ralentit à son tour aux abords de l'intersection, puis gara l'antique voiture soviétique sur le bord de la route, tous feux éteints. Un chemin semblait serpenter entre des terrils naturels, qui devait mener à une maison…

Cinq minutes déjà que l'oligarque et sa clique avaient disparu. Elle attendit dix minutes de plus. On n'y voyait presque rien à cette heure de la nuit, un quart de lune pointait entre les nuages intermittents, néanmoins suffisant pour se repérer la nuit. C'était dangereux, mais Dasha avait un vague plan si on la surprenait aux abords de la maison… Onze heures du soir. Elle laissa les clés sur le Neiman au cas où il lui faudrait repartir en urgence, s'empara du bidon vide qui traînait dans le coffre et s'enfonça dans la nuit.

Il ne faisait pas froid mais Dasha frissonnait sous son manteau-parapluie. L'appréhension gagnait ses jambes tandis qu'elle approchait. Elle n'avait pas de lampe torche, que le faisceau des astres pour guide ; elle devait tâtonner dans l'obscurité pour deviner où elle mettait les pieds. Obstacles et portions de boue se succédaient sur le chemin, enfin ses pupilles s'habituaient à l'obscurité. Elle s'arrêta à une centaine de mètres de l'habitation. On pouvait en retracer les contours d'après les lumières allumées, une somptueuse datcha aux rideaux partiellement tirés. Plusieurs véhicules étaient garés devant la propriété, pas seulement les 4 × 4 qui escortaient les frères Salenko ; un van aux vitres sans tain se tenait devant la grande porte d'entrée, où deux hommes vêtus de noir s'affairaient… Des bribes de musique perçaient le silence nocturne quand une voix dans son dos la fit sursauter :

— Qu'est-ce que tu fais là, toi ?!

Dasha protégea son visage de la torche qui l'aveuglait.

— Je suis tombée en panne d'essence, rétorqua-t-elle, brandissant le bidon vide qu'elle tenait à la main. Pas loin, elle ajouta en se tournant vers la route, à l'intersection… Comme j'ai vu qu'il y avait un chemin et de la lumière…

Dasha découvrit alors le visage du garde qui avançait vers elle, un Glock braqué sur son ventre. Elle n'avait jamais vu Voronine, le frère d'Anya, mais un autre homme l'accompagnait : le lieutenant Ivanov.

Elle comprit pourquoi le flic avait envoyé paître Gleb au téléphone : lui aussi était dans le coup.

Trop tard.

— Tu vas nous suivre gentiment, fit Voronine, l'arme au poing.

*

Les gardes du corps des frères Salenko, deux gorilles de la RNU, étaient postés autour de la datcha. Boris et son beau-frère se chargeaient du jardin et du chemin qui serpentait vers la route. Ils entendaient les convives s'amuser à l'intérieur du chalet de luxe, musique et éclats de voix, une fête qui devait durer toute la nuit jusqu'à la chasse du lendemain : il n'était pas prévu qu'une espionne soit surprise à rôder autour de la maison.

Dasha Svetlova ne pouvait pas être là par hasard, c'était une proche de Bokine et de Berensky : son histoire de panne d'essence ne tenait pas.

De fait, Voronine n'avait pas tardé à ramener la Lada garée sur le bord de la route, le réservoir aux trois quarts plein.

Sakin se joignant à eux, ils n'eurent pas besoin de cuisiner longtemps la fille aux cheveux bleus, dont Silinski avait donné le signalement : quelques claques, un knout comme menace de lui écorcher la joue, et elle avoua avoir suivi l'oligarque depuis le théâtre où elle travaillait. Voronine imaginait déjà le meilleur moyen de liquider l'intruse sans attirer de soupçons, champion des mises en scène foireuses, et particulièrement retors puisque, subtilisant le portable de la costumière, le douanier avait aussitôt décidé de piéger son copain Berensky. Même si la fille avait juré que Gleb ne savait rien de son escapade, lui aussi en savait trop.

Boris n'avait pas contredit son beau-frère. Un dommage collatéral de plus, si le jeune mineur se laissait berner. Et puis, il avait mieux à faire…

Sakin et ses hommes se chargeaient de convoyer les bêtes par camion jusqu'à la datcha, avant la chasse à l'aube. Boris Ivanov se rongeait les sangs en attendant leur arrivée. La nuit n'était pas froide, mais rester dehors ravivait ses rhumatismes et l'irruption de Dasha Svetlova ne lui faciliterait pas la tâche. Voronine faisait les cent pas dans la cour, un téléphone à l'oreille, s'entretenant avec un interlocuteur inconnu. Il rangea bientôt son appareil dans sa parka et vint vers le policier, qui reniflait sous le quart de lune.

— Silinski vient d'arriver sur zone, l'informa-t-il.

Le piège pour Berensky. Boris ne broncha pas : les phares d'un camion se profilaient sur le chemin boueux. Enfin…

Il attendit qu'on les transfère dans le garage, de l'autre côté de la cour, avant que Sakin ne regagne la maison où on attendait le « camarade d'armes » pour les festivités. Des types parlaient de baiser la fille, demandaient des autorisations spéciales pour ça. Boris serra les gants de plastique qu'il tenait en boule dans sa poche et fit le vide dans sa tête. Irkoutsk. Son grand-père héros de l'Armée rouge. Son père qui l'avait pris la main dans le sac. Anya… C'était l'heure.

Voronine lui tournait le dos, les yeux rivés sur les lumières de la datcha.

— Cet empaffé de Sakin participe aux réjouissances, grogna-t-il. Il y a vraiment des claques qui se perdent…

Il ne vit pas la crosse du Stechkin s'écraser sur sa nuque, ni la main empoigner le Glock à sa ceinture.

La dernière heure de Boris Ivanov.

*

Dasha se traitait de conne irresponsable, de tête brûlée, d'idiote, et ses joues lui cuisaient encore après les coups portés à son visage. Ils l'avaient enfermée dans la chaufferie du chalet après l'avoir dépouillée de son portable, une pièce close avec du matériel ménager, du linge et une lucarne trop étroite pour s'y glisser et s'enfuir par le jardin. Ivanov, Voronine et Sakin l'avaient interrogée tout à l'heure dans le garage et, le Cosaque armé d'un knout, lui avaient fichu une sacrée frousse.

Les flics corrompus parlaient librement, lui posant des questions précises auxquelles elle avait répondu plutôt que de se faire ouvrir la figure à coups de cuir – les claques lui suffisaient : oui, elle était au courant du vol des rennes du Nenets, oui, les soupçons se dirigeaient vers le club de béhourd où Sacha s'était forcément rendu avant de tomber fou en revenant des collines, non, elle ne savait rien du trafic de minerai. Il était clair que ces ordures ne la laisseraient pas repartir, et ce n'était pas le regard noir et désespéré qu'elle avait lancé à Ivanov qui la sauverait. Ils allaient la liquider, comme l'éleveur de rennes, Valentina, ou ils lui préparaient un coup tordu, à la Sacha… Dasha gambergeait dans le réduit où on l'avait confinée, sûre que ses jours étaient comptés.

De la musique et des rires filtraient derrière la porte : attendaient-ils la fin de l'orgie pour se débarrasser d'elle ? Elle s'accroupit pour examiner la serrure, chercha un moyen de la forcer avec ce qui lui tombait sous la main, entendit un bruit de moteur. Un coup d'œil par la lucarne lui indiqua qu'un camion traversait la cour avant de stopper un peu plus loin, dans un angle mort. Il y eut de l'agitation, des protestations animales, puis une douzaine de rennes attachés qu'on tirait vers le garage… Ceux du Nenets sans doute. Ça ne changeait rien à sa situation.

Dasha s'activait sur la serrure sans cesser de jurer, un cintre déformé comme hypothétique passe-partout, mais elle avait vu trop de films : impossible de forcer cette foutue porte. Il fallait trouver autre chose, n'importe quoi – elle n'allait pas défoncer cette porte à coups d'épaule, le meilleur moyen de se briser la clavicule. Il y avait pourtant une porte de sortie près de la laverie, qui donnait sur le jardin : c'était sa seule chance, courir droit devant dans la toundra. Il ne faisait pas si froid, ses poumons n'allaient pas exploser comme ils l'auraient fait à partir de – 30 °C, et s'ils avaient des chiens, tant pis.

La musique jouait toujours depuis l'aile opposée de la maison. Dasha ne faisait plus attention aux va-et-vient dans la cour, occupée à chercher un objet suffisamment dur pour, via un système de levier, faire sauter la serrure, lorsqu'un bruit étouffé se fit entendre de l'autre côté de la cloison : il provenait du couloir…

Elle retint son souffle pour mieux tendre l'oreille, perçut un bruit plus distinct, comme un pétard, bientôt suivi de cris brefs. Il se passait quelque chose dans la datcha. Un imprévu. Les secondes s'égrenaient à l'étale quand un claquement sec résonna de nouveau depuis l'aile opposée, accompagné d'autres bruits. Ce n'était pas des pétards mais des coups de feu.

La jeune femme recula par instinct de protection et vit alors le liquide rouge qui s'écoulait sous la porte de la chaufferie. Du sang. Le moment ou jamais – de toute façon, elle était déjà morte. Dasha prit son élan et se rua sur la porte, le pied en avant : elle frappa de toutes ses forces, deux fois, trois fois, couverte par les détonations qui maintenant se succédaient, la serrure était de la camelote russe, le pêne, la clenche, la serrure entière finit par plier sous les impacts de ses coups désespérés. Son cœur battait à tout rompre quand elle s'extirpa de son réduit.

Elle tomba aussitôt sur un cadavre dans le couloir, un homme parmi des débris de verre, une balle dans le dos, sa chemise d'un rouge sang. Un type grisonnant, épais, les yeux encore ouverts et qui en tombant avait brisé un vase. Dasha se tourna vers le salon voisin, vit la mare vermeille qui s'épanchait près de la double porte grande ouverte, approcha en apnée. Trois autres corps gisaient sur les grands canapés en cuir, surpris par la mort. Parmi eux Salenko, l'oligarque, qu'un projectile avait propulsé contre le dossier, et son frère, qui reposait la face contre un accoudoir, la nuque emportée par une balle. Elle se pencha et découvrit la même chose dans la pièce voisine : deux hommes ventripotents avachis sur leur séant, la poitrine déchiquetée par un tir à bout portant. Une odeur de poudre flottait encore dans l'air, mais elle ne songeait plus à fuir.

Dasha marcha à pas comptés, comme si les cadavres pouvaient se relever, déambula dans les allées dévastées, croisa le corps sans vie de Sakin, une balle en plein visage.

Un nouveau bruit la fit sursauter.

Le tueur : il était encore dans la place.

Dasha approcha en automate, attirée par la lumière du grand hall et une curiosité plus forte que la peur. Elle resta dans l'embrasure de la porte : Boris Ivanov brandissait un pistolet en direction de Voronine, qui, assis à terre, se frottait le crâne comme s'il sortait d'un mauvais sommeil.

Assommé avant le début des hostilités : Boris avait tiré son beau-frère jusqu'à l'entrée de la datcha, où le douanier se réveillait à peine, un sale goût dans la bouche.

— *Blyat*, qu'est-ce que tu fous ?!

Mais le flic d'Irkoutsk n'était plus le même.

— Je fais comme toi, dit Boris d'une voix blanche, je trahis.

— Tu es cinglé ou quoi ? grogna-t-il, groggy. Qu'est-ce qui se passe ? Où sont les autres ?

— Morts.

— Hein ?!

— C'est ton tour maintenant, Andreï. Désolé que ça finisse comme ça, mais tu ne me laisses pas le choix, comme tu dis.

— Ne…

Boris appuya sur la détente du Stechkin et Voronine se rétracta en étouffant un cri. Une balle dans le ventre, d'après ses mains rouges qui tentaient de le retenir. Boris croisa alors le visage exsangue de Dasha dans l'embrasure de la porte et, sans un mot, laissa tomber le pistolet de son grand-père sur le plancher.

Il portait une autre arme à la ceinture, un Glock Parabellum au canon encore brûlant ; Dasha recula d'un pas tandis qu'il le dégainait.

— C'est l'arme de Voronine, l'informa Ivanov en désignant l'homme qui se tordait à ses pieds. On trouvera ses munitions dans les cadavres de la maison.

Dasha, tétanisée, regarda le flic enfiler une paire de gants en plastique, coller le Glock dans la paume droite du mourant, puis son doigt sanguinolent sur la queue de détente. Il pressa l'index du blessé, expulsant le projectile dans le mur en bois.

— On retrouvera la poudre sur sa main, dit Ivanov en guise d'explication. Celle de l'arme utilisée pour les crimes.

Dasha ne voyait pas où il voulait en venir, elle avait une terrible envie de pisser, de disparaître comme un tuyau dans un trou, choquée par tous ces cadavres éparpillés autour d'elle. Boris retira ses gants de plastique et les jeta en boule dans ses mains.

— Sers-t'en pour essuyer tes empreintes dans la chaufferie, dit-il. Je les portais tout à l'heure : la police ne trouvera que la poudre du Stechkin sur mes doigts. Et évite de marcher dans les flaques.

Dasha enregistrait les informations avec le cerveau d'une autre. Le lieutenant s'agenouilla, repoussa les bras que Voronine nouait sur son ventre déchiré, dégotta un portable dans une poche et se redressa.

— Rappelle Gleb, s'il n'est pas trop tard : Voronine lui a envoyé un texto de ta part, et un tueur chez toi pour lui régler son compte.

Dasha saisit le téléphone qu'il lui tendait : le sien.

— Oui… Oui.

Andreï Voronine geignait dans l'entrée poisseuse, incapable de bouger, tandis qu'elle rallumait fébrilement son smartphone.

— Tout le monde est mort, résuma Boris à l'attention de Dasha. Il n'y aura pas de témoins, ni de caméras de surveillance pour trahir ta présence ici. Ta voiture est dans la cour, avec les clés dessus. Nettoie toutes les empreintes que tu as pu laisser dans la maison, répéta-t-il, n'oublie rien et fiche le camp. Disparais. Tu as entendu Voronine tout à l'heure : quitte cette ville, vite.

Dasha le fixait comme un lapin pris dans les phares.

— C'est compris ?!

— Ou… i, bredouilla-t-elle.

Son portable mettait une heure à retrouver le réseau. Elle fila vers la chaufferie, prenant garde aux mares de sang sur le sol, commença à effacer fébrilement ses empreintes. Les cadavres, la fuite, Gleb, tout allait trop vite, mais ils avaient encore une chance d'en sortir vivants. Cinq minutes lui suffirent. Quand Dasha revint vers l'entrée principale qui donnait sur la cour, le policier avait fait le tour de la maison pour vérifier que tout était en place.

— C'est bon, souffla-t-elle, on peut déguerpir.

Cette gamine avait du cran, mais Boris n'en avait pas fini avec son carnage.

— Pars, dit-il, loin. Avec Gleb, si ce n'est pas trop tard.

— Oui, mais toi ?

— File, je te dis !

Elle obéit.

Le visage de Boris pâlit un peu plus lorsqu'il se retrouva seul dans le hall. Il attendit que le moteur de la Lada rugisse pour opérer un dernier panoramique sur les pièces de la datcha dévastée. Cette fois-ci, tout semblait en place. Anya était au chaud, dans un sanatorium à des milliers de kilomètres, et les complices de Salenko n'auraient aucune raison de s'en prendre à elle… L'histoire s'arrêtait là. La sienne, en tout cas.

Voronine finissait d'agoniser à ses pieds. Boris s'agenouilla à son chevet et, méthodique, relogea le Glock dans la main ensanglantée du douanier. Atmosphère de fin du monde. Le policier colla le canon sous sa gorge et, le cœur battant à se rompre, pressa l'index de Voronine sur la queue de détente ; emporté par le choc hydrostatique, le corps de Boris bondit en arrière, avant de rouler sur le parquet.

9

La nuit s'étirait sur le quartier des *gostinka*, pataugeant dans l'eau sale créée par le redoux. Des détritus flottaient, certains vieux de plusieurs années, sur l'esplanade et les trottoirs.

Gleb arriva chez Dasha comme elle le lui avait demandé, intrigué par son rendez-vous nocturne – un texto laconique, « c'est urgent », et puis plus rien. Le théâtre où elle travaillait avait célébré la victoire en présence des frères Salenko et des huiles locales plus tôt dans la soirée : elle avait pu y croiser le lieutenant Ivanov, ou d'autres témoins de l'affaire, ce qui justifierait son appel… Ça sentait l'humidité dans les couloirs du rez-de-chaussée, la matière froide et la guerre d'avant. Une lumière faiblarde le guida entre les murs à graffitis, jusqu'aux boîtes aux lettres éventrées : *Ada Svetlova, 11e étage.*

La moisissure poussait dans la cabine d'ascenseur ; ses portes se fermaient lorsque la sonnerie de son portable retentit dans la poche de son cuir. C'était Dasha, justement. Gleb eut à peine le temps de prononcer son nom qu'elle le coupa, la voix serrée.

— Ne va pas chez moi, glapit-elle au téléphone, c'est un piège ! Un faux texto : ils ont envoyé quelqu'un pour te tuer !

— Quoi ?

— Tu es où ?

— Dans l'ascenseur…, dit-il.

— *Pizdiets !* Redescends, Gleb, vite ! Je te dis qu'un tueur t'attend chez moi !

Cinquième, sixième… Gleb coupa son smartphone, appuya par réflexe plusieurs fois sur le bouton du rez-de-chaussée, réalisa vite qu'il faudrait d'abord que les battants s'ouvrent au onzième : le temps que les portes se referment, il passerait quatre ou cinq secondes, fatales si quelqu'un le guettait sur le palier comme le craignait Dasha. Dixième, onzième, trop tard pour tergiverser. Gleb était vif, entraîné à souffrir et animé des pires pressentiments ; il recula dans le fond de la cabine pour prendre son élan et, les battants s'élargissant, jaillit de l'ascenseur vers l'escalier de service.

La manœuvre surprit Silinski, qui l'attendait, tapi dans les ténèbres du couloir. Muni d'un Taser, le Cosaque avait prévu de neutraliser sa cible dans la cage d'ascenseur et de redescendre avec lui – le mineur n'avait aucune raison de se méfier, il le cueillerait comme une fleur, le coffre du van était à deux pas de la sortie et, malgré de rares fenêtres encore allumées, personne ne traînait dehors à cette heure. Un jeu d'enfant, croyait Silinski, sauf que le mineur le bouscula avant qu'il ait eu le temps d'actionner son arme et s'échappa. Il tira quand même sur la cible mouvante.

Gleb fit rebondir la porte de l'escalier contre le mur du palier ; l'arc électrique glissa sur son blouson de cuir, mauvais conducteur, ce qui le boosta un peu plus. Il ne songea pas à descendre les onze étages mais grimpa d'instinct vers les toits, son salut. Là-haut il bloquerait la trappe de l'échelle, ou la porte du cube bétonné qui menait au sommet, et il appellerait les secours. Des jurons le poursuivaient, comme le souffle du tueur sur son épaule. Trois, peut-être cinq secondes d'avance : Gleb gravit les marches aveugles, les pas du tueur à ses trousses résonnaient deux étages plus bas dans l'escalier de service, l'adrénaline à pleins poumons. Il n'eut pas la présence d'esprit de crier pour alerter des voisins, il détalait comme une proie. Dernier étage : il fila dans le couloir en haletant, trouva l'échelle métallique et s'activa jusqu'au dernier barreau. Pas de trappe, juste ce cube en parpaing qui protégeait des intempéries. Bloquer la porte du toit était sa seule chance, mais Gleb avait oublié qu'il avait été arraché par la tempête trois mois plus tôt : le revêtement provisoire se révéla parfaitement nu.

Aucune issue autour de lui, pas de garde-corps ni de barrière, à peine quelques briques arrachées aux structures des cheminées. Trop tard pour espérer bloquer la porte : il jeta son blouson de cuir droit devant lui, s'accroupit derrière le cube en parpaings au moment où le tueur surgissait, son Taser à la main.

Gleb n'avait jamais vu Silinski, géant blond taillé dans l'ivoire, mais c'était la description que Sacha avait donnée du type qui l'avait démoli au béhourd. Le Cosaque repéra le blouson de cuir près du précipice – c'était quoi ce cirque ? –, fit trois pas en braquant son arme, les sens à cent quatre-vingts degrés guettant la cible, sans savoir que l'ennemi le suivait dans son angle mort : il fit volte-face mais deux mains tendues le percutèrent à pleine vitesse, qui le firent reculer jusqu'au bord du gouffre. Un juron, les semelles qui crissent sur les gravillons, un second coup d'épaule alors qu'il retrouvait l'équilibre, le Taser lâché par réflexe, près, si près du précipice : Silinski chercha à s'agripper à l'homme qui fondait sur lui mais Gleb n'était plus que sang. Une dernière poussée furieuse et le géant bascula dans le vide.

Un cri perça la nuit, horrible.

Le vent ne faiblissait pas sur le toit du monde, chargé de pluie. Gleb reflua comme un automate, sous le choc, mais il percevait les choses à une vitesse inconnue : le hurlement de Silinski allait alerter les voisins. Sans parler du raffut dans l'immeuble. Même à plaider la légitime défense, il avait commis un meurtre. Il fallait fuir – vite.

Gleb rebroussa chemin la peur au ventre, dévala l'échelle en fer jusqu'au couloir du dernier étage. La cage d'ascenseur mit un temps fou à remonter jusqu'à lui. Enfin, il se précipita à l'intérieur de la cabine et plongea vers le rez-de-chaussée, frissonnant. Le souffle lui manquait toujours. Des bruits se faisaient entendre aux étages mais personne ne l'intercepta. Gleb se crut sauvé en sortant de l'ascenseur mais un homme lui barra la route.

— C'est quoi, ce bordel ?! Hein, tu es qui, toi ? Tu viens d'où, là ?

Le type était râblé et le dévisageait sous la lumière blafarde du rez-de-chaussée, le visage peu amène et plein de suspicion. Un autre voisin pointa son nez.

— J'ai entendu un cri, comme quelqu'un qui tombait !

— Oui, moi aussi, confirma le premier. Qu'est-ce que tu fabriquais là-haut ? lança-t-il à Gleb. T'es pas d'ici, alors ?

— Je suis allé voir une copine, mais elle n'était pas là, tenta le jeune homme. Ada Svetlova, elle habite au onzième…

D'autres gens se manifestèrent, alarmés par les bruits. « Un hurlement d'homme », répéta un témoin. Un autre croyait même avoir vu une silhouette tomber à pic derrière sa fenêtre. Personne n'écoutait les commentaires de Gleb, qu'il cherche à se défiler l'enfonçait même un peu plus à leurs yeux.

— Si quelqu'un a chuté du toit ou d'un étage, il doit y avoir un corps en bas de l'immeuble, trancha un gros type, de ceux qui aiment prendre les choses en main. On ferait bien d'aller voir avant d'appeler les flics.

— Ouais, faisons ça.

Les voisins étaient remontés, le suspect entre leurs mains. L'un d'eux l'empoigna.

— Viens avec nous, toi, dit-il d'un air menaçant.

Gleb se décomposa. Cadavre, police, témoins, soupçons, il leur faudrait une explication, un coupable pour le corps démembré au pied de l'immeuble. Lui. On ne le croirait pas s'il racontait la vérité, les complices de Sakin avaient les moyens de faire pression sur les juges, les tribunaux, ils les achèteraient comme ils le faisaient partout, et on le jetterait en prison. Gleb savait que les homosexuels y subissaient des choses atroces, il serait mort ou fou, violé cent fois avant d'avoir enduré sa peine. Il paniqua. Les voisins étaient maintenant une douzaine en bas du *gostinka*, de plus en plus agités à l'idée de ce qu'ils allaient trouver – un corps, la cervelle éclatée sur le bitume. Les mares glauques causées par le redoux rebattirent un peu les cartes, tant elles pouvaient être profondes selon les variations du sol, mais pas de quoi immerger un cadavre ; armés de lampes torches et de bottes en plastique, le suspect surveillé de près, ils firent le tour de l'immeuble.

Les minutes noires s'allongèrent tandis que les locataires arpentaient les trottoirs, bougonnant des commentaires dans la nuit électrique, mais ils ne trouvaient rien dans leur pataugeoire.

— Bon Dieu, on n'a pas rêvé !

— Non !

— Par là, peut-être ! hasarda un type qui empestait l'alcool.

Les vestiges du toit étaient toujours entassés un peu plus loin, pêle-mêle : si quelqu'un était tombé de ce côté-là, avec un peu d'amplitude, il avait pu s'écraser jusqu'aux premiers gravats.

— Un cadavre volant ! railla le plus gros.

— Allons voir quand même !

— Toi, tu bouges pas ! ordonna celui qui l'avait intercepté en sortant de l'ascenseur. On a ton signalement, de toute façon.

Le groupe se dirigea vers les décombres, abandonnant le mineur au trottoir glissant. La nuit s'étoilait entre les nuages gris qui s'emmêlaient au souffle des hauts-fourneaux. Gleb gambergea de longues secondes au pied de l'immeuble, surveillé de loin par deux vieilles restées au sommet des marches. Lui non plus ne comprenait pas ce qui arrivait, où avait pu passer Silinski. La lumière extérieure du hall s'alluma, faiblarde. Réalisant qu'il marinait dans une flaque, Gleb se déplaça, observa le filet sombre qui se répandait à ses pieds. Un fluide plus épais, qui provenait des piliers soutenant le vieux *gostinka*… Le mineur voulut approcher mais il sentit une présence, tout près. Sous les pilotis. Il se figea – il avait ressenti la même chose dans les congères avant de découvrir Valentina, cette même peur incompréhensible… Gleb se pencha pour dévisager les ténèbres, et ses poils se hérissèrent : deux yeux jaunes le fixaient depuis les piliers, où le sang continuait de s'écouler. Celui de Silinski.

10

Des drones tueurs dans les angles morts.

De la terre meuble mâchée dans la bouche.

Poussière incandescente dégringolée, peau irradiée.

Stupeur.

Terreur animale quand il avait croisé le regard de la bête.

Ou alors Gleb avait rêvé. Il n'y avait pas d'humains à dévorer, d'offrandes cruelles à rendre à la nature maltraitée, de cadavre escamoté pour l'épargner, le sauver de la prison où la cage de Sacha serait un paradis, pas de forme furtive à le suivre entre les congères, les pilotis des immeubles d'où les hommes tombaient en grêle mais qu'on ne retrouvait pas, jamais… Dasha, elle, était bien là. La même femme, mais transfigurée depuis qu'ils s'étaient retrouvés devant chez elle, atterrés par ce qu'ils venaient de vivre, unis dans le sang des autres.

La tuerie survenue dans la datcha défrayait depuis la chronique, une affaire nationale qui voyait affluer des journalistes du continent et même la télé. La police locale, Illitch en tête, menait l'enquête en sortant les gros moyens. Les corps des VIP qui gisaient dans le chalet avaient été abattus par la même arme, un Glock Parabellum encore dans la main de son propriétaire, Andreï Voronine. D'après les analyses balistiques et le Stechkin d'Ivanov trouvé à ses côtés, les enquêteurs supputaient que ce dernier avait touché son beau-frère au ventre dans un combat au corps à corps (traces de sang étranger relevées sur les mains et les vêtements du lieutenant) avant d'être abattu à bout portant, d'une balle dans la gorge. Les gardes tués, Voronine décédé des suites de sa blessure au ventre, sans témoins ni caméras de surveillance, le mobile de ce carnage restait flou : Voronine n'avait a priori aucun intérêt à s'en prendre à ses collègues des services de sécurité, ni aux frères Salenko. Deux employés du club de béhourd figuraient parmi les victimes, un autre avait disparu la même nuit, Silinski, aujourd'hui recherché comme témoin. La ville se mobilisait autour du drame, le P-DG local de Norilsk Nickel promettait d'aider la justice à faire le jour sur cette affaire, Illitch louait le courage du lieutenant Ivanov, qui avait sacrifié sa vie pour stopper la folie de son beau-frère, tout en affichant l'étonnement le plus total quant à l'attitude et aux motivations du tueur présumé, un officier des douanes jusqu'alors exemplaire, comme le confirmaient ses collègues…

Dasha et Gleb, en attendant, n'avaient confiance en personne. Le FSB et un oligarque dans le coup, qu'il s'agisse de brebis galeuses ou d'un trafic institué au sein de différents services de sécurité, le plan d'Ivanov ne ferait pas longtemps illusion. Ils s'étaient donné rendez-vous chez Gleb, qui avait mené la costumière sur le toit de son immeuble.

C'était la première fois, évidemment ; la lune montait dans l'azur finissant, plus loin le soleil se couchait à l'horizon, Dasha avait l'impression d'être de l'autre côté du monde, là où les planètes se rejoignent dans une symétrie mystique… Le vent du soir malmenait ses mèches bleues, qui commençaient à repousser. Bizarrement et peut-être parce qu'ils devaient la quitter, Dasha n'avait jamais trouvé sa ville aussi belle.

— On dirait des vieilles fusées, souffla-t-elle devant les cheminées des hauts-fourneaux.

Plus bas, l'église orthodoxe avec ses cloches clinquantes paraissait ridiculement menue face à la barre d'immeubles mauve qui longeait l'avenue Lénine. Ils se tenaient assis contre un conduit d'évacuation, au sec, goûtant une dernière fois au spectacle de Norilsk. Car la voix du maître était celle du père, du tsar, de Dieu, une voix que depuis son plus jeune âge aucun Russe ne contestait. La *dolia* frappait comme une fatalité à la naissance selon le milieu familial, les cercles de connaissances et d'influences qui demain pourraient servir à obtenir un service. Les mères payaient les commandants pour que leurs fils ne fassent pas leur service militaire où ils risquaient d'être tués par leurs brutes de camarades. Les pères faisaient le chauffeur de taxi ou l'opérateur en plus de leur travail ordinaire payé une misère, job d'appoint qu'ils effectuaient à l'occasion sur leurs heures d'absentéisme. Tout le monde payait un agent de l'État pour ses largesses ou en bénéficiait, le moindre chef qui obtenait un nouveau poste remettait en question le passé et imposait sa loi : dévaliser la plus grosse mine de nickel au monde n'avait rien d'anormal tant qu'on ne froissait pas les mauvaises personnes.

Dasha et Gleb ne savaient pas si le P-DG local de Norilsk Nickel était au courant du trafic, complice de la clique de Salenko et Sakin, pourquoi Boris Ivanov avait massacré tout le monde, imaginé cette mise en scène pour incriminer son beau-frère, ne connaissaient pas non plus les raisons de son suicide.

Ce n'était plus la question.

Trois jours stressants s'étaient écoulés depuis la tuerie dans la datcha, et s'ils étaient passés entre les gouttes ils savaient tous les deux que ça ne durerait pas.

— Ils ont réagi comment, à la mine, quand tu leur as dit que tu partais ?

— Bonnes vacances, répondit Gleb.

— Ha ha.

— Et toi ?

— Oh ! Tout le monde s'en fout, de ma démission… À part Lena, évidemment. Je passe la soirée avec elle.

La dernière. Des adieux qu'elles appréhendaient toutes les deux.

Un vent triste rasa le toit, bombardier lent à dégager.

— Le trappeur, c'est quand même un voleur, reprit Dasha. Tu es sûr qu'on peut compter sur lui ?

— Non, mais il est comme nous, il n'a pas trop le choix s'il veut sauver sa peau.

Elle maugréa, anxieuse à l'idée de mettre sa vie dans les mains de ce sale type.

— Tout ça pour une poignée de rennes…

— Oui, un domino où toutes les pièces finissent par terre.

— Sauf nous.

— Pour le moment, oui… Comment tu vas faire, avec toutes tes panoplies de fille ? renchérit Gleb pour chasser le mauvais œil qui les poursuivait.

— Tu es sûr que ma réponse t'intéresse ?

— Personne ne coud comme toi, jolie fleur des glaces.

— Tu ne me l'avais jamais dit.

— Que tu étais une fleur des glaces ?

— Non, jolie.

Gleb se tourna vers Dasha, ses petites mèches confondues avec le ciel.

— Tu as toujours été une beauté, Ada, dit-il comme une évidence. Déjà petite au lac tu avais la grâce, avec ta démarche un peu frimeuse, si chic, ta silhouette élancée et tous les petits gestes que tu ne faisais pas comme les autres. C'est ça que j'aime surtout, le mouvement que tu imprimes autour de toi. On pourrait croire que c'est inné mais pas du tout, au contraire, c'est le ton de ton âme que tu donnes à ton corps, son état d'esprit. Un grand désir de liberté, que tu exprimais plus jeune à travers tes croquis et ta façon d'être. En grandissant, c'est devenu pire : blonde, brune ou bleue, aucune fille ne t'est jamais arrivée à la cheville, c'est comme ça. Même Lena n'est que la pâle copie de ce que tu deviendras. Et l'été, quand tu mets tes tennis rose brillant, il ajouta, ah… je ne sais pas pourquoi, mais elles te vont si bien… On a envie de te prendre dans les bras.

Les larmes affluèrent naturellement aux yeux de Dasha, elle qui n'était même pas une femme.

— Mais, Gleb, le supplia-t-elle, pourquoi tu ne me l'as jamais dit ?!

— Parce que tu l'aurais mal pris.

La jeune femme mit quelques secondes à comprendre son trait d'esprit, à double sens, bien dans le personnage de Gleb Berensky, et sourit bientôt contre le vent… Elle l'aimait différemment depuis ses révélations au bord du lac. Si Gleb lui avait avoué son secret, c'est qu'il avait une confiance absolue en elle, sa fleur des glaces. Elle l'aimait encore plus depuis qu'ils avaient décidé de partir ensemble. Un sentiment de liberté, moins puissant que l'amour fou dont elle avait rêvé mais peut-être plus vaste…

Déjà le ciel tombait.

Ils se séparèrent en bas de l'immeuble, des mystères électriques dans le sang. Dasha disait que le loup gris les avait sauvés, qu'il veillait sur eux depuis le début, qu'une voix intérieure les avait sommés de ne pas avertir les autorités quand ils l'avaient croisé sur l'esplanade car il guettait tout près, sous les pilotis de son quartier fantôme, elle disait que l'animal fantastique attendait son heure pour dévorer les ogres et protéger jusqu'à leur fuite. Un conte pour enfants sauvages, que Gleb s'était bien gardé de contredire.

— À demain.

— Huit heures au port. Tu y seras ?

— À ton avis ?! fit-elle en claquant la portière de la Lada.

*

Dasha avait déjà assisté au spectacle des brise-glaces atomiques qui se frayaient un chemin vers la péninsule de Taïmyr : le bruit qu'ils faisaient pour ouvrir la mer s'entendait à des kilomètres, parfois jusqu'à Norilsk.

L'été avait pris de l'avance avec le réchauffement climatique. La glace rompue aux forceps, la banquise s'était dispersée par blocs dans l'Arctique, libérant poissons et phoques aux douceurs de la brève saison à venir. Les premiers navires accostaient sur le port de Doudinka, déversant des tonnes de marchandises sur les quais où s'empilaient les containers colorés. Le ballet des camions était incessant, comme celui des dockers et des marins en escale qui remontaient à pied vers les bars de la ville portuaire. La matière première ou transformée du conglomérat constituait l'essentiel des transports vers le continent, mais de petites compagnies maritimes affrétaient des bateaux pour des biens plus rares, comme les cornes de rennes ou les peaux d'animaux… Le trappeur faisait des affaires avec les Nenets, pas forcément déclarées aux autorités locales, comme le supposait Gleb. Il avait raison.

Egor Poskirin n'avait pas bronché à l'évocation du vol du troupeau – pas vu, pas pris. Il avait en revanche baissé la garde en apprenant le carnage dans la datcha, où figurait l'homme qu'il pourvoyait en rennes, et Poskirin avait pâli quand Gleb avait énuméré l'identité des cadavres retrouvés près de Sakin : FSB, douane, police, prêtre proche du patriarche de l'Église orthodoxe, oligarques liés au trafic de minerai, cette affaire « puait méchamment », comme il disait. Elle allait même leur exploser à la figure s'ils ne déguerpissaient pas tous très vite.

Spécialiste en dynamitage, Gleb avait abondé en ce sens jusqu'à ce qu'Egor Poskirin adhère au projet sauve-qui-peut. Après tout, lui aussi projetait de quitter la Sibérie après s'être constitué un petit pactole. Ses contacts activés en urgence au port de Doudinka, une échappatoire s'était vite profilée : Poskirin connaissait le capitaine d'un cargo, le *Mourmansk*, avec qui il travaillait, une histoire de containers dont il valait mieux ne pas connaître la teneur de la marchandise, mais qui les mènerait tous les trois sans encombre à Saint-Pétersbourg. Il y avait plusieurs ports là-bas, entre le commerce et les croisières en paquebot, où ledit capitaine avait ses entrées : après quoi, ils se sépareraient en jurant de ne plus se revoir.

C'était bien leur seule certitude.

La passerelle du cargo, en attendant, était toujours à quai. Et Gleb n'arrivait pas – Bon Dieu, qu'est-ce qu'il fiche ?

— Je grimpe, l'informa Poskirin, presque méconnaissable avec sa barbe rasée et son manteau de marin.

— C'est ça, grimpe.

Dasha guettait sur les docks dans ses tennis rose brillant, tendue comme un arc, son sac de voyage posé à côté d'elle sur le bitume. Le *Mourmansk* en ligne de mire baignait dans les eaux froides le long du quai 12. Les grues grinçaient au-dessus des caissons métalliques, les marins s'activaient sur le pont, vérifiaient les containers arrimés avant le signal du départ, imminent – et toujours aucune trace de Gleb…

Son appartement ne valant rien, Dasha avait bradé la Lada de sa grand-mère à un collectionneur de Doudinka le matin même, avant de rejoindre le port à pied, où Gleb était censé s'occuper du ravitaillement. Paranoïaques à l'idée de fuir, ils étaient convenus de n'appeler leur portable qu'en cas d'urgence.

Bientôt neuf heures. Le capitaine du *Mourmansk* prenait place dans sa cabine, tout là-haut, les marins à leur poste, la fumée du cargo empuantissant l'air depuis la salle des machines. Il ne pouvait pas lui faire faux bond, pas maintenant… Dasha saisissait son smartphone quand la voix de Gleb rebondit sur la brise :

— J'ai eu du mal à trouver tout, dit-il en descendant vers le quai, les bras encombrés de victuailles, mais je t'ai dégotté ça…

Elle le laissa se dépatouiller parmi les sacs de supermarché, et y pêcher un petit bouquet de violettes, qu'il lui tendit.

— C'est des vraies ? demanda-t-elle.

— Aucune idée.

Dasha arrima les quelques fleurs au col de son manteau-parapluie, discret mais chic. Gleb sourit en remarquant ses chaussures, celles qui l'émouvaient sans qu'il sache pourquoi, tandis qu'elle empoignait son bagage avant de grimper à sa suite sur la passerelle. Il était temps, le cargo s'apprêtait à appareiller ; ils trouvèrent une place à la poupe tandis qu'on larguait les amarres. Pas d'autres civils à bord.

— Tu as vu Poskirin ?

— Oui, il doit être en train de draguer le capitaine, avança Dasha. Ou d'essayer de lui revendre sa camelote au double du prix.

Gleb eut un petit rire nerveux. Ils allaient tout quitter, clandestins, pour éviter qu'on ne les retrouve les os brisés au pied d'un immeuble, mais la paranoïa était toujours là au fond des cœurs, comme si quelque mine patibulaire pouvait surgir des docks… Le gémissement de la sirène enfin les libéra. Ils regardèrent le quai s'éloigner.

C'était la première fois. Leur terre sibérienne s'échappa lentement, sans qu'ils puissent réprimer un pincement au cœur. Toute leur vie était là.

Le silence dura, impressionnant. Le navire refoulait les blocs de banquise fissurés, on les entendait rebondir contre la coque, glaçons meurtriers que le *Mourmansk* appréhendait à petite vapeur. Un couple de phoques gris les accompagna un moment avant de plonger en eaux froides. Douce harmonie de la nature, simple et belle si on lui fichait la paix… Certains Nenets le savaient, qui avaient gardé le lien. Les grues du port déjà rapetissaient. Ils ne disaient rien devant le spectacle sauvage qui s'offrait à eux, tout cet espace, ces couleurs… Le vent du large promettant des frissons, ils se serrèrent un peu plus contre le bastingage, songeurs.

Dasha et Gleb ne savaient pas ce qui arriverait, si leur fuite n'était que le début d'une longue aventure, Saint-Pétersbourg la ville moderne et tolérante qu'ils s'imaginaient, mais leur amitié était aussi dure que la glace.

L'amour, on ne pouvait jamais savoir…

— Je suis heureux de partir avec toi, Ada, souffla Gleb tandis qu'ils prenaient le large.

Elle sourit en douce, bien au chaud dans les bras de son équipier – elle, c'était Dasha.

11

Il a fui la ville tandis que plus à l'est, cédant sous la fonte du permafrost, les piliers des cuves d'une centrale thermique se sont effondrés, déversant des milliers de tonnes de diesel dans la rivière attenante, devenue rouge.

Il a fui la ville, la nuit pour couverture dans le redoux, repu, même si les rennes-jus-de-viande lui manquent. L'odeur des proies a disparu il y a plusieurs jours mais il la retrouvera. C'est dans sa nature.

Il trotte entre les flaques, langue pendante pour s'oxygéner, des rumeurs de sang encore à la gueule, loin des hydrocarbures et des humains qui s'en repaissent. Il ne sait pas ce qui l'a mené jusqu'aux géants de béton, la plaine est immense et il ne voit qu'elle, ses rares reliefs, les oreilles tendues décryptant le silence de la toundra. Son territoire, pas seulement de chasse. Il doit retrouver les siens. Le lien qui les unit tous, prédateurs et proies, marécages et lichen, sapins et bouleaux. Son instinct le guide. Il a peu de certitudes, il va simplement. Ailleurs. Une meute l'attend quelque part, une horde dans le viseur, course-poursuite éternelle composant à sa source le grand équilibre qui est tout. Qu'importe les blessures de la terre, les engins de terreur et les oiseaux de fer qui parfois grondent au-dessus de sa tête : il trotte entre les premières herbes du bref été sibérien, sourd aux maux qu'ils s'infligent eux-mêmes.

À ce qui disparaîtra bientôt – la mémoire des Hommes.

Note de l'auteur

Parmi l'abondante documentation liée à ce roman, je tiens à souligner le travail de mémoire de Svetlana Alexievitch, que l'on retrouve dans tous ses livres et qui traverse le mien. Les personnages de *Lëd* ont été imaginés suite à mon séjour à Norilsk, peut-être le voyage le plus émouvant que j'ai pu vivre à ce jour. Aucun des jeunes que j'ai rencontrés là-bas n'était homosexuel, mais j'ai choisi ce thème comme un appel à la tolérance qui manque au monde, pas seulement russe.

Composition et mise en p[...]
Nord Compo à Villeneuve-d'Ascq

Imprimé en France par

MAURY IMPRIMEUR
à Malesherbes (Loiret)
en mars 2023

POCKET - 92 avenue de France, 75013 PARIS

N° d'impression : 268608
S32005/06